本书为广东外语外贸大学所承担省"211 工程"三期重点学科建设项目"人文学中心建设——比较文化视野的文学通化研究"系列成果之一

2007 年广东省社科基金青年项目（07YJ－05）"中国古代咏物文学与时代精神变迁之关系——以唐宋牡丹文化与牡丹文学为个案"

2008 年国家社科基金青年项目（08czw012）"中国古代咏物文学研究"

人文学丛书

主编　栾栋

咏物文学与时代精神之关系研究

以唐宋牡丹审美文化与文学为个案

路成文　著

暨南大学出版社

JINAN UNIVERSITY PRESS

中国·广州

图书在版编目（CIP）数据

咏物文学与时代精神之关系研究：以唐宋牡丹审美文化与文学为个案/
路成文著. —广州：暨南大学出版社，2011.12
（人文学丛书·第一辑）
ISBN 978 - 7 - 81135 - 889 - 6

Ⅰ．①咏… Ⅱ．①路… Ⅲ．①牡丹—观赏园艺—文化史—中国—唐宋
时期②中国文学—古代文学史—唐宋时期 Ⅳ．①S685.11②I209.4

中国版本图书馆 CIP 数据核字（2011）第 141324 号

出版发行：暨南大学出版社

地 址：中国广州暨南大学

电 话：总编室（8620）85221601
营销部（8620）85225284　85228291　85228292（邮购）

传 真：（8620）85221583（办公室）　85223774（营销部）

邮 编：510630

网 址：http：//www.jnupress.com　http：//press.jnu.edu.cn

排 版：广州市天河星辰文化发展部照排中心

印 刷：佛山市浩文彩色印刷有限公司

开 本：787mm×960mm　1/16

印 张：19.125

字 数：313 千

版 次：2011 年 12 月第 1 版

印 次：2011 年 12 月第 1 次

定 价：38.00 元

总　序

栾　栋

克服"单面人"生产和突破"块垒式"教学，探索宽基础、大口径、深层次培养通识通才的途径，是世界所有高校的重大难题，也是广东省建设文教大省不可回避的关隘之一。近几年我们以省重点扶持学科比较文学为依托，进行了集约性融通的尝试，一系列成果聚焦于"人文学中心建设——比较文化视野的文学通化研究"。2008年底，我们以此为题，获省"211工程"三期重点学科建设工程立项，一个融通人文学科的核心实践在广东外语外贸大学拉开序幕。

何谓人文学？从学科脉络上讲，她是研究文史哲互根的学问；从学术本质上看，她是求索中西学融会的艺术；从学理辐射而论，她是探讨教科文贯通的方略。我们将之作为文学化感通变的"核心加速器"，从"比较文化视野"多向度运作，以推动中外语言文学的通化性研究。这是我们创新团队数十年的精心设计，是我校长期师资建设和学术积累的集成绽放，是我校比较文学在本科、硕士、博士、博士后授权点配套后的新拓展，尤其是我校作为省属涉外型重点大学对"明德尚行，学贯中西"校训的认真践履。

"人文学中心"是广东省文科基地重点项目建设的一个工作站。本中心面向海内外招聘学术带头人和教研骨干，大力推动国内外同行间的多向交流。旨在打破近代以来人文领域分科治学人为分界的局限，同时坚守合理的规则，以具有长远规划、长期积累和趋向性影响的重大项目实施，带动人文主干学科多面建设。

从省文科基地已经完成的"人文学研究"成果和全校人文力量的整合情况来看，以"人文学中心建设——比较文化视野的文学通化研究"为题，全面推进省"211工程"三期重点学科建设项目的效率日益加强。广东外语外贸大学的人文人为学校、全省和全国高教界践履这一历史使命的努力正在稳步付诸实施。

本团队积极进行中外语言文学的教研改革，力求在人文学探索上有较大的突破，把中心建成教学科研、学术交流和资料信息的综合平台，努力实现省内领先、国内出色的目标，扩大在国际学术界的知名度。增强实力，协调运作，承担对本学科发展具有中长期导向作用的重大课题，使中心成为国内外有一定影响力的人文学高层次人才培养基地和文史哲通化研究的资料中心。

"人文学丛书"是"人文学中心"建设的一个信息窗口，她将本项目的水平标高展现给社会。"人文学丛书"也是"文学通化研究"的一个交流平台，她把本团队融贯文史哲和勾兑中西学的成败利钝呈现出来，与学界同仁共同品鉴。这套丛书包含三个方面的内容，其一是人文学原理与方法探要，其二是中外文史通义问题求索，其三是中外文学通化现象研究。毋庸讳言，这样一套丛书的编著，连同上述"人文学中心"建设的重大任务，都属于既"吃螃蟹"也"尝蜘蛛"的艰险行为。但是全球化的历史潮流迫使我们斗胆进取，面对国际教科文演变的一道难题，中国的人文学者总得交出自己的答卷。

"人文学丛书"第一辑收入十部著作，其一是陈桐生教授的《七十子后学散文研究》。在中外文学研究中诗文是大板块。源头探索亟待突破，上游研究尤需透解。我在《诗语思通释》讲稿中谈过自己的浅见，原语见原诗，散字出散文，散语是酵母，神话是前身。中国散文的源头在散语，其风气之先当属神话。神话是散语，散语是散文的前奏。散文在三代发轫，春秋跃如，战国辉煌，几近诸体大备。春秋至战国间散文如何变化？春秋散文与战国散文如何衔接？学界较多地描述了显见文本，但是对内在的深层关联发掘不够，因而对二者之间的起承转合缺乏吃紧处的勾连。陈教授学富五车，满腹经纶，已有十多部关于先秦两汉文史思想的学术著作问世。此次推出的《七十子后学散文研究》是其先秦文学研究的又一重要成果，正好填补了这个空白。"七十子后学散文"的概念是陈教授首揭首倡，从中传达出的人文学术变迁理论发人深思。在散文学源头最能看到散文乃至广义文科演进的关键性转折。《七十子后学散文研究》可谓既观衢路又照隙隙的力作。

按著作内容的时代顺序排列，第二本是孙雪霞副教授的《比较视野中的〈庄子〉神话研究》。作者对神话的界说耐人寻味。她称"神话是一种成就某些深远意义的让信众们信以为真并产生期许或向往的叙事"。"神话在《庄子》中'不成体系'，以'交界线'与'块茎'的样态在场。""神人之神采、畸人之神奇、异人之神秘，共同构成了《庄子》生气盎然之神话世界。具体而言，有于喁相随、六合祥和、以无观有、物我启蔽、始源浑然等几个向度。"作者在世界神话史的大背景中审度《庄子》神话的价值，将之视作原始文化与文明文化并存的最鲜活的例子。同时也以《庄子》神话反观西方神话，语涉中外，笔走龙蛇，多向比较，新见风发，其眼光、才气和胆魄都有超乎惯常思维之处，为人文学研究系列增加了一个新品种。

何国平教授的《山水诗前史——从〈古诗十九首〉到玄言诗审美经验的变迁》，李祥伟副教授的《走向"经典"之路——〈古诗十九首〉阐释史研究》，何光顺副教授的《玄响寻踪——魏晋玄言诗研究》，是一组颇见功力的学术成果。"古诗十九首"如何成为经典？玄言缘何富于诗意？"山水诗前史"给我们提供了什么样的审美经验？三位作者从不同视角探幽览胜，为这些问题找出了很有深意的答案。这三部专著都涉及两汉魏晋的思想文化、历史、逻辑、诗歌、玄思，纵横交织，五彩错杂，这些形同万花筒一般的变化，经三位作者的苦心经营，擘画出了文史发展的大脉络，让读者享受到情在词外、状溢目前的生动诗学解读。

路成文教授的《咏物文学与时代精神之关系研究——以唐宋牡丹审美文化与文学为个案》是以唐宋牡丹玩赏及相关文学艺术活动为研究对象的学术专著。人爱花，花解语，"物色之动，心亦摇矣"。路教授于诗词研究有年，文史造诣不菲，熟谙咏物，雅人深致，目往还，心吐纳，情有赠，兴如答，展现给读者的是一幅"情感七始，化动八风"的优美画卷。进而言之，他通过人与牡丹的审美关系，发掘出了中国牡丹文化的花情结，阐明了社会、文史、自然（花卉）之间的美意识，时代风俗从花前月下流衍，人文大旨因姹紫嫣红增色。

　　刘小平教授的《有根的文学——文化视野下的中国现当代文学取样》是探索中国现当代文学元素的学术专著。徐真华和张弛主编的《20世纪法国小说的"存在"观照》，是对百年来法国小说的哲理性解读。"有根的"中国现当代文学与"存在"的20世纪法国小说，都让人领略到世界的开放和文学的交汇，都让人明了地球村的鸡犬之声相闻，都让人感悟到人文学的形之上下互动。小说，以及广义的文化，都进入了盘根错节的新时代，都遇到了新的文史通义的挑战。

　　马利红副教授的《法国副文学学派研究》，是人文学丛书的一个亮点。她为本丛书提供了文学及其理论研究的另一种视角。La paralittérature被法中两国学界通解为副文学，马利红根据栾栋教授关于辟文辟学辟思的新文学理论，不仅对这个学派作了深入的解析和全新的界定，而且给予了多方面的阐扬和跨文化的救助。具体而言，哀其局限，救其弊端，解其困惑，助其超越。可以说，作者给进退维谷的副文学学派打开了四通八达的衢路，副文学及其学派从此有了辟文学的前途和可通化的期盼。

　　张静博士的《借光诗学——马利坦诗学研究》是对法国哲学家和神学理论家马利坦诗学的专题研究。在现代社会各种理论气势磅礴而传统宗教江河日下的大背景下，信仰危机非常尖锐地摆在人类面前。马利坦是西方为数不多的大神学家，他在坚守天主教信仰的同时，也在深刻地思索社会的变化和人类的未来。其神化诗学集中体现了这样的神学宗旨。我国对马利坦的研究还处于评介阶段，擘肌入理的研讨尚不多见。张静博士在这方面用功甚勤，不论是资料收集，还是学术解析，都做出了相当的成绩。她非宗教信徒，读者可以从其客观的评述中感受到马利坦及其研究者的人文深衷。

　　上述十种论著从不同角度阐发了人文学的一些大方面。表面上看，这些著作云行雨施，各有所专，与建设人文学中心的主旨若即若离，实际上它们都很贴近人文学思想的大主题，每部专著都从治学理路上体现了"文史哲互根"的思想，从学术格局上追求"中西学融通"的大端。细心的读者可以从每本书的字里行间看到历史与人文的磨砺，看到思想和逻辑的扭结，看到学问与学科的切磋。这些都预示着人文学在起根发苗。

　　这套丛书的主编是广东外语外贸大学外国文学文化研究中心主任栾栋教授，他是广东省"211工程"三期重点学科建设项目"人文学中心建设——比较文化视野的文学通化研究"的首席科学家。该丛书的总策划是暨南大学出版社总编辑史小军教授。

人文学丛书的出版刚开了一个头,人文学中心建设的四个创新团队在夜以继日地工作。第二辑(十部书稿)的撰写正在有条不紊地进行。与此同时,我们还在准备另一个系列——"人文学译丛"的出版工作。此外,人文学术走出去的思路也在酝酿中。对于广东外语外贸大学的人文学者而言,人文学中心建设是一个持之以恒的学术追求,人文学研究未有穷期。

2010 年 10 月 19 日
于广州白云山麓

前　言

中国古代各体文学皆有咏物之传统，在赋、诗、词三大韵文文体中，咏物之作皆蔚然可观，莫不名家辈出，名作如林。历代文人何以如此热衷于咏物？这与中国古代思想文化中的观物传统有密切关系，也与中国古代文学创作中的感物传统密不可分。

《易》云："古者包牺氏之王天下也，仰则观象于天，俯则观法于地，观鸟兽之文，与地之宜。近取诸身，远取诸物。于是始作八卦，以通神明之德，以类万物之情。"①《诗品序》云："气之动物，物之感人，故摇荡性情，形诸舞咏。……若乃春风春鸟，秋月秋蝉，夏雨暑雨，冬月祁寒，斯四候之感诸诗者也。"②《文心雕龙·物色》云："春秋代序，阴阳惨舒，物色之动，心亦摇焉。……是以诗人感物，联类不穷，流连万象之际，沉吟视听之区。写气图貌，既随物以宛转；属采附声，亦与心而徘徊。故灼灼状桃花之鲜，依依尽杨柳之貌，杲杲为出日之容，漉漉拟雨雪之状，喈喈逐黄鸟之声，喓喓学草虫之韵。皎日嘒星，一言穷理；参差沃若，两字穷形。并以少总多，情貌无遗矣。"③ 这些耳熟能详的经典论述，或述及外在之物与人类社会之间的某种关联，或论及外物与人心、感物与状物乃至咏物之间的内在联系。换个说法，在我国古代文人看来，外在之物与人（类）、社会、时代乃至人心（创作主体思想情感）之间存在着密切联系，

---

① 参（魏）王弼、（晋）韩康伯注：《汉魏古注十三经·周易》，中华书局1998年版，第55页。

② （梁）钟嵘：《诗品序》，（清）何文焕辑：《历代诗话》，中华书局1981年版，第2~3页。

③ 参（梁）刘勰撰，范文澜注：《文心雕龙注》，人民文学出版社1958年版，第693页。

通过观物可以观照、感知人类社会或时代风会；由观物、感物进而状物、咏物，其间无疑蕴涵着精神性、思想性、情感性的丰富内涵。物之于人，以及以物为吟咏、表现主体的咏物文学，与创作主体之间无疑也存在着相当密切的联系。这一点我们可以大量文学史实清晰审视。

如果我们进行横向考察，就不难发现，同一时代不同作家对于外在之物的兴趣往往存在不同的审美取向。比如陶渊明之于菊，就迥异于同时代其他诗人；在咏物诗趋于成熟的盛唐时期，李白与杜甫的咏物兴趣也相去甚远。这主要是由创作主体之性分、情感、思想、观念乃至经历、遭遇方面的特殊性所致。而反过来，我们或可借此窥视不同创作主体之性分、情感、思想、观念乃至经历、遭遇之特殊性。换一种角度，如果进行纵向审视，我们也不难发现，不同时代创作主体之咏物兴趣，同样存在极为明显的差异，比如唐人之于牡丹、梅花与宋人之于牡丹、梅花，其表现兴趣便迥然有别。这种区别源于时代氛围之差异，同时也体现时代精神之不同。

对于唐宋时期的咏梅文学，南京师范大学程杰教授已著《宋代咏梅文学研究》、《中国梅花审美文化研究》等专著作专题讨论；对于唐宋时期的牡丹文学，虽偶见概述、鉴赏类文字，乃至有《中国牡丹全书》之编纂、汇辑部分唐宋牡丹诗词赋作，然系统整理与精辟论述唐宋牡丹之文学和文化者，则尚不多见。透过程杰教授的研究，我们约略可以看清唐宋两朝（尤其是宋代）赏梅之风习与咏梅文学之间相为表里的关系，从中可以体味宋人之爱梅、赏梅、寄意于梅的特定文化心理。透过唐宋时期牡丹审美玩赏之风习以及数量颇繁的题咏牡丹之作，我们同样可以窥见这一时期文人士大夫的心灵脉动，乃至官廷、市井民俗文化心理。

与唐宋文人士大夫之赏梅与咏梅相比，唐宋两朝牡丹玩赏之风与牡丹文学表现出巨大的特殊性。这就是，时代的变迁直接影响牡丹玩赏风习，进而深刻影响牡丹文学之主题，这与此期赏梅与咏梅所呈现比较平稳而渐次丰富但较少受历史、政治之变迁影响的基本态势相比，体现出相当大的差异①。此其一。唐宋牡丹文学主题之嬗变，受时代变迁之影响，层次非常丰富，且渐次深化，尤其是渐由一般性赞美、描绘对象物深化为借牡丹

---

① 并不是说咏梅文学不受时代变迁影响，而是说其不像牡丹文学那样表现出巨大的反差。

以表达身世之感、家国之恨等重大主题，与此期咏梅文学从一开始就着力于呈现梅花之傲雪凌霜、赞赏其清幽雅洁并与士大夫精神气节建立起内在联系相比，也存在较大差异。此其二。又由于牡丹玩赏之风习与宫廷、世俗之文化密切关联，其繁盛与衰歇皆系于时代之兴衰，因而透过牡丹文化与牡丹文学，恰可窥见唐宋六百年盛衰变迁之轨迹，这一点更非赏梅之风与咏梅文学所能具备。基于此，我们认为，唐宋时期题咏牡丹的文学作品，作为这一时期咏物文学所关注的兴趣点之一，与这一时期时代精神之变迁，体现出鲜明的互动关系；读这一时期的牡丹文学，可窥见这一时期民族、国家之兴衰与夫时代精神之变迁。职此之故，本书拟通过全面系统考察唐宋牡丹文化、牡丹文学，具体而微地呈现牡丹文学与时代精神之间的互动关系，为研究咏物文学与时代精神变迁之关系提供一个具体而生动的个案。

我们将话题正式转移到唐宋牡丹文化与牡丹文学。

牡丹作为最受中国普通大众喜爱和赞美的一种花卉，作为中国十大名花之一，有着悠久的栽培历史和深厚的文化积淀。早在两汉时代，牡丹便已作为药物进入人们的生活。魏晋南北朝时期，牡丹亦偶尔入画或被人提及。但是，相对于较早就受到人们关注、咏赞并被赋予特定象征意蕴和历史文化内涵的梅、兰、菊、荷、桂等著名花卉而言，牡丹在先秦两汉魏晋南北朝的经历似乎略显岑寂。唐朝以前，除本草类著作略有提及之外，没有一篇文学作品对这种在今天几乎被尊为"国花"的牡丹进行题咏，甚至在人们日常花卉审美活动中，也极少闪现牡丹的"身影"。直到唐代，牡丹作为一种审美玩赏的对象，由于特殊的历史机缘以及其自身的品种优势，才获得诸多帝王后妃的喜爱，从众多花卉中脱颖而出，成为最受青睐的花卉品种；并且直到南宋才被赋予特定的象征意蕴和历史文化内涵，之后这一象征意蕴和历史文化内涵逐渐变得丰厚起来，牡丹审美文化才趋于成熟。为什么会出现这样的情形呢？我国古代牡丹审美玩赏活动的历史流程，特别是唐宋六百年牡丹审美玩赏风习之变迁，以及唐宋牡丹文学主题之深化，为我们鲜明呈现了其中因缘。

遍检先秦两汉乃至魏晋南北朝典籍，除本草类著作偶尔提及牡丹之外，几乎看不到一篇完整的咏赞牡丹的文学作品，这种岑寂的现象显示牡丹至少在唐代以前尚未大规模进入人们的审美视野。但是到了唐代，对牡丹进行咏赞的篇章突然多起来，据粗略统计，唐诗咏牡丹的篇章超过一百四十篇，专咏牡丹的赋作两篇，牡丹词若干。除此之外，唐人笔记小说以及诗文词赋中咏及牡丹的作品数量也不少，很多经典的故事，如李白沉香亭醉赋《清平调》三首咏牡丹之事、文宗朝李正封咏牡丹名句"国色朝酣酒，天香夜染衣"等，至今仍为人们所津津乐道。笔者根据上述资料考察发现：初盛唐时期牡丹玩赏活动尚未普及；中唐以后则都城长安及东都洛阳城内已遍种牡丹，从帝王后苑、贵戚显宦之家到普通士子之庭院乃至佛寺道观都有广泛种植，花开时节，上至帝王，下及文人士子、僧人，莫不以赏花游遨为乐事。专门以培育、种植牡丹为业的园艺之家也开始出现并见诸载籍；在南方，杭州亦已开始种植牡丹。可以说，在当时人们心目中，牡丹的地位已近乎今天我们所谓的"国花"。

牡丹的广泛种植，显然是适应着人们赏花之需要的；但反过来却又对人们赏花之习俗的发展和传布起着推波助澜的作用。在这种文化背景之下，人们对牡丹之咏赞以及牡丹玩赏活动的记载或题咏，便是理所当然之事。唐代牡丹诗赋以及牡丹审美文化俨然成为唐代文学文化的一道风景。

值得注意的是，虽然从晚唐到五代，整个社会发生了剧烈的动荡，社会文化亦因之发生了重大的转型，但人们对于牡丹的喜爱不仅热情不减，且有与日俱增之势。北宋的政治中心汴京以及西京洛阳，一如唐朝时的长安和洛阳，到处是花的海洋。花开时节，两京一带俨然一派狂欢气氛，帝王后妃、达官显宦、文人士子、普通百姓乃至僧尼道士，皆以玩赏牡丹为乐事。北宋西京"万花"之会以及名相李迪"贡花"之举，相对于唐朝而言，皆有过之而无不及。可以说，牡丹玩赏之风尚至北宋而达到高潮。与此同时，与牡丹相关的文人创作也层出不穷。据笔者统计，宋代咏牡丹的诗、词、赋总数达一千一百余篇，其他诗、词、曲、赋、散文、笔记小说等涉及牡丹者更是不计其数，专门的牡丹谱录类著作亦多达二十一种。宋代牡丹审美活动与牡丹文学文化之盛，于此可见一斑。

比较而言，宋室南渡对于牡丹审美玩赏活动以及牡丹所附载的历史文化内涵和深刻象征意蕴具有更加丰富而深远的意义。由于牡丹的主要生长地——中原地区在此阶段已沦入异族政权的控制之下，牡丹玩赏之风曾一度趋于沉寂；随着南北对峙格局的逐步确立以及南宋中兴局面的来临，南宋君臣又过起了歌舞宴安的享乐生活，以临安为中心的江南一带，牡丹的栽培与观赏之风再次兴盛起来。遗憾的是，偏安一隅的南宋王朝不仅没有收复中原，反而在异族政权的侵袭下，被一步步逼向亡国的深渊。国家亡了，牡丹玩赏之风也随之消歇。

"国家不幸诗家幸"，随着南宋政治中心南移，作为都城胜赏、中州名花的牡丹一夜之间被提升到象征沦都、中州的地位，带有最为鲜明的情感指向，这使得南宋的牡丹文学在思想内涵层面大大超越了唐五代北宋的牡丹文学，变得更加丰富而深刻。在唐五代北宋，对牡丹的单纯咏赞是牡丹文学中表现最多的主题。少数作家在歌咏牡丹时，将一些较深刻的人生的、社会的、历史的体验渗透到其中，如令狐楚、刘禹锡借歌咏牡丹表达贬谪意识，李商隐、罗隐借歌咏牡丹以咏史抒怀等，有一定的深刻性，但并不占主导地位。到了南宋，由于牡丹的主要生长地——中原地区沦入敌国之手，更主要的是，牡丹玩赏之风尚赖以存在的社会之稳定、国家之繁荣昌盛，已成为南柯一梦，因此，南宋人对于牡丹的歌咏，往往将政治之盛衰、家国之兴亡等重大历史命题熔铸其中。南宋牡丹文学在历史文化内涵方面得到了空前的拓展，这是唐五代北宋牡丹文学所无法比拟的。

唐宋六百余年间，牡丹玩赏风习经历了从产生到极盛到中衰再到复兴而终于消歇这样一个完整的轮回，最后逐渐稳定下来，历元明清而至于今，成为我们民族文化生活中一个颇具特色的组成部分。与这种玩赏风习相关的审美文化心理，也正是经过了这个完整的过程而得以确立。

本书的基本研究思路是，先从风俗史的角度对唐宋六百年牡丹审美玩赏之风习进行深入而系统的考察，在此基础上，对此期牡丹赋、牡丹诗词等进行系统解读与阐述，借此分别呈现唐宋社会牡丹审美风尚之转移，以及唐宋文人士大夫牡丹审美文化心理之嬗变。通过风俗史与文学主题演进史之互参互证，从一个特定的具体的角度来共同呈现彼时时代精神之变迁。由于唐宋笔记小说中尚有大量牡丹资料尚未为研讨牡丹文化者所整理和充分利用，故以附录形式予以辑录。

路成文

2011 年 5 月

目　录

第一章

唐代牡丹玩赏风习述评

——唐代社会牡丹审美文化的历史考察

与大多数花卉首先是以其实用性进入人们视野，然后才逐渐进入审美领域一样，牡丹首先也是以其实用性（作为一种药材）为人们所认识，然后逐渐进入审美观赏与审美表现的领域。不过，牡丹之美的发现与表现，较其他花卉要晚许多，而牡丹之美一旦被发现，就在短暂的时间里超越所有花卉而一跃成为"花中之王"，俨然成为唐代众芳园中的"新贵"。那么，是哪些历史机缘促使她成为"花中新贵"的呢？唐代牡丹栽培与审美观赏活动的详细情况究竟如何呢？牡丹是在何种背景下获得"国色天香"之美誉的呢？唐代社会政治、经济、文化发展与牡丹栽培和观赏活动是否有着密切的内在联系呢？唐人牡丹玩赏活动的规模、区域、方式有何特点？让我们循着历史发展的脉络来领略一下牡丹成为"花王"的历史。

第一节　唐前牡丹：著于本草，依名芍药

牡丹有"国色天香"之美誉，唐代以后，即被誉为"花中之王"。不过与梅、荷、兰、菊、桂、桃等花卉相比，唐前牡丹的历史略显黯然。先秦两汉魏晋南北朝近千年的历史中，梅、荷、兰、菊、桂、桃均已先后进入文人赋咏范围，并分别被赋予高洁、芬芳、超逸、热烈等特定的象征意蕴和文化内涵。然稽诸同时代文人著述，牡丹却依然渺焉无闻，只是在医家本草类著述中，我们才发现她的身影。

翻检先秦时代留传下来的典籍，我们没有发现多少关于牡丹的记载。秦以后，一些本草类著述开始记载牡丹的药用价值。如东汉末医圣张仲景《金匮要略论》中有"鳖甲煎丸方"、"大黄牡丹汤方"、"桂枝茯苓丸方"、"麻黄加术汤方"、"防己黄芪汤方"、"白术附子汤方"、"甘草附子汤方"、"桂枝芍药知母汤方"、"天雄散方"、"薯蓣丸方"、"人参汤方"、"甘草干姜茯苓白术汤方"、"苓桂术甘汤方"、"泽泻汤方"、"五苓散方"、"茯苓戎盐汤方"、"枳术汤方"、"黄土汤方"、"猪苓散方"、"茯苓泽泻汤方"、"当归芍药散方"、"当归散方"、"白术散方"、"加减柴胡饮子方"等二十

几种药方用到了牡丹的皮或根（即"白术"）①；明代缪希雍所撰《神农本草经疏》对托名"黄帝"所作的《神农本草经》（秦汉时的著述）进行注疏，其中共有五十八处关于牡丹入药的记载②。1972 年甘肃省武威市柏树乡考古发现东汉早期圹墓中的医简有用牡丹治疗"血瘀病"的处方③。由此可见，牡丹（皮和根等）早在汉代就已广泛用于治疗各种疑难杂症。对于牡丹的药用价值，《太平御览·药部九》"牡丹"条也作了简略的述评：

《广雅》曰：白术，牡丹也。

《范子计然》曰：牡丹出汉中、河内，赤色者亦善。

《游名山志》曰：泉山多牡丹。

《本草经》曰：牡丹，一名鹿韭，一名鼠姑，味辛寒，生山谷，治寒热症伤中风惊邪，安五脏，出巴郡。

《吴氏本草》曰：牡丹，神农岐伯：辛；季氏：小寒；雷公、桐君：苦，无毒；黄帝：苦，有毒，叶如蓬相值，黄色，根如柏黑，中有核，二月八月采根，阴干，人食之，轻身益寿。④

这段文字撮录先唐医药、本草类典籍对牡丹药性药理进行记载。《广雅》系三国时代张辑撰；《范子计然》一书，《汉书·艺文志》、《隋书·经籍志》和《旧唐书·经籍志》等均无著录，《新唐书·艺文志》农家类著录，附注云"范蠡问，计然答"，疑唐人伪托；《游名山志》，谢灵运撰，《隋书·经籍志》有著录；《本草经》为汉魏南北朝时期习见药学书籍；《吴氏本草》及其所引"神农岐伯、季氏、雷公、桐君、黄帝"等，当皆习见药学著作。上述著作，除谢灵运《游名山志》具有山水游记性质

---

①　（东汉）张仲景撰，（清）徐彬注：《金匮要略论注》卷一八，四库全书本。

②　（明）缪希雍疏：《神农本草经疏》卷二，四库全书本。

③　参《中国牡丹全书》编纂委员会编：《中国牡丹全书》，中国科学技术出版社 2002 年版，第 3 页。以下所引俱出此本，不再出注。

④　参（宋）李昉等撰：《太平御览》卷九九二，上海古籍出版社 2008 年版。

外，其余数种所提到的都是牡丹的药用价值①。这进一步说明汉魏南北朝乃至隋唐时期，牡丹作为一种常用的药材，其药用价值为医家所习闻。

最早以审美之眼观照牡丹的，或属东晋顾恺之，其次则为谢灵运和杨子华。据介绍，顾恺之《洛神赋图》中画有当时富豪在洛水之滨观赏牡丹的场景②。唐段成式《酉阳杂俎》云："牡丹，前史中无说处，惟《谢康乐集》中言'（永嘉）竹间水际多牡丹'。"③ 这表明谢灵运已在山水游历过程中见过牡丹，并将其写入游记之中。此外，北齐画家杨子华也曾将牡丹画入图中。唐韦绚《刘宾客嘉话录》云："世谓牡丹近有，盖以前朝文士集中无牡丹歌诗。公尝言杨子华有画牡丹处极分明。子华北齐人，则知牡丹花亦久矣。"④ 不过，相比其他花卉而言，牡丹并没有受到特别的关注，一个显著的证据就是，当其他花卉纷纷进入文人题咏范围时，牡丹却没有在同期文学、史学著述中出现。

值得注意的是，在人们尚未充分关注牡丹之美时，另一与牡丹同属的花卉品种——芍药（牡丹属芍药科），却得到了人们的广泛关注。《诗经·郑风·溱洧》云：

溱与洧，方涣涣兮。士与女，方秉蕳兮。女曰："观乎?"士曰："既且。""且往观乎洧之外，洵讦且乐。"维士与女，伊其相谑，赠之以勺药⑤。

溱与洧，浏其清矣。士与女，殷其盈矣。女曰："观乎?"士曰："既且。""且往观乎洧之外，洵讦且乐。"维士与女，伊其将谑，赠之以勺药。

《溱洧》是一首典型的情歌。《毛诗》序云："溱洧，刺乱也。兵革不

---

① 《广雅》为训诂学著作，但从其编排体例可知其所关注者在牡丹药用价值。清人王念孙《广雅疏证》及今人徐复先生《广雅诂林》利用早期文献对之进行了大量的注疏考证，也能说明这一点。
② 参《中国牡丹全书》，第 817 页。
③ （唐）段成式：《酉阳杂俎》前集卷一九《广动植之四·草篇》，参上海古籍出版社编：《唐五代笔记小说大观》，上海古籍出版社 2000 年版，第 701 页。以下所引俱出此本，不再出注。
④ （唐）韦绚：《刘宾客嘉话录》，参《唐五代笔记小说大观》，第 800 页。
⑤ "芍药"一词在古籍中也作"勺药"。

息，男女相弃，淫风大行，莫之能救焉。""维士与女，伊其相谑，赠之以
勺药"三句，传曰："勺药，香草"，笺云："伊，因也。士与女往观，因
相与戏谑，行夫妇之事，其别则送女以勺药，结恩情也。"① 朱熹《诗经》
集传释其首章云："……勺药，亦香草也，三月开花，芳色可爱。郑国之
俗，三月上巳之辰，采兰水上以被除不祥，故其女问于士曰：'盍往观
乎'，士曰：'吾既往矣'，女复要之曰：'且往观乎。'盖洧水之外，其地
信宽大而可乐也。于是士女相与戏谑，且以勺药为赠而结恩情之厚也。此
诗淫奔者自叙之辞。"② 男女相爱而赠之以勺药以"结恩情"，这与欧洲及
现代中国恋爱中的男女赠送玫瑰以表达爱情何其相近，那么作为"芳色可
爱"之"香草"的勺药，显然超越了单纯的药用价值，而恰如今日之玫
瑰，具有审美价值和特定的文化内涵③。

到了晋宋时代，芍药已作为一种观赏性花卉被广泛种植，并形诸
歌咏。

《晋宫阁名》曰：晖章殿前芍药花六畦。④

晋傅统妻《芍药花颂》：晔晔芍药，植此前庭；晨润甘露，昼晞阳灵；
曾不逾时，荏苒繁茂；绿叶青葱，应期秀吐；缃蕊攒挺，素华菲敷；光譬
朝日，色艳芙蕖；媛人是采，以厕金翠；发彼妖容，增此婉媚；惟昔风
人，抗兹荣华；聊用兴思，染翰作歌。

宋王徽《芍药花赋》：原夫神区之丽草兮，凭厚德而挺授；翕光液而
发藻兮，飏风晖而振秀。⑤

在宫殿前种植芍药，创作专门的《芍药花颂》和《芍药花赋》，这表

① 参《汉魏古注十三经》之《毛诗》，中华书局1998年版，第39页。
② （宋）朱熹集注：《诗经》，上海古籍出版社1987年版，第38页。
③ 明朱谋玮《诗故》卷三云："《溱洧》，刺乱也……芍药，即今牡丹，花于上巳之时，中州等之荆榛，折花以赠，亦夫妇之相爱非妄，一男子见所悦而赠之也。"则径以芍药为牡丹。
④ 参（宋）李昉等撰：《太平御览》卷九九〇，上海古籍出版社2008年版，第705页。
⑤ 俱见（唐）欧阳询撰，汪绍楹校：《艺文类聚》（第二版）卷八一，上海古籍出版社1999年版，第1383页。

明人们对于芍药花审美价值的关注已经达到了相当的程度，与今人对于美丽花卉的观赏相差无几。

牡丹与芍药同属芍药科，它们的生物属性是极为相近的。根据古人的记载，牡丹与芍药的差异并不像想象中的那样大，很多记载甚至互相混杂，彼此交错。如《广雅》云："白术，牡丹也。"（《太平御览》卷九九二，药部九"牡丹"条）《吴氏本草》则曰："（芍药）一名甘积，一名梨食，一名铤，一名余容，一名白术。"（《太平御览》卷九九〇，药部七"芍药"条）《本草经》曰："芍药，一名白术，生山谷及中岳。"（《艺文类聚》卷八一，药香草部上）以上所引诸条中，牡丹与芍药同名"白术"，则上述记载中芍药与牡丹很可能是互相包含、互相混淆的。

对于这种情况，前人多有辨析。宋吴曾《能改斋漫录》"汉以牡丹为木芍药"云：

> 王立之《诗话》载宾护（按，据今人考证，《尚书故实》作者为唐代李绰）《尚书故实》云，牡丹盖近有，国朝文士集中无牡丹诗云，尝言杨子华有画牡丹处极分明。子华北齐人，则知牡丹花已久矣。（按，吴曾转引《尚书故实》此条，文字多误，原文详参本书附录）予观文忠公所为《花品序》云，牡丹初不载文字，自则天以后始盛，然未闻有以名者。如沈、宋、元、白，皆善咏花，当时有一花之异，必形于篇什，而寂无传焉。惟刘梦得有诗，但云一丛千朵，亦不云其美且异也。然予犹以此说为非，"惟有牡丹真国色，花开时节动京城"，岂不云美也。白乐天诗："人人散后君须记，归到江南无此花。"又唐人诗云："国色朝酣酒，天香夜染衣。"岂得为无人形于篇什。以上立之说。余按，崔豹《古今注》云："芍药有二种，有草芍药，有木芍药。木者花大而色深，俗呼为牡丹。"又《安期生服炼法》："芍药二种，一者金芍药，一者木芍药。救病金芍药，色白，多脂肉；木芍药，色紫，瘦，多味苦。"以此知由汉以来，以牡丹为木芍药耳。[①]

---

① （宋）吴曾：《能改斋漫录》卷四，参《笔记小说大观》第二十九编，台北新兴书局有限公司 1973—1988 年影印本，第 2053 页。以下所引唐宋人笔记如不特别标明，则俱出此本。

宋郑樵《通志·昆虫草木略》云：

……然牡丹亦有木芍药之名，其花可爱如芍药，宿枝如木，故得木芍药之名。芍药著于三代之际，《风》、《雅》之所流咏也。牡丹初无名，故<u>依芍药以为名</u>（着重号系本书作者所加，下同），亦如木芙蓉之依芙蓉以为名也。牡丹晚出，唐始有闻，贵游趋竞，遂使芍药为洛谱衰宗。

牡丹……宿枝，其花甚丽，而种类亦多，诸花皆用其名，惟牡丹独言花，故谓之花王。文人为之作谱记此，不复区别。然今人贵牡丹而贱芍药，独不言牡丹本无名，依芍药得名。故其初曰木芍药。古亦无闻，至唐始著。①

清王念孙《广雅疏证》云：

白茶，牡丹也。茶与术同。《名医别录》云："芍药，一名白术，《御览》引《吴普本草》，亦以白术为芍药一名。"此云"白茶，牡丹也"者，牡丹，木芍药也，故得同名。苏颂《本草图经》引崔豹《古今注》云："芍药有二种，有草芍药、木芍药，木者花大而色深，俗呼为牡丹，非也。"据此则古方俗相传以木芍药为牡丹，故《本草》以白术为芍药，而《广雅》又以为牡丹异名。盖其通称已久，不自崔豹时始矣。陶注《本草》云："芍药，今出白山、蒋山、茅山最好，白而长大。"《唐本草》注云："牡丹，剑南所出者，根似芍药，肉白皮丹"，然则<u>芍药、牡丹之共称白术者，皆以白得名，盖以其皮丹，则谓之牡丹，以其肉白，则谓之白术矣</u>。②

从吴曾、郑樵、王念孙的考证，我们可知，早在汉魏，牡丹即与芍药名义相混，"牡丹初无名，故依芍药以为名"，"芍药、牡丹之共称白术者，皆以白得名，盖以其皮丹，则谓之牡丹，以其肉白，则谓之白术"。由此可见，芍药与牡丹在唐以前很可能互相混淆，互相包含。

如果将南朝人对芍药花的歌咏以及对芍药花的态度与唐人对牡丹花的

---

① （宋）郑樵撰：《通志》卷七五，中华书局1987年版，第868~869页。
② （清）王念孙编纂：《广雅疏证》，江苏古籍出版社2000年版，第319页。

歌咏及态度相比较，我们发现二者亦有相因之处。晋人于晖章殿前种芍药花，当是供人们欣赏的，唐时后宫、中书省、翰林院、政事堂亦颇植牡丹以供玩赏，二者在形式上自然是一种沿袭，但牡丹与芍药颇为近似，是否其所种花卉亦有相沿袭的可能呢？唐人对牡丹的描摹，以舒元舆《牡丹赋》为最详，它与晋宋人对芍药花的歌咏亦有相似之处，除了二者生物属性的近似之外，是否有可能晋宋人所说的芍药本来就包含牡丹呢？

牡丹与芍药生物属性既极相近，前人对牡丹芍药之称谓又屡屡相混，且实视牡丹为芍药之一种。基于此，我们可以作出适当推论，即南北朝时期，人们对于芍药花的欣赏，极有可能是包含牡丹在内的，只不过由于其时牡丹之名号尚不如后世那么显著，故极少被专门拈出来进行欣赏和赋咏罢了。

附：

枚乘、司马相如、扬雄等人赋中多次出现"勺药"二字，且皆与饮食有关：

（1）《七发》：于是使伊尹煎熬，易牙调和。熊蹯之臑，勺药之酱。（《文选李善注》：《左氏传》曰：宰夫臑熊蹯不熟。《方言》曰：臑：熟也，音而。韦昭《上林赋》注曰：勺药，和齐咸酸美味也。）

（2）《子虚赋》：于是楚王乃登云阳之台，怕乎无为，憺乎自持。勺药之和具，而后御之。（《文选李善注》：服虔曰：具，美也。或以芍药调食也。文颖曰：五味之和也。晋灼曰：《南都赋》曰归雁鸣鵽，香稻鲜鱼，以为芍药，酸甜滋味，百种千名之说是也。善曰：服氏一说以芍药为药名，或者因说今之煮马肝，犹加芍药，古之遗法。晋氏之说，以勺药为调和之意。枚乘《七发》曰：勺药之酱。然则和调之言，于义为得。韦昭曰：勺，丁削切；药，旅酌切。）

（3）《南都赋》：若其厨膳，则有华乡重秬，滍皋香秔，归雁鸣鵽，香稻鲜鱼，以为芍药，酸甜滋味，百种千名。（《文选李善注》：《子虚赋》曰：芍药之和具，而后进也。文颖曰：五味之和。）

王念孙《广雅疏证》云：至司马相如《子虚赋》"勺药之和"、扬雄《蜀都赋》"甘甜之和"、"勺药之羹"，皆是调和之名，陆氏引以证勺药之草，误也。伏俨注《子虚赋》云："勺药，以兰桂调食。"文颖云："勺药，五味之和也。"韦昭云："勺药，和齐咸酸美味也。勺，丁削反；药，旅酌反。"晋灼云："《南都赋》曰：'归雁鸣鶒，香稻鲜鱼，以为勺药，酸甜滋味，百种千名。'文说是也。李善云："枚乘《七发》云：'勺药之浆。'"然则和调之言，于义为得。今案，勺，丁削反；药，旅酌反。勺药之言适历也。适亦调也。《说文》：曆字从麻，云："麻，调也，与历同。"又云："秝，疏'适历'也，读若历。"《周官·遂师》注云："曆者，适历也，执绋者名也。"疏云："分布秝疏得所，名为适历也。"然则均调谓之适历，声转则为勺药。《蜀都赋》云："有伊之徒，调夫五味甘甜之和，勺药之羹。"《七命》云："味重九沸，和兼勺药。"《论衡·谴告篇》云："酿酒于罂，烹肉于鼎，皆欲其气味调得也。时或咸苦酸淡，不应口者，由人勺药失其和也。"嵇康《声无哀乐论》云："大羹不和，不极勺药之味。"皆其证矣。①

根据前所引述，可知前人对于《七发》、《子虚赋》、《南都赋》中经常出现的"勺药"二字有两种意见：其一，认为勺药是一种调味品；其二，认为勺药是语词，即调和美味之意。这两种意见向我们透露出一点信息，即从实用性方面来看，芍药不仅具有药用价值，而且具有食用价值。

第二节　初盛唐牡丹：花中新贵，脱颖而出

世间的万事万物之所以能成为人类文化史的一个组成部分，都有其特定的历史机缘。为什么偏偏是在"那一刻"，在某一种特定力量的推动下，才促使"那一种"事物进入到人类文化中来？没有人能作出最终的解释。在这种情况下，人们往往将之归结为一种特定的机缘。这种机缘，无法解释，却可描述，因为事件本身是一个过程，而作为一个过程，只要有充分的资料，它就具有可描述性。牡丹之所以能进入我们的民族文化，同样有着特定的历史机缘，对她的描述和揭示，便是本节讨论的一个重要问题。

如前所述，南北朝时期，虽然人们已在一定程度上关注牡丹的审美价

---

① （清）王念孙编纂：《广雅疏证》，江苏古籍出版社2000年版，第310页。

值，但不可否认，牡丹尚处于芍药的附庸地位。这与盛唐以后牡丹之大受人们喜爱，一跃而成"花中之王"的情形相比，不啻霄壤。对于唐代牡丹深受士庶赏爱乃至爱之若狂的情形，中唐刘禹锡、白居易、舒元舆等人的诗、赋均有精彩描述。刘禹锡《赏牡丹》诗云："庭前芍药妖无格，池上芙蕖净少情。唯有牡丹真国色，花开时节动京城。"白居易《牡丹芳》云："花开花落二十日，一城之人皆若狂。"舒元舆《牡丹赋》序云："古人言花者，牡丹未尝预焉。盖遁于深山，自幽而芳，不为贵者所知。花则何预焉。天后之乡，西河也，有众香精舍，下有牡丹，其花特异。天后叹上苑之有缺，因命移植焉。由此京国牡丹，日月浸盛。今则自禁闼泊官署，外延士庶之家，弥漫如四渎之流，不知其止息之地。每暮春之月，遨游之士如狂焉。亦上国繁华之一事也。"初唐时期文人士大夫对于牡丹的玩赏与描述尚不多见，但在盛唐时期，人们对于牡丹已呈争相追捧之态，宋高承《事物纪原》云"开元时，宫中及民间竞尚牡丹"，就是这种心态的体现。公元755年冬，安史之乱爆发，唐代社会陷入巨大的动荡之中，八年后，安史之乱平息，但唐代社会在相当长时间内仍处于动荡局势之中。值得注意的是，社会的剧烈动荡并没有使牡丹玩赏之风消歇，反而因两京陷落、朝臣奔逃、宫人流散而将宫中牡丹玩赏之趣尚散布至民间，到唐宪宗元和年间，随着社会政治经济的重趋安定和繁荣，牡丹玩赏之风重新趋于繁盛，因而出现了刘、白、舒三人所描述的牡丹玩赏之盛况。与此相适应，对于牡丹进行审美表现的热情也迅速高涨，涌现出大量歌咏、赞美牡丹的诗篇。

那么，牡丹是如何成为"花中新贵"的呢？完成这一过程的历史机缘又有哪些，它们是如何发生作用的呢？根据我们所掌握的材料，促使牡丹成为"花中新贵"的历史机缘主要有如下数端：一是武则天首重牡丹；二是唐玄宗、杨贵妃的由衷赏爱；三是李白沉香亭醉赋《清平调》。合而言之，初盛唐宫廷文化在牡丹成为"花中新贵"的过程中起了至关重要的作用，李白则赋予其传奇色彩和更普泛的文化影响力。

一、武则天首重牡丹

牡丹本来只是一种普通的草本植物，"于花中不为高第，大抵丹延以西及褒斜道中尤多，与荆棘无异，土人皆取以为薪"（欧阳修《洛阳牡丹记》）。那么牡丹是何时被移植入长安，并成为人们特别赏爱的花卉的呢？对此，主要有如下两种说法：

1. 隋代

《隋炀帝海山记》云：

> 帝自素死，益无惮。乃辟地周二百里为西苑，役民力常百万。内为十六院，聚土石为山，凿为五湖四海，诏天下境内所有鸟兽草木，驿至京师。……易州进二十相牡丹：赭红、赭木、鞓红、坏红、浅红、飞来红、袁家红、起（当作"赵"）州红、醉妃红、起台红、云红、天外黄、一拂黄、软条黄、冠子黄、延安黄、先春红、颤风娇。①

另有"诸葛颖算花之数"的故事，事见明代陈诗敦所编《花里活》卷上（据《渊鉴类函》，此则故事亦载宋陶谷《清异录》，然今本不载）：

> 诸葛颖精于数，晋王广引为参军，甚见亲重。一日共坐，王曰："吾卧内牡丹盛开，君试为一算。"颖持越策度一二子，曰："牡丹开七十九朵。"王入，掩户，去左右，数之，正合其数，但有二蕊将开，故倚阑看传记，伺之，不数十行，二蕊大发，乃出谓颖曰："君莫得无左乎？"颖再挑一二子曰："我过矣，乃九九八十一朵也。"王告以实，尽欢而退。②

按照《隋炀帝海山记》的说法，早在隋炀帝时代，牡丹就已大规模移植到京师（长安）。按照《清异录》、《花里活》的说法，则隋炀帝在即位之前，早已将牡丹种在了自己起居室的花圃之中。附带的信息还有：隋代不仅种植牡丹，而且所植品种已相当繁富。

《青琐高议》是宋代有名的笔记小说集，收录了《骊山记》、《温泉记》、《韩湘子》、《谭意歌》等相当优秀的短篇小说。《隋炀帝海山记》也

---

① （宋）刘斧：《青琐高议》，参《笔记小说大观》第九编，第 3090～3093 页。

② （明）陈诗敦编：《花里活》卷上，参《笔记小说大观》第六编，第 2809 页；又（清）张英、王士祯：《渊鉴类函》引《清异录》。

是其中之一。这些小说虽然涉及历史上一些真实人物，但内容则大多是虚构的，尤其是许多细节，完全是为了塑造历史人物形象而臆想编造的，所以其中的记载很不可靠。比如其对于牡丹品种的记载，便与唐宋时期大多数记载不符。

"诸葛颖算花之数"的故事不见于今本宋人陶谷所著之《清异录》，至明清人编《花里活》、《渊鉴类函》始见，故为后人附会的可能性较大。宋马永卿《懒真子》卷三尝载宋代邵雍"卜富弼园牡丹之命"的故事①，与这则故事类似。因此这则故事极可能是后人误记，或者张冠李戴、移花接木而成，可信度不高。

基于以上理由，我认为关于隋炀帝大量移植牡丹并大加赏爱牡丹的记载恐属附会，上述两则故事不能成为牡丹在隋代即已大量移植于长安的证据。隋代时牡丹花名未显，尚未从众芳中脱颖而出。

2. 武后朝

在唐宋笔记小说和文学文献中，有不少关于武则天与牡丹之关系的记载。

（1）唐柳宗元《龙城录》"高皇帝宴赏牡丹"条云：

高皇帝御群臣，赋《宴赏双头牡丹》诗，惟上官昭容一联为绝丽，所谓"势如连璧友，心若臭兰人"者。使夫婉儿稍知义训，亦足为贤妇人，而称量天下，何足道哉？此祸成所以无赦于死也。有文集一百卷行于世。②

（2）唐舒元舆《牡丹赋》序云：

_____

① 宋马永卿《懒真子》卷三："富郑公留守西京日，因府园牡丹盛开，召文潞公、司马端明、楚建中、刘凡、邵先生同会。是时牡丹一栏，凡数百本，坐客曰：'此花有数乎？且请先生筮之。'既毕，曰：'凡若干朵。'使人数之，如先生言。又问：'此花几时开尽，请再筮之。'先生再三揲蓍，坐客固已疑之。先生沉吟良久，曰：'此花命尽午时。'坐客皆不答。温公神色尤不佳，但仰视屋。郑公因曰：'来日食后，可会于此，以验先生之言。'坐客曰：'诺。'次日食罢，花尚无恙，泊烹茶之际，忽然群马厩中逸出，与坐客马相蹄啮，奔出花丛中。既定，花尽毁折矣。于是洛中愈伏先生之言。"

② （唐）柳宗元：《龙城录》，参《唐五代笔记小说大观》，第148页。

古人言花者，牡丹未尝预焉。盖遁于深山，自幽而芳，不为贵者所知。花则何预焉。天后之乡，西河也，有众香精舍，下有牡丹，其花特异。天后叹上苑之有缺，因命移植焉。由此京国牡丹，日月浸盛。①

（3）宋欧阳修《洛阳牡丹记》云：

牡丹初不载文字，唯以药载《本草》，然于花中不为高第，大抵丹延以西及褒斜道中尤多，与荆棘无异，土人皆取以为薪。自唐则天以后，洛阳牡丹始盛，然未闻有以名著者。②

（4）宋计有功《唐诗纪事》卷二云：

天授二年腊，卿相欲诈称花发，请幸上苑，有所谋也。许之，寻疑有异图，乃遣使宣诏曰："明朝游上苑，火急报春知。花须连夜发，莫待晓风吹。"于是凌晨名花布苑，群臣咸服其异。③

（5）宋罗大经《鹤林玉露》云：

又如牡丹，自唐以前未有闻，至武后时，樵夫采山乃得之。国色天香，高掩群花，于是舒元舆为之赋，李太白为之诗，固已奇矣。至宋朝，紫黄丹白，标目尤盛。至于近时，则翻腾百种，愈出愈奇。④

（6）宋姚勉《赠彭花翁牡丹障》云：

此花昔唯载本草，流传至唐花始好。移来从武曌，重爱由环儿。名花

---

① （唐）舒元舆：《牡丹赋》，参（清）董诰等编：《全唐文》卷七二七，上海古籍出版社 1990 年版，第 3317 页。
② （宋）欧阳修：《洛阳牡丹记》，参《笔记小说大观》第五编，第 1689 页。
③ （宋）计有功：《唐诗纪事》，宋诗话全编本，江苏古籍出版社 1998 年版，第 4452 页。
④ （宋）罗大经：《鹤林玉露》卷四，参《笔记小说大观》第二十九编，第 356 页。

与倾国，初著沉香词。①

（7）宋高承《事物纪原》云：

> 武后冬月游后苑，花俱开而牡丹独迟，遂贬于洛阳。故今言牡丹者以西洛为冠首。②

上列七条中，第一条未曾言及武则天，然所述实为武则天当政时之事③，这表明武则天时代，牡丹已移植于后宫，成为宫廷观赏的名花，且已培植出"双头牡丹"这样比较奇特的品种。第二、三、五条皆明言牡丹是由武则天移入后宫，从而使牡丹由一种普通的花卉一跃而成备受世人赏爱的名花。其中第二条舒元舆《牡丹赋》序所记，更指明牡丹乃武则天故乡西河郡众香精舍中的奇花，武则天当政后，因后宫没有牡丹，故命人移植入宫。这则记载确凿地表明，武则天不仅是将牡丹花移植入上苑的第一人，而且这其中还隐含她对于故乡风物的某种感念。第四条记武则天诏牡丹凌冬开放之事，第七条记武则天怒贬牡丹于洛阳之事，虽富于传奇色彩，但表明人们潜意识里仍认同武则天是最早特别重视牡丹的帝王。

值得注意的是，开元年间郎官裴士淹在出使幽、冀途中，曾专程前往汾州众香寺取白牡丹种移入其长安私第，这也可以作为武后移植牡丹入长安的一个佐证。段成式《酉阳杂俎》前集卷一九《广动植之四·草篇》云：

> 开元末，裴士淹为郎官，奉使幽冀回，至汾州众香寺，得白牡丹一窠，植于长安私第，天宝中，为都下奇赏。④

---

① 《全宋诗》卷三四〇七，北京大学出版社 1991—1998 年版，第 40514 页。本书所引宋诗除特别说明外，均据此本，以下随文标注卷次页码，不再单独出注。

② （宋）高承：《事物纪原》卷一〇，四库全书本。

③ 上官婉儿深得武则天眷顾，其出入掖庭，侍从帝、后左右，主要在武则天做皇后及天子时期。

④ （唐）段成式：《酉阳杂俎》前集卷一九《广动植之四·草篇》，参《唐五代笔记小说大观》，第 701 页。

段氏所记之汾州众香寺，与舒元舆所言之西河众香精舍乃同一地同一寺。《旧唐书·地理志》"汾州"云："汾州，上，隋西河郡。……天宝元年，改为西河郡；乾元元年，复为汾州。"① 裴氏从汾州众香寺移植白牡丹入长安私第，与稍早武后命人从西河众香精舍移植牡丹入上苑如此吻合，则我们可以推测裴氏在出使之前，已经知道汾州众香寺有牡丹，武后的举措，可以看做他的前辙。

综上所述，即使舒元舆所言武后为最早移植牡丹入后苑之人略显武断，上述材料也至少证明，武则天是最早格外看重牡丹的帝王，初盛唐之际，她命人从其家乡西河郡（汾州）移植牡丹于上苑，在唐宋牡丹文化发展进程中具有极其重要的意义。

二、唐玄宗、杨贵妃的由衷赏爱

开元、天宝时期，唐人赏爱牡丹之风气渐兴，至贞元、元和之际而趋于极盛②。领导这股潮流的正是当时的最高统治者唐玄宗及其宠妃杨贵妃。关于唐玄宗、杨贵妃爱花赏花的记载很多，以下几条最具代表性。

唐柳宗元《龙城录》载：

洛人宋单父，字仲儒。善吟诗，亦能种艺术。凡牡丹变易千种，红白斗色，人亦不能知其术。上皇召至骊山，植花万本，色样各不同。赐金千余两，内人皆呼为花师。亦幻世之绝艺也。③

唐李濬《松窗杂录》载：

开元中，禁中初重木芍药，即今牡丹也。（《开元天宝》花呼木芍药，本记云禁中为牡丹花。）得四本，红、紫、浅红、通白者，上因移植于兴

---

① 参（五代）刘昫等撰：《旧唐书》卷三九，中华书局 1975 年版，第 1475 页。
② 陈寅恪《元白诗笺证稿》之《新乐府·牡丹芳》笺证推断：据唐代牡丹故实，知此花于高宗武后之时，始自汾晋移植于京师，当开元天宝之世，尤为珍品。至贞元元和之际，遂成都下之盛玩。此后乃弥漫于士庶之家矣。
③ （唐）柳宗元：《龙城录》，参《唐五代笔记小说大观》，第 151 页。

庆池东沉香亭前。会花方繁开，上乘月夜召太真妃以步辇从。诏特选梨园弟子中尤者，得乐十六色。李龟年以歌擅一时之名，手捧檀板，押众乐前欲歌之。上曰："赏名花，对妃子，焉用旧乐词为？"遂命龟年持金花笺宣赐翰林学士李白，进《清平调》词三章。白欣承诏旨，犹苦宿醒未解，因援笔赋之。"云想衣裳花想容，春风拂晓（当作"槛"）露华浓。若非群玉山头见，会向瑶台月下逢。""一枝红艳露凝香，云雨巫山枉断肠。借问汉宫谁得似，可怜飞燕倚新妆。""名花倾国两相欢，长得君王带笑看。解释春风无限恨，沉香亭北倚栏干。"龟年遽以词进，上命梨园弟子约略调抚丝竹，遂促龟年以歌。太真妃持颇黎七宝杯，酌西凉州葡萄酒，笑领意甚厚。上因调玉笛以倚曲，每曲遍将换，则迟其声以媚之。太真饮罢，饰绣巾重拜上意。龟年常话于五王，独忆以歌得自胜者无出于此，抑亦一时之极致耳。上自是顾李翰林尤异于他学士。会高力士终以脱乌皮六缝为深耻，异日太真妃重吟前词，力士戏曰："始谓妃子怨李白深入骨髓，何拳拳如是？"太真妃因惊曰："何翰林学士能辱人如斯？"力士曰："以飞燕指妃子，是贱之甚矣。"太真颇深然之。上尝欲命李白官，卒为宫中所捍而止。①

宋刘斧《青琐高议·骊山记》云：

……帝（明皇）又好花木，诏近郡送花赴骊宫。当时有献牡丹者，谓之杨家红，乃卫尉卿杨勉家花也。其花微红，上甚爱之。命高力士将花上贵妃，贵妃方对妆，妃用手拈花，时匀面手脂在上，遂印于花上。帝见之，问其故，妃以状对。诏其花栽于先春馆。来岁花开，花上复有指红迹。帝赏花惊叹，神异其事，开宴召贵妃，乃名其花为一捻红。后乐府中有一捻红曲，迄今开元钱背有甲痕焉。宫中牡丹最上品者为御衣黄，色若御服。次曰甘草黄，其色重于御衣。次曰建安黄，次皆红紫，各有佳名，终不出三花之上。他日，近侍又贡一尺黄，乃山下民王文仲所接也。花面几一尺，高数寸，只开一朵，鲜艳清香，绛帏笼日，最爱护之。②

---

① （唐）李濬：《松窗杂录》，参《唐五代笔记小说大观》，第 1213 页。
② （宋）刘斧：《青琐高议·骊山记》，参《笔记小说大观》第九编，第 3009 ~ 3010 页。

上述三则材料直接记载了唐玄宗、杨贵妃对于牡丹的赏爱。第一则材料通过对唐玄宗召见并赏赐洛人宋单父以及宋单父能培植出各种颜色花形牡丹花的记载和描述，表明唐玄宗对形色奇特的牡丹花颇为激赏。第二则材料详细叙述了唐玄宗与杨贵妃在沉香亭玩赏四丛颜色花形各异的牡丹奇品的过程，特别是富于传奇色彩地描述了李白沉香亭醉赋《清平调》三首咏牡丹兼咏杨贵妃的"新词"。第三则材料出于宋刘斧《青琐高议》，该书所载小说多有附会之处，虽不可尽信，然就赏牡丹一节来看，倒是与唐玄宗、杨贵妃的生平经历和审美趣尚颇相契合。

值得注意的是，这三则材料都突出记载了开元、天宝年间牡丹花的花形、颜色、品种不断丰富的具体细节，如洛人宋单父培植奇花异品能使"牡丹变易千种，红白斗色"；玄宗、杨妃于沉香亭所赏之"红、紫、浅红、通白"牡丹；《青琐高议·骊山记》所载之杨家红（一捻红）、御衣黄、甘草黄、建安黄诸品。这些材料表明，唐代牡丹栽培技术与牡丹品种的极大丰富，与唐玄宗、杨贵妃求"新"求"奇"的审美趣尚有着相当密切的联系。

还有一点值得注意，就是唐玄宗时代牡丹花的种植规模已相当庞大，如《龙城录》所载"上皇召至骊山，植花万本，色样各不同"，一个牡丹园种植上万丛牡丹花，何其巨丽！而这正反映了玄宗赏牡丹时的另一种趣尚：巨丽之美。这一审美趣尚在此后的牡丹玩赏活动和牡丹文学作品中经常能得到验证，白居易诗、舒元舆赋，乃至宋代的"万花会"等，莫不体现这种审美趣尚。

又，五代王仁裕《开元天宝遗事》云：

杨国忠初因贵妃专宠，上赐以木芍药数本，植于家，国忠以百宝妆饰栏楯，虽帝宫之内不可及也。

国忠又用沉香为阁，檀香为栏，以麝香、乳香筛土和为泥饰壁。每于春时木芍药盛开之际，聚宾友于此阁上赏花焉，禁中沉香之亭远不侔此壮丽也。①

---

① 以上两则俱出自（五代）王仁裕：《开元天宝遗事》卷下，参《唐五代笔记小说大观》，第 1743 页。

玄宗、杨妃不仅自己爱花赏花，还将禁中牡丹赐予宠臣杨国忠。杨国忠在自己家中踵事增华，使自家牡丹比禁中牡丹还要富丽娇艳，所体现出来的审美趣尚也一脉相承。盛唐时期的牡丹审美玩赏活动，上行下效之迹显然。①

三、李白沉香亭醉赋《清平调》之事的民俗学、文化学意义

李白是盛唐最著名的诗人，他的一生富于浪漫传奇色彩，曾被贺知章呼为"谪仙人"，为唐玄宗所赏识而召入朝中供奉翰林是其一生最显赫的经历。也正是由于这段经历，使得诗仙李白与名花牡丹建立起了令后世永远钦慕的情缘。从某种意义上看，李白与牡丹花的这段奇缘，其民俗学意义远远超越了文学意义；古人乃至今人之特别喜爱牡丹花，李白功不可没。

李白沉香亭醉赋《清平调》三首之事，已见前引李濬《松窗杂录》，三首词当然写得不错。第一首"云想衣裳花想容，春风拂槛露华浓。若非群玉山头见，会向瑶台月下逢"，赞美牡丹之美艳，称其为世间所无；第二首"一枝红艳露凝香，云雨巫山枉断肠。借问汉宫谁得似，可怜飞燕倚新妆"，亦赞牡丹之美艳，以人间美女相比；第三首"名花倾国两相欢，长得君王带笑看。解释春风无限恨，沉香亭北倚栏干"，将牡丹与杨妃相比并，既赞牡丹之美艳，更赞杨妃之妖娆。由于这几首词作于陪玄宗、杨妃赏牡丹之时，杨妃其时最得玄宗宠爱，故三首词想象之奇、刻画之妙、比拟之切，固非常人所能及，而其中即境奉谀杨妃之意，显而易见。作为一种随性应景之作，李白在诗中表露出谀扬杨妃的意思，既很自然，又十分必要，因为只有这样才足以使玄宗亲自"调玉笛以倚曲，每曲遍将换，则迟其声以媚之"。后人或者以为词中暗含讽刺之意，如高力士借此以进谗言，以及后人以此称赞太白之"蔑视"权贵，实在有脱离语境、断章取义之嫌。

虽然词中略含谀扬、谄媚之意，足以使这三首词的文学品性大打折

---

① 上列材料虽不免有虚饰成分，但大体上接近历史事实，唯《青琐高议》基本上属于虚构，近传奇而非实事。

扣，但这件事情本身的文化学、民俗学意义却不能仅从其文学品性的角度来作出评定。

其一，它所涉及的人物和所描写的事件皆具有传奇色彩，而传奇性恰恰是民俗文化得以传播的重要因素。

李白沉香亭醉赋《清平调》之事，涉及的人物有李白、唐玄宗、杨贵妃、高力士、李龟年，涉及的事件则有玄宗杨妃于沉香亭赏牡丹、李白醉赋《清平调》、玄宗媚态、杨妃喜怒、高力士谗言、李白失宠等。

李白本人极富传奇色彩。杜甫《饮中八仙歌》描写"李白斗酒诗百篇，长安市上酒家眠。天子呼来不上船，自称臣是酒中仙"，李白醉赋《清平调》之事，可以说是此诗的最佳注脚。他天才豪逸，举止傲岸，以"谪仙人"自居，对于王公巨族乃至当朝皇帝不屑一顾，对于唐玄宗极其宠信的高力士也极尽侮辱调戏之能事。李白沉香亭醉赋《清平调》之事，很集中地表现了李白的这些性格特点。

玄宗可谓唐代极富传奇色彩的皇帝，我国古代封建社会由盛转衰的重大转折就发生在其在位时期。他早年励精图治，开创了著名的开元盛世，晚年却沉溺于女色珍玩，不理朝政，任用奸邪，不思进取，最终招致了安史之乱的爆发，可以说成亦玄宗，败亦玄宗。玄宗之成败，有其特定的历史原因，可以说是长期积聚的社会矛盾的一次总爆发，历代史家将此罪过系于杨妃，虽然有失偏颇，但不能说完全不对。玄宗之成败，杨妃是难辞其咎的。李白醉赋《清平调》之事，将玄宗沉溺于美色，不惜以至尊之躯取媚于杨妃的形象表现出来。高力士为玄宗、杨妃最宠信的奴才，其与杨妃沆瀣一气，干预朝政，对于天宝末年社会总危机的爆发也负有一定的责任。李本无治国之才，其谗毁李白虽不足以影响唐朝历史，但从这一事件却可窥见其更多劣迹。

李白沉香亭醉赋《清平调》之事的传奇色彩对于故事的流传具有重大意义，而故事的流传同时也附带地提高了牡丹在人们心目中的地位，对于后世牡丹玩赏风习的形成和发展也同样具有重要意义。

其二，它的出现具有特殊的历史机缘。

李白醉赋《清平调》三首，据前人考证，发生在天宝二年。我们知道，牡丹在高宗武后朝始移植于后苑，牡丹玩赏之风习最初当局限于皇室成员及部分朝廷重臣，短时间内尚不足以影响到广大市民阶层。唐玄宗、杨贵妃紧随高宗武后之后更加欣赏牡丹，这种持续的热情必然会使牡丹玩赏之风习由宫廷渐入"士庶之家"，渐入市井和民间。如前所述，玄宗曾将牡丹花作为珍品赏赐给杨国忠，国忠踵事增华，至与宫中比美。此为牡丹玩赏风习下达之一途。朝官往往向慕宫中之生活风尚，于是每于自家庭院种植牡丹以为玩赏对象，比如开元末裴士淹从汾州众香寺取得白牡丹种植于私第，遂成"都下奇赏"。此为牡丹玩赏风习传播和兴盛之又一途。牡丹玩赏之风习，在玄宗朝由宫廷波及市井"士庶之家"，表明这种风习正在广泛传播。恰恰在这个时候，发生了李白沉香亭醉赋《清平调》这样一件极富传奇色彩的事情。这对于正在传播中的牡丹玩赏风习无疑起到了推波助澜的作用。从以上两点可知，李白沉香亭醉赋《清平调》之事具有重要的民俗学意义。

其三，从后人的诠解和引用情况来看，李白醉赋《清平调》之事也早已超越了文学意义，具有重要的文化意义。兹举宋代诗词中若干引用李白沉香亭醉赋《清平调》这一典故的作品或词句稍加证明：

何须群玉南头见，都似沉香北畔移。（宋咸《牡丹二首》其二，《全宋诗》卷一七七，第 2030 页）

沉香亭北谩相猜。（晁补之《次韵李秬新移牡丹二首》之二，《全宋诗》卷一一三六，第 10861 页）

曾倚沉香作好妆，竹篱茅屋肯深藏。（李弥逊《再用粹中韵各赋牡丹梅花》，《全宋诗》卷一七一四，第 19309 页）

莫傍沉香亭北看，只宜厄酒对山翁。（李弥逊《同坐客赋席上牡丹荼蘼海棠三首》，《全宋诗》卷一七一六，第 19331 页）

沉香亭北压栏干，眩耀荧煌障帷宽。（苏籀《忆京洛木芍药三绝》，《全宋诗》卷一七六四，第 19638 页）

沉香亭北真一梦，今见宗支亦典刑。（朱松《牡丹花二首》，《全宋诗》卷一八五八，第 20754 页）

沉香亭北无消息，魏国姚家亦寂寥。（赵彦端《牡丹》，《全宋诗》卷二〇三，第 23744 页）

君不见沉香亭北专东风，谪仙作颂天无功。（杨万里《题益公丞相天香堂》，《全宋诗》卷二三一一，第 26588 页）

沉香亭畔无消息，付与扬州十月春。（许及之《扬州席上次蒋右卫韵赋牡丹二绝》，《全宋诗》卷二四六〇，第28449页）

沉香亭北露华春，曾识霓裳第一人。（任希夷《牡丹》，《全宋诗》卷二七二七，第32086页）

沉香亭北梦魂赊，惊见祥云七宝车。（洪咨夔《口占酬俞端叔牡丹》，《全宋诗》卷二八九五，第34573页）

甘露殿中空诵赋，沉香亭畔更无诗。（刘克庄《记牡丹事二首》，《全宋诗》卷三〇六二，第36527页）

醉面如醉如有旧，沉香亭北记曾吟。（方岳《杨妃牡丹》，《全宋诗》卷三二一一，第38407页）

独乐园中老居士，沉香亭北谪仙人。（高斯得《饮牡丹》，《全宋诗》卷三二二四，第38586页）

高烧烛照御黄衣，疑是沉香夜宴归。（赵孟坚《高渭席上烛照牡丹》，《全宋诗》卷三二四一，第38677页）

可惜承恩亭北赋，苦无妙语告君王。（施枢《牡丹》，《全宋诗》卷三二八二，第39101页）

沉香亭北空回首，目断关河万里天。（胡仲弓《梅坡席上次韵牡丹》，《全宋诗》卷三三三六，第39838页）

赋诗谁复待沉香，鸿洞乾坤走险忙。（陈著《又次韵二首》，《全宋诗》卷三三五七，第40112页）

名花与倾国，初著沉香词。（姚勉《赠彭花翁牡丹障》，《全宋诗》卷三四〇七，第40514页）

沉香亭北栏干曲，独抱琵琶看牡丹。（陈允平《暮春》，《全宋诗》卷三五一六，第41994页）

沉香宴罢索人扶，重向银瓶睹雪肤。（陆文圭《题牡丹梨花手卷》，《全宋诗》卷三七一三，第44615页）

以上为《全宋诗》中咏及李白沉香亭醉赋《清平调》之事者。

沉香亭子钩栏畔，偏得三郎带笑看。（贺铸《剪朝霞·牡丹》，《全宋

词》第645页)①

对沉香亭北新妆。记清平调，词成进了，一梦仙乡。（晁补之《夜合花·和李浩季良牡丹》，《全宋词》第721页）

玉镜台前呈国艳，沉香亭北映朝曦。如花惟有上皇妃。（葛胜仲《浣溪沙·木芍药词》，《全宋词》第930页）

试问沉香旧事，应劝我、莫负韶光。（曾觌《满庭芳·赏牡丹》，《全宋词》第1700页）

最忆当年，沉香亭北，无限春风恨。（辛弃疾《念奴娇·赋白牡丹和范廓之韵》，《全宋词》第2420页）

牡丹比得谁颜色。似宫中太真第一。渔阳鼙鼓边风急。人在沉香亭北。（辛弃疾《杏花天·嘲牡丹》，《全宋词》第2454页）

红牙签上群仙格。翠罗盖底倾城色。和雨泪阑干。沉香亭北看。［辛弃疾《菩萨蛮》（雪楼赏牡丹，席上用杨民瞻韵），《全宋词》第2537页］

沉香亭北又青苔。唯有当时蝴蝶，自飞来。（姜夔《虞美人·赋牡丹》，《全宋词》第2795页）

记当年、沉香亭北，醉中曾见。（刘仙伦《贺新郎》，《全宋词》第2841页）

碧玉阑干，青油幢幕，沉香庭院。（卢祖皋《锦园春三犯·赋牡丹》，《全宋词》第3093页）

开元盛日，爱名花绝品，浅红深紫。云想衣裳□□映，曲槛软风微度，群玉山头，瑶台月下，一朵香露凝。嫣然倾国，巫山肠断云雨。借问标格风流，汉宫谁似，飞燕红妆舞。解释春风无限恨，博得君王笑语。七宝杯深，蒲萄酒满，胜赏今何许。沉香亭北，倚阑终日凝伫。（林正大《括酹江月》，《全宋词》第3150页）

向沉香亭北按新词，乘醉归。（赵以夫《满江红·牡丹和梁质夫》，《全宋词》第3401页）

沉香槛北，比人间、风异烟殊。（吴文英《汉宫春·追和尹梅津赋俞园牡丹》，《全宋词》第3705页）

---

① 本书所引宋词除特别说明外，均据中华书局简体横排版，以下随文标注页码，不再单独出注。唐圭璋编纂，王仲闻参订，孔凡礼补辑：《全宋词》，中华书局1999年版。

漫寻思，承诏沉香亭上，倚阑干处。（陈著《水龙吟》，《全宋词》第3861页）

犹想沉香亭北。人醉里，芳笔曾题新曲。（周密《楚宫春·为洛花度无射宫》，《全宋词》第4133页）

沉香醉墨，曾赋与、昭阳仙侣。（刘壎《天香·次韵赋牡丹》，《全宋词》第4218页）

谁写一枝淡雅，傍沉香亭北。［张炎《华胥引》（钱舜举幅纸画牡丹、梨花。牡丹名洗妆红，为赋一曲，并题二花），《全宋词》第4432页］

太白醉游何处，定应忘了沉香。（张炎《清平乐·为伯寿题四花·牡丹》，《全宋词》第4433页）

以上为《全宋词》中咏及李白沉香亭醉赋《清平调》之事者。

从上引资料来看，李白沉香亭醉赋《清平调》之事，成为后世牡丹文学中习用的事典和语典，无论诗人词人们借这一典故表达的情感志趣如何（如有的借以表达对于牡丹的欣羡赞美，有的则借以表达对于君王荒淫误国的批判），这段富于传奇色彩的故事早已深入人心，却是不争的事实。这表明李白沉香亭醉赋《清平调》之事，早已成为我国牡丹文化的重要组成部分，具有重要的文化意义。

综合上述三个方面，我们认为牡丹在初唐尚为一种普通花卉，并没获得世人的格外青睐。高宗武后朝，武则天命人将牡丹从其家乡西河（汾州）之众香精舍移植于上苑，从此，牡丹一跃而成"花中新贵"，牡丹之观赏成为宫廷中一项保留节目；唐玄宗、杨贵妃继承高宗武后朝形成的这一风尚，且有踵事增华之势；特别值得注意的是，天宝二年（743）春，唐玄宗、杨贵妃于沉香亭夜赏牡丹，李白奉诏醉赋《清平调》三首，这中国历史上最伟大的诗人、出色的音乐家、极富传奇色彩的皇帝和他的宠妃以及他们的宠奴高力士，汇聚到一起，上演了宫廷文化中极富传奇色彩的一幕。所有这些，对于牡丹花知名度的提高具有不可忽视的作用。牡丹正是在这样一个特殊的时空背景之下，由一群特殊的历史人物推上前台，产生深远影响，形成特定民俗，进入我们民族文化体系的。

第三节　中晚唐牡丹：唯有牡丹真国色，花开时节动京城

唐玄宗天宝十四年（755）冬，安禄山在范阳起兵发动叛乱，次年攻陷两京。安禄山死后，其手下部将史思明继续与唐军作战，至唐代宗宝应二年（763）才被平定。这就是中国历史上著名的安史之乱。安史之乱的爆发，对王室、两京乃至整个社会都造成了巨大的冲击和破坏，对于刚刚兴起不久的牡丹玩赏活动也产生了深远的影响。这主要表现为：宫廷牡丹玩赏风习几经起伏而终趋式微；宫廷以外的牡丹玩赏活动则日趋活跃。

一、中晚唐宫廷牡丹玩赏活动略述

安史之乱后，唐王朝国力衰颓，藩镇割据、朝中党争、宦官专权使皇室和宫廷几乎处于任人宰割的地步。中唐以后，牡丹玩赏活动仍然是宫廷内部一项重要的娱乐休闲活动，皇家园囿之牡丹种植仍颇具规模，但牡丹赏花之心态，已较开元、天宝之际有很大不同。

中唐以后皇家园囿牡丹种植情况，从舒元舆《牡丹赋》可略见一斑。赋云：

暮春气极，绿苞如珠；清露宵偃，韶光晓驱。动荡支节，如解凝结。百脉融畅，气不可遏。兀然盛怒，如将愤泄。涉色披开，照耀酷烈。美肤腻体，万状皆绝。赤者如日，白者如月；淡者如赭，殷者如血。向者如迎，背者如诀；坼者如语，含者如咽。俯者如愁，仰者如悦；衰者如舞，侧者如跌。亚者如醉，曲者如折；密者如织，疏者如缺；鲜者如濯，惨者如别。初胧胧而上下，次鲜鲜而重叠。锦衾相覆，绣帐连接。晴笼昼薰，宿露宵裛。或灼灼腾秀，或亭亭露奇。或酣然如招，或俨然如思。或带风如吟，或泣露如悲。或垂然如缒，或烂然如披。或迎日拥砌，或照影临池。或山鸡已驯，或威凤将飞。其态万万，胡可立辨。不窥天府，孰得而见。乍疑孙武来此教战，其战谓何？摇摇纤柯，玉栏风满，流霞成波，历

阶重台，万朵千窠。西子南威，洛神湘娥，或倚或扶，朱颜已酡；角衔红钰，争颦翠娥。灼灼夭夭，逶逶迤迤，汉宫三千，艳星列河。我见其少，孰云其多。①

据笔者考证，舒元舆《牡丹赋》应作于唐文宗大和九年暮春（详后），此赋极尽铺张排比之能事，对皇家园囿中牡丹园花开时节盛丽之状进行了描写，言辞虽不免夸张，但仍可从中窥见宫廷牡丹种植之盛况。唯宫廷牡丹玩赏之心态，因时势之变迁而发生较大变化。以下几则材料可以作为佐证。

唐苏鹗《杜阳杂编》载：

穆宗皇帝殿前种千叶牡丹，花始开，香气袭人，一朵千叶，大而且红。上每睹芳盛，叹曰"人间未有"。

上（文宗）于内殿前看牡丹，翘足凭栏，忽吟舒元舆《牡丹赋》云："俯者如愁，仰者如语，合者如咽。"吟罢，方省元舆词，不觉叹息良久，泣下沾臆。②

唐李濬《松窗杂录》载：

大和、开成中，有程修己者，以善画得进谒。修己始以孝廉召入籍，故上不甚礼（按，原文失"礼"字，据别本补），以画者流视之。会春暮内殿赏牡丹花，上颇好诗，因问修己曰："今京邑传唱牡丹花诗，谁为首出？"修己对曰："臣尝闻公卿间多吟赏中书舍人李正封诗曰：'天香夜染衣，国色朝酣酒。'"（按，原句当作"国色朝酣酒，天香夜染衣。"）上闻之，嗟赏移时。杨妃方恃恩宠，上笑谓贤妃曰："妆镜台前宜饮以一紫金盏酒，则正封之诗见矣。"③

① （唐）舒元舆：《牡丹赋》，参（清）董诰编：《全唐文》卷七二七，上海古籍出版社1990年版，第3317页。
② （唐）苏鹗：《杜阳杂编》卷中，参《唐五代笔记小说大观》，第1385页。
③ （唐）李濬：《松窗杂录》，参《唐五代笔记小说大观》，第1215页。

宋钱易《南部新书·丁》载：

长安三月十五日，两街看牡丹，奔走车马。慈恩寺元果院牡丹先于诸
牡丹半月开，太真院牡丹后诸牡丹半月开。故裴兵部怜白牡丹诗自题于佛
殿东颊壁之上。太和中，车驾自夹城出芙蓉园，路幸此寺，见所题书，
吟玩久之，因令宫嫔讽念。及暮，归大内，即此诗满六宫矣。其诗曰：
"长安豪贵惜春残，争赏先开紫牡丹。别有玉杯承露冷，无人起就月中
看。"兵部时任给事。①

以上四则材料分别记穆宗、文宗赏牡丹之情状。穆宗、文宗虽有玩赏
牡丹之事，但远非昔日之繁盛荣耀可比，如穆宗之赏牡丹，唯叹以"人间
未有"，文宗于内殿赏花，却思及宫外赏花盛况，可见此时宫廷赏花渐与
外界隔绝，非复昔日之气象。更令人心痛的是，文宗经历甘露之变后，心
情极为沉痛。在甘露之变中，以李训、郑注为首的政治集团拟设计诛杀宦
官，结果因内部矛盾，反遭宦官屠戮，舒元舆时任宰相，在事变中惨遭杀
害，文宗亦因之而形同囚徒。在此种情境之下，其观赏牡丹而不觉讽诵起
舒元舆《牡丹赋》，因花及文，因文思人，其情其景相当惨然，哪里还有
半点盛唐时代玩赏牡丹时的气象？文宗以后，笔记小说便几乎没有记及其
他帝王玩赏牡丹之事者了。这表明唐代宫廷牡丹玩赏之风习，由于政治之
变乱与国势之衰微，也渐渐走向式微了。

二、宫廷以外牡丹玩赏风习

安史之乱使皇室及宫廷娱乐文化饱受摧残，却客观上促进了宫廷娱乐
文化向民间的流传。由初盛唐宫廷文化培植起来的牡丹玩赏风习并没有因
皇室、宫廷的衰微而趋于消歇，相反，牡丹玩赏之风开始走出宫廷，走向
民间和市井，成为广大市民和文人士大夫日常生活的组成部分。牡丹玩赏
活动的中心亦由宫廷转移到民间和市井。

---

① （宋）钱易：《南部新书·丁》，参《笔记小说大观》第六编，第1084页。此
则记载有张冠李戴之嫌，详参第四章第一节，不过其记中唐牡丹玩赏活动则可信。

舒元舆《牡丹赋》序云:

> 古人言花者,牡丹未尝预焉。盖遁于深山,自幽而芳,不为贵者所知。花则何预焉。天后之乡,西河也,有众香精舍,下有牡丹,其花特异。天后叹上苑之有缺,因命移植焉。由此京国牡丹,日月浸盛。今则自禁闼泊官署,外延士庶之家,弥漫如四渎之流,不知其止息之地。每暮春之月,遨游之士如狂焉。亦上国繁华之一事也。

这篇赋序大致勾勒出了唐代(盛、中唐)牡丹之栽培与玩赏风习由宫廷而官署,由士庶之家蔓延至四海之内的过程和盛况。与宫廷牡丹玩赏风习之冷清相比,中唐以后民间牡丹之玩赏活动可谓渐入盛境。

宫廷以外牡丹之栽培与欣赏,主要在两京贵族私第及遍布京城的寺院中进行,其繁盛之状,见载于唐人诗文暨史料笔记小说者,比比皆是。兹就唐人牡丹栽培与玩赏风习形成之时间、玩赏牡丹之地点、人群及活动方式分门备述之。

(一)唐人牡丹栽培与玩赏风习形成时间之推断

唐人牡丹栽培与玩赏风习之形成,直接受到宫廷牡丹玩赏风习之影响,但其兴盛则明显晚于宫廷。唐代宫廷牡丹玩赏风习最盛于明皇朝,其后因政治之变乱与国势之衰微而走向消歇。明皇朝,宫廷以外牡丹栽培与玩赏之风习尚未形成。但明皇向大臣赏赐牡丹,大臣从外地移植牡丹,则为几十年后(严格地讲,当为贞元、元和之际)牡丹玩赏风习之大盛做好了铺垫。开元、天宝之世,宫廷以外之牡丹玩赏尚属难得。宫廷以外牡丹之栽培与玩赏,主要在重臣显宦之家,如前引玄宗赐杨国忠牡丹,国忠变本加厉,使其后园牡丹驾越于皇家园囿之上,则国忠视牡丹为荣宠贵重之物可见一斑。又段成式《酉阳杂俎》前集卷一九《广动植之四·草篇》云:

> 开元末,裴士淹为郎官,奉使幽冀回,至汾州众香寺,得白牡丹一窠,植于长安私第,天宝中,为都下奇赏。当时名公,有《裴给事宅看牡丹》诗,时寻访未获。一本有诗云:"长安年少惜春残,争认慈恩紫牡丹。别有玉盘承露冷,无人起就月中看。"太常博士张乘(别本作"嵊")尝

见裴通祭酒说。①

这段文字包含如下信息：

第一，裴士淹从汾州众香寺移植白牡丹至京师，植于私第，天宝年间成为都下奇赏。这表明开元、天宝之世牡丹之栽培与玩赏已在一定范围内形成风气。

第二，其时慈恩寺牡丹虽已成为都下胜赏，但从上文引诗可知牡丹的栽培并不普遍，品种亦相当单一。诗云"长安年少惜春残，争认慈恩紫牡丹"，"争认"二字表明慈恩寺牡丹颇为珍贵，这便暗示牡丹之栽培在长安尚不普遍；后两句言白牡丹之无人争赏，非白牡丹不贵，乃知之者不多。盛唐时期宫内牡丹之栽培技艺虽然已相当高超，如洛人宋单父所种之牡丹"变易千种，红白斗色"，沉香亭牡丹"红、紫、浅红、通白者"皆有之，主要以红紫为主，康骈《剧谈录》卷下"慈恩寺牡丹"条云"（牡丹）然世之所玩者，但浅红深紫而已"，可见常人所知之牡丹品种并不丰富。由此可见，开元、天宝之世，牡丹之栽培与玩赏虽已渐兴，但主要尚集中在宫廷或皇家园囿，宫廷以外的民间并不普遍。

肃、代时期，战乱频仍，国力大损，牡丹之栽培与玩赏罕见载籍，唯李益有《牡丹》诗一首云"紫蕊丛开未到家，却教游客赏繁华。始知年少求名处，满眼空中别有花"，可知其时牡丹之栽培与玩赏并未消歇；贞元、元和之世，国力渐渐恢复，呈现中兴之象。安史之乱中，两京凋残，宫中之人与宫内之物大量流散民间，后宫苑囿之牡丹，以及培植牡丹的园艺工亦散布民间。到贞元、元和之世，大量寺院及士庶之家开始普遍种植牡丹。牡丹之种植既多，文人又相与鼓吹唱和，牡丹玩赏之风气在此时遂趋于极盛矣②。

---

① （唐）段成式：《酉阳杂俎》前集卷一九《广动植之四·草篇》，参《唐五代笔记小说大观》，第701页。按，《裴给事宅看牡丹》诗，《全唐诗》三收，分别题裴士淹《白牡丹》、卢纶《裴给事宅白牡丹》、裴潾《白牡丹》，笔者对本诗作者进行了考辨，详参本书第四章第一节。

② 详参陈寅恪著：《元白诗笺证稿》之《新乐府·牡丹芳》笺证，生活·读书·新知三联书店2001年版，第242～247页。

（二）中唐以后牡丹栽培与玩赏之地点

1. 两京官署和豪贵、士庶之家

早在晋代，京城官署内即已栽植芍药作为公余观赏之用，如《太平御览》卷九九○所记《晋宫阁名》有"晖章殿前芍药花六畦"之句，当是官员为便于观赏而特意栽植。唐代官署亦有此举。舒元舆《牡丹赋》序云："今则自禁闼泊官署，外延士庶之家，弥漫如四渎之流，不知其止息之地。"而唐李肇撰《翰林志》则有更加具体的记载：

……虚廊曲壁多画怪石松鹤，北厅之西南小楼，王涯率人为之，院内古槐、松、玉蕊、药树、蒂子、木瓜、菴罗、峘山、桃、杏、李、樱桃、紫蔷薇、辛夷、蒲萄、冬青、玫瑰、凌霄、牡丹、山丹、芍药、石竹、紫花、芜菁、青菊、商陆、蜀葵、萱草、紫苑，诸学士至者，杂植其间，殆至繁溢。元和十二年，肇自监察御史入，明年四月改左补阙，依职守中书舍人，张仲素，祠部郎中、知制诰，段文昌改司勋员外郎，杜元颖司门员外，沈传师在焉。[1]

此段文字记唐代贞元、元和年间翰林官署艺植之盛，其中便有牡丹、芍药之属。又尉迟偓《中朝故事》云："中书政事堂后有五房，堂候官共十五人，每岁都酿醵钱十五万贯。秋间于坊曲税四区大宅，鳞次相列，取便修装，遍栽花药。至牡丹开日，请四相到其中，并家人亲戚，日迎达官，至暮娱乐，教坊声妓无不来者。"宋钱易《南部新书·丙》云："岁三月望日，宰相过东省看牡丹，两省官赴宴，亦屈保傅属卿而已。"皆表明唐时京师官署内多艺植牡丹也。

与官署牡丹之艺植相表里的，则是豪门望族达官显贵乃至士庶之家在私家园囿中广泛栽植牡丹。盛唐时代，已有豪门望族于私家园囿栽植牡丹，如杨国忠、裴士淹等。中唐以后，豪门望族之栽植牡丹更趋普遍。从唐人诗文作品及史料笔记小说，我们可以列举许多私家园囿之艺植牡丹者：

---

① （唐）李肇：《翰林志》，参《笔记小说大观》第八编，第 181～182 页。

王建所居宅。王建（字仲初，766—?）有《题所赁宅牡丹花》诗。

王仲周所居宅。武元衡（758—815）有《闻王仲周所居牡丹花发因戏赠》诗。（按，疑王仲周即王建，此二诗有唱和之意，若然，则为同一地点）

裴度绿野堂。裴度（765—839）在文宗大和八年徙东都留守，于洛阳午桥作别墅，创"绿野堂"，与白居易、刘禹锡酬宴终日，诗酒唱和。

令狐楚宅。令狐楚（766—837）《赴东都别牡丹》云："十年不见小庭花，紫萼临开又别家。"又刘禹锡（772—842）有《和令狐相公别牡丹》云："平章宅里一栏花，临到开时不在家。"

浑侍中宅。刘禹锡有《浑侍中宅牡丹》诗，白居易（772—846）有《看恽（一作浑）家牡丹花戏赠李二十》诗。

唐郎中宅。刘禹锡有《唐郎中宅与诸公同饮酒看牡丹》诗。

牛僧孺思黯南墅。刘禹锡有《思黯南墅赏牡丹》诗。牛僧孺，字思黯。

元稹宅。元稹（779—831）《和乐天秋题牡丹丛》诗云"敝宅艳山卉，别来长叹息"；又有《牡丹二首》、《酬胡三凭人问牡丹》、《赠李十二牡丹花片因以饯行》诸诗，当皆就其自家园中牡丹言。又白居易有《秋题牡丹丛》、《微之宅残牡丹》诗，亦为元稹宅牡丹而发。

白居易宅。白居易有《移牡丹栽》、《惜牡丹花二首》等诗，可见白居易亦曾在自家园中栽植牡丹。

钱学士（钱徽）宅。白居易《和钱学士牡丹》（一题《白牡丹和钱学士作》）诗云："惟有钱学士，尽日绕丛行。怜此皓然质，无人自芳馨。众嫌我独赏，移植在中庭。"可见钱学士亦曾在自家庭院栽植牡丹。按，此钱学士乃钱徽。钱徽（755—829），字蔚章，钱起之子，贞元初登进士第，元和三年八月为翰林学士，大和三年正月卒。与当时著名文学家白居易、刘禹锡、韩愈等唱酬频繁，与白居易关系尤为密切。

李德裕平泉山庄。李德裕（787—850）有《牡丹赋》。开成元年（836）德裕除太子宾客分司东都，居平泉别墅，其间曾著有《平泉花木记》，后又有《牡丹赋》，作于会昌元年（841）三月间①。

鲜于少府宅。李端（大历五年进士，与钱起、卢纶、吉中孚诸人并称

---

① 详参傅璇琮著：《李德裕年谱》，河北教育出版社2001年版，第320页。

"大历十才子") 有《鲜于少府宅木芍药》诗。

王郎中宅。姚合（781—846）有《和王郎中召看牡丹》诗。

牛尊师宅。段成式（？—863）有《牛尊师宅看牡丹》诗。

以上是据《全唐诗》所载中唐以后京师私家园囿牡丹栽植情况。

又，唐宋笔记小说亦多载唐人私家园囿多植牡丹者：

刘相国宅（文宗朝朔方节度使李进贤旧第）。唐康骈《剧谈录》卷下"刘相国宅"条云："通义坊刘相国宅，……属牡丹盛开，因以赏花为名，及期而往。厅事备陈饮馔，宴席之间，已非寻常。举杯数巡，复引众宾归内，室宇华丽，楹柱皆设锦绣；列筵甚广，器用悉是黄金。阶前有花数丛，覆以锦幄。"①

韩弘宅。唐李肇《唐国史补》卷中云："京城贵游，尚牡丹三十余年矣。……元和末，韩令始至长安，居第有之，遽命斫去曰：'吾岂效儿女子耶！'"②

田令宅。唐段成式《酉阳杂俎》续集卷二《支诺皋·中》云："东都尊贤坊田令宅，中门内有紫牡丹成树，发花千朵。花盛时，每月夜有小人五六，长尺余，游于上。如此七八年，人将掩之，辄失所在。"③

谢翱宅。唐张读《宣室志》（补遗）云："陈郡谢翱者，尝举进士，好为七字诗。其先寓居长安升道里，所居庭中多牡丹。"④

以上所举，有文献确证曾于私第种植牡丹者，即达十六七家，可见唐代京师达官显贵乃至士庶之家于家中栽培和玩赏牡丹之风习必定十分兴盛。可以说，私家园囿之栽培与玩赏牡丹，乃中唐以后人们进行牡丹玩赏活动的最重要场所。

2. 遍布京师之寺院

唐代佛教文化极为发达。"佛教在华之势力，六朝时渐臻稳固，至初

---

① （唐）康骈：《剧谈录》卷下，参《唐五代笔记小说大观》，第1479页。
② （唐）李肇：《唐国史补》卷中，参《唐五代笔记小说大观》，第185页。
③ （唐）段成式：《酉阳杂俎》，参《唐五代笔记小说大观》，第720页。
④ （唐）张读：《宣室志》，参《唐五代笔记小说大观》，第1076页。

唐而发展达于极盛"，"隋文性佞佛，即位之初，普诏天下，任听出家，仍令计口出钱，营造经像，京、并、相、洛等大都会，官为写经置寺，举国从风而靡"①，唐高祖、太宗虽然尊老子为初祖，尊道教为国教，但并没有因此而限制或废除佛教，自南北朝以来的大量佛寺及其产业依然受到特别的保护②。整个唐代，长安、洛阳几乎遍布佛寺。由于佛教具有特殊的地位，有着固定的产业和相对稳定的人员，再加上激烈的宗教竞争迫使佛教必须以更加开放的姿态吸纳新的文化因素并迅速融入中华文化体系之中，因此佛寺（特别是两京寺院）在某种程度上具备了汇集、创造、保存和传承文化的功能，寺院成为对各阶层全面开放的文化活动场所。佛教寺院内广泛种植包括牡丹在内的各种花卉，唐代牡丹文化的兴起，从某种意义上可以追溯到佛教寺院之花卉栽培。唐人最初就是从寺院中将牡丹移植到京师的，如武则天从西河众香精舍移植牡丹至皇家苑囿，裴士淹从汾州众香寺（即西河众香精舍）移植白牡丹至长安私第。而此后，一些著名的佛寺更成为人们进行牡丹玩赏活动的场所。现将有文献可征者罗列如下：

慈恩寺。慈恩寺位于长安晋昌坊，始建于隋文帝开皇九年（589），唐贞观二十年（646）扩建为大慈恩寺。唐代高僧玄奘为保护从印度带来的经卷，请得唐高宗的支持和资助，于永徽三年（652）在寺中修建了著名的大慈恩寺塔（即西安大雁塔）。唐代进士放榜后，宴集杏园，雁塔题名，此寺遂为都中名胜。慈恩寺规模极大，寺产雄厚，僧徒众多。开元、天宝时期，这里广种牡丹，故每到暮春时节，便成为士庶争相玩赏牡丹之所。唐天宝名公《裴给事宅白牡丹》诗云"长安豪贵惜春残，争认慈恩紫牡丹"，可见慈恩寺牡丹在当时影响之大。中唐权德舆有《和李中丞慈恩寺清上人院牡丹花歌》，可知中唐时慈恩寺牡丹依然繁盛。宋钱易《南部新书·丁》记文宗太和年间事云："长安三月十五日，两街看牡丹，奔走车马。慈恩寺元果院牡丹先于诸牡丹半月开，太真院牡丹后诸牡丹半月开。"康骈《剧谈录》卷下"慈恩寺牡丹"条云："京国花卉之盛，尤以牡丹为

---

① 岑仲勉著：《隋唐史》，河北教育出版社 2000 年版，第 154 页。
② 唐代"佛道之争"虽然从没间断过，但除极少数时期最高统治者采取极端手段毁佛灭佛外，大多数时期佛教的地位并不逊于道教。

上。至于佛宇道观，游览者罕不经历。慈恩浴堂院有花两丛，每开及五六百朵，繁艳芬馥，近少伦比。"更有会昌中一僧人于小室以二十年之功，培植出一丛极珍稀的殷红牡丹，被一群豪门子弟设计骗取之事。由此可见慈恩寺牡丹久负盛名，历盛、中、晚唐而不衰，实为都城一大景观也。

西明寺。西明寺位于长安延康坊，中唐元稹、白居易等人曾在这里玩赏牡丹，并留下许多脍炙人口的诗篇，如元稹有《西明寺牡丹》，白居易有《西明寺牡丹花时忆元九》、《重题西明寺牡丹》，白氏新乐府《牡丹芳》有句云"卫公宅静闭东院，西明寺深开北廊"，特别提及西明寺牡丹，可见中唐时期西明寺为当时有名的牡丹玩赏之地。

永寿寺。唐元稹有《与杨十二李三早入永寿寺看牡丹》。

万寿寺。翁承赞（晚唐五代人，乾宁三年进士）有《万寿寺牡丹》。

荐福寺。胡宿（唐末人，或云宋人，《全唐诗》编其诗于卷七三一）有《忆荐福寺牡丹》。

光福寺。刘兼（生卒年不详，五代宋初人，《全唐诗》编其诗于卷七六六）有《再看光福寺牡丹》。

天王院。王贞白（晚唐五代人，乾宁二年进士）有《看天王院牡丹》。

兴唐寺。唐段成式《酉阳杂俎》前集卷一九《广动植之四·草篇》云："兴唐寺有牡丹一窠，元和中，著花一千二百朵。其色有正晕、倒晕、浅红、浅紫、深紫、黄白檀等，独无深红。又有花叶中无抹心者，重台花者，其花面径七八寸。"

兴善寺。唐段成式《酉阳杂俎》前集卷一九《广动植之四·草篇》云："兴善寺素师院，牡丹色绝佳，元和末，一枝花合欢。"又同书续集卷五《寺院记》"靖善坊大兴善寺"条云："东廊之南素和尚院……长庆初，庭前牡丹一朵合欢。"①

除此之外，尚有多则唐人笔记小说谈及两京寺院种植牡丹的情况。如李肇《唐国史补》云："京城贵游，尚牡丹三十余年矣……执金吾铺官围外寺观种以求利。"段成式《酉阳杂俎》前集卷一九《广动植之四·草

---

① 以上两则俱引自（唐）段成式：《酉阳杂俎》，参《唐五代笔记小说大观》，第701、752页。

篇》云："韩愈侍郎有疏从子侄自江淮来，年甚少，韩令学院中伴子弟，子弟悉为凌辱。韩知之，遂为街西假僧院令读书。……因指阶前牡丹曰：'叔要此花，青、紫、黄、赤，唯命也。'韩大奇之，遂给所须，试之。乃坚箔曲，尽遮牡丹丛，不令人窥。掘棵四面，深及其根，宽容人坐。唯赍紫矿、轻粉、朱红，旦暮治其根。凡七日，乃填坑，白其叔曰：'恨较迟一月。'时冬初也。牡丹本紫，及花发，色白红历绿……'"① 其事虽荒诞，然将所记之事属之僧院，却可见唐代长安寺院种植牡丹之风尚。

从上所举材料来看，唐代两京寺院普遍种植牡丹，一些著名的寺院如慈恩寺、西明寺等更是当时京中重要的牡丹玩赏之地。王贞白《看天王院牡丹》诗有句云："前年帝里探春时，寺寺名花我尽知。"这可以看做两京寺院遍植牡丹的真实写照。

3. 两京以外的牡丹栽培与玩赏

唐代牡丹玩赏风习，自以长安、洛阳为盛，除两京以外，牡丹之栽培与玩赏最著名者当推杭州开元寺。中唐徐凝有《题开元寺牡丹》诗（见后引），又张祜有《杭州开元寺牡丹》云："浓艳初开小药栏，人人惆怅出长安。风流却是钱塘寺，不踏红尘见牡丹。"徐、张二人赋杭州开元寺牡丹，尚有一段本事，与白居易直接有关。唐范摅《云溪友议》卷中"钱塘论"条云：

　　致仕尚书白舍人，初到钱塘，令访牡丹花。独开元寺僧惠澄，近于京师得此花栽，始植于庭，栏圈甚密，他处未之有也。时春景方深，惠澄设油幕以覆其上。牡丹自此东越分而种之也。会徐凝自富春来，未识白公，先题诗曰："此花南地知难种，惭愧僧闲用意栽。海燕解怜频睥睨，胡蜂未识更徘徊。虚生芍药徒劳妒，羞杀玫瑰不敢开。唯有数苞红蓂在，含芳只待舍人来。"白寻到寺看花，乃命徐生同醉而归。②

白居易至钱塘访牡丹花，唯开元寺有之，徐凝先至而题咏，白居易见诗而召徐，引出一段文坛佳话，杭州牡丹至此而知名。

---

① （唐）段成式：《酉阳杂俎》，参《唐五代笔记小说大观》，第 701 页。
② （唐）范摅：《云溪友议》，参《唐五代笔记小说大观》，第 1282～1284 页。

总的说来，唐人对于牡丹的栽培和玩赏主要集中在长安和洛阳，这里是国家的政治、经济中心，社会富庶，人口众多，适宜于形成具有群体倾向性的风俗和爱好；这里同时又是当时的文化中心，是人文荟萃之地，文人的参与使这种群体性的风俗和爱好具有更高的品位和更丰富的文化内涵。因此唐人栽培和玩赏牡丹的风习主要集中在两京，是有其特定原因的。杭州开元寺牡丹虽然在唐时即已知名，但总体而言，京外牡丹之玩赏还是无法与两京相提并论。

（三）唐人牡丹玩赏之活动方式

唐人日常生活相当浪漫，每到春来，便成群结队至郊野踏青，欣赏大自然的美好景象。暮春时节，牡丹开放，更是赏花大好时节。如唐李肇《唐国史补》载："京城贵游，尚牡丹三十余年矣。每春暮车马若狂，以不耽玩为耻。"宋钱易《南部新书·丁》记文宗太和年间事云："长安三月十五日，两街看牡丹，奔走车马。"又唐天宝名公①《裴给事宅白牡丹》诗云："长安豪贵惜春残，争认慈恩紫牡丹。"唐刘禹锡《赏牡丹》诗云："唯有牡丹真国色，花开时节动京城。"唐白居易《牡丹芳》云："花开花落二十日，一城之人皆若狂。"这些都是对于唐人牡丹玩赏活动之盛况的生动写照。

唐人牡丹玩赏活动大致有如下几种形式：

1. 牡丹会

唐柳宗元《龙城录》"高皇帝宴赏牡丹"条云：

高皇帝御群臣，赋《宴赏双头牡丹》诗，惟上官昭容一联为绝丽，所谓"势如连璧友，心若臭兰人"者。

唐段成式《酉阳杂俎》前集卷一九《广动植之四·草篇》云：

房相有言牡丹之会，（天宝间）琯不预焉。②

———————

① 此诗作者，《全唐诗》卷一二四作裴士淹，卷二八〇作卢纶，卷五〇七作裴潾，《唐人万首绝句》、《古今图书集成》等选本又作"开元名公"。笔者经缜密考证，认为上述诸说皆误，此诗当为天宝末年某知名诗人所作，但其真实姓名，现在已无从细考。

② （唐）段成式：《酉阳杂俎》，参《唐五代笔记小说大观》，第701页。

段成式所说的"牡丹之会",当是皇帝在特定时间让群臣进入皇家苑囿观赏牡丹的活动。这种活动一般有相关的宴饮赋诗活动,与《龙城录》所记高宗宴赏牡丹之事具有相同性质。这种活动方式在唐代应该不止此两次,只不过文献缺失,无从细考。不过值得注意的是,到了宋代(其次是清代),这种活动几乎趋于制度化,成为君臣之间相互沟通的重要途径。北宋从太宗起至于仁宗朝,除中途因边事频仍而中断过二十余年外,皇帝几乎每年均在后苑召集群臣行赏花钓鱼之宴(详见下章),清代雍正时期,尚有赏花钓鱼之会,唯所赏之花,乃荷花而非牡丹矣。①

2. 牡丹宴

五代王定保《唐摭言》卷三录进士中第后之宴会名称如下:

大相识(主司在具庆)、次相识(主司在偏侍)、小相识(主司有兄弟)、闻喜(敕士宴)、樱桃、月灯、打球、牡丹、看佛牙(每人二千以上。佛牙楼,宝寿、定水、庄严皆有之,宝寿量成佛牙,月水精函子盛。银菩萨捧之,然得一僧跪捧菩萨。多是僧录或首座方得捧之矣)、关宴(此最大宴,亦谓之"离宴",备述于前矣)。②

进士及第,无论对于国家还是对于士子,都是极为荣耀之事,故放榜之后,会举行各种各样的庆祝活动,比如曲江游春、雁塔题名等,除此之外,还有一系列宴饮活动。这些宴饮活动都有相应的主题,牡丹宴作为进士及第后一次宴会的名称,其内容必与赏花(即牡丹)有关。这些活动作为进士科放榜之后的保留节目,具有一定的文化意义。

3. 斗花及买卖牡丹花

唐人崇尚牡丹,每以拥有奇花异卉为荣,相互攀比,故京城士民有斗花者,一如今日社会上之斗蟹、斗龟者(近见报载,深秋鲈肥蟹美之时,某市场举办螃蟹节,以单只螃蟹个头最大、质量最重者封以"蟹王"称号,高价拍卖,古今人心之相似若此)。五代王仁裕《开元天宝遗事》卷

---

① 关于宋代赏花钓鱼之制,详见本书第二章;清雍正时期的赏花钓鱼之会,见汲修主人著《啸亭杂录·啸亭续录》(沈云龙主编:《中国近代史料丛刊》第七辑,台北文海出版社 1966—1973 年版)卷三"赏花钓鱼"条。

② (五代)王定保:《唐摭言》卷三,参《唐五代笔记小说大观》,第 1597 页。

下"斗花"条云：

> 长安王士安（疑"王士安"三字为"士女"），春时斗花，戴插以奇花多者为胜，皆用千金市名花植于庭苑中，以备春时之斗也。①

由崇尚牡丹而至"斗花"，则牡丹有价，而牡丹遂成可以买卖之商品矣。

这种牡丹买卖，屡见于唐人笔记小说和诗歌作品之中，如唐李肇《唐国史补》云："京城贵游，尚牡丹三十余年矣。……执金吾铺官围外寺观种以求利，一本有直数万者。"又唐段成式《酉阳杂俎》续集卷九《支植（上）》云："卫公又言：'贞元中牡丹已贵。'柳浑尝言：'近来无奈牡丹何，数十千钱买一颗。'"唐白居易《买花》诗云："帝城春欲暮，喧喧车马度。共道牡丹时，相随买花去。贵贱无常价，酬值看花数。……一丛深色花，十户中人赋。"唐张又新《牡丹》诗云："牡丹一朵值千金，将谓从来色最深。"

更有为取得绝丽之牡丹而不惜凭仗势力巧取豪夺者，康骈《剧谈录》云：

> 京国花卉之晨（应作"盛"），尤以牡丹为上。至于佛宇道观，游览者罕不经历。慈恩浴堂院有花两丛，每开及五六百朵，繁艳芬馥，近少伦比。有僧思振，常话会昌中朝士数人，寻芳遍诣僧室，时东廊院有白花可爱，相与倾酒而坐，因云牡丹之盛，盖亦奇矣。然世之所玩者，但浅红深紫而已，竟未识红之深者。院主老僧微笑曰："安得无之？但诸贤未见尔！"于是从而诘之，经宿不去。云："上人向来之言，当是曾有所睹。必希相引寓目，春游之愿足矣！"僧但云："昔于他处一逢，盖非辇毂所见。"及旦求之不已，僧方露言曰："众君子好尚如此，贫道又安得藏之，今欲同看此花，但未知不泄于人否？"朝士作礼而誓云："终身不复言之。"僧乃自开一房，其间施设幡像，有板壁遮以旧幕。幕下启关而入，至一院，

---

① （五代）王仁裕：《开元天宝遗事》卷下，参《唐五代笔记小说大观》，第1737页。

有小堂两间，颇甚华洁，轩庑栏槛皆是柏材。有殷红牡丹一窠，婆娑几及千朵，初旭才照，露华半晞，浓姿半开，炫耀心目。朝士惊赏留恋，及暮而去。僧曰："予保惜栽培近二十年矣，无端语出，使人见之，从今已往，未知何如耳！"信宿，有权要子弟与亲友数人同来入寺，至有花僧院，从容良久，引僧至曲江闲步。将出门，令小仆寄安茶笈，裹以黄帕，于曲江岸藉草而坐。忽有弟子奔走而来，云有数十人入院掘花，禁之不止。僧俯首无言，唯自吁叹。坐中但相盼而笑。既而却归至寺门，见以大畚盛花异而去。取花者谓僧曰："窃知贵院旧有名花，宅中咸欲一看，不敢预有相告，盖恐难于见舍。适所寄笼子，中有金三十两、蜀茶二斤，以为酬赠。"①

这段文字生动地呈现了寺僧之精心培植牡丹、寻常士子之耽恋玩赏牡丹、权要子弟之巧取豪夺牡丹等精彩的故事情节，从中可以看出唐代长安贵游热衷于玩赏牡丹的审美趣尚。牡丹之买卖，或为斗花之用，或仅为一睹芳容，而不惜花费重金，甚至采取相当卑鄙的手段巧取豪夺之。则当时之人，对于牡丹的喜好，真可谓无以复加。

4. 文人玩赏（牡丹歌咏）

唐人牡丹玩赏风习，其最有意义之形式莫过于文人之玩赏，盖文人之玩赏，不仅产生出一批优秀的文学作品，而且提高了这种风习的品位，使其本身具有更加丰富而深刻的文化内涵。故有必要对唐代文人牡丹玩赏活动及其成果作一初步交代。

唐人牡丹玩赏活动在牡丹初入长安之时即已开始，高宗朝命群臣赋《宴赏双头牡丹》诗，上官昭容以"势如连璧友，心若臭兰人"一联而颇得时人赞誉。当时赋诗者，当不止上官婉儿一人。玄宗朝李白被召醉赋《清平调》三首，早已成为脍炙人口的佳话，其文化学、民俗学意义已如前言。稍后，牡丹歌咏渐繁，形式亦日趋多样，由奉旨创作渐变为文人宴赏牡丹中之保留节目。以歌咏牡丹为题材的文人之唱和相当普遍，如刘禹锡与令狐楚、刘禹锡与白居易、白居易与元稹、白居易与钱徽、徐凝与张祜等，这些唱和活动，往往关涉当时一段文坛佳话，值得我们注意。又有

---

① （唐）康骈：《剧谈录》卷下，参《唐五代笔记小说大观》，第1481页。

许多心怀抑郁之人，或心念穷苦百姓、关心国计民生之人，在对花酌酒，玩赏之际，表出一段衷肠，使人们在狂欢之时，多出一分思考。如此等等，皆见于唐人牡丹诗赋之中，值得我们玩味和深思。据笔者统计，唐人《牡丹赋》有两篇，牡丹诗则有将近一百四十首。这些作品既蕴涵丰富的文化信息，又不乏较高的文学品性，理所当然构成唐代牡丹文化的重要内容。除此之外，唐人笔记小说对于牡丹及其玩赏活动的记载也不乏精彩绝伦之处，如前引康骈《剧谈录》，不仅情节生动，形象刻画鲜明（老僧之谨慎、士子之执著、权要之狡狯），而且深刻呈现了如痴如狂的唐代长安牡丹玩赏风习。对于唐代牡丹文学的介绍与阐释，详见本书第三章。

第二章

两宋牡丹玩赏风习述评

——两宋社会牡丹审美文化的历史考察

北宋牡丹玩赏风习与唐代相比，有很多新的特点，牡丹栽培与玩赏的中心由长安转移至洛阳，人们对于牡丹的热情更加高涨，牡丹玩赏活动趋于大众化、经常化和制度化，成为北宋宫廷礼仪制度的一个组成部分，人们对于牡丹的关注上升到学术和思想的高度。可以说，北宋是牡丹玩赏活动最为繁盛的时期，也是我国古代牡丹文化的丰富期。南宋偏安江南，牡丹主产区沦入异族之手，故南宋人的牡丹玩赏远不如北宋之盛，然南宋人于牡丹玩赏活动中所体现出来的特定民族文化心理，却特别值得我们去理解和体认。可以说，南宋是牡丹玩赏活动的衰变时期，同时也是我国古代牡丹文化的深化期。

第一节　北宋牡丹玩赏活动之地理分布

作为一种观赏型花卉，牡丹在北宋的栽培和玩赏主要集中在洛阳，其次则开封皇家园林有之，再次则浙江一带有之。除此之外，陈州、彭州也开始培植观赏型牡丹，其中陈州牡丹北宋时已相当知名，彭州至南宋时更取代洛阳成为牡丹栽培与玩赏的中心。与此相反，作为唐代政治中心的长安，由于地缘因素，经济、文化急剧衰落，其牡丹由此而不再知名。

一、洛阳

洛阳牡丹在唐代已知名，但不及长安之盛。晚唐昭宗以后，迁都洛阳，政治、经济、文化中心随即东移。北宋定都开封，而以洛阳为西京。北宋中前期，洛阳牡丹盛极一时。

宋欧阳修《洛阳牡丹记》云：

牡丹出丹州、延州，东出青州，南亦出越州，而出洛阳者，今为天下第一。洛阳所谓丹州花、延州红、青州红者，皆彼土之尤杰者，然来洛阳，才得备众花之一种，列第不出三，已下不能独立与洛阳敌。而越之花以远罕识不见齿，然虽越人亦不敢自誉以与洛阳争高下。是洛阳者，天下之第一也。①

　　牡丹非生长于洛阳一地，但洛阳牡丹之较其他地方远为著名，除其气候条件适合于牡丹生长外，更多是由于社会政治、经济、文化因素的影响。洛阳一直是中原地区重要的政治、经济、文化中心，晚唐五代以后，更成为最重要的经济中心，这里商业繁荣，城市发达，文化娱乐极为兴盛。洛阳素为人文荟萃之地，北宋时期，许多著名的文人都曾在这里做官或长期居住，他们或向宫中贡入牡丹取悦于人主（如李迪、钱惟演）；或召集牡丹花会（北宋时洛阳有万花会），与士民同乐；或自己侍弄花草，怡情养性（邵雍、司马光等许多文化名人皆有此举，《洛阳名园记》、《邵氏闻见录》等备载之）；或关注爱花民俗，为牡丹制谱作记（欧阳修首著《洛阳牡丹记》，其次有鄞江周氏《洛阳牡丹记》，在他们的影响下，宋人制作花谱成风，其他地区不仅有牡丹谱，且梅、兰、菊、芍药等皆有谱）。这些人物和他们的活动，使洛阳牡丹玩赏之风习迈越唐代之长安而达到了极其繁盛的境地。

二、开封

　　开封为北宋首都，为便于皇室成员观赏牡丹，皇家园林如金明池、琼林苑等处皆有种植。北宋开封皇家园林牡丹栽培与观赏之情形，在宋人笔记小说中有大量记载。

　　宋王巩《闻见近录》云：

　　太祖一日幸后苑，观牡丹。②

　　宋孔平仲《谈苑》载：

　　赏花钓鱼，三馆唯直馆预坐，校理以下赋诗而退。太宗时，李宗谔为

---

① （宋）欧阳修：《洛阳牡丹记》，参《笔记小说大观》第五编，第1683页。
② （宋）王巩：《闻见近录》，参《笔记小说大观》第二十一编，第915页。

校理，作诗云："戴了宫花赋了诗，不容重见赭黄衣。无聊却出宫门去，还似当年下第时。"上即令赴宴，自是校理而下，皆与会也。①

宋欧阳修《归田录》载：

真宗朝，岁岁赏花钓鱼，群臣应制。尝一岁临池久之，而御钓不食。时丁晋公（谓）应制诗云："莺惊凤辇穿花去，鱼畏龙颜上钓迟。"真宗称赏，群臣皆自以为不及也。②

宋程俱《麟台故事》载：

仁宗每著歌诗，间令辅臣、宗室、两制、馆阁官属继和。天圣四年四月乙卯，内出后苑《双头牡丹芍药花图》以示辅臣，仍令馆阁官为诗赋以献。③

宋蔡絛《铁围山丛谈》载：

洛阳牡丹号冠海内。欧阳文忠公有谱言之备然。吾狂病未得时，尝侍鲁公，入应宣召延福宫赏花内宴，私窃谓海内之至极者也。……吾又见二（疑作"贡"）父言，元丰中神宗尝幸金明池，是日洛阳适进姚黄一朵，花面盈尺有二寸，遂却宫花不御，乃独簪姚黄以归，至今传以为盛事。④

宋王素《文正王公遗事》载：

上于后苑曲燕，步于槛中，自剪牡丹两朵，召公亲戴。有中贵人白公，言此花昨日上选赐相公，已于别丛择下花，请相公躬进。公乃取花，因酌酒一卮同献。上大喜，引满，以杯示公，从臣皆荣公。⑤

① （宋）孔平仲：《谈苑》卷四，参《笔记小说大观》第四编，第 2100 页。
② （宋）欧阳修：《归田录》卷二，参《笔记小说大观》第二十一编，第 1653 页。
③ （宋）程俱：《麟台故事》卷五，参《笔记小说大观》第十七编，第 176 页。
④ （宋）蔡絛：《铁围山丛谈》卷六，参《笔记小说大观》第六编，第 697 页。
⑤ （宋）王素：《文正王公遗事》，参《笔记小说大观》第八编，第 861 页。

宋孟元老《东京梦华录》载：

> 驾方幸琼林苑，在顺天门大街面北，与金明池相对。大门牙道皆古松怪柏，两旁有石榴园、樱桃园之类，各有亭榭，多是酒家所占。苑之东南隅，政和间创筑华觜冈，高数丈，上有横观层楼，金碧相射，下有锦石缠道，宝砌池塘，柳锁虹桥，花萦凤舸。其花皆素馨、茉莉、山丹、瑞香、含笑、射香等闽、广、二浙所进南花，有月池、梅亭、牡丹之类，诸亭不可悉数。①

> 是月季春，万花烂漫，牡丹、芍药、棣棠、木香，种种上市，卖花者以马头竹篮铺排，歌叫之声清奇可听。晴帘静院，晓幕高楼，宿酒未醒，好梦初觉，闻之莫不新愁易感，幽恨悬生。最一时之佳况。诸军出郊合教阵队。②

开封皇家园林牡丹之栽培与观赏，从太祖一直延续至徽宗；其形式则包括观赏、吟咏、赏赐臣僚等。其中，赏花钓鱼更是北宋时期一种制度化的牡丹玩赏活动，本章将对此作专门论述。但由于开封无栽培牡丹传统，其牡丹栽培与玩赏之范围和兴盛程度较之洛阳远为逊色。

三、杭州

杭州牡丹，自中唐开元寺僧惠澄移植，白居易、徐凝、张祜等人题品之后，即已知名，五代及北宋时牡丹犹盛。宋初释仲休尝著有《越中牡丹花品》，序云：

> 越之所好尚惟牡丹，其绝丽者三十二种，始乎郡斋，豪家名族，梵宇道宫，池台水榭，植之无间。来赏花者，不问亲疏，谓之看花局。泽国此月多有轻云微雨，谓之养花天，里语曰，弹琴种花，陪酒陪歌。丙戌岁八

---

① （宋）孟元老：《东京梦华录》卷七，参《笔记小说大观》第九编，第3316页。
② （宋）孟元老：《东京梦华录》卷七，参《笔记小说大观》第九编，第3330页。

月十五日移花日序。①

据仲休所记，则在北宋之初，越人对于牡丹之好尚，不亚于唐时之长安及北宋之洛阳也。

又苏轼有《惜花》诗（吉祥寺中锦千堆）自注云：

钱塘吉祥花为第一。壬子（1072）清明赏会最盛，金盘彩蓝以献于坐者五十三人。夜归沙河塘上，观者如山。尔后无复继者。今年，诸家园圃花亦极盛，而龙兴僧房一丛尤奇。②

苏轼熙宁年间为杭州通判，亲见杭州吉祥寺牡丹之盛，故有不少篇什咏及。然诚如欧阳修所言"越之花以远罕识不见齿，然虽越人，亦不敢自誉以与洛阳争高下"，其兴盛程度亦远逊于洛阳。

除杭州之外，江浙一带广大地区也都有牡丹栽植，如宋张淏《宝庆会稽续志》云："牡丹自吴越时盛于会稽，剡人尤好植之。"吴曾《能改斋漫录》云："欧阳文忠公初官洛阳，遂谱牡丹。其后赵郡李述，著《庆历花品》，以叙吴中之盛……"③范成大《吴郡志》载："苏州朱勔家圃在阊门，植牡丹数千本。"龚明之《中吴纪闻》亦云："（朱勔）盘门内有园极广，植牡丹数千本。"王十朋《会稽三赋·风俗赋》云："甲第名园，奇葩异香，牡丹如洛。"又，王禹偁有《长洲种牡丹》（长洲在今苏州）；吕夷简有《西溪看牡丹》，范仲淹有《西溪见牡丹》，两者为前后唱和之作，系吕、范先后任职海陵（今泰州）西溪盐场时所作；范仲淹又有《和葛宏寺丞接花歌》，作于江南；梅尧臣有《牡丹》，诗云"洛阳牡丹名品多，自谓天下无人过。及来江南花亦好，绛紫千红如舞娥"；邱濬有《仪真太守召看牡丹》（仪真即今江苏仪征）；张方平有《两浙张兵部秋日牡丹诗次

---

① 参（宋）陈振孙：《直斋书录解题》卷一〇，上海古籍出版社1984年版，第297页。

② 参《全宋词》卷七九六，第9213页。

③ 参（宋）吴曾：《能改斋漫录》卷一五，《笔记小说大观》第二十九编，第2407页。按，《庆历花品》据陈振孙《直斋书录解题》卷一〇，当名《吴中花品》，作者为赵郡李英。参《直斋书录解题》，第298页。

韵》；苏轼有《常州太平寺观牡丹》；李纲有《黟歙道中士人献牡丹千叶面有盈尺者为赋此诗》。陈与义《牡丹》有"青墩溪畔龙钟客，独立东风看牡丹"，杨万里《咏绩溪道中牡丹二种》咏及绩溪"丝头粉红"、"重台九心淡紫"两种名贵牡丹。综上所引，可知两宋时期江南一带牡丹栽培已相当普遍。

四、陈州

宋张邦基《陈州牡丹记》云：

> 洛阳牡丹之品，见于花谱。然未若陈州之盛且多也。园户植花如种黍粟，动以顷计。政和壬辰春，予侍亲在郡，时园户牛氏家忽开一枝，色如鹅雏而淡，其面一尺三四寸，高尺许，柔葩重叠，约千百叶。其本姚黄也，而于葩英之端有金粉一晕缕之，其心紫蕊，亦金粉缕之。牛氏乃以缕金黄名之，以蘧篨作棚屋围幛，复张青帘护之于门首，遣人约止游人，人输千钱，乃得入观。十日间，其家数百千。予亦获见之。郡首闻之，欲剪以进于内府，众园户皆言不可，曰："此花之变易者，不可为常。他时复来索此品，何以应之？"又欲移其根，亦以此为辞，乃已。明年花开，果如旧品矣。此亦草木之妖也。①

据张氏所言，陈州牡丹是否超过洛阳，不得而知，但其种植之普遍、品种之特异、赏花之情状确实非同一般。其花农称为"园户"，种植"动以顷计"，可知其为养花专业户，则陈州园艺业之发达于此可见。张氏所记，已是北宋末年的情形，他所参照的花谱（似即欧阳修《洛阳牡丹记》）也问世较早，所反映的并非极盛时期洛阳牡丹栽培玩赏的情况。欧阳修自己在诗中也曾感慨道："客言近岁花特异，往往变出呈新枝。……四十年间花百变，最后最好潜溪绯。"（《洛阳牡丹图》）又，宋朱弁《曲洧旧闻》卷四云："欧公作花品，目所经见者，才二十四种。后于钱思公屏上，得牡丹凡九十余种。然思公花品无闻于世。宋次道《河南志》于欧公花品后

---

① （宋）张邦基：《陈州牡丹记》，参《笔记小说大观》第五编，第1747页。

又增二十余名，张峋撰谱三卷，凡一百一十九品，皆叙其颜色容状，及所以得名之因。又访于老圃，得种接养护之法，各载于图后，最为详备。韩玉汝为序之而传于世。大观政和以来，花之变态，又在峋所谱之外者。而时无人谱而图之。"① 因此，张氏所谓"洛阳牡丹之品……未若陈州之盛且多也"，于北宋末或为实录，于整个北宋来看，其栽培与玩赏应远逊于洛阳。

五、彭州

宋陆游《天彭牡丹谱》云：

牡丹在中州，洛阳为第一。在蜀，天彭为第一。天彭之花，皆不详其所自出。土人云，曩时永宁院有僧种花最盛，俗谓之牡丹院，春时赏花者多集于此。其后花稍衰，人亦不复至。崇宁中，州民宋氏、张氏、蔡氏，宣和中右子滩杨氏，皆尝买洛中新花以归，自是洛花散于人间。花户始盛，皆以接花为业。大家好事者皆竭其力以养花，而天彭之花，遂冠两川。……由沙桥至堋口，崇宁之间，亦多佳品。自城东抵濛阳，则绝少矣。②

据陆游的记载，彭州牡丹初盛于僧院，曾引起人们的注意及玩赏，但牡丹种植尚不普遍，牡丹院之牡丹一衰，牡丹玩赏之风即歇；至徽宗崇宁、宣和间，一些专事花卉艺植者从洛阳引种至天彭，从而掀起了牡丹栽培及商贸活动的热潮，使"天彭之花，遂冠两川"。

六、益州

宋张唐英《蜀梼杌》载：

后蜀广政五年……三月，宴后苑，赏瑞牡丹，其花双开者十，黄者

---

① （宋）朱弁：《曲洧旧闻》卷四，参《笔记小说大观》第二十八编，第477页。
② （宋）陆游：《天彭牡丹谱》，参《笔记小说大观》第五编，第1749页。

三，白者三，红白相间者四。从官皆赋诗。①

宋黄休复《茅亭客话》"瑞牡丹"条云：

大中祥符辛亥春，知益州枢密直学士任公中正张筵赏花于大慈精舍，时有州民王氏献一合欢牡丹，任公即图之。时士庶观者阗咽竟日。②

从以上两则材料可知，五代时期益州即已种植并玩赏牡丹。

以上所列，是北宋比较著名的牡丹栽培与玩赏之地，其他地方，比如大多数适宜牡丹生长的地区，如同州、常州、鄜州、安州、海陵、永阳等，也都或多或少地种植过牡丹，但规模都比较小，未产生重大影响。而洛阳之牡丹为天下第一，则是宋人共识。如欧阳修《洛阳牡丹记》云"牡丹……出洛阳者，今为天下第一"；陈师道《后山丛谈》云"花之名天下者，洛阳牡丹，广陵芍药耳"③；蔡絛《铁围山丛谈》卷六云"洛阳牡丹号冠海内"；彭乘《续墨客挥犀》卷七云"今洛阳牡丹遂为天下第一"④；陆游《天彭牡丹谱》云"牡丹在中州，洛阳为第一"；宋太平老人《袖中锦》云"天下第一：监书内酒，端砚，洛阳花，建州茶……"⑤。此谓天下第一，不仅仅是就牡丹的种植规模和品种多寡，更重要的是就其作为一种风俗习惯和士民好尚而言的。洛阳牡丹之所以在北宋时期能达到天下第一，除了地理气候等自然因素之外，更重要的原因应该是当时的社会政治、经济、文化高度繁荣。北宋之后，洛阳陷入异族之手长达二百四十年之久，其间洛阳的经济、文化受到沉重的打击和摧残，洛阳牡丹亦因之而凋敝，沉落不振。这显示出牡丹之栽培与玩赏风习，与时世之变迁关系极为密切。此是后话，暂不详述。

---

① （宋）张唐英：《蜀梼杌》，参《笔记小说大观》第六编，第1491页。
② （宋）黄休复：《茅亭客话》，参《笔记小说大观》第十编，第545页。
③ （宋）陈师道：《后山丛谈》卷一，参《笔记小说大观》第四编，第1680页。
④ （宋）彭乘：《续墨客挥犀》卷七，参《笔记小说大观》第十五编，第2526页。
⑤ 此书卷末"五绝"条云"汉篆、晋字、唐诗、宋词、元曲"。可见其非宋人之作也明矣，然其所称之天下第一，却具有一定代表性。

第二节　万花会、贡花、赏花钓鱼宴
——北宋牡丹玩赏活动的大众化、经常化、制度化

一、万花会：与民同乐政治理想的体现

唐人上至皇族，下至庶民，皆爱牡丹，其活动亦相当丰富，但当时牡丹种植的范围比较有限，主要在皇家苑囿、各级官署、豪家贵族以及两京寺院；玩赏牡丹者，也以有相当社会地位的人为主。白居易《买花》诗云："有一田舍翁，偶来买花处。低头独长叹，此叹无人喻。一丛深色花，十户中人赋。"当"长安豪贵（或作'年少'）惜春残，争认慈恩紫牡丹"之时，这个田舍翁的"长叹"，既倾注了白居易对贫苦百姓的怜悯，也反映了由于社会地位的悬殊而造成的花开时节"几家欢乐几家愁"的现实。

这种现实在北宋并没有得到根本改观。但是由于北宋文人士大夫大多出身寒微，对中下层人民的生活有比较深刻的体认，因此在施政过程中，还是充分考虑到了中下层人民利益的。始于中唐的复古崇儒的思想，经由北宋前期的政治改革和思想革新，在北宋士大夫中得到了较多的认同。特别是像范仲淹、欧阳修这样的著名政治家、思想家和文学家以全新的面貌出现在政坛，起到了振奋士风的典范作用，并使得"先天下之忧而忧，后天下之乐而乐"的抱负和与民同乐的政治理想为最高统治者所认可，为当时的士大夫所认同和实践。因此，当这些人走上仕途之时，他们或者努力贯彻这种政治理想，实现济苍生、安邦国的最终目的，或者至少作出某种姿态，从而得到最高统治者的赏识，达到登上高位的真正目的。而延续数十年的北宋洛阳和扬州的万花会，在一定程度上就体现了这种政治理想。

牡丹花会，唐时即已有之。柳宗元《龙城录》有唐高宗召集群臣宴赏双头牡丹之会，段成式《酉阳杂俎》有"房相有言牡丹之会，（天宝间）琯不预焉"之语，可见盛唐时期确曾有过牡丹会之类的专门玩赏牡丹的活动。但从这两则材料看，其召集者多为皇帝，与会者则为在朝官员，参与者范围非常有限。而且，除了这两则材料之外，具有一定规模的牡丹花会见诸载籍者，在唐代极少。牡丹玩赏活动，多在京城官员之私家园林中举

行，或者由市民（大多为贵族妇女、纨绔子弟）自发前往有牡丹处游春赏花，有组织的大规模牡丹花会并不多见。

北宋关于这方面的记载却非常多，试录几则如下：

欧阳修《洛阳牡丹记》云：

> 洛阳之俗，大抵好花。春时城中无贵贱皆插花，虽负担者亦然。花开时，士庶竞为游遨，往往于古寺废宅有池台处，为市井，张幄帘，笙歌之声相闻。最盛于月陂堤、张家园、棠棣坊、长寿寺、东街与郭令公宅，至花落乃罢。①

邵伯温《邵氏闻见录》载：

> 洛中风俗尚名教，虽公卿家不敢事形势，人随贫富自乐，于货利不急也。岁正月梅已花，二月桃李杂花盛开，三月牡丹开，于花盛处作园囿，四方伎艺举集，都人士女载酒争出，择园亭胜地，上下池台间引满歌呼，不复问其主人。抵暮游花市，以筠笼卖花，虽贫者亦戴花饮酒相乐，故王平甫诗曰："风暄翠幕春沽酒，露湿筠笼夜卖花。"②

金盈之《新编醉翁谈录》卷三"京城风俗记""清明节"条云：

> 西京多重此日，京城合郡不以朝贵士庶为闲，每于此月，当牡丹盛开之际，各出其花于门首及廊庑间，名曰斗花会。富贵之家设宴以赏，恣倾城往来游玩。都人是日盛饰子女，车马填街，珠翠溢目。一春游赏，无出于此。③

这种近乎狂欢节的景象，正是像欧阳修这样的士大夫所乐于见到的。而这种景象的出现，则与地方官吏的组织、发动有关。具体地说，他们通

---

① （宋）欧阳修：《洛阳牡丹记》，参《笔记小说大观》第五编，第1689页。
② （宋）邵伯温：《邵氏闻见录》，中华书局1983年版，第186页。
③ （宋）金盈之：《新编醉翁谈录》卷三，参《笔记小说大观》第十九编，第2178页。

过万花会的形式，让全城之人一起感受牡丹开放时节的欢乐氛围。影响所
及，扬州亦举办万花会。

宋张邦基《墨庄漫录》载：

> 西京牡丹闻于天下。花盛时，太守作万花会，宴集之所，以花为屏
> 帐，至于梁栋柱拱，悉以竹筒贮水，簪花钉挂，举目皆花也。扬州产芍
> 药，其妙者不减于姚黄魏紫，蔡元长知淮扬日，亦效洛阳，亦作万花会。
> 其后岁岁循习而为……①

这种"岁岁循习而为"的万花会，确实营造出了"一城之人皆若狂"
的欢乐氛围，而这些士大夫们与民同乐的政治理想也似乎得到了体现。

但是，像这种有组织的大规模赏花活动，不可能没有弊端，尤其是出
于地方政府首脑的意图的活动，其动机的纯粹性绝非无可挑剔；其真正后
果如何，也非组织者预料所及。万花会的直接效果，是可以作为一种政
绩，作为一种粉饰太平的方式报知中央，而天下太平，正是最高统治者所
最希望也最乐于见到的。因此北宋的万花会，也不能排除某些奸邪之徒，
以牺牲普通民众利益为代价，营造一种太平盛世的图景，从而实现其欲攀
高位的目的。北宋的万花会，在体现士大夫与民同乐政治理想，营造出众
人皆欢乐的太平盛世图景的同时，也造成了很多为害于民的后果，因而遭
到有识之士的抨击和禁止。

首先是李师中。宋朱弁《曲洧旧闻》载有其禁洛阳万花会之事：

> 洛中旧有万花之会，岁率为之，民以为扰。李师中到官，罢之，众颇
> 称焉。②

苏轼更是一位坚决反对和主张毫不犹豫地废弃所谓万花会的开明的士
大夫。其任扬州知州时，有感于万花会给老百姓带来的不良影响，坚决禁
止了相沿成习的万花会。此事详载于他自己的《东坡志林》和张邦基的

---

① （宋）张邦基：《墨庄漫录》卷九，参《笔记小说大观》第二十二编，第811页。
② （宋）朱弁：《曲洧旧闻》卷九，参《笔记小说大观》第二十八编，第525页。

《墨庄漫录》。

《东坡志林》载：

> 扬州芍药为天下冠。蔡繁卿为守，始作万花会，用花十余万枝，既残诸园，又吏因缘为奸，民大病之。余始至，问民疾苦，以此为首，遂罢之。万花本洛阳故事，亦必为民害也。会当有罢之者。①

宋张邦基《墨庄漫录》载：

> （万花会）……人颇病之。元祐七年，东坡来知扬州，正遇花时，吏白旧例，公判罢之，人皆鼓舞欣悦，作书报王定国云："花会，检旧案，用花千万朵，吏缘为奸，乃扬州大害，已罢之矣。虽杀风景，免造业也。"公为政之惠利于民，率皆类此，民到于今称之。②

苏轼之所以反对万花会，绝不是要否定与民同乐的政治理想，而恰恰是希望给百姓带来一些安宁。扬州芍药非不美艳，扬州之人非不爱花，然万花会"用花十余万枝，既残诸园，又吏因缘为奸，民大病之"，岂能不罢！故禁止万花会"虽杀风景，免造业也"。

二、贡花：取悦于人主

贡花之举，非始于宋，早在隋代，即已有之。如颜师古《大业拾遗记》云：

> 大业十二年，炀帝将幸江都。……时洛阳进合蒂迎辇花，云得之嵩山坞中，人不知名，采者异而贡之。会帝驾适至，因以迎辇名之。③

---

① （宋）苏轼：《东坡志林》卷五，参《笔记小说大观》第二十二编，第881页。
② （宋）张邦基：《墨庄漫录》卷九，参《笔记小说大观》第二十二编，第811页。
③ （唐）颜师古：《大业拾遗记》，参《笔记小说大观》第五编，第1461页。

　　唐代牡丹种植主要集中在两京，故不必专门驿送牡丹供人主欣赏。唯明皇特好，因而有贡花献花之举。宋刘斧《青琐高议·骊山记》云：

　　……帝（明皇）又好花木，诏近郡送花赴骊宫。当时有献牡丹者，谓之杨家红，乃卫尉卿杨勉家花也。其花微红，上甚爱之。命高力士将花上贵妃，贵妃方对妆，妃用手拈花，时匀面手脂在上，遂印于花上。帝见之，问其故，妃以状对。诏其花栽于先春馆。来岁花开，花上复有指红迹。帝赏花惊叹，神异其事，开宴召贵妃，乃名其花为一捻红。后乐府中有一捻红曲，迄今开元钱背有甲痕焉。宫中牡丹最上品者为御衣黄，色若御服。次曰甘草黄，其色重于御衣。次曰建安黄，次皆红紫，各有佳名，终不出三花之上。他日，近侍又贡一尺黄，乃山下民王文仲所接也。花面几一尺，高数寸，只开一朵，鲜艳清香，绛帏笼日，最爱护之。①

　　北宋与唐代不同，首都开封虽有牡丹，然远不如洛阳之盛，不少名贵品种，多出自洛阳花工之手。故宋时有贡花之举，花时摘取名贵牡丹，驿送宫中，以取悦于人主。

　　宋欧阳修《洛阳牡丹记》云：

　　洛阳至东京六驿，旧不进花，自今徐州李相迪为留守时，始进御。岁遣牙校一员，乘驿马一日一夕至京师。所进不过姚黄魏花三数朵，以菜叶实竹笼子藉覆之，使马上不摇动。以蜡封花蒂，乃数日不落。②

　　宋苏轼《东坡志林》卷五云：

　　钱惟演为留守，始置驿贡洛花，识者鄙之。③

　　贡花之举，始于何人，欧、苏二人说法不一，然欧在前，苏在后，当

----

　　① （宋）刘斧：《青琐高议·骊山记》，参《笔记小说大观》第九编，第3009～3010页。
　　② （宋）欧阳修：《洛阳牡丹记》，参《笔记小说大观》第五编，第1689页。
　　③ （宋）苏轼：《东坡志林》卷五，参《笔记小说大观》第二十二编，第881页。

以欧说为正。洛阳至开封相距不远，只需一昼夜即可到达。北宋前期和中期，皇帝相对比较开明，只在花开时节，略观洛阳牡丹之大概，并无恋花之癖，因而也无竭泽而渔之举。故贡花之事，并无太多扰民伤财之处。苏轼在禁止扬州万花会的同时，附带批评钱惟演贡花之举，似属小题大做。只不过其他官员效仿前人，贡花之外，又贡茶、贡酒、贡方物、贡祥瑞，以此类推，则必有劳民伤财之弊。如此观之，则肇始者确实难辞其咎。

宋人贡花之举，自李迪开其绪，遂成北宋一经常性、制度化活动。欧阳修言其时洛阳"岁遣牙校一员，乘驿马一日一夕至京师"，绝非虚语。

宋陈鹄《耆旧续闻》卷四云：

> 故事，馆职每洛阳贡花到，例赐百朵并南库法酒，此二者《麟台故事》不载，因并志之。①

宋张邦基《墨庄漫录》云：

> 洛中花工，宣和中，以药壅培于白牡丹，如玉千叶、一百五、玉楼春等根下，次年，花作浅碧色，号欧家碧。岁贡禁府，价在姚黄上，尝赐近侍，外臣所未识也。

> 西京进花，自李迪相国始。

> ……故事，西京每岁贡牡丹花，例以一百枝及南库酒赐馆职，韩子苍去国后，尝有诗云："忆将南库官供酒，共赏西京敕赐花。白发思春醒复醉，岂知流落到天涯。"②

宋王辟之《渑水燕谈录》载：

---

① （宋）陈鹄：《耆旧续闻》卷四，参《笔记小说大观》第六编，第958页。
② 以上三则见（宋）张邦基：《墨庄漫录》卷二、卷四，参《笔记小说大观》第二十二编，第704、745、778页。

洛阳至京师六驿，旧未尝进花。李文定公留守，始以花进，岁差府校一人，乘驿马昼夜驰至京师。所进止姚黄魏紫三四朵，用菜叶实笼中，籍覆上下，使马不动摇，亦所以御日气。又以蜡封花蒂。可数日不落，至今岁贡不绝。①

以上这些记载，足以说明北宋时期贡花乃经常性、制度化的活动。这种活动的主要目的便是取悦人主，即东坡所云"此宫妾爱君之意也"。

北宋贡花之举，至徽宗时而生扰民之弊，为人所恶矣。

徽宗疏于政事而溺于术艺，为奸相蔡京所蒙蔽，终成亡国之君，与钦宗一起为金人所俘，身死异域。徽宗在位之时，曾经发起"花石纲"之役，即搜罗全国各地奇山异石、奇花异卉，在京城修筑寿山艮岳。此举扰民至深，北宋末年的宋江、方腊起义，与此有一定关系。

徽宗时期，贡花之举大有竭泽而渔之势，洛阳牡丹甚至因此备受摧残。

宋邵伯温《邵氏闻见录》载：

洛中风俗尚名教，……余去乡久矣，政和间过之，当春时，花园花市皆无有，问其故，则曰："花未开，官遣人监护，甫开，尽槛土移之京师，籍园人名姓，岁输花如租税。洛阳故事遂废。"余为之叹息，又追记其盛时如此。②

贡花之举至此时变成一项徭役，洛阳之花"未开，官遣人监护，甫开，尽槛土移之京师"；洛阳园艺之家"岁输花如租税"，如此竭泽而渔，"洛阳故事"焉得不废！

陈州牡丹北宋后期颇盛，若非郡守开明，大概也难逃厄运。张邦基《陈州牡丹记》云：

---

① （宋）王辟之：《渑水燕谈录》卷八，参《笔记小说大观》第二十八编，第1023页。

② （宋）邵伯温：《邵氏闻见录》，中华书局1983年版，第186页。

政和壬辰春，予侍亲在郡，时园户牛氏家忽开一枝，色如鹅雏而淡，其面一尺三四寸，高尺许，柔葩重叠，约千百叶。其本姚黄也，而于葩英之端有金粉一晕缕之，其心紫蕊，亦金粉缕之。牛氏乃以缕金黄名之，以蘧篨作棚屋围幛，复张青帘护之于门首，遣人约止游人，人输千钱，乃得入观。十日间，其家数百千。予亦获见之。郡首闻之，欲剪以进于内府，众园户皆言不可，曰："此花之变易者，不可为常。他时复来索此品，何以应之？"又欲移其根，亦以此为辞，乃已。①

贡花之举，本臣下爱君，欲取悦人主之意，若控制有度，则并不扰民，但若在位者心如饕餮，侍从之臣心术不正，则必生扰民之弊。洛阳牡丹之衰，与此关系甚大（详后）。

除这种为取悦人主而采取的贡花之举外，宋人也有相互之间送花之举。这广泛见于北宋诗人们的诗歌唱酬之中。如王禹偁有《山僧雨中送牡丹》，宋庠有《洛京王尚书学士寄惠牡丹十品五十枝因而成四韵代书答》，梅尧臣有《胡武平遗牡丹一盘》、《四月三日张十遗牡丹二朵》、《次韵奉和永叔谢王尚书惠牡丹》，文彦博有《谢留守王宣徽远惠牡丹》、《近以洛花寄献斋阁蒙赐诗五绝褒借今辄成五篇以答来贶》，欧阳修有《谢观文王尚书惠西京牡丹》、《答西京王尚书寄牡丹》，韩琦有《谢真定李密学惠牡丹》，邵雍有《谢君实端明惠牡丹》，张伯玉有《送花赵提刑》，韩维有《明叔惠洛中花走笔为谢》，司马光有《和君贶寄河阳侍中牡丹》，韦骧有《和以双头牡丹赠叔康太守》、《南园正月二十三日见牡丹因剪分送而公舒太守以诗为报遂次来韵》，苏辙有《谢任亮教授送千叶牡丹》、《谢人惠千叶牡丹》，黄庭坚有《王立之以小诗送并蒂牡丹戏答二首》等。

从诗人们的唱酬我们可以知道，宋人在牡丹花开时节，往往会以牡丹相赠，尤其是自家园中培植出了比较奇特的品种时，常把花送给比较要好的同僚或朋友。送花之举，无疑有助于增进同僚或朋友之间的友谊，也使生活倍添情趣。如今我们去拜访亲朋好友时，亦常以花相送，可见此举之源远流长。

---

① （宋）张邦基：《陈州牡丹记》，参《笔记小说大观》第五编，第 1747 页。

三、赏花钓鱼宴：北宋君臣牡丹玩赏活动的制度化

赏花钓鱼宴是北宋一项极具特色的宫廷礼仪制度，它由多种形式的宫廷礼仪、娱乐活动组合而成，是北宋君臣在太平之世"以天下之乐为乐"心理的反映，同时也是优遇臣僚（尤其是文臣）的具体表现。它通过赏花、钓鱼、宴饮、赋诗等一系列活动，拉近君臣距离，促进君臣交流，因而具有重要的政治意义。因此，我认为非常有必要对这一活动进行详尽考察。

《宋会要辑稿》《礼》四十五《曲宴》载：

国朝凡幸苑囿、池籞、观稼、畋猎，所至曲宴，惟从官预。正月宴大辽使副于紫宸殿，则近臣及刺史、正郎、都虞侯以上预。暮春后苑赏花，则三馆、秘阁之职皆预。①

《宋史》卷一一三《礼（十六）》载：

曲宴。凡幸苑囿、池籞、观稼、畋猎，所至设宴，惟从官预，谓之曲宴。或宴大辽使副于紫宸殿，则近臣及刺史、正郎、都虞侯以上预。暮春后苑赏花、钓鱼，则三馆、秘阁皆预。②

宋欧阳修《归田录》云：

真宗朝，岁岁赏花钓鱼，群臣应制。尝一岁临池久之，而御钓不食。时丁晋公（谓）应制诗云："莺惊凤辇穿花去，鱼畏龙颜上钓迟。"真宗称赏，群臣皆自以为不及也。③

---

①　（清）徐松辑：《宋会要辑稿》第七百七十六册，续修四库全书本，上海古籍出版社 2002 年版，第 607 页。以下所引俱于文中标出，不再出注。

②　（元）脱脱：《宋史》，中华书局 1985 年版，第 2691 页。以下所引俱于文中标出，不再出注。

③　（宋）欧阳修：《归田录》卷二，参《笔记小说大观》第二十一编，第 1653 页。

宋司马光《司马温公诗话》云：

　　先朝春月多召两府、两制、三馆于后苑赏花、钓鱼、赋诗，自赵元昊背诞，西陲用兵，废缺甚久。嘉祐末，仁宗始复修故事，群臣和御制诗。①

　　赏花、钓鱼、宴饮、赋诗，这些活动前朝皆有之，溯其源，先秦宫廷礼制是其前身。尤其是宴饮、赋诗，可以看做对先秦诸侯宴饮赋诗言志活动的直接继承；赏花活动在隋以前不甚显著，但隋唐而下，宫廷赏花活动相当频繁，尤其是唐代皇室之赏牡丹，不仅时时有之，而且颇有佳话流传②；宫廷钓鱼活动宋代以前不甚显著，然先秦宫廷礼仪中有射礼，钓鱼活动当为其变形（北宋有习射宴，但多将习射宴与赏花钓鱼之宴安排在同一时间举行）。上述几种活动中，赏花、宴饮并赋诗或者宴饮而赋诗的活动亦曾有之，如《龙城录》所记高宗宴赏双头牡丹，就是三种活动的综合。至于宴饮赋诗，则更加普遍，不待举例而明。唯将四项活动集于一起，在每年相对固定的时间进行，则并不常见。因此，可以说，赏花钓鱼宴，是北宋一项极具特色的宫廷礼仪制度。

（一）赏花钓鱼宴的形成

　　北宋君臣宴飨活动极为频繁。"宋制，尝以春秋之季仲及圣节、郊祀、籍田礼毕，巡幸还京，凡国有大庆皆大宴，遇大灾、大札则罢。"（《宋史》卷一一三《礼（十六）》）乾德元年起设秋宴，太平兴国之后，只设春宴。"乾德元年十一月，南郊礼成，大宴广德殿，谓之饮福。是后三年，开宝三年、五年、六年、七年、八年，并设秋宴于大殿，以长春节在二月故也。太平兴国之后，止设春宴，在大明者十一，在含光者六……"（同上）咸平三年，春秋大宴始备。赏花之宴，则是春宴之外在暮春时节举行的另一种经常性的宴饮活动。"咸平三年二月，大宴含光殿，自是始备设春秋大宴。……十二月，诏凡内宴，宗正卿令升殿坐，班次依合班依。翰林学士梁颢请以春秋大宴、小宴、赏花、行幸为四图，颁下阁门遵守。从之。"

---

① （宋）司马光：《司马温公诗话》，参《笔记小说大观》第八编，第3035页。
② 如李濬《松窗杂录》载唐玄宗、杨贵妃于沉香亭赏牡丹，李白应制作《清平调》三首之事；苏鹗《杜阳杂编》载穆宗、文宗于宫中赏牡丹之事。

（同上）

北宋君臣赏花、钓鱼、宴饮、赋诗活动（即赏花钓鱼宴），最初并非同时进行。比如赏花，最初是与习射（即古之射礼）一起进行的。

《宋史》卷三《太祖（三）》云：

（开宝）六年（973）……夏四月丁亥，召开封尹光义，天平军节度使石守信等赏花、习射于苑中。

《宋史》卷六《真宗（一）》云：

（咸平）三年（1000）……二月丙子，赏花苑中，召从臣宴射。

又比如钓鱼，最初是习射宴中的一项活动。《宋会要辑稿》《礼》四十五《习射宴》载：

国朝凡游幸池苑，诏宗室武臣射，每皇帝中的，从官行拜称万岁，奉觞贡马称贺，预射官中者，帝为解之，赐袭衣金带散马，不解则不赐。

同书同卷具体列宫廷宴射活动如下：

（开宝）……四年三月乙丑又宴射，六年四月四日丁亥，召皇弟开封尹、节度石守信等赏花习射于苑中，甲午召近臣宴射苑中……

（雍熙）三年二月乙丑幸骐骥院回，召近臣宴后苑，上临池钓鱼，令侍臣赋诗，还，御水心殿习射，上中的五，赐从官饮。

（淳化）二年三月庚子朔，宴后苑，上临池钓鱼，诏群臣赋诗，因习射，中的四。

至于宴饮、赋诗，太祖时尚不多见，但太宗好文，每于宴饮之际，常作诗，令群臣奉和，如前引雍熙、淳化年间之事。此后君臣唱和不断，至真宗、仁宗朝而臻于极盛。

赏花、钓鱼、宴饮、赋诗活动组合在一起，是在太宗朝，至真宗咸平三年则成为定制。对此《宋史》和《宋会要辑稿》均有明确记载。

《宋史》卷一一三《礼（十六）》云：

> 太宗太平兴国九年三月十五日，诏宰相、近臣赏花于后苑。帝曰：
> "春气暄和，万物畅茂，四方无事，朕以天下之乐为乐，宜令侍从词臣各
> 赋诗。"帝习射于水心殿。雍熙二年四月二日，诏辅臣、三司使、翰林、
> 枢密直学士、尚书省四品、两省五品以上、三馆学士宴于后苑，赏花钓鱼
> 张乐赐饮，命群臣赋诗习射。赏花曲宴自此始。
>
> （真宗咸平）三年二月晦，赏花，宴于后苑，帝作《中春赏花钓鱼》
> 诗，儒臣皆赋，遂射于水殿，尽欢而罢。自是遂为定制。

《宋会要辑稿》《礼》四十五《赏花钓鱼宴》云：

> 太宗太平兴国九年三月十五日，诏宰相、近臣赏花于后园。帝曰：
> "春气暄和，万物畅茂，四方无事，朕以天下之乐为乐，宜令侍从词臣各
> 赋诗。"帝习射于水心亭。……雍熙二年四月二日，诏辅臣、三司使、翰
> 林、枢密直学士、尚书省四品、两省五品以上、三馆学士于后苑，赏花、
> 钓鱼、张乐、赐饮，命群臣赋诗习射。赏花曲宴自此始。
>
> （真宗）咸平三年二月二十九日，赏花，宴于后苑，帝作《中春赏花
> 钓鱼》七言诗，儒臣皆赋，遂射于水殿，尽欢而罢。自是遂为定制。

由此可见，赏花钓鱼宴是在宋太祖、太宗二朝平定四方，社会日趋安
定之后，天下太平之时，君臣欢娱之际，"以天下之乐为乐"而进行的休
闲娱乐活动。它在太祖朝即具雏形，太宗太平兴国九年正式有赏花曲宴之
目，至真宗咸平三年，赏花钓鱼宴便成为一项宫廷休闲娱乐制度。太宗、
真宗及仁宗朝前期，除非有特殊情况，否则每到暮春时节牡丹花开放之
时，皇帝必率群臣于后苑赏花、钓鱼、宴饮、赋诗。

（二）北宋君臣赏花、钓鱼、宴饮、赋诗之盛衰及其原因

如前所述，北宋君臣赏花钓鱼宴始于太宗朝，此后，赏花钓鱼宴几成
暮春时节宫廷礼仪娱乐活动的保留节目。据《续资治通鉴长编》、《宋会要
辑稿》、《宋史》及宋人诗话、笔记小说等史料记载，以下年份有赏花、钓

鱼、宴饮、赋诗之举：太祖开宝六年（973，赏花习射）；太宗太平兴国三年（978），雍熙元年至四年（984—987），淳化二年、三年、五年（991、992、994），至道元年（995）；真宗咸平三年至六年（1000—1003），景德四年（1007），大中祥符元年（1008），大中祥符三年至六年（1010—1013），大中祥符九年（1016），天禧二年、三年（1018—1019）；仁宗天圣三年至九年（1025—1031）、明道二年（1033）、景祐三年（1036）、庆历元年（1041）、嘉祐六年（1061）；神宗熙宁间（1068—1077，罢后苑赏花、水戏等）、元丰七年（1084，欲行赏花钓鱼宴，宰执逊谢）；哲宗元祐六年（1091，罢赏花钓鱼）、绍圣三年（1096，辍春宴、赏花钓鱼）。

根据史料排比，可知赏花钓鱼宴最盛于太宗、真宗和仁宗朝前期，这与当时的政治、国势变化有密切关系。宋初经太祖、太宗采取各种有效手段戡定地方割据势力之后，采取"杯酒释兵权"的政治手腕，解除武将兵权，建立高度的中央集权制；通过科举改革，大量吸纳文人进入政府，建立起完备的文官制。经过几十年的休养生息，国家开始走上平稳发展的轨道，政治稳定，经济繁荣。在这种和平安定、繁荣富庶的大背景之下，宫廷宴饮活动十分频繁。赏花钓鱼之宴也是在这种大背景之下形成和兴盛起来的。宋太祖时，已有后苑赏花之举；太宗朝，赏花、习射、钓鱼、宴饮、赋诗诸活动经过整合而成赏花钓鱼宴，并于咸平三年定为制度。此后三十余年中，除非有特殊情况（如真宗咸平初，仁宗天圣初、景祐初，以太宗、真宗、章献皇太后丧，未行赏花钓鱼宴），每逢三、四月牡丹花开的时节，皇帝便会召集"辅臣、三司使、翰林、枢密直学士、尚书省四品、两省五品以上、三馆学士"以至馆阁校理等较低品佚的文官参与宴会。

仁宗朝中后期，西夏元昊叛乱，西部连年用兵，仁宗皇帝因此寝食不安，以致"罢赏花赐宴"，"逾二十年"。因此，庆历元年（1041）至嘉祐六年（1061），二十年间未曾举行过赏花钓鱼宴。

《宋会要辑稿》《礼》四十五《赏花钓鱼宴》云：

嘉祐六年三月二十五日，幸后苑，赏花钓鱼，遂宴太清楼，出御制诗一首，从臣和。自西部用兵，遂罢赏花赐宴。逾二十年，至是时大宴。

司马光《司马温公诗话》云：

> 刘子仪与夏英公同在翰林。……先朝春月多召两府、两制、三馆于后
> 苑赏花、钓鱼、赋诗，自赵元昊背诞，西陲用兵，废缺甚久。嘉祐末，仁
> 宗始复修故事，群臣和御制诗。①

由于很久没有举行赏花钓鱼宴，当"始复修故事"，大臣们不禁感慨
万分。如在嘉祐六年的这次赏花钓鱼宴上，曾亲自率军驻守边防与西夏人
作战的宰相韩琦便不无感慨地在《御制后苑赏花钓鱼奉圣旨次韵》诗中写
道："曾参二十年前会，今备台司得再陪。"（《全宋诗》卷三二六，第
4039 页）由此可见，边患频仍、国事不宁是仁宗朝中后期二十余年不行赏
花钓鱼宴的主要原因。

神宗以后，赏花钓鱼宴虽间有进行，但已远不如北宋前期频繁。根据
前面的编年，嘉祐六年以后，有史料记载的宫廷举行的赏花钓鱼宴只有一
次，即元丰七年。此前，英宗在位不到四年，无举行赏花钓鱼宴的记录；
神宗初即位，曾有罢止赏花钓鱼宴之举，至元丰七年始复旧制；哲宗绍圣
初，以嗣濮王之丧，又有罢赏花钓鱼宴之举。神宗以后举行的赏花钓鱼宴
当然不止元丰七年这一次，但史料的失载从一个侧面反映了北宋赏花钓鱼
宴已不如前此之盛。

导致神宗、哲宗朝较少举行赏花钓鱼宴的原因大致可归为两点：其
一，宫中行丧礼时多罢赏花钓鱼宴。如《宋史》卷九九载："神宗之嗣位
也，英宗之丧未除。……故事，斋宿必御楼警严，幸后苑赏花、作水戏，
至是悉罢之。"《宋会要辑稿》云："（绍圣）三年六月二十三日，诏特辍
学春宴、赏花、钓鱼，以嗣濮王宗绰丧，未出殡故也。"（《礼》四十五
《宴享》）其二，可能与当时新旧党争有关。神宗、哲宗朝是北宋新旧党争
最激烈的时期，这种统治集团内部的尖锐斗争，使政治局势变得不稳定，
一党得势，则与失势者相关的人物都受到牵连，打击面较大，而许多曾经
受到皇帝器重的文人，如苏轼等，也在党争中遭到沉重打击。赏花钓鱼宴
本来是皇帝优遇文臣的一种表现，这种政局的不稳定，很大程度上造成了

---

① （宋）司马光：《司马温公诗话》，参《笔记小说大观》第八编，第 3035 页。

君臣之间的隔阂，进而影响到赏花钓鱼宴的正常举行。

徽宗热衷于艺术和山水园林，其在位期间，大兴土木，在开封兴建寿山艮岳；大兴花石纲，取全国各地奇花异石以实之。照理说，他比其他皇帝更有条件经常举行这种赏花钓鱼活动。然而据现有史料，徽宗朝竟没有举行过一次这样的活动。徽宗朝内忧外患较前朝更加严重，再加上奸权当道，政局混乱，许多具有正义感的文人都遭到摒斥，皇帝与朝臣之间已产生严重隔阂。实际上，赏花钓鱼宴在徽宗朝已蜕变为皇帝与极少数宠臣寻欢作乐的活动，它所具有的使君臣一起"以天下之乐为乐"、君臣相亲以通其情的政治意义已经失去，当然就不会频繁举行，也不会成为文人争相传载的话题了。

（三）赏花钓鱼宴的文学意义

赏花、钓鱼、宴饮、赋诗是宫廷文学活动的组成部分，具有鲜明的宫廷文学的特征。

首先，赏花、钓鱼、宴饮、赋诗活动主要是在宫廷宴会上进行，主要形式则是君臣唱和。如：

太宗太平兴国九年三月十五日，诏宰相、近臣赏花于后园。帝曰："春气暄和，万物畅茂，四方无事，朕以天下之乐为乐，宜令侍从词臣各赋诗。"……二十九日，诏近臣宴于后苑。帝作诗一章赐侍臣，令属和。（《宋会要辑稿》《礼》四十五《赏花钓鱼宴》，下同）

淳化二年三月一日，赏花，宴于后苑，帝临池钓鱼，命群臣赋诗，尽醉而罢。

至道元年三月十六日，后苑赏花，……帝临池钓鱼，赋诗，命群臣赋诗，应制者五十五人。

咸平三年二月二十九日，赏花，宴于后苑。帝作《中春赏花钓鱼》七言诗，儒臣皆赋，遂射于水殿，尽欢而罢。自是遂为定制。

咸平九年三月十七日，曲宴后苑，赏花钓鱼，命从臣赋诗，限以五言八韵，以新字为韵。

景祐三年三月六日，曲宴后苑，赏花钓鱼。帝赋诗，群臣席上次韵。

嘉祐六年三月二十五日，幸后苑，赏花钓鱼，遂宴太清楼，出御制诗一首，从臣和。

以上史料表明，君臣奉和赋诗乃是赏花钓鱼宴中一个重要的保留节目，其形式多为皇帝首唱，群臣依韵唱和。这种君臣唱和活动规模一般较大。如至道元年，应制赋诗者达五十五人；庆历元年，应制赋诗者达四十人，赋诗一百四十首①。这是典型的宫廷文学创作活动。

其次，赏花钓鱼宴上所创作的诗歌，就内容而言，也具有鲜明的宫廷文学特征。据史料记载，北宋君臣在赏花钓鱼宴上所赋歌诗，每年都会编集存档，数量应不下千首。不过这些作品集早已随宋室沦亡而佚失。笔者据《全宋诗》统计，北宋君臣在赏花钓鱼宴上所作之诗，现存作品共四十五首②。这些作品除少数寓有较深感慨之外，内容皆为鼓吹太平，给当朝天子歌功颂德，是典型的宫廷文学。如寇准《应制赏花钓鱼》云："龙禁含佳气，銮舆下建章。碧波微荡漾，红蕚竞芬芳。玉斝春醪满，金波昼漏长。逢时空窃拃，万宇正欢康。"（《全宋诗》卷八九，第994页）夏竦《赏花钓鱼应制》云："上苑乘春启，奇花效祉新。连房红蕚并，合干绿枝匀。剪献尊长乐，分颁宠辅臣。从游过水殿，凝跸近龙津。黼座临雕槛，文竿引翠纶。波香投桂饵，萍暖漾金鳞。湛露芳尊酒，钧天广乐陈。多欢千载遇，何以报严宸。"（《全宋诗》卷一五八，第1791页）

不过，在特定的历史背景之下，其作品仍可以寄寓较深沉的思想内容。比如宋仁宗嘉祐六年（1061）君臣唱和之作，便颇为引人注目。是年，仁宗作《赏花钓鱼》诗，群臣属和。其录于《全宋诗》者，有宋庠《奉和御制赏花钓鱼次韵私赋》、欧阳修《应制赏花钓鱼》、韩琦《御制后苑赏花钓鱼奉圣旨次韵》、祖无择《和御制赏花钓鱼》、陈襄《和御制赏花钓鱼》、刘敞《奉和诸公御制后苑赏花钓鱼》、司马光《御制后苑赏花钓鱼七言四韵诗一首奉圣旨次韵》、苏颂《恭和御制赏花钓鱼》、王安石《和御制赏花钓鱼二首》、郑獬《恭和御制赏花钓鱼》、沈遘《应制依韵和御制后苑赏花钓鱼》、徐积《拟和御制赏花钓鱼》、宋祁《奉和御制后苑赏花

---

① 晏殊《进两制三馆牡丹歌诗状》："臣准传宣札子，奉圣旨令两制、三馆赋后苑诸殿亭牡丹歌诗者。……臣首当庸滥，实玷恩华。兴寤以思，脑惶无极。其两制并侍讲学士、龙图阁待制，自章得象已下十三人，三馆秘阁自康孝基已下二十七人，歌诗共一百四十首，谨随状进以闻。"参《全宋文》册一〇卷三九七，第185页。

② 此据北京大学古典文献研究所编《全宋诗》（北京大学出版社1991—1998年版）统计，残篇及有篇名、有纪事而无诗存者未计入内。

诗》。由于西北边事频繁，自仁宗庆历元年（1041）举行赏花钓鱼宴之后，直到嘉祐六年（1061）才有此次盛会，中间相隔二十年，故君臣赋咏之际，颇多感慨。韩琦有"曾参二十年前会，今备台司得再陪"，不仅隐含个人升沉荣辱，更寄寓了家国盛衰之感，故为时流所赏，仁宗亦为之动容。

（四）赏花钓鱼宴的政治意义

与君臣唱和创作旨在歌功颂德的赏花钓鱼诗相比，赏花钓鱼宴的政治意义似更值得注意。北宋宫廷赏花钓鱼宴的政治意义主要体现在如下几个方面：

其一，体现太平之世"以天下之乐为乐"的政治理想。

赏花钓鱼宴与其他宫廷宴飨活动一样，是宫廷礼仪制度的组成部分，与那些正式的国家庆典型宴飨活动相比，这一活动更具休闲、娱乐性质。这种活动的政治意义便首先体现在这种休闲娱乐上。

宫中之乐，本非民间所能体验；帝王之乐，也非人臣所可分享。但是，如果帝王要与群臣共享，其意义就不仅仅止于一般的宫廷娱乐了。前引《宋会要辑稿》及《宋史》载太宗诏群臣赏花云："春气暄和，万物畅茂，四方无事，朕以天下之乐为乐，宜令侍从词臣各赋诗。"太宗所表达的意思极为明了，四方无事，天下太平，命群臣随自己赏花宴饮，是"以天下之乐为乐"！宋太宗的这种心态，相当优裕而且自信，它显然建立在太祖、太宗数十年苦心经营而一举戡定地方割据政权，最后统一天下，使民众得以休养生息、政府的一切机制运转正常的基础之上。他不仅自己"以天下之乐为乐"，还让群臣感受到四方无事、天下太平，国家已呈现出欣欣向荣之势的欢悦。而且事实上，这种休闲娱乐活动恰恰要以四方无事天下太平作为最基本的前提和政治基础。仁宗朝边事骤起，赏花、钓鱼、宴饮、赋诗之事遂废弃二十余年；英宗以病体在位仅三年，不闻有赏花钓鱼之事；神、哲宗以后，新旧党争使朝政日趋不稳，天下扰攘，赏花钓鱼宴便不如真、仁之世盛；徽宗以后，内忧外患不断，赏花钓鱼宴几乎废止矣。

由此可见，赏花、钓鱼、宴饮、赋诗之事，系乎国势之安否，四方无事，天下太平，君臣遂可"以天下之乐为乐"；天下扰攘，四方多事，君臣无心作乐，赏花、钓鱼、宴饮、赋诗之事遂废。由此可以观政治之盛衰也。

其二，体现北宋皇室优遇文臣的基本国策。

宋代立国以后，有鉴于中唐以来武臣用事、枝强干弱、终致亡国的教训，首先确立了"抑武崇文"的基本国策：一方面采取各种手段削减武将兵权，使各地方军事实体无力与中央相抗衡；另一方面广开才路，提拔大量出身寒微的读书人参与政事，重用文臣。有宋一代，文人地位颇高，通过科举考试进入政府的文臣更是备受优待。北宋文臣不仅待遇丰厚，而且经常直接受到最高统治者的恩典和眷顾，最高统治者也经常借宫廷礼仪活动的机会对他们加以夸赞和赏赐。赏花钓鱼宴，从某种意义上正是对这一基本国策的充分贯彻和体现。

赏花钓鱼宴的参加者，除了皇帝本人之外，主要包括"辅臣、三司使、翰林、枢密直学士、尚书省四品、两省五品以上、三馆学士"等。后来，由于馆阁校理李宗谔对"三馆唯直馆预坐，校理以下赋诗而退"的旧制感到不平而作诗相讽，促使连馆阁校理以下品秩较低的馆职也都得以预会。

对于这些预会者，皇帝与他们一起赏花、钓鱼、宴饮，有时还在宴会上亲自剪下牡丹花给宠臣佩戴，每成一诗，还令群臣唱和。这对于这些文人出身的大臣而言，乃是莫大的荣幸。这些事迹详见于后文编年纪事，不再举例。

其三，促进君臣交流。

赏花钓鱼宴还有另一个重要的政治意义，那就是促进君臣交流，使君臣关系融洽，上下相得。如神宗于元丰七年（1084）曾谈及赏花钓鱼宴具有促进君臣交流的政治意义。《宋会要辑稿》《礼》四十五《习射宴》云：

> 元丰七年二月十三日，宰执奏对毕。上宣谕曰："祖宗时，数召近臣为赏花钓鱼宴，朕亦欲暇日命卿等小饮。"宰执等逊谢。上曰："君臣不相亲则情不通，早朝早奏事止顷刻间，岂暇详论治道，故思与卿等从容耳。"

赏花钓鱼宴本来只是宫廷中一项娱乐活动，但由于其主要形式是朝中官员陪皇帝一起活动，在这个过程中，君臣之间自然会相互观察并进而相互了解、相互沟通甚至是相互劝诫。比如太宗朝李宗谔尚为集贤校理之时，由于官职较低，不得预赏花钓鱼之宴，遂赋诗一首，以抒其不平，诗云："戴了宫花赋了诗，不容重见赭黄衣。无聊却出宫门去，还似当年下第时。"对于这种明显带有挖苦性质的诗作，太宗并没有生气，而是"即令赴宴，自是校理而下，皆与会也"①。然亦有因与宴赋诗过于鄙恶而遭贬斥者。如仁宗天圣八年的赏花钓鱼宴，度支员外郎、秘阁校理韩羲因为所赋诗"独鄙恶，落职，降司封员外郎，通判冀州"（《宋会要辑稿》《礼》四十五《赏花钓鱼宴》）

又如仁宗朝王安石曾在赏花钓鱼宴中做过一件不太得体的事，仁宗因而看出王安石之为人有不尽如人意之处。邵伯温《邵氏闻见录》卷二载有此事：

> 仁宗皇帝朝，王安石为知制诰。一日，赏花钓鱼宴，内侍各以金碟盛钓饵药置几上，安石食之尽。明日，帝谓宰辅曰："王安石诈人也，使误食钓饵，一粒则止矣；食之尽，不情也。"帝不乐之。后安石自著《日录》，厌薄祖宗，于仁宗尤甚，每以汉文帝恭俭为无足取者，其心薄仁宗也。故一时大臣富弼、韩琦、文彦博而下，皆为其诋毁云。②

王安石在赏花钓鱼之际，误食鱼饵，且食之尽，仁宗根据他的举动，看出他是一个不近情理的险诈之人。由于王安石力排众议，坚持变法，在宋代招致很多人的非议。邵氏此则记载，或许有故意诋毁王安石之嫌，但这则故事从一个侧面显示赏花钓鱼宴是皇帝观察群臣的有效途径。

再如《司马温公诗话》载有仁宗嘉祐六年赏花钓鱼宴的情形：

> 先朝春月多召两府、两制、三馆于后苑赏花、钓鱼、赋诗。自赵元昊背诞，西陲用兵，废缺甚久。嘉祐末，仁宗始复修故事，群臣和御制诗。是日微阴寒，韩魏公时为首相，诗卒章云："轻云阁雨迎天仗，寒色留春入寿杯。二十年前曾侍宴，台司今日喜重陪。"时内侍都知任守忠以滑稽侍上，从容言曰："韩琦讥陛下。"上愕然，问其故，守忠曰："讥陛下游

---

① 参（宋）孔平仲：《谈苑》卷四，《笔记小说大观》第四编，第 2100 页。
② （宋）邵伯温：《邵氏闻见录》，中华书局 1983 年版，第 13～14 页。

宴太频。"上为之笑。①

在这次活动中，仁宗赋诗一首，时相韩琦和作，有"二十年前曾侍宴，台司今日喜重陪"之句。韩琦本意是由于边事扰攘，二十年不曾举行赏花钓鱼宴这样的盛事，如今终于盼到这一天了，而任守忠则有意曲解诗意，故意说韩琦在挖苦皇帝，而当仁宗明白任守忠不过是正话反说之后，"为之笑"。在这里，君臣相得、关系融洽的情形可以概见矣。

附1：北宋宫廷赏花钓鱼宴饮赋诗活动编年纪事

宋太祖开宝六年（973）

……六年四月四日丁亥，召皇弟开封尹节度石守信等赏花习射于苑中，甲午召近臣宴射苑中……（《会要②·礼·习射宴》）

（开宝）六年……夏四月丁亥，召开封尹光义，天平军节度使石守信等赏花、习射于苑中。（《宋史·太祖（三）》）

宋太宗太平兴国三年（978）

太平兴国三年三月大宴大明殿。春宴自此始也。乾明节在十月，故太宗朝止设春宴，咸平三年九月大宴含光殿，真宗朝，圣节外始备设春秋二宴，自此为定制也。（《会要·礼·春宴》）

宋太宗太平兴国九年（即雍熙元年，984）

太宗太平兴国九年三月十五日，诏宰相近臣赏花于后园。帝曰："春气暄和，万物畅茂，四方无事，朕以天下之乐为乐，宜令侍从词臣各赋诗。"帝习射于水心亭。宋琪等以应制诗进，帝吟咏久之，学士扈蒙诗有"微臣自愧头如雪，也向钧天侍玉皇"，帝笑谓曰"卿善因事陈情"，蒙顿首谢。二十九日，诏近臣宴于后苑，帝作诗一章赐侍臣，令属和。（《会要·礼·赏花钓鱼宴》）

（雍熙元年三月）己丑，召宰相、近臣赏花于后苑。上曰："春气暄和，万物畅茂，四方无事，朕以天下之乐为乐，宜令侍从、词臣各赋诗。"赏花、赋诗自此始。（明年四月赏花、钓鱼，又赋诗，此但赏花，《会要》

---

① （宋）司马光：《司马温公诗话》，参《笔记小说大观》第八编，第3035页。
② 《宋会要辑稿》简称《会要》，随文注出。

以为曲宴自明年始，今两存之。《长编》① 卷二五）

太宗太平兴国九年三月十五日，诏宰相、近臣赏花于后苑。帝曰：
"春气暄和，万物畅茂，四方无事，朕以天下之乐为乐，宜令侍从词臣各
赋诗。"帝习射于水心殿。（《宋史·礼（十六）》）

宋太宗雍熙二年（985）

雍熙二年四月二日，诏辅臣、三司使、翰林、枢密直学士、尚书省四
品、两省五品以上、三馆学士于后苑，赏花、钓鱼、张乐、赐饮，命群臣
赋诗、习射。赏花曲宴自此始。（《会要·礼·赏花钓鱼宴》）

（雍熙二年四月）丙子……是日，召宰相、参知政事、枢密、三司使、
翰林、枢密直学士、尚书省四品、两省五品以上、三馆学士宴于后苑，赏
花、钓鱼、张乐、赐饮，命群臣赋诗、习射。自是每岁皆然，赏花钓鱼曲
宴，始于是也。（此据《会要》，赏花、赋诗已见雍熙元年三月。《长编》
卷二六）

雍熙二年四月二日，诏辅臣、三司使、翰林、枢密直学士、尚书省四
品、两省五品以上、三馆学士宴于后苑，赏花、钓鱼、张乐、赐饮，命群
臣赋诗、习射。赏花曲宴自此始。（《宋史·礼（十六）》）

宋太宗雍熙三年（986）

三年二月二十七日，诏辅臣、节度使、三司使、学士、舍人于后园临
池垂钓，顾谓之曰："今日风景，倍资吟思，可令词臣各赋花下钓鱼诗一
章，以中字为韵。"……三月一日，帝谓宰相李昉曰："春色方盛，朕欲诏
群臣后园赏花，而近尝宴会，天将大宴，不欲欢为乐，卿可召同列及翰林
枢密直学士中书舍人就第，为观花赋诗之会，仍赐羊酒。"昉曰："北边方
用兵，陛下宵旰为念，群臣当夙夜供职，以辅帷幄，若尔宴集，诚所未
安。"帝曰："芳辰佳致，不可虚度，公余集会，未至过也。"既宴，饮酒
酣，各赋奉诏赏花诗，帝亦作诗赐之。翌日，学士承旨扈蒙等诣垂拱殿门
谢。（《会要·礼·赏花钓鱼宴》）

三年二月乙丑幸骐骥院回，召近臣宴后苑。上临池钓鱼，令侍臣赋
诗，还，御水心殿习射，上中的五，赐从官饮。（《会要·礼·习射宴》）

① （宋）李焘撰：《续资治通鉴长编》卷二五，中华书局1995年版（简称《长编》，随文注出）。

宋太宗雍熙四年（987）

（雍熙）四年三月十七日，赏花，宴于后苑，帝临池垂钓，顾宰丞李昉等曰："宴赏何乐如之，可令侍臣各赋赏花钓鱼诗，俄出五言御诗一章赐侍臣，晚御水殿习射。"望日，帝依韵和宰臣以下十三人所进诗以赐，又令宰臣更和所进应制诗以献。（《会要·礼·赏花钓鱼宴》）

宋太宗淳化二年（991）

（淳化）二年三月庚子朔，宴后苑，上临池钓鱼，诏群臣赋诗，因习射，中的四。（《会要·礼·习射宴》）

淳化二年三月一日，赏花，宴于后苑，帝临池钓鱼，命群臣赋诗，尽醉而罢。（《会要·礼·赏花钓鱼宴》）

宋太宗淳化三年（992）

三年三月十二日，赏花，宴于后苑，命群臣赋诗。诏光禄寺丞杨亿赋诗于御座之侧。……新直馆韩国华、汤太初并令预，以所赋赏花诗五十二首付史馆。先是，国华尝直史，俄充三司判官，循故事不带馆职；至是因奏事自陈，以谏官兼省职，而宸游苑中，不得陪。馆职臣僚在侍从之列，翌日，并诏守本官直昭文馆，告谢之日，适值赏花，并令预宴。国华等皆以判官兼馆职，从新制。（《会要·礼·赏花钓鱼宴》）

宋太宗淳化五年（994）

淳化五年三月六日，赏花，宴于后苑。帝临池钓鱼，赋诗，命群臣皆赋，应制者三十九人。（《会要·礼·赏花钓鱼宴》）

宋太宗至道元年（995）

至道元年三月十六日，后苑赏花，特召司空致仕李昉，坐于尚书之上，仍稍前，帝临池钓鱼，赋诗，命群臣赋诗，应制者五十五人。（《会要·礼·赏花钓鱼宴》）

宋真宗咸平三年（1000）

咸平三年二月二十九日，赏花，宴于后苑，帝作《中春赏花钓鱼》七言诗，儒臣皆赋，遂射于水殿，尽欢而罢。自是遂为定制。（《会要·礼·赏花钓鱼宴》）

（真宗咸平三年二月）丙子，曲宴近臣于后苑。上作《中春赏花钓鱼》七言诗，儒臣皆赋，遂射于水亭，尽欢而罢，自是着为定制。（《长编》卷四六）

（咸平）三年……二月丙子，赏花苑中，召从臣宴射。（《宋史·真宗（一）》）

咸平三年二月，大宴含光殿，至是始备设春秋大宴。……三年二月晦，赏花，宴于后苑。帝作《中春赏花钓鱼诗》，儒臣皆赋，遂射于水殿，尽欢而罢。自是遂为定制。（《宋史·礼（十六）》）

宋真宗咸平四年（1001）

四年三月十八日，后苑赏花习射，帝与近臣言及大射、提壶、乡饮酒之礼，因命直馆各赋《射宫》五言六韵诗，帝欢甚，召群臣极饮，恕其沉醉。（《会要·礼·赏花钓鱼宴》）

杨亿《后苑赏花应制》，题注云："咸平四年三月十八日。"①

宋真宗咸平五年（1002）

杨亿有《后苑赏花应制》，题注云："咸平五年三月。"②

宋真宗咸平六年（1003）

六年三月十七日，赏花，宴于后苑。帝作《赏花》五言，群臣皆赋。（《会要·礼·赏花钓鱼宴》）

宋真宗景德四年（1007）

景德四年三月七日，曲宴后苑。初临水阁垂钓，又登太清楼观太宗御书及新写四部群书，又至景福殿放生池中，立玉宸殿，历翔鸾、仪凤二阁，命坐，置酒，帝作五言诗，从官皆赋，遂宴于太清楼下。……十六日，大宴崇德殿中，数诏近臣曲宴，于后苑赏花、钓鱼。帝作《赏花千叶牡丹》诗，从官毕赋，诏大理评事宋绶、邵焕预会。绶、焕皆在秘阁拜业故也。（《麟台故事》：景德四年三月甲寅，大宴于景德殿中，召近臣曲宴于后苑，赏花、钓鱼。大理评事宋绶、邵焕预会，以皆在秘阁拜业故也。上作赏花千叶牡丹诗各一章，从官毕赋，吏部尚书张齐贤、刑部尚书温仲舒、工部尚书王化基，以久在外任，求免制，不许。）有顷，射于太清楼下。（《会要·礼·赏花钓鱼宴》）

（真宗景德四年三月）甲寅，大宴于后苑，赏花、钓鱼。上赋诗，从

---

① 参北京大学古典文献研究所编：《全宋诗》卷一一五，北京大学出版社1991—1998年版，第1321页。

② 参北京大学古典文献研究所编：《全宋诗》卷一一五，北京大学出版社1991—1998年版，第1321页。

臣皆赋。吏部尚书张齐贤、刑部尚书温仲舒、工部尚书王化基，以久在外任，求免应制，不许。(《长编》卷六五)

宋真宗大中祥符元年（1008）

大中祥符元年三月九日，宴近臣于后苑，帝作《赏花》七言诗。(《会要·礼·赏花钓鱼宴》)

宋真宗大中祥符三年（1010）

三年闰二月二十二日，后苑赏花曲宴，特诏卫封清考察在京刑狱慎从古，太常少卿知审刑院刘国忠预会，命集贤校理宋绶、晏殊，秘阁校理邵焕作序。……二十七日，诏辅臣至宜圣殿朝拜太宗圣容，东西延释像经戏，帝作《舞景观花》诗以赐从官。即席赋诗，又御水必殿垂钓，遂宴于金华殿。小苑花木皆太常命中黄门所植，滋茂异常，辅臣素所未至也。(《会要·礼·赏花钓鱼宴》)

宋真宗大中祥符四年（1011）

四年三月八日，车驾驻西京，命从臣射于后苑淑景亭，移宴长春殿，帝作《赏花开宴》诗。(《会要·礼·赏花钓鱼宴》)

宋真宗大中祥符五年（1012）

五年三月十九日，诏后苑赏花曲宴，馆阁编修校勘并赴。……二十日，赏花后苑，以雨移御崇政殿南轩曲宴，酒三行，命赋诗。有顷，御北殿，赐宴作乐，帝作《赏花》及《喜雨》诗二首，群臣即席和进。(《会要·礼·赏花钓鱼宴》)

宋真宗大中祥符六年（1013）

六年三月五日，赏花，宴于后苑，帝作《赏花钓鱼》七言诗，从臣皆赋。又诏从臣从游，令观苑中连理槐、屏风、连理柏，遂射于太清楼下。……六年三月八日，赏花，宴于后苑，登太清楼观书，射于楼下，特诏知杂御史预会，帝作《赏花》、《观书》诗二首，从臣毕赋。(《会要·礼·赏花钓鱼宴》)

（真宗大中祥符六年三月）己亥，阁门奏，后苑赏花曲宴，群臣有礼容懈惰者。上曰："饮之酒，而责其尽礼，亦人所难也，宜且降诏戒谕之。"(《长编》卷八〇)

宋真宗大中祥符九年（1016）

九年三月十三日，赏花，宴于后苑，始诏开封府判官预会，自是推官亦，诏降翰林学士钱惟演坐庐职事落职，特诏预。(《麟台故事》：九年三月乙卯日，其赏花于后苑，上作五言诗，咸赋，因射于太清楼下。宋类苑，真宗朝，岁岁赏花、钓鱼，群臣应制。尝一日临池久而御钓不食，丁晋公谓应制诗曰"莺惊凤辇穿花去，鱼畏龙颜上钓迟"，真宗极赏，群臣以为莫及。)(《会要·礼·赏花钓鱼宴》)

宋真宗天禧二年(1018)

(真宗天禧二年四月)丁卯，召近臣及馆阁、三司、京府、谏官、御史，谒太宗圣容于宜圣殿，观龙图阁书及御制赞颂石本。时昇王未出阁，始预坐，令从臣赋赏花诗。(《长编》卷九一)

宋真宗天禧三年(1019)

天禧三年三月十三日，曲宴后苑，登翔鸾阁观太宗御集及圣像，又御仪凤阁、玉宸、安福殿，遂临池垂钓，射于太清楼下，帝作《赏花》、《钓鱼》五七言诗，命皇太子书以示近臣。群臣皆赋，前一日诏翰林学士钱惟演巳下，校勘并领预赴。(《会要·礼·赏花钓鱼宴》)

宋仁宗天圣三年(1025)

仁宗天圣三年三月二十一日，后苑赏花，临池钓鱼，遂宴于太清楼。是日雨霁，花卉盛发，帝屡日从臣赐花劝酒，各令尽醉。(《麟台故事》：天圣三年三月，帝后苑赏花钓鱼，遂宴太清楼。辅臣、宗室、两制杂学士、待制、三司使、副知杂御史、三司判官、开封、两淮官、馆阁官、节度使至刺史皆预焉。)(《会要·礼·赏花钓鱼宴》)

(仁宗天圣三年三月)己卯，幸后苑，赏花钓鱼，遂燕太清楼，辅臣、宗室、两制杂学士、待制、三司使、副知杂御史、三司判官、开封府推官、馆阁官、节度使至刺史皆预焉。(《长编》卷一三○)

宋仁宗天圣四年(1026)

四年四月三日赏花，宴于后苑，帝循栏命中使选双并牡丹花，剪赐辅臣，仍令以雕篮盛花遍赐从官。(《会要·礼·赏花钓鱼宴》)

宋仁宗天圣五年(1027)

五年三月十日，后苑赏花钓鱼，宴于太清楼。(《会要·礼·赏花钓鱼宴》)

宋仁宗天圣六年(1028)

六年三月十七日，幸后苑，赏花钓鱼，宴射太清楼，帝亲令内侍剪牡

丹花赐辅臣。(《会要·礼·赏花钓鱼宴》)

宋仁宗天圣七年（1029）

七年闰二月二十九日，后苑赏花钓鱼，宴射太清楼。(《会要·礼·赏花钓鱼宴》)

宋仁宗天圣八年（1030）

八年二月十九日，后苑赏花钓鱼，观唐明皇山水字石于清辉殿，因命从官皆赋歌。遂宴太清楼。山水字石，先是，永兴军辇至起清辉殿以安之。是日，从臣应制，令中书第所赋优劣，而秘阁校理韩义辞独不成，落职出通判冀州。(《麟台故事》：天圣八年二月，上幸后苑赏花，宴辅臣、宗室、从官。三馆、京官以上亦预。先是得唐明皇山水字石于永兴，置于清辉殿。是日，命从臣观之，应制赋诗，上亲第其能否。集贤校理王琪诗最蒙称善，寻下从诏，而度支员外郎韩义辞最乏力，夺职为司封员外郎通判冀州。范蜀公《东都遗事》：赏花钓鱼赋诗，往往宿制，天圣中，永兴军进山水石，因命赋山水石歌，出于不意，多荒恶者。中坐，优人入戏，各执纸笔若吟咏状。一人忽仆于石上曰，数日来作《赏花》、《钓鱼》诗，准备应制，却被这石头擦倒。)(《会要·礼·赏花钓鱼宴》)

(仁宗天圣八年三月) 壬申，幸后苑赏花钓鱼，观唐明皇山水字石，于清辉殿命从官皆赋诗，遂燕太清楼。每岁赏花、钓鱼所赋诗，或预备，及是，出不意，坐多窘者，优人以为戏，左右皆大笑。翌日，尽取诗付中书，第其优劣。度支员外郎、秘阁校理韩羲所赋独鄙恶，落职，降司封员外郎，通判冀州。(《长编》卷一四〇)①

宋仁宗天圣九年（1031）

九年三月十七日，曲宴后苑，赏花钓鱼，命从臣赋诗，限以五言八韵，以新字为韵。移宴太清楼。是日先赐食于幕次。(《会要·礼·赏花钓鱼宴》)

宋仁宗明道二年（1033）

明道二年三月十三日，曲宴后苑，赏花钓鱼。(《会要·礼·赏花钓鱼宴》)

---

① 是年赏花钓鱼宴，《会要》作"二月十九"，《长编》作"三月壬申"，小有差舛，不知孰误。

宋仁宗景祐三年（1036）

景祐三年三月六日，曲宴后苑，赏花钓鱼。帝赋诗，群臣席上次韵，移宴太清楼。（《会要·礼·赏花钓鱼宴》）

宋仁宗庆历元年（1041）

晏殊《进两制三馆牡丹歌诗状》有"臣首当庸滥，实玷恩华。兴窸以思，脑惶无极。其两制并侍讲学士、龙图阁待制，自章得象已下十三人，三馆秘阁自康孝基已下二十七人，歌诗共一百四十首"等句。晏殊于康定元年九月任枢密使，庆历四年九月罢相（据《宋史·宰辅表》）。可知庆历年间，曾举行过一次赏花钓鱼宴。又，在嘉祐六年（1061）的赏花钓鱼宴上，仁宗自言"自西部用兵，遂罢赏花赐宴，逾二十年"，可知嘉祐六年以前最后一次赏花钓鱼宴是在庆历元年举行的。

宋仁宗皇祐五年（1053）

（仁宗）皇祐五年，后苑宝政殿刈麦，谓辅臣曰："朕新作此殿，不欲植花，岁以种麦，庶知稼事不易也。"自是幸，观谷、麦，惟就后苑。春夏赏花、钓鱼则岁为之。（《宋史·礼（十六）》）①

宋仁宗嘉祐六年（1061）

嘉祐六年三月二十五日，幸后苑，赏花钓鱼，遂宴太清楼，出御制诗一首，从臣和。自西部用兵，遂罢赏花赐宴。逾二十年，至是时大宴，以富弼母丧，特罢之。乃赐赏花之会。（《会要·礼·赏花钓鱼宴》）

（嘉祐六年三月）戊申，幸后苑，赏花钓鱼，遂宴太清楼，出御制诗一章，命从臣属和以进。（《长编》卷一九三）

宋神宗熙宁年间（1068—1077）

神宗之嗣位也，英宗之丧未除，……故事，斋宿必御楼警严，幸后苑赏花、作水戏，至是悉罢之。（《宋史·礼（二）》）

宋神宗元丰七年（1084）

元丰七年二月十三日，宰执奏对毕，上宣谕曰："祖宗时，数召近臣为赏花钓鱼宴，朕亦欲暇日命卿等小饮。"宰执等逊谢，上曰："君臣不相

---

① 据宋人笔记、《会要》及韩琦诗，嘉祐六年以前二十年，并未行赏花钓鱼之宴。（详参书内所引司马光《司马温公诗话》、《会要》嘉祐六年《赏花钓鱼编年纪事》及韩琦嘉祐六年所作《应制赏花钓鱼》诗）《宋史》所记，不知是否确当。然赏花钓鱼宴或未举行，赏花、钓鱼之事，则或有之。

亲则情不通，早朝早奏事止顷刻间，岂暇详论治道，故思与卿等从容耳。"（《会要·礼·习射宴》）

宋哲宗元祐六年（1091）

（哲宗元祐六年四月）辛卯……诏罢今岁幸金明池琼花苑。先是吕大防以御试妨春宴，请赏花钓鱼之会，以修故事，有诏用三月二十六日而连阴不解，天气作寒，未有花意。别择四月上旬，间及将改，朔寒亦甚，给事中朱光庭上疏请罢宴，大防意未然。及对，太皇太后谕旨：天意不顺，宜罢宴。众皆竦服。他日，王岩叟奏事罢，因进言："昨见三省说已有旨罢赏花钓鱼，此事甚善，人以陛下敬天意，极慰悦。今又入夏犹寒，天意不顺，陛下皆不忽，是大好事。"太皇太后曰："天道安敢忽？"岩叟曰："自古人君常患上则忽天意，下则忽人言，今陛下乃上畏天意，下畏人言，此盛德之事，愿常以此存心，天下幸甚。"（《政目》：于四月二日罢赏花钓鱼）（《长编》卷四五七）

宋哲宗绍圣三年（1096）

（绍圣）三年六月二十三日，诏特辍春宴、赏花钓鱼，以嗣濮王宗绰丧，未出殡故也。（《会要·礼·宴享》）

附2：仁宗嘉祐六年（1061）君臣唱和赏花钓鱼诗

宋仁宗《赏花钓鱼》

晴旭辉辉苑籞开，氤氲花气好风来。游丝罥絮萦行仗，堕蕊飘香入酒杯。鱼跃文波时拨刺，莺留深树久徘徊。青春朝野方无事，故许游观近侍陪。（《全宋诗》卷三五四，第4401页）

宋庠《奉和御制赏花钓鱼次韵私赋》

秘苑神池帐殿开，钩陈遥卫斗车来。柳舒瑞雾迎仙跸，花献天香入寿杯。恋藻文鳞争聚散，听韶丹翼剩徘徊。朝簪尽庆千龄会，薰曲汾歌即席陪。（《全宋诗》卷一九六，第2245页）

欧阳修《应制赏花钓鱼》

绛阙晨霞照雾开，轻尘不动翠华来。鱼游碧沼涵灵德，花馥清香荐寿杯。梦天钧天声杳默，日长化国景徘徊。自惭击壤音多野，帝所赓歌亦许陪。（《全宋诗》卷二九四，第3707页）

韩琦《御制后苑赏花钓鱼奉圣旨次韵》

花簇香亭万朵开，珮舆高自九关来。轻阴阁雨迎天步，寒色留春送寿杯。仙吹彻云终缥缈，恩鱼逢饵几徘徊。曾参二十年前会，今备台司得再陪。（《全宋诗》卷三二六，第4039页）

祖无择《和御制赏花钓鱼》（时为中书舍人）

禁籞春深御幄开，鸣鞘晓出五云来。花含瑞色三危露，酒湛晴光万寿杯。香饵得鱼波混漾，仙音仪凤日徘徊。微臣叨窃逢辰幸，持橐甘泉此从陪。（《全宋诗》卷三五六，第4410页）

陈襄《和御制赏花钓鱼》

仙跸传呼禁苑开，两班迎拜玉舆来。花围帝坐重张幄，鳞上天钩曲赐杯。鸟散香丛声睍睆，人观灵沼乐徘徊。君恩更赐回鸾藻，还许儒生给笔陪。（《全宋诗》卷四一四，第5093页）

刘敞《奉和诸公御制后苑赏花钓鱼》

四照繁英拂槛开，九重芝盖赏春来。卿云共和光华旦，瑞雾偏凝沆瀣杯。池藻跃鱼波淡荡，林光倾日影徘徊。淮阳闭阁头今白，梦达钧天惜未陪。（《全宋诗》卷四八五，第5879页）

司马光《御制后苑赏花钓鱼七言四韵诗一首奉圣旨次韵》

驳娑蜚廉次第开，鸣鞘传跸自天来。云随采仗低临幄，柳压金堤翠入杯。槛倚柔风丝缥缈，花翻丽日影徘徊。上林春色长如旧，玉辇嬉游岁岁陪。（《全宋诗》卷五〇六，第6155页）

苏颂《恭和御制赏花钓鱼》

四照仙花次第开，上林重睹属车来。雨晴驰道纤天步，风引浓香到寿杯。瑞燕入檐时拂掠，恩鱼窥钓更徘徊。柏梁绝唱容赓缀，独愧非才亦与陪。（《全宋诗》卷五一九，第6310页）

王安石《和御制赏花钓鱼二首》

荫幄晴云拂晓开，传呼仙仗九天来。披香殿上留朱辇，太液池边送玉杯。宿蕊暖含风浩荡，戏鳞清映日徘徊。宸章独与春争丽，恩许赓歌岂易陪。

霭霭祥云辇路晴，传呼万岁杂春声。蔽亏玉仗宫花密，映烛金沟御水清。珠蕊受风天下暖，锦鳞吹浪日边明。从容乐饮真荣遇，愿赋嘉鱼颂太平。（《全宋诗》卷五五五，第6615页）

郑獬《恭和御制赏花钓鱼》

辇路鲜云五色开，一声清跸下天来。水光翠绕九重殿，花气浓熏万寿杯。绣幕烟深红匼匝，文竿风引绿徘徊。蓬山绝景无人到，诏许群仙尽日陪。（《全宋诗》卷五八四，第6864页）

沈遘《应制依韵和御制后苑赏花钓鱼》

春入花房次第开，上林先望属车来。时忘万物均民乐，恩许群臣奉燕杯。凤下朝阳时鼓舞，鱼游太液自徘徊。愚心愿献千年寿，岂特欢娱一日陪。（《全宋诗》卷六二八，第7496页）

徐积《拟和御制赏花钓鱼》

禁苑千花一夜开，祥烟深处翠华来。重轮日色辉天步，万岁山声荐寿杯。鱼跃灵池初浩渺，凤巢阿阁正徘徊。姚虞臣主方赓唱，蓬荜儒生愿窃陪。（《全宋诗》卷六五七，第7708页）

宋祁《奉和御制后苑赏花诗》（有状）

臣伏见今月二十五日，召宰臣以下赴后苑赏花钓鱼。侧闻降赐天什，许群臣属和。荣幸之极，二纪罕逢。臣滥直北门，于法当从。而偶以移疾，适在告中，不得侍欢秘幄，与百兽参舞。怅恨三陌，飞肉无阶。谨率芜累，次歌奉和圣制诗一章。局情浅致，无以称道盛德万分之一，干渎呈览。

诏跸回清籞，宸旒驻紫烟。鬲云霏汉幄，法曲度文弦。猎翠雄风度，凝香甲帐褰。仙菂浮羽葆，藻卫缛芝廛。式宴千钟酒，迷魂七日天。宸章纡宝思，休咏掩楼船。（《全宋诗》卷二一八，第2514页）

第三节　北宋牡丹玩赏活动的学术化

与唐人大多仅欣赏牡丹之美艳相比，很多宋人的牡丹玩赏活动上升到了科学甚至是哲学的层面，这使得宋人牡丹玩赏活动在一定程度上具有学术化的特征。宋人牡丹玩赏活动的学术化是植根于宋人的观物思想基础之上的。这种观物思想主要包含两个层面：其一是对于物之物理或生物属性的关注和考察；其二则是透过物来悟道（人生哲理或自然规律）。前者以欧阳修《洛阳牡丹记》为代表，影响所及，宋人纷纷给他们所关注的花卉作记作谱，为后人留下了许多珍贵的生物学、民俗学知识；后者以邵雍为代表，他晚年居洛，潜心著述，观物穷理，并以诗的形式表达出来。恰在此时，洛阳牡丹正值全盛，因此，牡丹成为他进行哲理思索的特殊媒介和观照对象。他的许多透辟精警的哲思便是通过对牡丹的歌咏表现出来的。

一、博物学、民俗学的记录与探讨——欧阳修《洛阳牡丹记》及其文化意义

宋代花木谱类著述极多，仅《直斋书录解题》所著录者即达二十二种，其目如下：

《笋谱》一卷，僧赞宁撰。（晁公武《郡斋读书志》作僧惠崇撰）

《越中牡丹花品》二卷，僧仲休撰。（一作《花品记》一卷）

《牡丹谱》一卷，欧阳修撰。（此书通名《洛阳牡丹记》，陈振孙《直斋书录解题》著录时改名为《牡丹谱》）

《冀王宫花品》一卷，题景祐元年沧州观察使记。

《吴中花品》一卷，李英撰。

《花谱》二卷，张峋撰。（一作《花谱》一卷）

《牡丹芍药花品》七卷，不著名氏。

《洛阳贵尚录》一卷，殿中丞新安邱濬道源撰。

《芍药谱》一卷，中书舍人清江刘攽贡父撰。

《芍药图序》一卷，待制新淦孔武仲常甫撰。

《芍药谱》一卷，知江都县王观通叟撰。

《荔枝谱》一卷，端明殿学士莆田蔡襄君谟撰。

《荔枝故事》一卷，无名氏撰。（晁公武《郡斋读书志》作蔡襄撰）

《增城荔枝谱》一卷，无名氏撰。

《四时栽接花果图》一卷，无名氏撰。

《桐谱》一卷，铜陵逸民陈翥撰。

《何首乌传》一卷，唐李翱撰，宋人增广之。

《海棠记》一卷，吴人沈立撰。

《海棠谱》一卷，彭城刘蒙撰。

《菊谱》一卷，史正志撰。

《范村梅菊谱》二卷，范成大撰。

《橘录》三卷，知温州延安韩彦直子温撰。

除《直斋书录解题》著录外，尚有见于《宋史·艺文志》、《笔记小说大观》著录或收入者，如邱濬《牡丹荣辱志》、周师厚《洛阳花木记》、周师厚《洛阳牡丹记》、张邦基《陈州牡丹记》、陆游《天彭牡丹谱》、张镃《梅品》、赵时庚《金漳兰谱》、王贵学《王氏兰谱》、任涛《彭门花谱》、张翊《花经》、阙名《荻楼杂抄》、范成大《桂海花木志》、谢翱《楚辞群芳谱》十三种。另有陈思《海棠谱》、黄大舆《梅苑》、陈景沂《全芳备祖》三种，以收录文学作品为主。

以上著述，仅牡丹一门，就有十四种之多①，这从一个方面反映了宋人对于牡丹的关注程度。在这些著述中，又以欧阳修《洛阳牡丹记》最为著名，几乎成为宋人编著此类著作的范本。本节所要论述的就是欧阳修《洛阳牡丹记》的文化史意义。

宋代花谱类著述之所以如此多，一方面与宋人日常生活和审美情趣的高雅化、精致化甚至诗意化有关，另一方面与欧阳修《洛阳牡丹记》的巨大影响有关。

欧阳修《洛阳牡丹记》并非最早的花谱类著作。早在唐代，已有李德

---

①　近见陈平平教授《中国宋代牡丹谱录种类考略》，列宋代牡丹谱录达二十一种。其中"中原牡丹谱录"九种，分别是欧阳修《洛阳牡丹记》一卷（存）、范尚书《牡丹谱》（佚）、邱濬《洛阳贵尚录》十卷（佚）、周师厚《洛阳牡丹记》一卷（存）、周师厚《洛阳花木记》一卷（存）、张峋《洛阳花谱》三卷（佚）、宋次道《牡丹花品》（佚）、张邦基《陈州牡丹记》一卷（存）、沧州观察使《冀王宫花品》一卷（佚）；"江浙牡丹谱录"五种，分别是仲休《越中牡丹花品》二卷（残）、李英《吴中花品》一卷（残）、沈太守《牡丹记》十卷（残）、史正志《浙花谱》（佚）、未著名氏《江都花谱》一卷（佚）；"蜀地牡丹谱录"三种，分别是胡元质《牡丹记》一卷（存）、陆游《天彭牡丹谱》一卷（存）、任涛《彭门花谱》一卷（佚）；"跨地区牡丹谱录"三种，分别是钱惟演《花品》（佚）、邱濬《牡丹荣辱志》一卷（存）、未著名氏《牡丹芍药花品》七卷（佚）；不明者一种，张宗诲《名花目录》七卷。所考甚详，可资证。详见陈平平：《中国宋代牡丹谱录种类考略》，《南京晓庄学院学报》2006年第4期。

裕《平泉花木记》和罗虬的《花九锡》，前者记录李氏所住平泉庄内之奇花异卉，后者则为世间花卉按品秩排列等第。宋初僧人仲休亦著有《越中牡丹花品》，对越中牡丹以及与之相关的赏花习俗作了记录。欧阳修的《洛阳牡丹记》可能受过上述著作的影响和启发，但自欧记产生以后，上述著作完全为其光辉所掩盖，均已亡佚。（仲休《越中牡丹花品》唯余一序，收入《直斋书录解题》、《古今图书集成》和《全宋文》之中）

欧阳修《洛阳牡丹记》之所以影响巨大，首先是因为欧阳修在宋代文坛上的崇高地位。欧阳修是一代文宗，留意于洛阳牡丹，以两千六百七十余言为其作记，自然会引起人们的注意。他的《洛阳牡丹记》写成之后，当时的著名书法家蔡襄由衷喜爱，遂将其全文抄录，以书法艺术的形式予以保存。欧阳修《牡丹记跋尾》对此有详细记载：

> 右蔡君谟之书，八分、散隶、正楷、行、狎、大、小草众体皆精。其平生手书小简、残篇断稿，时人得者甚多，惟不肯与人书石，而独喜书余文也。若《陈文惠公神道碑铭》、《薛将军碣》、《真州东园记》、《杭州有美堂记》、《相州昼锦堂记》，余家《集古录目序》，皆公之所书。最后又书此记，刻而自藏于家。方走人于亳，以模本遗予，使者未复于闽，而凶讣已至于亳矣，盖其绝笔于斯文也。于戏！君谟之笔既不可复得，而予亦老病不能文者久矣，于是可不惜哉！故书以传两家子孙。①

欧阳修为牡丹作记，蔡襄以书法形式加以表现和保存，这在南宋时期被传为美谈。如陈傅良《牡丹和潘养大韵》云：“还知姚魏辈何在，但有欧蔡名不泯。”（《全宋诗》卷二五二九，第29238页）刘克庄《六州歌头·客赠牡丹》词云：“忆承平日，繁华事，修成谱，写成图。奇绝甚，欧公记，蔡公书。古来无。”（《全宋词》第3308页）都对此事作了记述并加以赞美。

由于《洛阳牡丹记》与这些当代文化名人联系在一起，自然会对后世产生巨大的影响。

其次，欧阳修《洛阳牡丹记》结构完整，内容充实而且丰富，具有典

---

① （宋）欧阳修：《欧阳文忠公集》卷七二，四库全书本。

范性，这给后人的同类著述提供了一个很好的参照。

《洛阳牡丹记》由"花品叙"、"花释名"和"风俗记"三部分组成。其中"花品叙"开宗明义即言洛阳牡丹为天下第一，然后列举自己亲眼见到的洛阳牡丹中的名贵品目，如姚黄、魏紫等二十四种。这段叙文还对洛阳人对牡丹之热爱有所强调，同时对一些不准确的说法进行了驳斥，具有一定的理性色彩。

"花释名"解释"花品叙"部分所列二十四种名贵品种名称的来历，指出"牡丹之名，或以氏，或以州，或以地，或以色，或旌其所异者而志之"，同时对每一个品种名称的来历、花期、花形、花色等显著特征予以相当科学的描述。这种生物学的描述直到今天还为人们所沿用。"花释名"的最后一节，追述了牡丹花的源起，指出牡丹自唐武则天以后始贵，至欧阳修所生活的北宋前期而臻于极盛，其说大体可信。

"风俗记"记洛阳牡丹玩赏之风俗与栽培之方法。首述洛阳人爱花之风俗；次言西京贡花之举；最后详述接花、种花、浇花、养花、医花的方法以及花之忌讳等，通过众多侧面表明洛阳人对牡丹的喜爱。

总体而言，作为一部随笔杂记性质的作品，欧阳修的《洛阳牡丹记》不仅层次谨然，结构完整，而且内容充实、丰富，体现出理性、科学的态度，是宋代博物学著作的典范，对后人影响极大。这种影响表现在如下方面：第一，在形式上对后人影响颇大。最典型的例子就是南宋陆游的《天彭牡丹谱》。《天彭牡丹谱》在结构和内容上完全模仿欧阳修的《洛阳牡丹记》，其也分为花品序、花释名、风俗记三部分。像陆游这样一位伟大的文学家，对欧阳修的著作如此步趋，可见前者对于后者的影响之巨。第二，在内容上对后人影响最大。《洛阳牡丹记》用了大量的篇幅对牡丹之花名、花形、花色、花期以及栽培方法等进行了详细描述，所列二十四品还有排列品第的意味。后来的花木谱大多沿着这一思路，释花名，述花形、花色、花期等生物属性，对栽培方法乃至栽培过程中的禁忌等都有描述，几乎所有的花木谱都有排列品第的意味。如鄞江周氏《洛阳牡丹记》、愚叟邱濬《牡丹荣辱志》、彭城刘蒙《菊谱》、吴门史正志《菊说》、赵时庚《金漳兰谱》、王贵学《王氏兰谱》、范成大《梅谱》和《菊谱》、张镃《梅品》等，侧重点都在这里。欧阳修《洛阳牡丹记》还曾以史家的眼光，对牡丹之渊源、洛人爱好牡丹的民风民俗进行了如实的记录，这一点在许多继作者那里也得到了体现。如张邦基《陈州牡丹记》专记风俗，郪江周氏《洛阳牡丹记》在描述花品的同时也附带对风俗进行了描述，刘蒙《菊谱》序，陆游《天彭牡丹谱》之花品序、风俗记部分，赵时庚《金漳兰谱》，王贵学《王氏兰谱》，范成大《梅谱》卷首及后序和《菊谱》卷首及卷尾之杂记、补意，张镃《梅品》序等，都述及风俗。这使得这类博物学著作具有一定的历史价值，可以让我们了解到当时人们的日常生活情趣。第三，欧阳修《洛阳牡丹记》还在此类著作的编撰态度上给后人立了一个规范。《洛阳牡丹记》虽属杂记，但其作品中所体现出来的理性精神和科学态度却是值得后人遵循的。这一点充分体现在后人的同类著作之中。除少数作品，如《牡丹荣辱志》，对牡丹进行品第排列时有较多想当然的成分之外，大多数作品对于所谱之花木还是有较细致的观察，是以较客观、科学的态度来进行创作的。

基于以上论述，我认为欧阳修的《洛阳牡丹记》早已超越其本身，具有文化史和学术史的意义。

二、观物思想的体现——邵雍与牡丹

在宋代哲学家、思想家中，邵雍（1011—1077）可以说是一位与牡丹有着不解之缘的人物。他祖籍范阳，早年随父移居共城（今河南辉县）苏门山下，筑室苏门山百源上读书，学者称"百源先生"，以治《易》、先天象数之学著称。仁宗皇祐元年（1049）定居洛阳，他以教授生徒为生。嘉祐七年（1062），西京留守王拱宸等为其营建新居，名"安乐窝"①，因此自号"安乐先生"。他居洛期间，与王拱宸、富弼、司马光等著名人物有密切交往，其哲学著作《皇极经世》（包括《观物内篇》和《观物外篇》）与诗集《伊川击壤集》便是在这样的背景下完成的。邵雍的哲学思想主要包括"先天说"和"观物论"，前者属世界观，后者则是方法论。值得注

① 安乐窝位于洛阳天宫寺西天津桥南，是在五代节度使安审琦宅故基上建起来的。园广七千余步，有屋三十余间，其中地契是司马光的户名，园契是富弼的户名，庄契是王拱宸的户名。以上资料据《全宋诗》邵雍小传、孙叔平著《中国哲学史稿（下）》（上海人民出版社 1981 年版）第三章第一节"邵雍的生平和著作"。

意的是，他经常在日常生活中实践他的哲学观和方法论，并用诗的形式予以表述。这使得《伊川击壤集》成为一部哲理味很浓的著作。

在《伊川击壤集》中，邵雍写了大量吟咏安乐窝中花草树木的诗篇。这些作品不是单纯地吟情咏性的诗篇，而是在很大程度上用以表达他的哲学观点，表现他实践自己哲学观和方法论的过程。在这些诗篇中，牡丹的出现频率极高，俨然成为他观物穷理的重要道具。

牡丹之所以成为邵雍观物穷理的道具，有着特殊的历史机缘。一方面，邵氏中年以后定居洛阳，洛阳人种植、爱赏牡丹之民风民俗，自然也深刻地影响着这位哲学家。尤其是晚年他接受王拱宸等人馈赠，居于安乐窝中，与王拱宸、富弼、司马光等人诗酒往还，对酒赏花是他们日常休闲娱乐生活的重要组成部分。不仅王拱宸、富弼、司马光等人在园中广植牡丹，而且邵氏安乐窝中也种了很多牡丹。邵氏居住在这样的环境中，又有这么多诗酒唱酬的好友，在他的作品中大量地咏及牡丹就不足为奇了。另一方面，邵雍的哲学观和方法论决定了他取譬于身边之物作为阐述哲学思想的媒介。他的哲学观、方法论的核心之一就是观物论。他认为人和万物一样，是天地阴阳的创造物，而人与万物不同之处，就在于人"备有万物"，人"目能收万物之色，耳能收万物之声，鼻能收万物之气，口能收万物之味"（《观物内篇（二）》），但他同时又认为，并不是所有人都能做到这一点。只有圣人才"能以一心观万心，一身观万身，一物观万物，一世观万世"；"能以心代天意，口代天言，手代天工，身代天事"；能"上识天时，下尽地理，中尽物情，通照人事"；能"弥纶天地，出入造化，进退古今，表里人物"（《观物内篇（二）》）。而圣人之所以为圣人，在于圣人"能反观也。所以谓之反观者，不以我观物也；不以我观物者，以物观物之谓也"。而"夫所以谓之观物者，非以目观之也；非观之以目，而观之以心也；非观之以心，而观之以理也！"（《观物内篇（十二）》）① 这种通过观物来达到对于世界、对于历史、对于人生的理解与阐释，既是"圣人之所以为圣人"的原因，也是邵雍一生身体力行所努力想达到的境界。因此，在邵雍眼中，身边的一切都是他观照的对象，都可以成为观物

---

① 以上这段对于邵雍哲学观、方法论的介绍，主要参考孙叔平著《中国哲学史稿（下）》（上海人民出版社 1981 年版）第三章"邵雍"。

穷理的道具，成为他阐述哲学思想的媒介。

我们不妨看一看邵雍是怎样在观赏牡丹的过程中体现其哲学思想的。在邵雍《伊川击壤集》中，咏及牡丹者近五十余首①，这些作品或描述其观物穷理的日常生活状态，或直接阐述其哲学观念。邵雍在他的《新居成呈刘君玉殿院》中写道"众贤买得澄心景，独我居为养志秋"，他还经常把自己比作颜回、陶渊明等前代贤哲。"养志"实际上成为他隐居安乐窝的主要目的。而所谓养志，就是通过观物穷理以达到成圣成贤的目的。所以他韬光养晦，长年隐居于安乐窝中，以观物悟道自娱，凡有所感，即用诗歌的形式表达出来。

他认为造物是无私的，他在《小园逢春》中写道："小隐园中百本花，各随红紫发新芽。东君见借阳和力，不减公侯富贵家。"在《和张子望洛城观花》中写道："造化从来不负人，万般红紫见天真。"在《接花吟》中写道："物为万民生，人为万物灵。人非物不活，物待人而兴。男女天所生，夫妻人所成。天人相与外，率是皆虚名。"在《牡丹吟》中写道："一般颜色一般香，香是天香色异常。真宰功夫精妙处，非容人意可思量。"这里的"阳和力"、"造化"、"天"、"真宰"实际上都是指一个东西，那就是所谓"太极"。太极是世间万物的创造者，也是人的创造者，它是绝对公正、无私的。这就是他所鼓吹的"先天说"（也可以说是"创世说"）的核心观念。

但是他又认为人有贤愚之别，只有圣贤之人，才可能窥知天地奥妙，才可以做到"以物观物"，从而能"反观"宇宙、历史与人生，芸芸众生则做不到这一点。他在《和张子望洛城观花》中讽刺芸芸众生"满城车马空撩乱，未必逢春便得春"，在《洛下园池》中讽刺那些空图虚名而最终一无所获者"虚名误了天涯事，未必虚名总到身"。他在讽刺别人的同时又标榜自己是善识花之人，而其他人则根本无法在赏花之中有所收获。如他的《独赏牡丹》云："赏花全易识花难，善识花人独倚栏。雨露功中观造化，神仙品里定容颜。寻常止可言时尚，奇绝方名出世间。赋公也须知不浅，算来消得一生闲。"在《安乐窝中自贻》中写道："造化分明人莫

---

① 邵雍诗中专咏牡丹者约三十首，许多诗虽非专咏牡丹，但涉及了牡丹，具有观物明理的性质，故一并计入。

会,花荣消得几何功。"在《善赏花吟》中写道:"人不善赏花,只爱花之貌。人或善赏花,只爱花之妙。花貌在颜色,颜色人可效。花妙在精神,精神人莫造。"在《洛阳春吟》中,他写道:"春归花谢日初长,燕语莺啼各自忙。何故游人断来往,绿阴殊不减红芳","游人莫合无凭据,未必红芳胜绿阴"。如此言之,只有他和少数几个知己是善赏花之人,即可以从赏花中窥知造化之功,领会宇宙奥妙的贤哲。

他还通过观物来表达他的历史观。他在《落花长吟》中通篇咏史,以花之开而必落,喻历史之兴衰成败,最后表达他的历史观:"开谢形相戾,兴衰一理同。天机之浅者,未始免忡忡。"

当然,他的这类诗也时时流露出一种时不我待的忧患意识。这无疑是他对于人生的体悟,是他的世界观、人生观的一个组成部分。如《惜芳菲》云:"细算人间千万事,皆输花底共开颜。芳菲大率一春内,烂漫都无十日间。亦恐忧愁为龃龉,更防风雨作艰难。莫教此后成遗恨,把火尊前尚可攀。"《落花短吟》云:"满园桃李正离披,更被狂风作意吹。长是忧愁初谢处,却须思念未开时。奈何红艳易消歇,不似青阴少改移。九十日春都去尽,樽前安忍更颦眉。"《对花饮》云:"人言物外有烟霞,物外烟霞岂足夸。若用校量为乐事,但无忧挠是仙家。百年光景留难住,十日芳菲去莫遮。对酒无花非负酒,对花无酒是亏花。"《对花吟》云:"春在花争好,春归花遂残。好花留不住,好客会亦难。酒既对花饮,花宜把酒看。如何更满酌,乃尽此时欢。"《对花》云:"花枝照酒卮,把酒嘱花枝。酒尽钱能买,花残药不医。人无先酩酊,花莫便离披。慢慢对花饮,况春能几时。"《春阴》云:"花好难久观,月好难久看。花能五七日,月止十二圆。圆时仍龃龉,开处足摧残。风雨寻常事,人心何不安。"《嘱花吟》云:"把酒嘱花枝,花枝亦要知。花无十日盛,人有百年期。据此消魂处,宁思中酒时。若非诗断割,难解一生迷。"《窥开吟》云:"物理窥开后,人情照破时。欲知花烂漫,便是叶离披。"《对花》云:"新花色鲜艳,故花色憔悴。明朝花更开,新花何有异。"时光流逝不以人的意志为转移,这些诗作大都流露出时不我待的忧患意识。不过,邵雍对此的态度却有些矛盾:一方面,他也和寻常人一样,认为岁月如流水,故当及时行乐;另一方面,他又认为这不过是自然规律,没有必要因此而紧张忙碌,虚耗光阴,当平心静气,观物悟道。

通观邵雍的这些歌吟牡丹的诗歌，我们不难发现，观物悟道、观物穷理是其日常生活中最主要的活动。他是在日常生活中贯彻他的哲学主张的，包括直接呈现他的哲学观、历史观、人生观，也包括实践这种观物悟道、观物穷理的认识论、实践论本身。

可以说，由于邵雍与牡丹的结缘，宋代的牡丹文化增添了一分哲理的色彩，不管邵雍本人的哲学思想是否为世人所接受，其活动本身对于牡丹文化却是一种丰富。当然，通过观物以悟道，甚至直接通过观照牡丹而表达哲学思想的绝不止邵雍一人，只不过在他的身上体现得特别突出罢了，故我们在此只谈邵雍而不及其他了。

附1：宋欧阳修撰《洛阳牡丹记》[①]
花品叙第一

牡丹出丹州、延州，东出青州，南亦出越州，而出洛阳者，今为天下第一。洛阳所谓丹州花、延州红、青州红者，皆彼土之尤杰者，然来洛阳，才得备众花之一种，列第不出三，已下不能独立与洛阳敌。而越之花以远罕识不见齿，然虽越人亦不敢自誉以与洛阳争高下。是洛阳者，天下之第一也。洛阳亦有黄芍药、绯桃、瑞莲、千叶李、红郁李之类，皆不减他出者，而洛阳人不甚惜，谓之果子花，曰某花云云。至牡丹则不名，直曰花。其意谓天下真花独牡丹，其名之著不假曰牡丹，而可知也，其爱重之如此。说者多言洛阳于三河间古善地，昔周公以尺寸考日出没，测知寒暑风雨乖与顺于此。此盖天地之中，草木之华，得中气之和者多，故独与他方异。予甚以为不然。夫洛阳于周所有之土，四方入贡道里均，乃九州之中，在天地昆仑磅礴之间，未必中也。又况四方上下不宜限其中以自私。所谓和者，有常之气，其推于物也，亦宜有常之形。物之常者，不甚美，亦不甚恶。及元气之病也，美恶隔并而不相和入，故物有极美与极恶者，皆得于气之偏也。花之钟其美，与夫瘿木臃肿之钟其恶，丑好虽异，而得一气之偏病则均。洛阳城围数十里，而诸县之花莫及城中者，出其境则不可植焉，岂又偏气之美者独聚此数十里之地乎？此又天地之大不可考

---

① 据台北新兴书局有限公司 1973—1988 年影印本《笔记小说大观》第五编第1683～1691页整理。

也已。凡物不常有而为害乎人者曰灾，不常有而徒可怪骇不为害者曰妖。语曰："天反时有灾，地反物为妖。"此亦草木之妖而万物之一怪也。然比夫瘿木臃肿者，窃独钟其美而见幸于人焉。余在洛阳四见春，天圣九年三月始至洛，其至也晚，见其晚者。明年会与友人梅圣俞游嵩山少室缑氏岭石唐山紫云洞，既还，不及见。又明年有悼亡之戚，不暇见。又明年以留守推官岁满解去，只见其早者。是未尝见其极盛时，然目之所瞩，已不胜其丽焉。余居府中时，尝谒钱思公于双桂楼下，见一小屏立座后，细书字满其上。思公指之曰："欲作花品，此是牡丹名，凡九十余种。"余固不暇读之。然余所经见而今人多称者，才三十许种，不知思公何从而得之多也？计其余虽有名而不著，未必佳也。故今所录，但取其特著者而次第之。

姚黄、魏花、细叶寿安、鞓红（亦名青州红）、牛家黄、潜溪绯、左花、献来红、叶底紫、鹤翎红、添色红、倒晕檀心、朱砂红、九蕊真珠、延州红、多叶紫、粗叶寿安、丹州红、莲花萼、一百五、鹿胎花、甘草黄、一捻红、玉板白。

花释名第二

牡丹之名，或以氏，或以州，或以地，或以色，或旌其所异者而志之，姚黄、左花、魏花以姓著，青州、丹州、延州红以州著，细叶、粗叶寿安、潜溪绯以地著，一捻红、鹤翎红、朱砂红、玉板白、多叶紫、甘草黄以色著，献来红、添色红、九蕊真珠、鹿胎花、倒晕檀心、莲花萼、一百五、叶底紫，皆志其异者。

姚黄者，千叶黄花，出于民姚氏家。此花之出于今未十年。姚氏居白司马坡，其地属河阳，然花不传河阳传洛阳。洛阳亦不甚多，一岁不过数朵。

牛黄亦千叶，出于民牛氏家，比姚黄差小。真宗祭汾阴，还过洛阳，留宴淑景亭，牛氏献此花，名遂著。

甘草黄，单叶，色如甘草。洛人善别花，见其树知为某花云。独姚黄易识，其叶嚼之不腥。

魏家花者，千叶，肉红花，出于魏相（仁溥）家。始樵者于寿安山中见之，斫以卖魏氏。魏氏池馆甚大，传者云："此花初出时，人有欲阅者，人税十数钱，乃得登舟渡池至花所，魏氏日收数十缗。其后破亡，鬻其园，今普明寺后林池，乃其地，寺僧耕之以植桑麦。花传民家甚多，人有数其叶者，云至七百叶。"钱思公尝曰："人谓牡丹花王，今姚黄真可为王，而魏花乃后也。"

鞓红者，单叶，深红花，出青州，一曰青州红。故张仆射（齐贤）有第西京贤相坊，自青州以橐驼驮其种，遂传洛中。其色类腰带鞓，谓之鞓红。

献来红者，大多叶，浅红花，张仆射罢相居洛阳，人有献此花者，因曰献来红。

添色红者，多叶，花始开而白，经日渐红，至其落乃类深红。此造化之尤巧也。

鹤翎红者，多叶花，其末白而本肉红，如鸿鹄毛色。

细叶、粗叶寿安者，皆千叶肉红花，出寿安县锦屏山中，细叶者尤佳。

倒晕檀心者，多叶，红花。凡花近萼色深，至其末渐浅，此花自外深色，近萼反浅白，而深檀点其心。此尤可爱。

一捻红者，多叶，浅红花，叶杪深红一点，如人以三指捻之。

九蕊真珠红者，千叶红花，叶上有一白点如珠，而叶密蹙其蕊为九。

一百五者，多叶，白花。洛阳以谷雨为开候，而此花常至一百五日开，最先。

丹州、延州红者，皆千叶红花，不知其至洛之因。

莲花萼者，多叶红花，青跌三重，如莲花萼。

左花者，千叶紫花，叶密而齐如截，亦谓之平头紫。

朱砂红者，多叶红花，不知其所出。有民门氏子者，善接花以为生，买地于崇德寺前，治花圃，有此花。洛阳豪家尚未有，故其名尚未著。花叶甚鲜，向日视之如猩血。

叶底紫者，千叶紫花，其色如墨，亦谓之墨紫。花在丛中，旁必生一大枝，引枝叶覆其上。其开也，比他花可延十日之久。噫，造物者亦惜之耶！此花之出，比他花最远，传云唐末有中官为观军容使者，花出其家，亦谓之军容紫。岁久失其姓氏矣。

玉板白者，单叶白花，叶细长如拍板，其色如玉而深檀心，洛阳人家亦少有，余尝从思公至福严院见之，问寺僧而得其名，其后未尝见也。

潜溪绯者，千叶绯花，出于潜溪寺。寺在龙门山后，本唐相李藩别墅。今寺中已无此花，而人家或有之。本是紫花，忽于藂中特出绯者，不过一二朵，明年移在他枝，洛人谓之转枝花。故其接头尤难得。

鹿胎花者，多叶紫花，有白点如鹿胎之纹，故苏相（禹珪）宅今有之。

多叶紫，不知所出。初姚黄未出时，牛黄为第一。牛黄未出时，魏花为第一。魏花未出时，左花为第一。左花未出时，唯有苏家红贺家红林家红之类，皆单叶花。当时为第一，自多叶千叶出后，此花黜矣，今人不复种也。

牡丹初不载文字，唯以药载《本草》，然于花中不为高第。大抵丹延以西及褒斜道中尤多，与荆棘无异，土人皆取以为薪。自唐则天以后，洛阳牡丹始盛，然未闻有以名著者。如沈宋元白之流，皆善咏花草，计有若今之异者，彼必形于篇咏，而寂无传焉。唯刘梦得有《咏鱼朝恩宅牡丹诗》，但云"一丛千万朵"而已，亦不言其美且异也。谢灵运言永嘉间竹间水际多牡丹，今越花不及洛阳甚远，是洛花自古未有若今之盛也。

风俗记第三

洛阳之俗，大抵好花。春时城中无贵贱皆插花，虽负担者亦然。花开时，士人竞为游遨。往往于古寺废宅有池台处，为市井，张幄帟，笙歌之声相闻。最盛于月陂堤、张家园、棠棣坊、长寿寺、东街与郭令宅，至花落乃罢。洛阳至东京六驿，旧不进花，自今徐州李相迪为留守时，始进御。岁遣牙校一员，乘驿马一日一夕至京师。所进不过姚黄魏花三数朵，以菜叶实竹笼子藉覆之，使马上不动摇。以蜡封花蒂，乃数日不落。大抵洛人家家有花而少大树者，盖其不接则不佳。春初时，洛人于寿安山中斫小栽子卖城中，谓之山篦子。人家治地为畦塍种之，至秋乃接。接花工尤著者一人谓之门园子，豪家无不邀之。姚黄一接头，直钱五千。秋时立券买之，至春见花，乃归其直。洛人甚惜此花，不欲传。有权贵求其接头者，或以汤中醮杀与之。魏花初出时，接头亦直钱五千，今尚直一千。接时须用社后重阳前，过此不堪矣。花之木去地五七寸许，截之乃接以泥，封裹用软土，拥之以蒻叶，作庵子罩之，不令见风日，唯南向留一小户以达气，至春乃去其覆。此接花之法也。种花必择善地，尽去旧土，以细土用白敛末一斤和之，盖牡丹根甜多引虫食，白敛能杀虫，此种花之法也。

浇花亦自有时，或用日未出，或日西时。九月旬日一浇，十月十一月三日二日一浇，正月隔日一浇，二月一日一浇，此浇花之法也。一本发数朵者，择其小者去之，只留一二朵，谓之打剥，惧分其脉也。花才落，便剪其枝，勿令结子，惧其易老也。春初既去蒻庵，便以棘数枝置花丛上，棘气暖，可以避霜，不损花芽。他大树亦然。此养花之法也。花开渐小于旧者，盖有蠹虫损之，必寻其穴，以硫黄针之。其旁又有小穴如针孔，乃虫所藏处。花工谓之气葱。以大针点硫黄末针之，虫乃死，花复盛。此医花之法也。乌贼鱼骨用以针花树入其肤，花辄死。此花之忌也。

附2：宋周师厚撰《洛阳牡丹记》①

姚黄，千叶黄花也。色极鲜洁，精采射人，有深紫檀心，近瓶青，旋心一匝，与瓶并色，开头可八九寸许。其花本出北邙山下白司马坡姚氏家，今洛中名圃中传接虽多，惟水北岁有开者，大岁、间岁乃成千叶，余年皆单叶或多叶耳。水南率数岁一开千叶，然不及水北之岁也。盖本出山中，宜高，近市多粪壤，非其性也。其开最晚，在众花凋零之后，芍药未开之前。其色甚美，而高洁之性，敷荣之时，特异于众花。故洛人贵之，号为花王。城中每岁不过开三数朵，都人士女必倾城往观，乡人扶老携幼，不远千里，其为时所贵重如此。

胜姚黄、靳黄，千叶黄花也。有深紫檀心，开头可八九寸许。色虽深于姚，然精采未易胜也。但频年有花，洛人所以贵之。出靳氏之圃，因姓得之，皆在姚黄之前。洛人贵之，皆不减姚花，但鲜洁不及姚而无青心之异焉。可以亚姚而居丹州黄之上矣。

牛家黄，亦千叶黄花，其先出于姚黄，盖花之祖也。色有红与黄相间，类一捻红之初开时也。真宗自汾阴还，驻跸淑景亭，赏花宴诸从臣，洛民牛氏献此花，故后人谓之牛花。然色浅于姚黄，而微带红色，其品目当在姚、靳之下矣。

千心黄，千叶黄花也。大率丹州黄，而近瓶翠蕊特盛，异于众花，故谓之千心黄。

---

① 据台北新兴书局有限公司 1973—1988 年影印本《笔记小说大观》第五编第 1737～1746 页整理。

甘草黄，千叶黄花也，色红檀心，色微浅于姚黄，盖牛丹之比焉。其花初出时多单叶，今名园培壅之盛，变千叶。

丹州黄，千叶黄花也，色浅于靳而深于甘草黄，有檀心深红，大可半叶，其花初出时本多叶，今名园栽接得地，间或成千叶，然不能岁成就也。

闵黄，千叶黄花也，色类甘草黄而无檀心，出于闵氏之圃，因此得名。其品第盖甘草黄之比与。

女真黄，千叶，浅黄色花也。元丰中出于洛氏银（疑为"民"）李氏园中，李以为异，献于大尹潞公，公见心爱之，命曰女真黄，其开头可八九寸许，色类丹州黄，而微带红。温润匀荣，其状色端整，类刘师阁而黄。诸名圃皆未有。然亦甘草黄之比与。

丝头黄，千叶黄花也，色类丹州黄，外有大叶如盘，中有碎叶一簇，可百余分，碎叶之心，有黄丝数十茎，笋起而特立，高出于花叶之上，故目之为丝头黄。唯天黄寺僧房中一本特佳，他圃未之有也。

御袍黄，千叶黄花也，色与开头大率类女真黄。元丰礼应天院神御花圃中植山篦数百，忽于其中变此一种，因目之为御袍黄。

状元红，千叶深红花也，色类丹砂而浅，叶杪微淡，近萼渐深，有此檀心，开头可七八寸。其色甚美，迥过众花之上，故洛人以状元呼之，惜乎开头差小于魏花，而色深过之远甚。其花出安国寺张氏家，熙宁初方有之，俗谓之张八花。今流传诸谱甚盛，龙岁有此花，又特可贵也。

魏花，千叶肉红花也。本出晋相魏仁溥园中，今流传特盛。然叶最繁密，人有数之者至七百余叶，面大如盘，中堆积碎叶突起圆整，如覆钟状，开头可八九寸许，其花端丽，精采莹洁，异于众花，洛人谓姚黄为王，魏花为后，诚为善评也。近年又有胜魏、都胜二品出焉。胜魏似魏花而微深，都胜似魏花而差大，叶微带紫红色，意其种皆魏花之所变与？岂寓于红花本者，其子变而为胜魏，寓于紫花本者，其子变而为都胜邪？

瑞云红，千叶肉红花也，开头大尺余，色类魏花微深，然碎叶差大，不若魏之繁密也。叶杪微卷如云气状，故以瑞云目之。然与魏花迭为盛衰，魏花多则瑞云少，瑞云多则魏花少。意者草木之妖亦相忌嫉而势不并立与？

岳山红，千叶肉红花也。本出于嵩岳，因此得名。色深于瑞云，浅于状元红，有紫檀心，鲜洁可爱。花唇微淡，近萼渐深，开头可八九寸。

间金，千叶红花也。微带紫而类金系腰，开头可八九寸许，叶间有黄蕊，故以间金目之。其花盖大黄蕊之所变也。

金系腰，千叶黄花也，类间金而无蕊。每叶上有金线一道，横于半花之上，故目之为金系腰。其花本出于缑氏山中。

一捻红，千叶粉红花也。有檀心花叶，叶之杪各有深红一点，如美人以胭脂手捻之，故谓之一捻红。然开头差小，可七八寸许。初开时多青，折开时乃变成红耳。

九萼红，千叶粉红花也。茎叶极高大，其苞有青跗九重，苞未折时特异于众花。花开必先青，折数日然后色变红，花叶多皱蹙有类揉草，然多不成就，偶有成者，开头盈尺。

刘师阁，千叶浅红花也。开头可八九寸许，无檀心，本出长安刘氏尼之阁下，因此得名。微带红黄色，如美人肌肉然，莹白温润，花亦端整，然不常开，率数年乃见一花。

寿安有二种，皆千叶肉红花也，出寿安县锦屏山中，其色似魏花而浅淡。一种叶差大，开头不大，因谓之大叶寿安；一种叶细，故谓之细叶寿安云。

洗妆红，千叶肉红花也。元丰中忽生于银李圃山篦中，大率似寿安而小异。刘公伯寿见而爱之，谓如美妇人洗去朱粉，而见其天真之肌，莹洁温润，因命今名。其品第盖寿安刘师阁之比与。

蹙金球，千叶浅红花也。色类间金而叶杪皱蹙，间有黄稜断续于其间，因此得名。然不知所出之因，今安胜寺及诸园皆有之。

探春球，千叶肉红花也，开时在谷雨前，与一百五相次开，故曰探春球。其花大率类寿安红，以其开早，故得今名。

二色红，千叶红花也。元丰中出于银李园中，于接头一本上歧分为二色，一浅一深，深者类间金，浅者类瑞云，始以为有两接头，详细视之，实一本也。岂一气之所钟，而有浅深厚薄之不齐与？大尹潞公见而赏异之，因命今名。

蹙金楼子，千叶红花也，类金系腰，下有大叶如盘，盘中碎叶繁密耸起而圆整，特高于众花。碎叶皱蹙互相粘缀，中有黄蕊，间杂于其间。然叶之多，虽魏花不及也。元丰中生于袁氏之圃。

碎金红，千叶粉红花也。色类间金，每叶上有黄点数星，如黍粟大，故谓之碎金红也。

越山红楼子，千叶粉红花也。本出于会稽，不知到洛之因也。近心有长叶数十片，竦起而特立，状类重台莲，故有楼子之名。

彤云红，千叶红花也，类状元红，微带绯色，开头大者几盈尺。花唇微白，近萼渐深，檀心之中皆莹白，类御袍花。本出于月波堤之福严寺，司马公见而爱之，目之为彤云红也。

转枝红，千叶红花也，盖间岁乃成千叶。假如今年南之千叶、北之多叶，明年北之千叶、南之多叶。每岁互换，故谓之转枝红。其花大率类寿安云。

紫粉丝旋心。千叶粉红花也。外有大叶十数重如盘，盘中有碎叶百许，簇于瓶心之外，如旋心芍药然。上有紫粉数十茎，高出于碎叶之表，故谓之曰紫粉旋心，元丰中生于银李圃中。富贵红、不晕红、寿妆红、玉盘妆，皆千叶粉红花也，大率类寿安而小异。富贵红色差深而带绯紫色，不晕红次之，寿妆红又次之，玉盘妆最浅淡者也，大叶微白，碎叶粉红，故得玉盘妆之号。

双头红双头紫，皆千叶花也。二花皆并蒂而生，如鞍子而不相连属者也。唯应天院神御花圃中有之，不有多叶者。盖地势有肥瘠，故有多叶之变耳。培壅得地力有簇五者，然开头愈多，则花愈小矣。

左紫，千叶紫花也。色深于安胜，然叶杪微白，近萼渐深，突起圆整有类魏花，开头可八九寸，大者盈尺。此花最先出，国初时生于豪民左氏家。今洛中传接者虽多，然难得真者。大抵多转枝不成千叶，唯长寿寺弥陀院一本特佳，岁岁成就。旧谱所谓左紫，即齐头紫，如碗而平，不若左紫之繁密圆整，而有夫合稜之异云。

紫绣球，千叶紫花也。色深而莹泽，叶密而圆整，因得绣球之名。然难得见花，大率类左紫云。然叶杪色白，不若左紫之唇白也。比之陈州紫袁家紫，皆大同而小异耳。

安胜，紫花也，开头径尺余。本出于城中千叶安胜院，因此得名。延岁左紫与绣球皆难得花，唯安胜紫与大宋紫特盛，岁岁皆有，故名。圃中传接甚多。

大宋紫，千叶紫花也，本出于永宁县大宋川，豪民李氏之谱（疑作"圃"），因谓大宋紫。开头极盛，径尺余，众花无比。其大者，其色大率类安胜紫云。

顺圣，千叶花也。色深类陈州紫，每叶上有白缕数道，自唇至萼，紫白相间，浅深同。开头可八九寸许，燕宁中方有。

陈州紫、袁家紫、一色花，皆千叶，大率类紫绣球而圆整不及也。

潜溪绯，本千叶绯花也。有皂檀心，色之殷美，众花少与比者。出龙门山潜溪寺，本后唐相李潘别墅。今寺僧无好事者，花亦不成千叶，民间传接者虽众，大率皆多叶花耳，惜哉！

玉千叶，白花，无檀心，莹洁如玉，温润可爱，景祐中开于苑上（疑为"范尚书"）书宅山篦中，细叶繁密类魏花而白，今传接于洛中虽多，然难得花，不岁成千叶也。

玉楼春，千叶白花也，类玉蒸饼而高，有楼子之状，元丰中生于河清县左氏家，献于潞公，因名之曰玉楼春。

玉蒸饼，千叶白花也，本出延州，及传到洛而繁盛过于延州时。花头大于玉千叶，杪银白，近萼微红，开头可盈尺，每至盛开，枝多低，亦谓之软条花云。

承露红，多叶红花也，每朵各有二叶，每叶之近萼处，各成一个鼓子花样，凡有十二个，唯叶杪折展，与众花不同。其下玲珑不相倚着，望之如雕镂可爱，凌晨如有甘露盈箇，其香益更旖旎。与承露紫大率相类，唯其色异耳。

玉楼红，多叶花也，色类彤云红而每叶上有白缕数道，若雕镂然，故以玉楼目之。

一百五者，千叶白花也，洛中寒食，众花未开，独此花最先，故此贵之。

附3：宋陆游撰《天彭牡丹谱》[①]
花品序第一

牡丹在中州，洛阳为第一。在蜀，天彭为第一。天彭之花，皆不详其所自出。土人云，囊时永宁院有僧种花最盛，俗谓之牡丹院，春时赏花者

---

① 据台北新兴书局有限公司 1973—1988 年影印本《笔记小说大观》第五编第1749～1755 页整理。

多集于此。其后花稍衰，人亦不复至。崇宁中，州民宋氏、张氏、蔡氏，宣和中右子滩杨氏，皆尝买洛中新花以归，自是洛花散于人间。花户始盛，皆以接花为业。大家好事者皆竭其力以养花，而天彭之花，遂冠两川。今惟三并李氏、刘村母氏、城中苏氏、城西李氏花特盛，又有余力治亭馆，以故最得名。至花户连畛相望，莫得其姓氏也。天彭三邑皆有花，惟城西沙桥上下，花尤超绝。由沙桥至珊口，崇宁之间，亦多佳品。自城东抵濛阳，则绝少矣。大抵花品近百种，然著者不过四十，而红花最多，紫花、黄花、白花各不过数品，碧花一二而已。今自状元红至于欧碧，以类次第之。所未详者，姑列其名于后，以待好事者。

状元红、祥云、绍兴春、胭脂楼、玉腰楼、金腰楼、双头红、富贵红、一尺红、鹿胎红、文公红、政和春、醉西施、迎日红、彩霞、叠罗、胜叠罗、瑞露蝉、乾花、大千叶、小千叶。

右一十一品红花。（按，当为二十一品）

紫绣球、乾道紫、泼墨紫、葛巾紫、福严紫。

右五品紫花。

禁苑黄、庆云黄、青心黄、黄气球。

右四品黄花。

玉楼子、刘师哥、玉覆盘。（按，"刘师哥"或即周师厚《洛阳牡丹记》中的"刘师阁"，音近而讹也）

右三品白花。

欧碧。

右一品白花。

转枝红、朝霞红、洒金红、瑞云红、寿阳红、探春球、米囊红、福胜红、油红、青丝红、红鹅毛、粉鹅毛、爨金球、问（疑为"间"）绿楼、银丝楼、人对蝉、洛阳春、海芙蓉、腻玉红、内人娇、朝天紫、陈州紫、袁家紫、御衣经、靳黄、玉抱肚、胜琼、白玉盘、碧玉盘、界金楼、楼子红。

右三十一品未详。

花释名第二

洛花见纪于欧阳公者，天彭往往有之，此不载，载其著于天彭者。彭人谓花之多叶者京花，单叶者川花。近岁尤贱川花，卖不复售。花之旧栽曰祖花，其新接头，有一春两春者，花少而富，至三春则花稍多。及成树，花虽益繁而花叶色减矣。状元红者，重叶深红花，其色与鞓红、潜绯相类，而天姿富贵，彭人以冠花品。多叶者谓之第一架，叶少而色稍浅者谓之第二架。以其高出众花之上，故名状元红。或曰，旧制进士第一人即赐茜袍，此花如其色，故以名之。祥云者，千叶浅红花，妖艳多态而花叶最多，花户王氏谓此花如朵云状，故谓之祥云。绍兴春者，祥云子花也，色淡伫而花尤富，大者径尺，绍兴中始传。大抵花户多种花子以观其变，不独祥云耳。胭脂楼者，深浅相间如胭脂染成，重跌累萼，状如楼观。色浅者出于新繁勾氏，色深者出于花户宋氏，又有一种稍下，独勾氏花为冠。金腰楼、玉腰楼，皆粉色花而起楼子，黄白间之如金玉色，与胭脂楼同类。双头红者，并蒂骈萼，色尤鲜明，出于花户宋氏。始秘不传，有谢主簿者，始得其种。今花户往往有之，然养之得地，则岁岁皆双，不尔，则间年矣。此花之绝异者也。富贵红者，其花叶圆正而厚，色若新染，所异者，他花皆落，独此抱枝而槁，亦花之异者也。一尺红者，花性颇近紫色，花面大几尺，故以一尺名之。鹿胎红者，鹤翎红子，花色红，微带黄，上有白点如鹿胎，极化工之妙。欧阳公花品有鹿胎花者，刀（当作"乃"）紫花，与此颇异。文公红者，出于西京潞公园，亦花之丽者。其种传蜀中，遂以文公名之。政和春者，浅粉红花，有丝头，政和中始出。醉西施者，粉白花，中间红晕，状如酡颜。迎日红与醉西施同类，浅红，花中特出深红，花开最早而妖丽夺目，故以迎日名之。彩霞者，其色光丽，烂然如霞。叠罗者，中间琐碎如叠罗纹。胜叠罗者，差大如叠罗。此三品皆以形而名之。瑞露蝉亦粉红花，中间抽碧心，如合蝉状。乾花者粉红花而分蝉旋转其花。大千叶、小千叶皆粉红花之杰也，大千叶无碎花，小千叶则花萼琐碎，故以大小别之。此二十一品，皆红花之著者也。紫绣球一名新紫花，盖魏花之别品也，其花间（当作"圆"）正如绣球状，亦有起楼者，为天彭紫花之冠。乾道紫色稍淡而晕红，出未十年。泼墨者，新紫花之子花也，单叶，深黑如墨，欧公记有叶底紫近之。葛巾紫花圆正而富丽，如世人戴葛巾状。福严紫亦重叶紫花，其叶少于紫绣球，莫祥所以得名。按欧公所记有玉板白，出于福严院。上（当作"土"）人云，此花亦自西京来，谓之旧紫花，岂亦出于福严耶？禁苑黄盖姚黄之别品也，其花闲淡高秀，可亚姚黄。庆云黄花叶重复，郁然轮囷，以故得名。青心黄者，其花心正青，一本花往往有两品，或正圆如球，或层起成楼子，亦异矣。黄气球者，淡黄檀心，花叶圆正，间背相承，敷腴可爱。玉楼子者，白花起楼，高标逸韵，自然是风尘外物。刘师哥者，白花带微红，多至数百叶，纤妍可爱，莫知所以得名。玉覆盆者，一名玉炊饼，盖圆头白花也。碧花止一品，名曰欧碧，其花浅碧而开最晚，独出欧氏，故以姓著。大抵洛中旧品，独以姚魏为冠，天彭则红花以状元红为第一。紫花以紫绣球为第一，黄花以禁苑黄为第一，白花以玉楼子为第一。然花户岁益培接，新特间出，将不特此而已，好事者尚屡书之。

风俗记第三

天彭号小西京，以其俗好花，有京洛之遗风。大家至千本，花时自太守而下，往往即花盛处张饮，帟幕车马，歌吹相属，最盛于清明寒食时。在寒食前者，谓之火前花，其开稍久，火后则易落。最喜阴晴相半，时谓之"养花天"。栽接剔治，各有其法，谓之"弄花"。其俗有"弄花一年，看花十日"之语。故大家例惜花，可就观，不敢轻剪，盖剪花则次年花绝少。惟花户则多植花以牟利。双头红初出时，一丛花最直至三十千。祥云初出，亦直七八千，今尚两千。州家花时，以花饷诸台及旁郡，蜡蒂筠蓝，旁午于道。予客成都六年，岁常得饷，然率不能绝佳。淳熙丁酉岁，成都帅以善价私售于花户，得数百苞，驰骑取之，至成都，露犹未晞，其大径尺。夜宴西楼下，烛焰与花相映，影摇酒中，繁丽动人。嗟乎，天彭之花，要不可以望洛中，而其盛已如此！使异时复两京，王公将相筑园第以相夸尚，予幸得与观焉，其动荡心目，又宜何如也？明年正月十日山阴陆游书。

第四节　山雨欲来风满楼
——两宋之际牡丹玩赏活动的消歇

北宋后期牡丹之栽培较前代有过之而无不及，不仅洛阳及开封园艺工们能夺天地之造化而培植出变态万千的牡丹新品种①，而且在哲宗、徽宗时期，甚至还出现了像陈州这样可比肩洛阳的新的大型花卉栽培基地和交易市场（参张邦基《陈州牡丹记》）。然而，上至宫廷，下至庶民，牡丹玩赏活动已远不如从前之盛。宫廷中已不再像以往那样经常举行令士大夫倍感荣耀的赏花钓鱼宴；洛阳、陈州等地虽然依旧大量栽培牡丹，但当年那种举城若狂的牡丹花会已很难见到。随着女真铁蹄的南下，中原沦入金人之手，洛阳已不复往日之盛，徽宗时期那种畸形变态的对于花木的玩赏活动也随着开封的陷落而灰飞烟灭了。可以说，在北宋的最后若干年以及南渡时期，中原大地兵火连年，广泛生长在中原大地上的牡丹也没能逃脱厄运，让宋人引以为荣的牡丹玩赏活动也趋于消歇。

先看两宋之际人们对于北宋末年洛阳的描述吧！

宋邵伯温《邵氏闻见录》卷一七载洛阳牡丹之盛衰甚详：

洛中风俗尚名教，虽公卿家不敢事形势，人随贫富自乐，于货利不急也。岁正月梅已花，二月桃李杂花盛开，三月牡丹开。于花盛处作园圃，四方伎艺举集，都人士女载酒争出，择园亭胜地，上下池台间引满歌呼，不复问其主人。抵暮游花市，以筠笼卖花，虽贫者亦戴花饮酒相乐，故王平甫诗曰："风暄翠幕春沽酒，露湿筠笼夜卖花。""姚黄"初出邙山后白司马坡下姚氏酒肆，水地诸寺间有之，岁不过十数枝，府中多取以进。次曰"魏花"，出五代魏仁浦枢密园池中岛上，初出时，园吏得钱，以小舟载游人往观，他处未有也。自余花品甚多，天圣间钱文僖公留守时，欧阳

---

①　这种情况可见于宋人笔记小说之记载，如张邦基《墨庄漫录》卷二云：洛中花工，宣和中，以药壅培于白牡丹，如玉千叶、一百五、玉楼春等根下，次年，花作浅碧色，号欧家碧。岁贡禁府，价在姚黄上，尝赐近臣，外臣所未识也。洪迈《夷坚志补》卷一九"刘幻接花"云：宣和初，京师大兴园圃，蜀道进一接花人曰刘幻，言其术与常人异。徽宗召赴御苑，居数月，中使诣园检校，则花木枝干，十已截去七八。惊诘之，刘所为也。呼而诘责，将加杖。笑曰："官无忧。今十一月矣，少须正月，奇花当盛开。苟不然，甘із典。"中使入奏。上曰："远方伎艺必有过人者，姑少待之。"至正月十二日，刘白中使，请观花，则已半开，枝萼晶莹，品色迥绝。荼蘼一本五色，芍药、牡丹变态百种，一丛数品花，一花数品色，池冰未消而金莲重台繁香芬郁，光景粲绚，不可胜述。事闻，诏用上元节张灯花下，召戚里宗王连夕宴赏，叹其人术夺造化。厚赐而遣之。

公作花谱，才四十余品，至元祐间，韩玉汝丞相留守，命留台张子坚续之，已百余品矣。"姚黄"自秋绿叶中出微黄花，至千叶。"魏花"微红，叶少减。此二品皆以姓得名，特出诸花之上，故洛人以"姚黄"为花王，"魏花"为妃云。余去乡久矣，政和间过之，当春时，花园花市皆无有，问其故，则曰"花未开，官遣人监护，甫开，尽槛土移之京师，籍园人名姓，岁输花如租税，洛阳故事遂废"。余为之叹息，又追记其盛时如此。[①]

洛阳花市自宋初至哲宗元祐时期，真可谓盛况空前。然至政和年间，作者再游洛阳时，却是一片萧瑟景象。此时距宋亡尚有十四五年，国家在表面上依然太平，何以洛阳先有此萧瑟之景？原来宫使不待花开，便遣人监护，将开，即"槛土移之京师，籍园人名姓，岁输花如租税"，这简直是横征暴敛！难怪陈州百姓在培植出了牡丹佳品之后，都不敢让郡首"剪以进之内府"（《陈州牡丹记》）了。

其实不止洛阳一地如此，由于徽宗受宠臣蔡京等人蒙蔽，在宫中大兴土木，建寿山艮岳；兴花石纲，命朱勔掌之，搜天下奇花异石以实之，江浙一带同样被祸不浅。元陆友仁《吴中旧事》记有朱勔横征暴敛的行径：

朱冲微……子朱勔因赂中贵人，以花石得幸，时时进奉不绝，谓之花石纲。凡林园亭馆以至坟墓间所有一花一木之奇怪者，悉用黄纸封识，不问其家，径取之。浙人畏之如虎。[②]

如此横征暴敛，"洛阳故事"岂能不废？

朝廷的横征暴敛对于牡丹之栽培与玩赏打击甚大；使北宋灭亡的连年战火，更是让中原大地上的牡丹遭到了毁灭性打击。被祸最深的又是洛阳。李格非作有《洛阳名园记》记洛阳公卿园林之胜，然后不无忧虑地写下了一段论天下之兴衰的文字：

论曰：洛阳处天下之中，挟崤渑之阻，当秦陇之襟喉，而赵魏之走

---

① （宋）邵伯温：《邵氏闻见录》，中华书局1983年版，第186页。

② （元）陆友仁：《吴中旧事》，参《笔记小说大观》第二十五编，第1911页。

集，盖四方必争之地也。天下常无事则已，有事则洛阳先受兵。予故尝曰：洛阳之盛衰者，天下治乱之候也。方唐贞观开元之间，公卿贵戚，开馆列第于东都者，号千有余邸。及其乱离，继以五季之酷，其池塘竹树，兵车蹂践，废而为丘墟；高亭大榭，烟火焚燎，化而为灰烬，与唐共灭而俱亡者，无余处矣。予故尝曰：园圃之废兴，洛阳盛衰之候也。且天下之治乱，候于洛阳之盛衰，而知洛阳之盛衰，候于园圃之废兴而得。则名园记之作，予岂徒然哉。呜呼！公卿大夫，方进于朝，放乎以一己之私自为，而忘天下之治忽，欲退享此乐，得乎？唐之末路是矣！①

邵博在读了《洛阳名园记》之后，不无感慨地写下了下面这段题记：

洛阳名公卿园林，为天下第一，靖康后，祝融回禄，尽取去矣。予得李格非文叔《洛阳名园记》，读之至流涕。文叔出东坡之门，其文亦可观。如论天下之治乱，候于洛阳之盛衰；洛阳之盛衰，候于园圃之废兴。其知言哉。河南邵博记。②

在《洛阳名园记》中，李格非列举了洛阳的十九座园林，其时园林尚存，格非得睹其繁盛之状；然园林之兴废，往往系乎天下之兴衰，格非观物而生感，写下那段论天下之兴衰的精彩篇章。邵博年岁稍晚，亲睹洛阳之残破与园林之毁灭，故其所记更加感慨深沉。在宋金之战中，洛阳惨遭兵祸，名园残毁，令人痛心；洛阳之牡丹又恰恰广泛种植在这些名公巨卿的园林之中，这里正是当年举行牡丹花会的地方，而现在已毁于兵火。皮之不存，毛将焉附？牡丹玩赏活动遂告消歇。

---

① （宋）李格非：《洛阳名园记》，参《笔记小说大观》第十三编，第2681～2682页。
② 宋李格非《洛阳名园记》所附邵博跋语，参《笔记小说大观》第十三编，第2682页。

附：李格非《洛阳名园记》①

1. 富郑公园。洛阳园池多因隋唐之旧，独富郑公园，最为近僻，而景物最胜。游者自其第东出探春亭，登四景堂，则一园之景胜，可顾览而得。南渡通津桥，上方流亭，望紫筠堂而还。右旋花木中有百余步，走荫樾亭、赏幽台，抵重波轩而止。直北走土筠洞，自此入大竹中。凡谓之洞者，皆斩竹丈许，引流穿之，而径其上，横为洞一，曰土筠，纵为洞三，曰水筠，曰石筠，曰榭筠。历四洞之北有亭五，错列竹中，曰丛玉，曰披风，曰漪岚，曰夹竹，曰兼山。稍南有梅台，又南有天光台，台出竹木之杪。遵洞之南而东还，有卧云堂，堂与四景堂并，南北左右二山背压通流，凡坐此则一园之胜可拥而有也。郑公自还政事归第，一切谢宾客，燕息此园几二十年，亭台花木皆出其自营心匠，故逶迤衡直，闿爽深密，皆曲有奥思。

2. 董氏西园。董氏西园亭台花木，不为行列，区处周旋景物，岁增月葺所成。自南门入，有堂相望者三，稍西一堂在大地间，逾小桥，有高台一，又西一堂，竹环之中，有石芙蓉，水自其花间涌出。开轩窗四面甚敞，盛夏燠暑，不见畏日，清风忽来，留而不去，幽禽静鸣，各夸得意。此山林之景，而洛阳城中遂得之于此。小路抵池，池南有堂，面高亭，堂虽不宏大，而屈曲甚邃，游者至此，往往相失，岂前世所谓迷楼者类也。元祐中，有留守喜宴集于此。

3. 董氏东园。董氏以财雄洛阳，元丰中，少县官钱粮，尽籍入田宅，城中二园因芜坏不治，然其规模尚足称赏。东园北向入门，有栝可十围，实小如松实，而甘香过之。有堂可居，董氏盛时，载歌舞游之，醉不可归，则宿此数十日。南有败屋遗址，独流杯、寸碧二亭尚完。西有大池，中为堂，榜之曰含碧，水四面喷泄池中而阴出之，故朝夕如飞瀑，而池不溢，洛人盛醉者，走登其堂辄醒，故俗目曰醒酒池。

4. 环溪。环溪，王开府宅园，甚洁，华亭者南临池，池左右翼而北过凉榭，复汇为大池，周围如环，故云然也。榭南有多景楼，以南望则嵩

---

① 据台北新兴书局有限公司 1973—1988 年影印本《笔记小说大观》第十三编第 2625～2682 页整理。按，《笔记小说大观》第三编亦收此书，题名李格非，第十三编收此书，题"华明李廌记"，误，应为"济南李格非记"，明枚乘误题。

高、少室、龙门、太谷，层峰翠嶂，毕效奇于前。北有风月台，以北望则隋唐宫阙、楼殿，千门万户，岧峣璀璨，延亘十余里，凡左太冲十余年极力而赋者，可瞥目而尽也。又西有锦厅、绣野台，园中树松桧花木千株，皆品别种列除，其中为岛坞，使可张幄次，各待其盛而赏之。凉榭、锦厅，其下可坐数百人，宏大壮丽，洛中无逾者。

5. 刘氏园。刘给事园凉堂，高卑制度适惬，可人意。有知木经者见之，且云近世建造率务峻立，故居者不便而易坏，唯此堂正与法合。西南有台一区，尤工致，方十许丈地，而楼横堂列，廊庑回缭，阑楯周接，木映花承，无不妍稳，洛人目为刘氏小景。今拆为二，不能与他园争矣。

6. 丛春园。今门下侍郎安公买于尹氏，岑寂而乔木森然，桐梓桧柏皆就行列，其大亭有丛春亭，高亭有先春亭。丛春亭出茶蘼架上，北可望洛水。盖洛水自西汹涌奔激而东，天津桥者，叠石为之，直力滀其怒而纳之于洪下，洪下皆大石底，与水争喷薄而成霜雪，声闻数十里，予尝穷冬月夜，登是亭，听洛水声，久之，觉清冽侵入肌骨，不可留，乃去。

7. 天王院花园子。洛中花甚多种，而独名牡丹曰花王；凡园皆植牡丹，而独名此曰花园子，盖无他池亭，独有牡丹数十万本。凡城中赖花以生者，毕家于此，至花时张幕幄、列市肆，管弦其中，城中士女，绝烟火游之，过花时，则复为丘墟，破垣遗灶相望矣。今牡丹岁益滋，而姚黄、魏花一枝千钱，姚黄无卖者。

8. 归仁园。归仁，其坊名也，园尽此一坊，广轮皆里余，北有牡丹芍药千株，中有竹百亩，南有桃李弥望，唐丞相牛僧孺园七里桧，其故木也。今属中书李侍郎，方创亭其中，河南城方五十余里，中多大园池，而此为冠。

9. 苗帅园。节度使苗侯，既贵，欲极天下佳处，卜居得河南，河南园宅又号最佳处，得开宝宰相王溥园，遂构之。园既古，景物皆苍老，复得完力藻饰出之，于是有欲凭陵诸园之意矣。园故有七叶二树相对峙，高百尺，春夏望之如山然，今创堂其北。竹万余竿，皆大满二三围，疏筠琅玕，如碧玉椽，今创亭其南。东有水，自伊水派来，可浮十石舟，今创亭压其溪。有大松七，今引水绕之；有池，宜莲荇，今创水轩，板出水上。对轩有桥亭，制度甚雄侈，然此犹未尽得王丞相故园。水东为直龙图阁赵氏所得，亦大第宅园池。其间，稍北曰郏鄏陌，陌列七丞相之第，文潞公、程丞相宅旁皆有池亭，而赵韩王园独可与诸园列。

10. 赵韩王园。赵韩王宅园，国初诏将作营治，故其经画制作，殆侔禁省。韩王以太师归是第，百日而薨，子孙皆家京师，罕居之，故园池亦以扃钥为常。高亭大榭，花木之渊薮，岁时独厮养拥篲负畚锸者于其间而已。盖人之于宴间，每自吝惜，宜甚于声名爵位。

11. 李氏仁丰园。李卫公有《平泉花木记》，百余种耳。今洛阳良工巧匠，批红判白，接以他木，与造化争妙，故岁岁益奇，且广桃、李、梅、杏、莲、菊各数十种，牡丹、芍药至百余种，而又远方奇卉如紫兰、茉莉、琼花、山茶之俦，号为难植，独植之洛阳，辄与土产无异。故洛中园圃，花木至有千种者。甘露院东李氏园，人力甚治，而洛中花木无不有，中有四并、迎翠、濯缨、观德、超然五亭。

12. 松岛。松、柏、枞、杉、桧、栝皆美木，洛阳独爱栝而敬松。松岛，数百年松也，其东南隔双松尤奇，在唐为袁象先园，本朝属李文定公丞相，今为吴氏园，传三世矣。颇茸亭榭、池沼，植竹木其旁，南筑台，北构堂，东北曰道院。又东有池，池前后为亭临之，自东大渠引水注园中，清泉细流，涓涓无不通处，在他郡尚无有，而洛阳独以松名。

13. 东园。文潞公东园，本药圃地，薄东城，水渺弥甚广，泛舟游者，如在江湖间也。渊映、瀍水二堂宛宛在水中；湘肤、药圃二堂间列水石。西去其地里余，今潞公官太师，年九十，尚时杖屦游之。

14. 紫金台张氏园。自东园并城而北，张氏园亦绕水而富竹木，有亭四，《河图志》云"黄帝坐玄扈台"，郭璞云"在洛汭"，或曰此其处也。

15. 水北胡氏园。水北胡氏二园，相距十许步，在邙山之麓，瀍水经其旁，因岸穿二土室，深百许尺，坚完如埏埴，开轩窗其前以临水上，水清浅则鸣漱，湍瀑则奔驶，皆可喜也。有亭榭花木，率在二室之东，凡登览徜徉，俯瞰而峭绝，天授地设，不待人力而巧者，洛阳独此园耳。但其亭台之名，皆不足载，载之且乱实，如其台四望尽百余里，而萦伊缭洛乎其间；林木荟蔚，烟云掩映，高楼曲榭，时隐时见，使画工极思，不可图，而名之曰玩月台。有庵在松桧藤葛之中，辟旁牖，则台之所见亦毕陈于前，避松桧，骞藤葛，的然与人目相会，而名之曰学古庵，其实皆此类。

16. 大字寺园。大字寺园，唐白乐天园也。乐天云"吾有第在履道坊，五亩之宅，十亩之园，有水一池，有竹千竿"是也，今张氏得其半，为会隐园。水竹尚甲洛阳，但以其图考之，则某堂有某水、某亭有某木，其水其木，至今犹存，而曰堂、曰亭者，无仿佛矣。岂因于天理者可久，而成于人力者不可恃耶？寺中乐天石刻存者尚多。

17. 独乐园。司马温公在洛阳，自号迂叟，谓其园曰独乐园，园卑小不可与他园班，其曰读书堂者，数十椽屋，浇花亭者益小，弄水种竹轩者尤小，曰见山台者，高不过寻丈，曰钓鱼庵曰采药圃者，又特结竹抄落蕃蔓草为之尔，温公自为之序，诸亭台诗颇行于世，所以为人欣慕者不在于园耳。

18. 湖园。洛人云，园圃之胜，不能相兼者六，务宏大者少幽邃，人力胜者少苍古，多水泉者艰眺望，兼此六者，惟湖园而已。予尝游之，信然。在唐为裴晋公宅园。园中有湖，湖中有堂，曰百花洲，名盖旧，而堂盖新也。湖北之大堂曰四并堂，名盖不足，胜盖有余也。其四达而当东西之蹊者，桂堂也。截然出于湖之右者，迎晖亭也。过横地，披林莽，循曲径而后得者，梅台、知止庵也。自竹径望之超然，登之翛然者，环翠亭也。眇眇重邃，犹擅花卉之盛，而前据池亭之胜者，翠樾轩也。其大略如此。若夫百花酣而白昼眩，青蘋动而林阴合，水静而跳鱼鸣，木落而群峰出，虽四时不同，而景物皆好，则又不可殚记者也。

19. 吕文穆园。伊洛二水，自东南分注河南城中，而伊水尤清澈，园亭喜得之，若又当其上流，则春夏无枯涸之病。吕文穆园在伊水上流，木茂而竹盛，有亭三，一在池中，二在池外，桥跨池上相属也。洛阳又有园池，中有一物特可称者，如大隐庄梅，杨侍郎园流杯，狮子园狮子是也。梅盖早梅，香甚烈而大，说者云自大庾岭移其本至此，流杯水虽急不旁触为异。狮子非石也，入地数十尺，或以地考之，盖武后天枢销铄不尽者也。舍此又有嘉猷会节恭安溪园等，皆隋唐官园，虽已犁为良田、树为桑麻，然宫殿池沼与夫一时会集之盛，今遗俗故老，犹有能识其所在而道其兴之端者，游之亦可以观万物之无常，览时之倏来而忽逝也。

论曰：洛阳处天下之中，挟殽渑之阻，当秦陇之襟喉，而赵魏之走集，盖四方必争之地也。天下常无事则已，有事则洛阳先受兵。予故尝曰：洛阳之盛衰者，天下治乱之候也。方唐贞观开元之间，公卿贵戚，开馆列第于东都者，号千有余邸。及其乱离，继以五季之酷，其池塘竹树，兵车蹂践，废而为丘墟；高亭大榭，烟火焚燎，化而为灰烬，与唐共灭而俱亡者，无余处矣。予故尝曰：园圃之废兴，洛阳盛衰之候也。且天下之治乱，候于洛阳之盛衰，而知洛阳之盛衰，候于园圃之废兴而得。则名园记之作，予岂徒然哉。呜呼！公卿大夫，方进于朝，放乎以一己之私自为，而忘天下之治忽，欲退享此乐，得乎？唐之末路是矣！

跋一：洛阳名公卿园林，为天下第一，靖康后，祝融回禄，尽取去矣。予得李格非文叔《洛阳名园记》，读之至流涕。文叔出东坡之门，其文亦可观。如论天下之治乱，候于洛阳之盛衰；洛阳之盛衰，候于园圃之废兴。其知言哉。河南邵博记。

跋二：晋右军闻成都有汉时讲堂，秦时城池，门屋楼观，概然远想，欲一游目，其与周益州帖，盖所致意焉。近时吕太史有宗少文卧游之语，凡昔人记载人境之胜为一编。其奉祠亳社也，自以为谯沛真源，恍然在目，视宄之太极，嵩之崇福，华之云台，皆将卧游之。噫嘻！弧矢四方之志，高人达士之怀，古今一也。顾南北分裂，蜀在境内，惟远患不往尔。往则至矣。亳、兖、嵩、华，视蜀犹尔封也，欲往，其可得乎。然则太史之情，其可悲也。予近得此记，手写一通，与东京记、长安河南志、梦华录诸书，并藏而时自览焉。是亦卧游之意云尔。永嘉陈振伯玉书。

第五节　南宋牡丹玩赏风习概述

靖康之变后，中原沦陷，宋室南渡，牡丹的主产区落入金人之手，牡丹栽培与玩赏之风尚也一度趋于消歇。宋金和议之后，南北对峙格局基本形成。南宋偏安江南，几十年中政治相对稳定，经济得到了一定的发展，沉寂多年的牡丹栽培与玩赏活动又开始进入人们（主要是皇族及士大夫）的日常生活。不过终南宋一个半世纪，从未出现过类似于北宋洛阳或陈州那样盛极一时的场面。南宋时期，彭州虽然盛产牡丹，有"小西京"之号，但偏于一隅，并没有产生全国性的影响；浙江、江苏及江西境内部分地区也出产牡丹，但大都比较分散，没有形成规模。杭州城的牡丹栽培相对集中，但没有出现过大规模的牡丹玩赏活动。只有南宋中后期的文人士大夫对于牡丹玩赏活动似乎热情不减，但这种热情的外表掩盖不住他们内心的愁苦与焦虑，掩盖不住他们对中原故土的思念。这使得南宋的牡丹玩赏活动与前此各代大不相同。

南宋牡丹玩赏活动根据主体的不同大致可分为三类：一是以皇帝为中心的宫廷牡丹玩赏活动；二是群众性的牡丹玩赏活动；三是文人士大夫的牡丹玩赏活动。这三类中，后宫牡丹玩赏与群众性牡丹玩赏活动之规模远不如北宋之盛，但文人士大夫的牡丹玩赏活动却相当兴盛而且意味深长，成为南宋牡丹玩赏活动中最具时代特征的部分。

一、宫廷牡丹玩赏活动

与历朝统治者一样，南宋的最高统治者也兴建了一些宫殿园囿，作为政余休闲享乐之用。如高宗退处德寿宫后，孝宗为其修建了许多亭台楼榭，各植奇花异卉供其颐养天年。吴自牧《梦梁录》卷八载："德寿宫在望仙桥……西有古梅，扁曰'冷香'。牡丹馆扁曰'文杏'，又名'静乐'。海棠大楼子扁曰'浣溪'。"① 周密《武林旧事》卷四"故都宫殿"条下列有："堂：钟美（牡丹）；亭：德寿宫静乐（牡丹）。"

当然，据《宋史·地理志》可知，南宋时期皇家宫殿园林之修造相当简省②，远不如北宋后期（特别是徽宗朝的建设）。不过，杭州据湖山之胜，本身就是一个天然的大园囿，宫廷宴赏游乐活动未必仅局限于后宫。吴自牧《梦梁录》卷一九"园囿"条描述杭州园囿云："杭州苑囿，俯瞰西湖，高抱两峰，亭馆台榭，藏歌贮舞，四时之景不同，而乐亦无穷矣。"而最高统治者们就是在这些人工的或者天然的园囿中休闲享乐。对此，张端义《贵耳集》、周密《武林旧事》皆有记载。

---

① （宋）吴自牧：《梦梁录》，参《笔记小说大观》第二十一编，第1017页。

② 《宋史》卷三十八《地理志（一）》"行在所"条载：建炎三年闰八月，高宗自建康如临安，以州治为行宫。宫室制度皆从简省，不尚华饰。垂拱、大庆、文德、紫宸、祥曦、集英六殿，随事易名，实一殿。重华、慈福、寿慈、康宁四宫，重寿、宁福二殿，随时异额，实德寿一宫……

《贵耳集》卷一云：

慈宁殿赏牡丹。时椒房受册，三殿极欢。上洞达音律，自制曲赐名《舞杨花》，停觞命小臣赋词，俾贵人歌以侑，玉卮为寿。左右皆呼万岁。词云："牡丹半坼初经雨，雕槛翠幕。朝阳娇困倚东风，差榭了群芳。洗烟凝露向清晓，步瑶台，月底霓裳，轻笑淡拂宫黄。浅拟飞燕新妆。杨柳啼鸦昼永，正秋千亭馆，风絮池塘。三十六宫，簪艳粉浓香。慈宁玉殿庆清赏。占东君、谁比花王。良夜万烛荧煌，影里留住年光。"此康伯可乐府所载。

寿皇使御前画工写曾海野喜容带牡丹一枝。寿皇命徐本中作赞云："一枝国艳，两鬓东风。"寿皇大喜。①

《武林旧事》卷二"赏花"条云：

禁中赏花非一，先期后苑及修内司分任排办。凡诸苑亭榭花木，妆点一新，锦帘绡幕，飞梭绣球，以至裀褥设放，器玩盆窠，珍禽异物，各务奇丽。又命小珰内司列肆关扑，珠翠冠朵，篦环绣段，画领花扇，官窑定器，孩儿戏具，闹竿龙船等物，及有买卖果木酒食饼饵蔬茹之类，莫不备具。悉效西湖景物。起自梅堂赏梅，芳春堂赏杏，桃源观桃，粲锦堂金林檎，照妆亭海棠，兰亭修禊，至于钟美堂赏大花，为极盛。堂前三面，皆以花石为台，三层各植名品，标以象牌，覆以碧幕，台后分植玉绣球数百枝，俨如镂玉屏，堂内左右，各列三层，雕花彩槛，护以彩色牡丹。画衣间列碾玉水晶金壶，及大食玻璃官窑等瓶，各簪奇品，如姚、魏、御衣黄、照殿红之类，几千朵。别以银箔间贴大斛，分种数千百窠，分列四面。至于梁栋窗户间，亦以湘筒贮花，麟次簇插，何翅万朵。堂中设牡丹红锦地裀。自殿中妃嫔以至内官，各赐翠叶牡丹，分枝铺翠牡丹，御书画扇，龙涎金盒之类有差。下至伶官乐部应奉等人，亦沾恩赐，谓之随花赏。或天颜悦怿，谢恩赐予，多至数次。至春暮，则稽古堂、会瀛堂赏琼花，静侣亭紫笑，净香亭采兰挑笋，则春事已在绿阴芳草间矣。大抵内宴

① （宋）张端义：《贵耳集》，参《笔记小说大观》第四编，第2424页。

赏，初坐、再坐、插食、盘架者，谓之排当，否则但谓之进酒。①

又，卷七详载淳熙年间孝宗与高宗（时称太上皇帝）及太后宴游事：

淳熙六年三月十五日，车驾过宫。恭请太上太后幸聚景园。次日，皇后先到宫起居，入幕次，换头面，候车驾至，供泛索讫，从太上太后至聚景园。太上太后至会芳殿降辇，上及皇后至翠光降辇，并入幄次小歇。上邀两殿至瑶津少坐，进泛索，太上太后并乘步辇，官里乘马，遍游园中。再至瑶津西轩，入御筵，至第三盏，都管使臣刘景长，供进新制泛兰舟曲破，吴兴祐舞，各赐银绢，上亲捧玉酒船，上寿酒。酒满玉船，船中人物，多能举动如活。太上喜见颜色。散两宫内官酒食，并承应人目子钱。遂至锦壁赏大花，三面漫坡牡丹约千余丛，各有牙牌金字。上张大样碧油绢幕，又别剪好色样一千朵，安顿花架，并是水晶玻璃天青汝窑金瓶。就中间沉香卓儿一只，安顿白玉碾花商尊，约高二尺，径二尺三寸，独插照殿红十五枝，进酒三杯，应随驾官入内官，并赐两面翠叶滴金牡丹一枝，翠叶牡丹沉香柄金彩御书扇各一把。是日，知阁张抡进《壶中天慢》云："洞天深处，赏娇红轻玉。高张云幕，国艳天香相竞秀。琼苑风光如昨。露洗妖妍，风传馥郁，云雨巫山约。春浓如酒，五云台榭楼阁。圣代道洽功成，一尘不动，四境无鸣柝。屡有丰年，天助顺基，业增隆山岳。两世明君，千秋万岁，永享升平乐。东皇呈瑞，更无一片花落。"赐金杯盘法锦等物。又进酒两盏，至清辉少歇，至翠光登御舟，入里湖，出断桥，又至珍珠园。太上命尽买湖中龟鱼放生，并宣唤在湖买卖等人，内侍用小彩旗招引，各有支赐。时有卖鱼羹人宋五嫂，对御自称东京人氏，随驾到此。太上特宣上船起居。念其年老，赐金钱十文，银钱一百文，绢十匹。仍令供苑应泛索。时从驾官丞相赵雄、枢密使王淮，参政钱良臣，并在显应观西斋堂侍班，各赐酒食翠花扇子。至申时，御舟捎泊花光亭，至会芳少歇。时太上已醉，官里亲扶上船，并乘轿儿还内。都人倾城尽出观瞻，赞叹圣孝。②

---

① （宋）周密：《武林旧事》，参《笔记小说大观》第二十八编，第721~722页。
② （宋）周密：《武林旧事》，参《笔记小说大观》第二十八编，第857~858页。

上述记载表明，南宋最高统治者也有玩赏牡丹的活动，但后宫牡丹之种植显然没有多大规模，牡丹之玩赏也没有形成制度，远不如北宋（尤其是中前期）之盛。

二、群众性牡丹玩赏活动

南宋偏安江南，中原作为牡丹的主产区，已沦入金人之手，故北宋时期曾经盛极一时的洛阳、开封、陈州等地的群众性牡丹玩赏活动，也成为黄粱一梦，不可复睹。唯杭州和彭州等地，由于早在北宋时已广泛栽培牡丹，故还能略睹京洛遗风，然其盛况则大不如前矣。

（一）杭州

杭州作为南宋政治、经济、文化的中心，在民风民俗方面对于北宋都城开封有所继承。开封城中居民暮春时节有赏花之举，杭州亦有之。吴自牧《梦粱录》卷二"暮春"云：

> 是月春光将暮，百花尽开，如牡丹、芍药、棣棠、木香、荼蘼、蔷薇、金纱、玉绣球、小牡丹、海棠、锦李、徘徊、月季、粉团、杜鹃、宝相、千叶绯桃、香梅、紫笑、长春、紫荆、金雀儿、笑靥、香兰、水仙、映山红等花，种种奇绝。卖花者以马头竹篮盛之，歌叫于市，买者纷然。当此之时，雕梁燕语，绮槛莺啼，静院明轩，溶溶泄泄，对景行乐，未易以一言尽也。①

吴氏所记之盛况，与孟元老《东京梦华录》所记颇为相似。

（二）苏州

范成大《吴郡志》卷三〇云：

> 牡丹，唐以来止有单叶者。本朝洛阳始出多叶、千叶，遂为花中第一。顷时朱勔家圃在阊门内，植牡丹数千万本，以缯彩为幕，弥覆其上，每花身饰金为牌，记其名。勔败，官籍其家，不数日墟其圃，牡丹皆拔而

---

① （宋）吴自牧：《梦粱录》卷二，参《笔记小说大观》第二十一编，第956页。

为薪，花名牌一枚估直三钱。中兴以来，人家稍复接种有传洛阳花种至吴中者，肉红则观音、崇宁、寿安王、希迭罗等；红，淡红则风娇、一捻红；深红则朝霞红、鞓红、云叶及茜金球、紫中贵、牛家黄等，不过此十余种，姚、魏盖不传矣。①

元陆友仁《吴中旧事》载：

吴俗好花，与洛中不异也。其地土亦宜花，古称"长洲茂苑"，以苑目之，盖有由矣。吴中花木，不可殚述，而独牡丹、芍药为好尚之最，而牡丹尤贵重焉。旧寓居诸王皆种花，往往零替，花亦如之。盛者唯蓝叔成提刑家，最好事，有花三千株，号"万花堂"。尝移得洛中名品数种，如玉盘白、景云红、瑞云红、胜云红、玉间金之类，多以游宦，不能爱护，辄死。今唯胜云红在。其次林得之知府家有花千株，胡长文给事、成居仁太尉、吴谦之待制家种花，亦不下林氏。史志道发运家亦有五百株，如毕推官希文、韦承务俊心之属，多则数百株，少亦不下一二百株，习以成风矣。至谷雨为花开之候，置酒招宾就坛，多以小青盖或青幕覆之，以障风日。父老犹能言者，不问亲疏，谓之"看花局"。今之风俗不如旧，然大概赏花则为宾客之集矣。②

从范成大、陆友仁的记载，我们大致可以了解苏州牡丹栽培的简明历史，一览苏州牡丹玩赏风尚之大概。

（三）彭州

南宋牡丹，以彭州最为著名，群众性牡丹玩赏活动也以彭州为最。彭州牡丹早在北宋即已闻名，宋室南渡之后，中原沦陷，彭州遂取代洛阳、陈州成为当时牡丹栽培与玩赏的中心。这一点详载于陆游《天彭牡丹谱》：

牡丹在中州，洛阳为第一。在蜀，天彭为第一。天彭之花，皆不详其所自出。土人云，襄时永宁院有僧种花最盛，俗谓之牡丹院，春时赏花者

---

① （宋）范成大撰：《吴郡志》卷三〇，四库全书本。
② （元）陆友仁：《吴中旧事》，参《笔记小说大观》第二十五编，第 1935 页。

多集于此。其后花稍衰，人亦不复至。崇宁中，州民宋氏、张氏、蔡氏，宣和中右子滩杨氏，皆尝买洛中新花以归，自是洛花散于人间。花户始盛，皆以接花为业。大家好事者皆竭其力以养花，而天彭之花，遂冠两川。今惟三并李氏、刘村母氏、城中苏氏、城西李氏花特盛。又有余力治亭馆，以故最得名。至花户连畛相望，莫得其姓氏也。天彭三邑皆有花，惟城西沙桥上下，花尤超绝。由沙桥至堋口，崇宁之间，亦多佳品。自城东抵濛阳，则绝少矣。大抵花品近百种，然著者不过四十，而红花最多，紫花、黄花、白花各不过数品，碧花一二而已。（《花品序第一》）①

天彭号小西京，以其俗好花，有京洛之遗风。大家至千本，花时自太守而下，往往即花盛处张饮，帟幕车马，歌吹相属，最盛于清明寒食时。在寒食前者，谓之火前花，其开稍久，火后则易落。最喜阴晴相半，时谓之"养花天"。栽接剔治，各有其法，谓之"弄花"。其俗有"弄花一年，看花十日"之语。故大家例惜花，可就观，不敢轻剪，盖剪花则次年花绝少。惟花户则多植花以牟利。双头红初出时，一丛花最直至三十千。祥云初出，亦直七八千，今尚两千。州家花时，以花饷诸台及旁郡，蜡蒂筠蓝，旁午于道。予客成都六年，岁常得饷，然率不能绝佳。淳熙丁酉岁，成都帅以善价私售于花户，得数百苞，驰骑取之，至成都，露犹未晞，其大径尺。夜宴西楼下，烛焰与花相映，影摇酒中，繁丽动人。（《风俗记第三》）②

根据《天彭牡丹谱》，我们可以了解到，彭州地区牡丹之栽培与玩赏，在南宋时期是相当繁盛的。

不过南宋毕竟只是偏安政权，牡丹主产地也早已落入金人之手，虽然民众仍能于牡丹玩赏活动中获得精神的享受，或者能从中谋取一定的经济利益，但形势毕竟大不如前。故陆游在《天彭牡丹谱》中不无感慨地写道：

嗟乎！天彭之花，要不可以望洛中，而其盛已如此！使异时复两京，

---

① （宋）陆游：《天彭牡丹谱》，参《笔记小说大观》第五编，第1749页。
② （宋）陆游：《天彭牡丹谱》，参《笔记小说大观》第五编，第1754页。

王公将相筑园第以相夸尚，予幸得与观焉，其动荡心目，又宜何如也？①

天彭之花，远不及洛中；天彭之花圃园囿，更无法与两京王公将相之名园相比。这些话或许带有一定的感情色彩，但与欧阳修在《洛阳牡丹记》中所描述的洛阳花时盛况以及孟元老在《东京梦华录》中所描绘的开封暮春时节举城皆欢的盛况相比，南宋彭州、杭州的群众性牡丹玩赏活动显然要逊色得多。

三、南宋文人士大夫牡丹玩赏活动

就外在形式而言，北宋文人士大夫与南宋文人士大夫牡丹玩赏的主要地点以及具体形式并无根本差异。北宋文人士大夫的牡丹玩赏活动主要在自家园林中进行，或者在适宜牡丹生长的地方政府所在地的官署中进行，南宋文人士大夫的牡丹玩赏活动也主要在这些地方进行；北宋文人士大夫喜欢对花饮酒，在饮酒的过程中赏花，南宋人也是如此；花开时节，北宋文人士大夫之间互相送花送酒，在玩赏过程中对牡丹进行吟咏，南宋人也是如此，这一点我们可以从南宋人诗序词序中了解大量信息。

比如洪适有《次韵村店得牡丹》、《次韵景庐喜得安州牡丹》、《和景庐咏新得歙县牡丹》、《得洛中牡丹》、《盘洲杂咏·牡丹》诸诗，可知洪氏兄弟曾在自家园囿种植和玩赏牡丹；陆游有《新晴赏牡丹》、《栽牡丹》、《剪牡丹感怀》、《赏小园牡丹有感》诸诗，并作有《天彭牡丹谱》，可知其一生颇留意于牡丹；辛弃疾有《念奴娇·赋白牡丹和范廓之韵》、《最高楼·杨民瞻席上用前韵赋牡丹》、《鹧鸪天·祝良显家牡丹一本百朵》、《临江仙》（只恐牡丹留不住）等十一首牡丹词，可知辛弃疾不仅经常玩赏牡丹，而且在自家园林中栽培过牡丹。其他如范成大、杨万里、周必大、张栻、许及之、楼钥等许多南宋政坛、文坛著名人物，都有牡丹诗记自己与同僚在他们的私家园囿中玩赏牡丹的活动。他们玩赏牡丹的热情与唐人和北宋人差不多。在南宋文人士大夫中，尤以张镃之牡丹玩赏活动最为豪侈，周密《齐东野语》载有当时士大夫在张镃家玩赏牡丹之事：

---

① （宋）陆游：《天彭牡丹谱》，参《笔记小说大观》第五编，第 1755 页。

　　张镃功甫，号约斋，循忠烈王诸孙，能诗，一时名士大夫，莫不交游。其园池声妓服玩之丽甲天下。尝于南湖园作驾霄亭于四古松间，以巨铁絙悬之半空而羁之松身。当风月清夜，与客梯登之，飘摇云表，真有挟飞仙溯紫清之意。王简卿侍郎尝赴其牡丹会云。众宾既集，坐一虚堂，寂无所有。俄问左右云："香已发未？"答云："已发。"命卷帘，则异香自内出，郁然满坐，群伎以酒肴丝竹，次第而至。别有名姬十辈，皆衣白，凡首饰衣领皆牡丹。首带照殿红一枝，执板奏歌侑觞，歌罢乐作，乃退。复垂帘谈论自如。良久香起，复卷帘如前，别十姬易服与花而出。大抵簪白花则衣紫，紫花则衣鹅黄，黄花则衣红，如是十杯，衣与花凡十易。所讴者皆前辈牡丹名词。酒竟，歌者、乐者无虑数百十人。列行送客，烛光香雾，歌吹杂作，客皆恍然如仙游也。①

　　在私家园林中举办如此豪华奢侈的牡丹会，可以说是绝无仅有的。

　　虽然南宋人对于牡丹玩赏活动热情未减，但南宋文人士大夫玩赏牡丹时的心态与北宋文人士大夫却有根本不同。他们的牡丹玩赏活动笼罩在一种特定的历史背景之下，即北宋灭亡、中原沦陷的惨痛现实。这使南宋文人士大夫的牡丹玩赏活动打上了时代的烙印，具有深刻的民族的历史文化内涵。这具体表现为南宋文人士大夫将对往昔美好岁月的追忆，对沦入异族之手的中原故土的思念，以及对山河破碎的惨痛经历的反思，与牡丹之玩赏紧密联系在一起。在他们创作的牡丹诗词中，中原之念、亡国之痛、故国之思、黍离之悲是最重要的主题。（详见第三章）

---

① （宋）周密：《齐东野语》卷七，参《笔记小说大观》第十三编，第2146页。

唐宋牡丹文学

——唐宋文人牡丹审美文化心理的历史考察

唐宋时期歌咏牡丹的文学作品相当丰富，有赋、诗、词，还有一些传奇、笔记小说等。这些文学作品一方面具有历史文献价值，是唐宋牡丹文化的主要载体，另一方面更具有一定的文学品性和审美价值。本书上文已涉及一些歌咏牡丹的文学作品，但侧重点在揭示其所蕴涵的历史、文化、风俗等方面的信息，下面我们将对唐宋时期歌咏牡丹或与牡丹相关的文学作品的文学品性进行发掘和探讨。

第一节　唐宋牡丹赋考述

唐宋时期的牡丹赋，据笔者网罗搜集有关文献共得八篇，其中唐人两篇，宋人六篇（存疑一篇），它们分别是舒元舆《牡丹赋》、李德裕《牡丹赋》、徐铉《牡丹赋》、夏竦《景灵宫双头牡丹赋》、宋祁《上苑牡丹赋》、蔡襄《季秋牡丹赋（并序）》、苏籀《牡丹赋》、吴淑《牡丹赋》（存疑）①。上述诸作除舒元舆《牡丹赋》比较著名外，其余各赋在文学史上并没有产生多大影响。不过，作为唐宋牡丹文学的重要组成部分，它们各有其时代特色，各有其值得玩味的地方，故不吝辞费，对它们作一番比较论述。

"赋者，铺也。铺采摛文，体物写志也。"上述八赋应该说在不同程度上体现了赋体文学的这一根本特征。不过，由于创作背景不同、作者兴趣点以及对文学的理解有异，在艺术表现方面有一定程度的差异，因此上述

---

① 本书所论舒、李二赋分别见《全唐文》卷七二七、卷六九七；徐铉赋见四库全书本《骑省集》卷二二；夏、宋、蔡赋分别见于《全宋文》册八卷三三三第 617页、册一二卷四八二第 77 页、册二三卷九九四第 547 页；苏赋见四库全书本《双溪集》卷六。下文所引皆本此。又，《牡丹全书》第四编第二十章第四节"牡丹文赋"尚录有宋吴淑《牡丹赋》一篇，据编者注释，吴淑生于公元 947 年，卒于公元 1002年。然赋中有句云"乐天歌之而未尽，欧阳记之而难详"。欧阳修生于公元 1007 年，卒于公元 1073 年。吴淑不应预知欧阳修撰《洛阳牡丹记》。此外，赋中有"帘卷香来，绮罗徐出。崌张绣列，丝管皆陈"等语，所用乃《武林旧事》记南宋后期著名政治人物张镃邀客宴赏牡丹之事。基于此，可以断定此赋非此吴淑作，或宋元易代时期乃至更晚，另有名吴淑者撰成此赋。故本书对此赋予以存疑，不予论列。

八赋还是各有特点的。其中，舒元舆精于体物，李德裕长于写志，徐铉赋侧重于体物而颇含诫谕，夏竦、宋祁二赋为应制之作，以颂谀为主，蔡襄、苏籀二赋则各借体物以抒发人生感慨，吴淑赋存疑不论。

一、唐代两篇《牡丹赋》与甘露之变

舒元舆（789—835）是中唐知名政治家和文人，所撰《牡丹赋》"时称其工"①。李德裕为中唐著名政治家，亦曾撰有《牡丹赋》一篇。舒、李二人赋序中皆称前人未有赋牡丹者。舒元舆在文宗大和九年死于甘露之变，而李德裕《牡丹赋》作于会昌元年三四月间②，显然，舒赋在前，李赋在后。舒曾参与李训、郑注及文宗密谋诛杀宦官的行动，其《牡丹赋》"时称其工"，文宗甚至在舒氏死后，"观牡丹，凭殿阑诵赋，为泣下"③，则李德裕不可能不知道舒元舆此赋，然其在赋中绝口不提，显然事出有因。实际上，舒、李二人《牡丹赋》的主旨都与当时震惊朝野的甘露之变有关。舒赋在前，流露出来的是甘露之变前舒氏因与文宗、李训、郑注等密谋诛杀宦官而具有的踌躇满志甚至是志得意满的特定心态；李赋在后，表达的恰恰是甘露之变后对于人世之无常、荣华富贵之短暂的深刻体悟。

（一）舒元舆《牡丹赋》作年考——兼谈舒赋主旨

对于李德裕《牡丹赋》，傅璇琮先生已有明确编年，舒元舆《牡丹赋》作于何时，前人无考。现先推断一下舒赋的作年④。

首先，根据舒氏生平，我们基本上可以断定此赋非舒氏早年之作。

《新唐书》本传云："舒元舆，婺州东阳人。地寒，不与士齿。始学，即警悟。去客江夏，节度使郗士美异其特秀。数延誉。"⑤ 由此可知舒氏出身寒门，举进士以前，一直生活在江南，未曾到过京师。这一时期，两京

---

① 参《新唐书》舒元舆传。
② 傅璇琮先生认为，李德裕《牡丹赋》作于会昌元年（841）三四月间，是与王起等人唱和之作。参傅璇琮著：《李德裕年谱》，齐鲁书社1984年版。
③ 参《新唐书》舒元舆传。
④ 关于舒元舆《牡丹赋》作年，详参拙文《舒元舆〈牡丹赋〉作年考》，《武汉科技大学学报》2010年第4期。
⑤ 参《新唐书》舒元舆传。

牡丹玩赏之风习已盛，然此风尚未及江南①。故知其举进士以前，不可能创作这篇《牡丹赋》。

其次，根据赋序及描写的内容，我们可以推断此赋作于舒氏在两京任职期间。

《牡丹赋》序云：

> 古人言花者，牡丹未尝预焉。……今则自禁闼泊官署，外延士庶之家，弥漫如四渎之流，不知其止息之地。每暮春之月，遨游之士如狂焉。亦上国繁华之一事也。近代文士，为歌诗以咏其形容，未有能赋之者，余独赋之，以极其美。

此序描述京国牡丹栽培与玩赏之盛况甚为详确，可见其对当时京国牡丹玩赏之风尚非常熟悉，应为亲眼所见。

又，赋中用了大段篇幅描述后苑牡丹繁盛美艳之状，并云"不窥天府，孰得而见"。所谓天府，即指皇宫，则舒氏所赋，必为皇家后苑中的牡丹园。结合舒元舆死后，文宗皇帝在后苑赏牡丹时，曾不自觉地咏出舒赋之事②，我们可以确定，这篇《牡丹赋》当为其在两京任职时所作，而且是其有机会陪侍皇帝观赏后苑牡丹时所作。

按，元和八年（813）舒氏举进士前后，在两京停留时间较长，但在这一时期，舒氏名位不显，不可能有机会陪侍宪宗皇帝入后苑观赏牡丹，故不可能作这篇《牡丹赋》。在稍后的吏部铨试中，舒元舆入高等，随后离京任鄠尉。之后，裴度帅兴元，表荐其为掌书记，事在穆宗长庆三年（823）八月至敬宗宝历二年（826）正月之间③。这一时期舒氏不在京师，

---

① 据陈寅恪先生推断及笔者考证，唐代两京牡丹玩赏风习最盛于贞元、元和时期。陈说参《元白诗笺证稿》，生活·读书·新知三联书店 2001 年版，第 245 页；江南牡丹唯杭州开元寺有之，是寺僧惠澄从长安移植而来的，时间大致在元和以后。参（唐）范摅：《云溪友议》卷中"钱塘论"条，《唐五代笔记小说大观》，第 1282 页。

② 苏鹗《杜阳杂编》云："上（文宗）于内殿前看牡丹，翘足凭栏，忽吟舒元舆《牡丹赋》云：'俯者如愁，仰者如语，合者如咽。'吟罢，方省元舆词，不觉叹息良久，泣下沾臆。"

③ 穆宗长庆三年八月，裴度出为山南西道节度使，敬宗宝历二年正月还朝。参新、旧唐书本传及《资治通鉴》卷二四三。

创作《牡丹赋》的可能性也不大。裴度还朝以后，舒元舆很可能也随之入朝，随后拜监察御史（正八品上），迁刑部员外郎（从六品上）。大和五年（831），舒元舆"献文阙下"，不报，遂直接上书给文宗皇帝，称自己"才不后（马）周、（张）嘉贞"，非"主父偃等可比"，"盛时难逢，窃自爱惜"，得到文宗赏识，然被时相李宗闵所抑，"改著作郎，分司东都"。这一时期舒元舆大部分时间都在京师，然仕宦不显，颇有怀才不遇之愤。大和五年至八年夏，舒元舆以著作郎分司东都，与李训过从甚密。大和八年李训入朝，与郑注等人密谋诛杀宦官，得到皇帝信任。在逐渐把握朝政之后，李氏召舒元舆入朝，舒氏在接下来的时间里仕宦通显，很快由左司郎中升迁至刑部侍郎同中书门下平章事。大和九年十一月，李训等谋诛宦官之事败，舒元舆与李训、郑注、王涯诸人一起死于甘露之变①。

从上述行实排比，可知舒氏元和七年秋到元和九年冬（812—814）、宝历二年正月至大和五年夏秋（826—831）、大和九年（835）在长安，大和五年至大和八年（831—834）在洛阳。由于牡丹花开在暮春时节，因此，具体地说，舒氏作《牡丹赋》的时间可能是元和八年（813）、元和九年（814）、宝历二年至大和五年（826—831）、大和九年（835）的暮春时节在长安，或者是大和六年至八年（832—834）的暮春时节在洛阳。其中元和八、九年不可能作此赋，大和五年前创作此赋的可能性亦较小；大和六年至八年，舒氏分司东都，没有机会入后苑赏牡丹，创作《牡丹赋》的可能性也不大。唯大和九年，舒元舆仕宦通显，且已与文宗、李训、郑注形成一个谋诛宦官的政治集团，这一阶段，舒氏最有可能曾承恩入后苑并创作此赋。

再次，根据舒氏此赋的主题及其所显示的创作心态，可以推测此赋是作者在志得意满、欲有所作为的特定阶段创作的，这也从一个侧面证明了此赋是其大和九年在长安任职时所作。

舒元舆一向以丈夫功业自许，但直到大和八年以前，舒氏都没有得到重用。为了得到皇帝的赏识，大和五年，舒氏曾向文宗皇帝上书云：

马周、张嘉贞代人作奏，起逆旅，卒为名臣。今臣备位十朝，自陈文

---

① 以上行实参《新唐书》舒元舆传、文宗本纪、李训传。

章，凡五晦朔不一报，窃自谓才不后周、嘉贞，而无因入，又不露所缊，是终无振发时也。汉主父偃、徐乐、严安以布衣上书，朝奏暮召，而臣所上八万言，其文锻炼精粹，出入今古数千百年，披剔剖抉，有可以辅教化者未始遗，拔犀之角，擢象之齿，岂主父等可比哉？盛时难逢，窃自爱惜。①

在这份上书中，舒氏一方面对于自己的才干颇为自负，另一方面又为自己虽逢盛时但才能不得伸展感到惋惜，流露出怀才不遇之愤。这次上书的结果是"文宗得书，高其自激卬"，欲重用他，但时相李宗闵认为其"浮躁诞肆不可用"，"改著作郎，分司东都"②。应该说，在大和五年之前，怀才不遇，有志难伸，是舒氏的主要心理状态。

与这种心态相反，舒元舆在其《牡丹赋》中流露出的是一种踌躇满志甚至是志得意满的心态。

《牡丹赋》序云：

古人言花者，牡丹未尝预焉。盖遁于深山，自幽而芳，不为贵者所知。花则何预焉。天后之乡，西河也，有众香精舍，下有牡丹，其花特异。天后叹上苑之有缺，因命移植焉。由此京国牡丹，日月浸盛。

或曰："子常以丈夫功业自许，今则肆情于一花，无乃犹有儿女之心乎？"余应之曰："吾子独不见张荆州之为人乎？斯人信丈夫也，然吾以其文集之首，有《荔枝赋》焉。荔枝信美矣，然亦不出一果尔，与牡丹何异哉？"但问其所赋之旨何如。吾赋牡丹，何伤焉？或者不能对而退，余遂赋以示之。

《牡丹赋》结句云：

焕乎美乎后土之产物也，使其花之如此而伟乎，何前代寂寞而不闻，

---

① 引自《新唐书》舒元舆传。
② 参《新唐书》舒元舆传。

今则昌然而大来？曷草木之命亦有时而塞，有时而开，吾欲问汝，曷为而生哉？汝且不言，徒留玩以徘徊。

在第一段文字中，舒元舆介绍牡丹的命运，认为牡丹之所以能由隐而显、由贱而贵，是因为武则天的慧眼，也就是获得了最高统治者的青睐。其对牡丹之命运的羡慕之心溢于言表。在第二段文字中，舒元舆针对别人的质疑，振振有词地进行了反驳。他认为，张九龄作《荔枝赋》，不妨碍其为大丈夫，因此他创作《牡丹赋》，也不妨碍他自己成为大丈夫。这种对自己的高度自信虽然与大和五年上书时所表现出来的自负非常相似，但没有流露出任何怀才不遇、有志难伸的心态。在第三段文字中，舒氏感叹牡丹"何前代寂寞而不闻，今则昌然而大来？曷草木之命亦有时而塞，有时而开"，除了字面意义之外，似乎还隐含了对于人生的一种很热烈的期待，即牡丹作为一种花卉，命运尚且如此，作为万物之灵的人，难道不能有相似的命运吗？结合前面的赋序，正体现出他相信自己一定会大有作为。

如果结合舒氏的主要经历尤其是最后几年的主要活动来进行分析，我们不难发现，《牡丹赋》中所流露出来的心态是有现实依据的，即舒氏在东都与李训相交，直至成为以文宗为首的密谋诛杀宦官的阵营中的一员时所具有的特定的心理状态。

舒氏在大和五年上书文宗以前，虽然曾经得到裴度的赏识和举荐，仕途也比较平坦，但从元和八年（813）中进士到大和五年（831），也只做到了刑部员外郎，并没有真正得到最高统治者的重用。所以大和五年他上书时，才颇为激愤地向文宗皇帝表达怀才不遇、有志难伸的不满。大和五年上书之后，舒元舆虽受文宗赏识，但遭李宗闵排斥，"改著作郎，分司东都"。这意外地给舒氏与李训相交提供了机会，而正是李训使舒氏获得了平步青云的机会。

李训是"故宰相揆族孙"，宰相李逢吉的侄子。大和初，居丧东都，与方士郑注密谋勾结宦官王守澄，在王守澄的推荐下，很快得到文宗皇帝的信任，成为文宗的左膀右臂。唐自元和末以来，宦官擅废立之权，宪宗、敬宗皆死于宦官之手。文宗虽由宦官王守澄等捧立为皇帝，但对于宦官专权一直耿耿于怀，李训、郑注等揣知文宗此意，遂向文宗献计，密谋铲除宦官。文宗对于李、郑诸人非常信任。大和八年，李训终丧入朝，与郑注一起把持朝政，从而形成了一个以文宗为首，李训、郑注等人为左膀右臂的政治集团。舒元舆在分司东都期间与李训相识，从此气味相投，关系极为密切。在李训的举荐下，舒元舆不仅重新入朝，而且很快做到了宰相，成为李、郑集团的重要成员。大和九年冬，李训因贪功而提前举事，结果事败，导致自己与郑注、王涯、舒元舆等当朝显要反被宦官所杀。这就是著名的甘露之变。①

舒元舆本起孤寒，而能致身相位，是个典型的"政治暴发户"。在大和五年以前，舒氏仕宦不显，颇有怀才不遇之憾。大和八年至九年，是舒氏仕途最辉煌的阶段。他与李训等人过从甚密，并由李引荐，致身相位。在这一阶段，他并没有预想到自己会落到身死宦官之手的下场，直到甘露之变突发之前，他所具有的心理状态仍是踌躇满志，乃至志得意满。

事实上，在甘露之变发生前，舒元舆的命运与牡丹的命运具有同构性。牡丹最初隐遁深山，不为人所知，在花中不甚显贵，与舒氏起于孤寒颇近；牡丹之所以由隐而显、由贱而贵，主要是由于武则天的赏爱，舒氏之所以能位极人臣，恰恰是得到了文宗皇帝的信任和倚赖②。也许正是这种同构性使得舒氏在赋牡丹之时，不仅不认为这是"雕虫小技，壮夫莫为"，反而要引张九龄为同调，认为为牡丹作赋，并不妨碍其为大丈夫。在赋牡丹的过程中，他虽然用了很大的篇幅描摹牡丹之外在形态，但关注的重心却是牡丹因天后赏识而由隐而显、由贱而贵的命运。《牡丹赋》写到最后，笔调近乎志得意满，如其所言"何前代寂寞而不闻，今则昌然而大来？曷草木之命亦有时而塞，有时而开，吾欲问汝，曷为而生哉？汝且不言，徒留玩以徘徊"。这几句话是很值得玩味的：牡丹由隐而显、由贱而贵的命运，作者是万分感慨和钦羡的；作者对于牡丹的发问，是饱含激情的；最后两句"汝且不言，徒留玩以徘徊"，流露出一种优游志满的心态，显示出他对自己将要有所作为是非常自信的。因此这篇《牡丹赋》所

① 参新、旧唐书文宗本纪，《新唐书》李训传，《资治通鉴》卷二四五文宗大和八年、九年等。

② 《资治通鉴》卷二四五云："又上惩李宗闵、李德裕多朋党，以贾𫟋及元舆皆孤寒新进，故擢为相，庶其无党耳"；"训起流人，期年致位宰相"。见（宋）司马光纂：《资治通鉴》，中华书局 1956 年版，第 7916 页。

流露出来的心态，从某种意义上可以看做舒元舆与李训、郑注集团在密谋诛杀宦官得到文宗赏识之后但尚未付诸实施之时的心态的写照。据此推测，此赋应该是大和九年暮春在长安所作。

（二）李德裕《牡丹赋》主旨蠡测

据傅璇琮先生考证，李德裕此赋作于会昌元年三四月间，其时距舒元舆死已有六年。舒元舆《牡丹赋》"时称其工"，文宗在甘露之变后观后苑牡丹时，曾凭栏诵赋，感伤不已。据此可见李德裕不可能不知道舒元舆此赋。然李氏在《牡丹赋》序中却否认在他之前曾有人创作牡丹赋①，这其中必有原因。

第一，甘露之变震惊朝野，当朝宰相王涯、贾𫗧、舒元舆、李训及其他多名朝中要员死于宦官仇士良之手，仇士良等宦官挟持文宗及武宗，控制了朝政。在这种情况下，李德裕在序中提及深受文宗皇帝赏识的舒元舆及其《牡丹赋》，显然是不合时宜的。

第二，甘露之变以前，李德裕与舒元舆等人积怨很深。如大和八年，李德裕曾切谏文宗不宜以李训为谏官②，视李训为奸邪，几至势不两立。而李训、郑注等人亦视李德裕如仇雠③。在李德裕看来，李训、郑注、舒元舆等人皆为奸邪，故耻于提及。

李德裕此赋的主旨集中体现在赋的末段：

客顾余曰：勿谓涉美难久，徂芳不留；彼妍华之阅世，非人寿之可

① 序云："余观前贤之赋草木者多矣，靡不言托植之幽深，采斫之莫致，风景之妍丽，追赏之欢娱。至于体物，良有未尽。惟牡丹未有赋者，聊以状之。"

② 《资治通鉴》卷二四五云："仲言（按，李训字仲言）既除服，秋，八月，辛卯，上欲以仲言为谏官，置之翰林。李德裕曰：'仲言向所为，计陛下尽知之，岂宜置之近侍？'上曰：'然岂不容其改过？'对曰：'臣闻惟颜回能不贰过。彼圣贤之过，但思虑不至，或失中道耳。至于仲言之恶，著于心本，安能悛改邪！'上曰：'李逢吉荐之，朕不欲食言。'对曰：'逢吉身为宰相，乃荐奸邪以误国，亦罪人也。'上曰：'然则别除一官。'对曰：'亦不可。'上顾王涯，涯对曰：'可。'德裕挥手止之，上回顾适见，色殊不怿而罢。"

③ 《资治通鉴》卷二四五云："王守澄、李仲言、郑注皆恶李德裕，以山南西道节度使李宗闵与德裕不相悦，引宗闵以敌之。""……至是，左丞王璠、户部侍郎李汉奏德裕厚赂仲阳，阴结漳王，图为不轨。"此后，德裕遂遭贬黜，直到甘露之变以后。

俦。君不见龙骧闲闳，池台御沟，堂挹山林，峰连翠楼。有百岁之芳丛，无昔日之通侯。岂暇当飞蘲之时，始嗟零落；且欲同树萱之意，聊自忘忧。

在这段话中，李德裕融入了很深的人生感慨。第一，与牡丹相比，人的生命是短暂的。牡丹是多年生草本植物，有的牡丹能存活数百年。李德裕创作此赋时，已经五十七八岁，对于一个即将步入暮年的人，面对着年复一年开放的牡丹花，产生这种生命短暂的感慨是很自然的。第二，与牡丹相比，人世的荣华富贵不过是一场繁华梦。此时的李德裕已经经历了宦海的升沉荣辱和人世间的富贵荣华，亲眼看过许多曾经飞扬跋扈的豪门巨族的衰败和沦落，感叹这种人世间荣华富贵的短暂与虚幻，也是很自然的。

李德裕的这种人生感慨，是泛泛而谈，还是有更具体的所指呢？结合李德裕在赋序中对舒元舆《牡丹赋》的有意避忌，我认为这种人生感慨是有具体所指的。序云：

余观前贤之赋草木者多矣，靡不言托植之幽深，采斫之莫致，风景之妍丽，追赏之欢娱。至于体物，良有未尽。惟牡丹未有赋者，聊以状之。仆射十一丈，蔚为儒宗，词赋之首，声气所感，或能相和，又见陈思王赋序多言命，王粲、刘桢继作，今亦效之，邀侍御裴舍人同作。

李赋在序中绝口不提政敌舒元舆创作《牡丹赋》，在赋的结尾又不无感慨地感叹人生的短暂与荣华富贵的虚幻，这与舒元舆《牡丹赋》中所流露出来的对于富贵荣华的无比热衷适成对比。甘露之变断送了李训、郑注、舒元舆等政治投机者的繁华之梦；舒氏及李训、郑注等人的可鄙结局，正好可以作为李德裕此赋主旨的注脚。因此，李德裕借"客"之口发表感慨，其实是针对李训、郑注、舒元舆政治集团的举动和最终结局而发的，甚至可以更具体地说，就是针对舒元舆的《牡丹赋》而发的。

（三）舒、李牡丹赋艺术论

1. 由于舒元舆、李德裕创作《牡丹赋》时心态有别，主旨各异，因此对于牡丹的表现、侧重点也各有不同

舒元舆是在其个人仕途最辉煌的阶段创作《牡丹赋》的，因此在该赋

中，他主要侧重于表现牡丹之盛丽富贵，而对于牡丹作为一种生物所必然具有的开与落、盛与衰的完整生命过程，则几乎没有予以表现。比如，舒赋在序中便钦羡于牡丹由于武则天的赏爱而由隐而显、由贱而贵的命运；赋文亦申明牡丹之贵，认为牡丹是由于禀受天地精气而生，是万芳丛中的第一品。他写道：

> 圆元瑞精，有星而景，有云而卿。其光下垂，遇物流形。草木得之，发为红英。英之甚红，钟于牡丹。拔类迈伦，国香欺兰。……我案花品，此花第一。脱落群类，独占春日。

在赋文中，他极尽铺张扬厉之能事，写了牡丹盛开时的形貌，写了牡丹园中万花齐放时的壮观景象，写了长安之民为一睹牡丹之芳容而万人空巷的盛况，但对于牡丹终有衰败之时这样的常识性内容，却没有一笔提及。在赋的最后，他甚至直言不讳地对于牡丹能由隐而显、由贱而贵的命运表示由衷的感叹和钦羡。这是我们读舒元舆《牡丹赋》只觉得满眼缤纷，感到乐景无限的主要原因。

李德裕的《牡丹赋》则不然。李德裕是在阅历了人世沧桑与宦海浮沉（尤其是亲眼目睹了甘露之变，看到一群热衷于荣华富贵的"奸邪"死于非命）之后，创作这篇《牡丹赋》的。因此在他的赋中，侧重于表现牡丹开与落、盛与衰的完整生命过程，既写其盛时，又写其衰败。在此基础上，他又将牡丹与人的生命相比，指出牡丹花年复一年地开放，而人的生命却只有一次，从而引申出无限感慨，并借客之口，表达其对人生短暂、荣华富贵难以久长的感慨。

2. 由于对牡丹的表现侧重点不同，在具体表现手法上，舒、李二赋也各不相同

舒元舆赋侧重于表现牡丹之盛丽富贵，故极尽铺张扬厉之能事，以大量篇幅表现处于生命最辉煌阶段的牡丹。如其写牡丹之初开，则描述春意逐渐融入枝干的过程：

> 暮春气极，绿苞如珠；清露宵偃，韶光晓驱。动荡支节，如解凝结。百脉融畅，气不可遏。兀然盛怒，如将愤泄。涉色披开，照耀酷烈。

其描摹牡丹之颜色与形状，则连用十八个比喻，有的还以拟人化手法赋予牡丹人的情态：

赤者如日，白者如月；淡者如赭，殷者如血。向者如迎，背者如诀；坼者如语，含者如咽。俯者如愁，仰者如悦；袤者如舞，侧者如跌。亚者如醉，曲者如折；密者如织，疏者如缺；鲜者如濯，惨者如别。

其写后苑之牡丹，则或用特写式镜头描绘一朵朵牡丹的形状：

或灼灼腾秀，或亭亭露奇。或飐然如招，或俨然如思。或带风如吟，或泣露如悲。或垂然如缒，或烂然如披。或迎日拥砌，或照影临池。或山鸡已驯，或威凤将飞。

或用全景式镜头描写成片牡丹之形态：

乍疑孙武来此教战，其战谓何？摇摇纤柯，玉栏风满，流霞成波，历阶重台，万朵千窠。西子南威，洛神湘娥，或倚或扶，朱颜已酡；角衔红钊，争奉翠娥。灼灼夭夭，逶逶迤迤，汉宫三千，艳星列河。

牡丹之千态万状，在作者笔下得到了淋漓尽致的展现。

除对牡丹本身进行描摹刻画之外，舒氏还对人们玩赏牡丹的盛况进行了描绘，如赋序中云："由此京国牡丹，日月浸盛。今则自禁闼洎官署，外延士庶之家，弥漫如四渎之流，不知其止息之地。每暮春之月，遨游之士如狂焉，亦上国繁华之一事也。"赋文中又云：

公室侯家，列之如麻。咳唾万金，买此繁华。遑恤终日，一言相夸。列幄庭中，步障开霞。曲宓重梁，松篁交加。如贮深闺，似隔窗纱。仿佛息妫，依稀馆娃。我来睹之，如乘仙槎。脉脉不语，迟迟日斜。九衢游人，骏马香车。有酒如渑，万坐笙歌。一醉是竟，孰知其他。

综上所述，舒元舆《牡丹赋》由于侧重于表现牡丹之盛丽富贵，故充分借鉴骈辞大赋的艺术手法，极尽铺张扬厉之能事，对牡丹花之外在形态、牡丹园之宏大规模、玩赏牡丹之空前盛况进行了淋漓尽致的呈现；具体表现手法则包括排比、博喻、比喻、拟人等。所有这些表现的侧重点和具体表现手法都围绕一个主题展开，即重点突显牡丹之盛丽富贵，极写其盛，而不言其衰。这种表现手法所造成的艺术效果是，当我们阅读作品时，我们所面对的是色彩绚烂、雕缋满眼、富丽堂皇、盛况空前，所感受到的则是作者内心对于荣华富贵的极度狂热。

李德裕《牡丹赋》侧重于牡丹开与落、盛与衰的完整生命过程，并由此引申无限的人生感慨。故其在描写牡丹之时，并不倾全力表现牡丹的外在形貌，而是以简练的笔法，勾画出牡丹由开而殒的生命过程：

其始也，碧海霄澄，骊珠跃出；深波晓霁，丹萍吐实。焕神龙之衔烛，皎若木之并日。其盛也，若紫茎连叶，鸳雏比翼。夺珠树之鲜辉，掩非烟之奇色。倏忽摛锦，纷葩似织。其落也，明艳未褪，红衣如脱；朱草柯折，珊瑚枝碎。霞既烁而转妍，红欲消而犹缀。

以下是李德裕结合自己的观察和感受，用一种虚幻而空灵的笔法，对牡丹花所作的描绘：

尔乃独含芳意，幽怨残春。将独立而倾国，虽不言兮似人。观其露彩犹泫，日华初照，煜其展葩，情若微笑，虽美而自艳，类河滨之窈窕。逮乎的砾含景，离披向风，铅华春而思荡，兰泽晚而光融。情放纵以自得，凝若焕之冶容。既而华艳恍惚，繁华遽毕，惊宝雉之乍迥，想江妃而复出。望献珰之玉，俄以蔽光；感怀佩之川，怅然若失。

这种虚幻而空灵的笔法，写出了牡丹恍若仙子的美态，同时也流露出作者内心的虚幻与怅惘。在赋的结尾，李德裕又借客之口，表达其对人生短暂、荣华富贵难以久长的感慨。

很显然，李德裕并没有将主要笔力放在对牡丹花的铺张扬厉的刻画上，而是更多将自己的人生体验和深沉感慨融入其中。这便使这篇《牡丹赋》具有较深沉的哲理意味，读来显得舒缓而凝重，引人深思，给人启迪。

　　还有一点需要指出，舒元舆所作《牡丹赋》，其描写对象主要是皇家园囿之牡丹，李德裕所作《牡丹赋》，其描写对象主要是其东都私家园林平泉山庄之牡丹；前者作于政治上飞黄腾达、摩拳擦掌之际，后者则作于远离政治、失意沉思之时。故两篇《牡丹赋》的感情、感慨、心态等相去甚远，给我们带来的阅读感受和美学风貌亦迥然不同。

二、宋人牡丹赋考述

　　如前所述，宋人牡丹赋五篇，徐赋侧重于体物而略寓诫鉴，夏、宋两赋应命而作，以颂谀为主，蔡、苏二赋则作于特定情境之中，各借体物以抒发特定的人生感慨。兹将此五赋分述如下：

（一）徐铉《牡丹赋》

　　伊牡丹兮灼灼，其花擢秀暮春，交光紫霞，其气则国香楚兰，其丽则湘娥越娃，向日争媚，迎风或斜，烂如重锦，灿若丹砂，京华之地，金张之家，盘乐纵赏，穷歌极奢。英艳既谢，寂寥□柯。无秋实以登荐，有皓本以蠲疴。其为用也寡，其见珍也多。所由来者旧矣，孰能遏其颓波。（徐铉《骑省集》卷二二，四库全书本）

　　这是一篇篇幅比较短小的体物赋。此赋开篇体物，对牡丹之花形、颜色、气味、姿态等进行了形象而精练的描述，对中唐以来士庶游赏牡丹的风气进行了描写。写到这里，作者突然笔锋一转，对牡丹虽开花但不结果的物性进行了揭示，对世俗纵赏牡丹的风气进行了质疑和批判，可谓体物之中颇寓诫鉴。

（二）夏竦、宋祁的牡丹赋

1. 夏、宋二赋的创作背景

　　夏竦、宋祁所创作的这两篇牡丹赋，有共同的创作背景：

　　（1）北宋仁宗朝前期，后苑几乎年年举行赏花钓鱼宴，这是夏、宋二人创作牡丹赋的一个契机。夏竦《景灵宫双头牡丹赋》作于天圣四年（1026），是年四月三日，仁宗皇帝于后苑举行赏花钓鱼宴，"帝循栏命中使选双头牡丹花，剪赐辅臣，仍令以阁臣盛花遍赐从官"。夏竦时任翰林学士，应曾预宴并受到皇帝的赏赐。宋祁《上苑牡丹赋》作于天圣七年（1029），是年"闰二月二十九日，后苑赏花钓鱼，宴射太清楼"。宋祁时为国子监直讲，应预此宴。

（2）天圣年间，仁宗年幼，章献皇太后垂帘听政，"权处分军国事"。二圣并立而政治清明、社会稳定，文武大臣对此颂誉有加。夏、宋二赋是在这样的政治背景下创作的。

（3）宋真宗是一个特别迷信的皇帝，尤其在真宗朝后期，为了迎合皇帝的这种心理，各级官僚及方术之士纷纷唆使真宗皇帝行阴阳五行之事，一时间，祥瑞纷陈，登封不断，整个社会都蒙上了浓重的迷信色彩。仁宗前期，章献皇太后秉政，这种巫风盛行的局面没有得到任何改变。在这种社会大背景之下，夏竦、宋祁二人的牡丹赋也带上了浓重的迷信色彩，借宫中牡丹之异来为二圣并立的政治局面进行诠释。

2. 夏、宋二赋的主题思想

如前所述，真宗朝和仁宗朝前期，巫风盛行，祥瑞纷陈，整个社会都蒙上了浓重的迷信色彩。夏竦、宋祁二人的牡丹赋就是直接对宫廷祥瑞之事进行解释，为仁宗朝前期二圣并立的政治局面进行解释。如夏竦《景灵宫双头牡丹赋》序云：

国家升禅之五祀，圣祖上灵高道九天司命保生天尊大帝，降禁中之延恩殿，真宗文明武定章圣元孝皇帝，躬歈飙斿，祇若灵训。璿源长发，真荫克开。建景灵之宫以置祠宫，构天兴之殿以尊肖像。献而不裸，唐太微之仪；水以节观，周辟雍之制。回廊四注，双渠交属。植之美木，间以幽石。丛薄互映，萝蔓相萦。固列仙之幽馆，实有帝之下都也。先皇厌代，飙驾上宾。圣文睿武仁明孝德皇帝、应元崇德仁寿慈圣皇太后哀极孝思，礼尊昭事。乃建奉真之殿于天兴之左，备严像设，对越神威。宪曲察之规模，兼顾成之法度。其右则皇帝肃明福之馆；其后则太后启鸿祐之廷。并为斋居，恪奉时享。普观六艺，眇觌百王，尊祖奉先，莫大于此。是宜灵鉴博临，嘉生诞降，丕显圣德，觉悟蒸黎者哉！天圣四年，岁次析木，甘澍充浃，太和丰融。惟时季春，吉日丙午，羽人动色，宫吏告祥。有牡丹之芳丛，拆双跗而共干。枢臣谨职以承献，两闱传视而嗟异。爰命国素，

临写英蕤，仍诏词臣，昭纪嘉贶。上意以为先圣奉真祖之礼至虔，真祖眷
先帝之意尤显，是彰美应，发为奇芳。臣窃考旧闻，仰迪阴骘，天意若
曰：太后以至慈保右嗣圣，皇帝以至孝恭顺母仪。总决万机，大康兆庶。
真祖降鉴，先圣在天。乐兹重熙，锡以嘉瑞。二花并发者，两宫修德，同
膺福祉之象也；双枝合干者，两宫共治，永安宗社之符也。昔棣萼承华，
召公流咏；芝茎连叶，汉帝登歌。窃比兹芳，岂容并日！

宋祁《上苑牡丹赋》并序：

臣闻天以盖高为质，不待言以达意；物以非常为感，不择物而效瑞。
故日月得之为见象，草木得之为鸿英。尧则萱草莳陛陲，汉则玉芝秀池
雷。桃夭美室家之盛，蓼萧著王泽之广。托寓虽细，贶施甚明。圣上即位
之七年春三月，内苑出牡丹三种，特异常卉。其一双头并干；其二千叶一
房；其三二花攒萼。跗足甚大，葩色正红。盖上帝博临之都，休精回复之
地。袭百昌以挺出，震殊应而沓臻。圣上美兹嘉生，载延睿赏，有诏侍
从，咸俾陈篇。良以天瑞来，皇襟豫，物宜遂，颂声作。其崇丘行苇之比
乎，都荔桂华之俦乎！下臣无庸，窃耳嘉致，饰是蹈舞，永为文词。不敢
预枚皋之伦，庶将备道人之采。赋曰：

夫何牡丹之挺育，冠群葩以擅奇。历上古而隐景，逮中世而扬蕤。桐
君之录兮，曾莫余毒；谢客之咏兮，盖殊尔知。有隋种艺之书，疏略而未
载；子华绘素之笔，仿佛而传疑。盖神明其德，故隐显从时。昔也始来，
由皇唐之缀赏；今而荐瑞，傒我宋之重熙。徒观夫强干深根，交柯委质，
腻理内滋，夸荣横出。材无用兮，不取美于匠目；子非甘兮，不见伤于口
实。怀香馥郁，结荫葱密。让众卉之先荣，灿灵华而后出。鲜苞星布，丹
艳霞蔚。杂双行之重锦，炫已文之两黻。挹仙掌之承露，溯咸池之浴日。
莫不玩之者怡神，览之者蠲疾。彼芍药萱草之凡材，秾李摽梅之俗物，杜
若骚人，兰香燕姞。曾不得齿其徒隶，况与之论其甲乙哉！于是圭苑密
清，瑞殖欣荣；翠华雷豫，清跸天行。眷大造之吻合，庆神物之财成。粤
双跗之特异，与合干而同名。为贵于多，何如千叶？莫斯为盛，谁比三
英？信夫！顾神县以陨祉，戛珍坤而炳灵。匪一花之取贵，盖万物之厚
生。于是宸瞩洒然，群心乐只。诏从橐以均赏，肆诗风而饰喜。且其铺观

往图，各祛茂祉。胡不出于下土，而出乎京师；胡不萃于异品，而钟乎花卉。臣愚不识，请占之天意。若曰：双头者，两宫之应，同德之象，馨香升闻，亿兆攸仰；千叶者，卜年之数，永命所基，宜尔子孙，以大本支；三花者，品物盛多，黎庶蕃庑，德宇宏被，恩腴周普。有一于此，尚可咤丕应，奋终古，况凝层昊之协气，萃上林之敏树。重葩叠叶，凝丹绚素。远颢若之龙颜，间婆娑之凤羽。亦由芝房之唱，升汉之郊庙；桃花之行，著唐之乐府。上方执冲德，合鸿猷，特以人瑞为应，不以物瑞为尤。则是花也，聊可玩于耳目，故虽休而勿休。

3. 夏、宋二赋的特点

夏、宋二赋是在特定的背景之下创作的，这使得这两篇牡丹赋具有以下鲜明的特点：

第一，它们具有鲜明的应制文学的特点。夏、宋二赋皆应制而作，应制文学的重要特点就是以颂圣为主旨，贯彻的是最高统治者的意图。为最高统治者歌功颂德，粉饰太平，为当时二圣并立的政治格局寻找依据，是这两篇牡丹赋的主旨之所在。

第二，它们带有浓重的迷信色彩。无论是景灵宫双头牡丹，还是后苑的双头、千叶、二花，其实都只是比较罕见的牡丹品种，多半应归功于园艺工们以人工夺天巧的高超技艺，本身绝没有什么特别的意义。但是，这些罕见的花卉品种在最高统治者眼中却成了祥瑞之象，具有政治内涵，成为一种象征符号。上有所好，下必应之，为这些"祥瑞"找到合理解释，赋予它们以最高统治者所需要的政治内涵，是这两篇赋所努力达到的目标。

第三，正是由于前面两方面的要求，文学创作所需要的个性化、创造性的东西，在这两篇牡丹赋中完全被消解，成为没有多少文学性的政治宣传品。

基于以上论述，我认为夏、宋这两篇赋除了具有一定的政治、文化意义之外，没有太多文学性、艺术性可言。

（三）蔡襄《季秋牡丹赋》

蔡襄（1012—1067）为北宋名臣，著名书法家，曾两知福州。某年深秋，蔡襄受命回京，取道太平州芜湖县，受到县尹河间凌公（疑为"凌民瞻"）的盛情款待。恰好此时，县圃有牡丹凌霜开放，宾主皆感其异，蔡襄遂作《季秋牡丹赋》。其文如下：

爽秋涉杪，扶栏间有牡丹旧卉，辄吐芳荑，亭亭上擢，发红葩一，大可径尺，角春取胜，无间然尔。扶栏当彩翠亭之右，亭屹县圃之西北隅，圃直县堂之背，县介大江之南。盖汉元朔中江都易王，上封其子敢为丹阳侯，采邑芜湖，此其地欤。今为太平州管。时河间凌公尹之，行再期矣，政休赋集。又所濒江，英游雅故，受署斋代，被召将命者，憧憧然率道其疆，故觞咏之娱，相因无缺。及此珍卉馨茂，公有异时之贵趣，张具高会于其侧所谓彩翠亭者。酒三行，济阳蔡某醻举而言曰：公走文章声，二纪于兹，颠葆几华，位不过禁省贰丞，官不过万户长吏。而善御外物，居颇休闲，独以浩博记书称道圣明为事。今此花也，韬英和绪，揭丽萧辰，时虽后而且大盛，意者公其日寝亨会，才虑将有所售乎。昔骚人取香草美人以媲忠洁之士，牡丹者抑其类与。请为公赋之。其词曰：

朔羽南翔，建杓西宅。霜天一清，露草皆白。悲哉！转凉叶于亭皋兮，怅秾华之阒寂。均百草之不能秋兮，何此花夭姿之的的。使人观之，若披大暑兮临清湘，剥层霿兮仰白日。厥初槁壤潜春，扶栏向夕。芳枝举以融怡，绛蕊扃而冪历。宝雾宵笼，鲜风晓拆。丽或中人，香可专国。刻红炬以烘焰，缀彤霞而荐色。郁拂谁语，丰茸自持。非倚瑟之神女，抑善赋之文姬。俯清都而时下，簸晴阳以孤嬉。霄灏瀚兮排金扉，气硫磅兮张宝帷。霓煜煜兮揭朱旗，云朣胧兮翻缥衣。鬃绿跗兮矉修眉，姹鲜萼兮伸微辞。沛怡愉兮新相知，眇凄恻兮送将归。桃有棸兮溪之曲，莲为媒兮泽之湄。羌此物之善远，亶夫君之后时。君不闻佳丽皇州，暄繁戚里，清籞迢迢，名园垒垒。绮栊晓兮金锁声，绣墙明兮雨苔紫。严霰才归，光风半起。于是万蒂骈红，交柯结翠。密颜纤徐，斜袂轻倚。文鸳群飞，鹤锦横被。缊盖攀联，缇裳积委。则有姝姝玉人，翩翩卿子，宝辔过兮飞电，珠幌来兮流水。拥玩嘉辰，笑语成市。彼琼蕤美英，缥叶新蕤，羞不得借其余光，矧标扬乎意气。今何为兮江之干，地之卑兮岁将阑。荆芜比兮霜月寒，望下苑兮思上兰。嘉本擢兮灵根盘，泊淮波兮鲜楚山。是知元冶一陶，昌生万育。无左右先容者，沦乎朽株，当匠石不顾者，被之散木。譬此花之赋命兮，亦节暮而葩独。然贵贱反衍，福祸倚伏。其暮也何遽不为贵，其独也庸知不为福。噫，化工物情，吾以此卜。

1. 蔡襄《季秋牡丹赋》的思想内容

蔡襄这篇赋是为一位年老位卑的县尹而作，所赋咏的对象是深秋的牡丹。由于二者之间存在某种同构关系，蔡襄便借题发挥，一方面与县尹一起赏"异时之贵趣"，另一方面又借赋咏牡丹来慰藉这位县尹。这主要包括三层意思：

第一，牡丹本来是在暮春时节开放，芜湖县县圃中的牡丹却在深秋时节开放，这种异常现象令"善御外物，居颇休闲"的县尹很是欣慰，恰在此时，蔡襄路过此地，蔡襄为当朝名臣，县尹显然觉得蓬荜生辉，遂"张具高会于其侧"，玩赏这"异时之贵趣"。蔡襄此赋的一个重要内容就是记这种"异时之贵趣"。赋云"悲哉！转凉叶于亭皋兮，怅秋华之阒寂。均百草之不能秋兮，何此花夭姿之的的。使人观之，若披大暑兮临清湘，剥层霾兮仰白日"，表达的便是这种意思。

第二，牡丹本盛于洛阳，不意却在地处江南的芜湖县遇到牡丹，而且还是在深秋时节开放。这触动了作者对于西京牡丹玩赏之盛况的追忆。这也是本赋的重要内容。赋云"君不闻佳丽皇州，暄繁戚里，清籞迢迢，名园罿罿。绮栊晓兮金锁声，绣墙明兮雨苔紫。严霰才归，光风半起。于是万蒂骈红，交柯结翠。密颜纤徐，斜袂轻倚。文鸳群飞，鹤锦横被。缘盖攀联，缇裳积委。则有姝姝玉人，翩翩卿子，宝鞯过兮飞电，珠幌来兮流水。拥玩嘉辰，笑语成市。彼琼蕤美英，缥叶新蕱，羞不得借其余光，矧标扬乎意气"，便是对洛阳牡丹的追忆。

第三，蔡襄此赋是为年老位卑的凌县尹而作。这位县尹虽然"走文章声，二纪于兹"，且"颠葆几华"，但"位不过禁省贰丞，官不过万户长吏"，沉沦下僚。这与此地之深秋开放的牡丹有一定的同构性。因此，蔡襄用了较大的篇幅，借牡丹在深秋时节僻远之处灿然开放，来安慰（或者说是恭维）这位年老位卑的县尹。如其在赋序中写道"今此花也，韬英和绪，揭丽萧辰，时虽后而且大盛，意者公其日寝亨会，才虑将有所售乎"，意思是说，这朵牡丹的开放虽然比正常时间晚了许多，但开得依然灿烂；说不定您在不久的将来还会时来运转，官运亨通，有所作为呢！在赋的最后，作者又写道"是知元冶一陶，昌生万育。无左右先容者，沦乎朽株，当匠石不顾者，被之散木。譬此花之赋命兮，亦节暮而葩独。然贵贱反衍，福祸倚伏。其暮也何遽不为贵，其独也庸知不为福"，用祸福相倚的观念来慰藉这位县尹。

2. 蔡襄《季秋牡丹赋》的艺术特点

蔡襄的《季秋牡丹赋》是一篇骚体赋，具有骚体赋的一般特点：第一，此赋由时序起笔，可以看出受宋玉《九辩》的影响。第二，此赋多用"兮"字，也与骚体赋类似。第三，此赋后半段是作者对县丞的开解之辞，借助了《渔父》的运思方式。第四，将深秋时节偏远之地的牡丹与洛阳牡丹之盛况相对比，具有浓烈的抒情意味，而抒情性正是骚体赋的内核。至于对牡丹的具体描摹，仍可看出受骋辞大赋的影响，这里就不详述了。

（四）简谈苏籀的《牡丹赋》

在唐宋八篇牡丹赋中，苏籀所作最晚，艺术水平也值得一提。其赋如下：

> 河洛之神，权舆此奇。何夜半之有力，刻朝新之琼枝。麟角凤嘴之续，不足以为固；投觚削锯之割，不足以为机。砂点铁以成金，青出蓝而过之。何造物之钩距，盖三昧之密施。候琯栽动，枯卉先知。巉然擢珊瑚之短，郁然饮沆瀣之滋。无揠苗以助长，忌早华而中衰。聚干渐老，开花及时。挥琼尺以裁霄，缕金钿而镂衣。妆未了而半就，情欲吐而犹疑。发精神于雨露，借光气于虹霓。风翔羽而初下，鹤敛翅而未飞。如误入于金谷，似尔沿于芳溪。候晨光而洁鲜，怯午景而低徊。初含喜以浓笑，忽微怒而自持。缭以画栏，障以罗帏。暗淡月采，空蒙烟霏。有美一人，艳无等夷。缥缈金菊之裳，婵娟蛾绿之眉。若夫紫殿龙楼，金台彤池，封黄蜡以入贡，乘汗血而绝驰。天颜一解，四海光辉。念其向日，远过蜀葵；太平嘉瑞，许配灵芝。至于箕颖之间，林下水湄，晔乎满目，野夫所窥。我方铁石其肝胆，枯槁其形仪。岂造物之见试，衩绰约之妍姿。为汝一笑而引满，心亦无成而无亏。

此赋前面用较大的篇幅铺写牡丹之美艳奇异，开篇将牡丹之奇视为"河洛之神"所赋，以下分别描述牡丹开放时的奇异、刻画牡丹开放后之美艳以及世人对于牡丹的珍视等。由于作者将牡丹之奇归之于"河洛之神"所赋，故整篇赋写得空灵缥缈，是其长处。赋的最后，作者将笔触转移到自己的生存姿态上来，将自己的生存姿态与开放于箕颍之间的牡丹相比，完全从对牡丹的单纯赋咏中跳脱出来，别有意味。

第二节　唐宋牡丹诗词的历史文化内涵

唐代牡丹玩赏之风极盛。刘禹锡《赏牡丹》云："唯有牡丹真国色，花开时节动京城。"① 舒元舆《牡丹赋》序云："由此京国牡丹，日月浸盛，今则自禁闼泊官署，外延士庶之家，弥漫如四渎之流，不知其止息之地。每暮春之月，遨游之士如狂焉。亦上国繁华之一事也。"② 由此可见，中唐时期牡丹之玩赏已成为唐都长安一种全民性的娱乐项目，且有流衍于四方之趋势。北宋前期，由于社会的安定和最高统治者的喜好，牡丹玩赏之风达到极盛，在宫中，有赏花钓鱼宴这种制度化的牡丹玩赏吟咏活动③；在民间，则有洛阳万花会、彭州牡丹会、陈州牡丹会等群众性牡丹玩赏活

---

① 参（清）彭定求等编：《全唐诗》卷三六五，中华书局 1960 年版，第 4119 页。

② 参（清）董诰等编：《全唐文》卷七二七，上海古籍出版社 1990 年版，第 3317 页。

③ 《宋会要辑稿》《礼》四十五《赏花钓鱼宴》云："太宗太平兴国九年三月十五日，诏宰相、近臣赏花于后园。帝曰：'春气暄和，万物畅茂，四方无事，朕以天下之乐为乐，宜令侍从词臣各赋诗。'帝习射于水心亭。……雍熙二年四月二日，诏辅臣、三司使、翰林、枢密直学士、尚书省四品、两省五品以上、三馆学士于后苑，赏花、钓鱼、张乐、赐饮，命群臣赋诗、习射。赏花曲宴自此始。""（真宗）咸平三年二月二十九日，赏花，宴于后苑，帝作《中春赏花钓鱼》七言诗，儒臣皆赋，遂射于水殿，尽欢而罢。自是遂为定制。"［参（清）徐松辑：《宋会要辑稿》，中华书局 1957 年版］宋欧阳修《归田录》卷二载："真宗朝，岁岁赏花钓鱼，群臣应制。"（参《笔记小说大观》第二十一编，第 1653 页）宋司马光《司马温公诗话》云："先朝春月多召两府、两制、三馆于后苑赏花、钓鱼、赋诗，自赵元昊背诞，西陲用兵，废缺甚久。"（参《笔记小说大观》第八编，第 3035 页）

动。影响所及，扬州亦举行芍药万花会①。

随着牡丹玩赏之风的盛行，歌咏牡丹的文学作品也纷纷涌现。笔者据《全唐诗》、《全唐诗补编》统计，现存唐人牡丹诗（含词4首）共137首，其中盛唐5首、中唐47首、晚唐五代85首。创作牡丹诗较多的诗人有盛唐李白（3）、中唐王建（3）、刘禹锡（5）、元稹（8）、白居易（14），晚唐李商隐（5）、薛能（4）、温庭筠（3）、罗隐（4）、唐彦谦（3）、吴融（4），五代徐铉（9）、孙鲂（8）。据《全宋诗》统计，宋人牡丹诗逾900首，其中北宋约550首，南宋近400首。创作牡丹诗10首或以上的共有24人，其中北宋17人，他们是宋白（11）、宋庠（15）、宋祁（16）、梅尧臣（19）、文彦博（14）、欧阳修（12）、韩琦（30）、邵雍（30）、蔡襄（17）、司马光（14）、范纯仁（12）、韦骧（14）、苏轼（27）、苏辙（16）、彭汝砺（16）、黄庭坚（14）、张耒（12）；南宋7人，他们是洪适（15）、姜特立（10）、范成大（24）、杨万里（27）、周必大（10）、虞俦（20）、陈著（12）。据《全宋词》、《全宋词补辑》统计，宋人牡丹词120余首，其中北宋26首，南宋近100首。创作牡丹词3首或以上的词人共有14人，其中北宋4人，他们是杜安世（5）、黄裳（3）、葛胜仲（3）、叶梦得（3）；南宋10人，他们是曹勋（4）、曾觌（4）、辛弃疾（10）、汪莘（3）、刘仙伦（4）、刘克庄（3）、赵以夫（4）、吴文英（3）、陈著（3）、刘辰翁（5）。

根据以上数据，我认为牡丹诗的创作与唐宋牡丹玩赏之风尚的走向基本一致。中唐时期牡丹玩赏风尚逐渐兴盛，牡丹诗的创作也开始多起来，特别是元稹、白居易、刘禹锡、令狐楚等人，还以牡丹为题相互唱和，颇值得注意。北宋时期牡丹玩赏之风最盛，牡丹诗的创作亦最盛。宋人创作牡丹诗10首或以上的24人中，北宋即有17人。词兴于晚唐五代，咏物词更是到北宋中后期才逐渐多起来，因此唐五代北宋咏牡丹的词甚少，自是情理中的事。南宋时期，咏物词非常兴盛，牡丹词的创作因之也较唐五代

---

① 宋张邦基《墨庄漫录》卷九云："西京牡丹闻于天下。花盛时，太守作万花会，宴集之所，以花为屏帐，至于梁栋柱拱，悉以竹筒贮水，簪花钉挂，举目皆花也。扬州产芍药，其妙者不减于姚黄魏紫，蔡元长知淮扬日，亦效洛阳，亦作万花会。其后岁岁循习而为……"（参《笔记小说大观》第二十二编，第811页）另，张邦基撰《陈州牡丹记》、陆游撰《天彭牡丹谱》分别记载了陈州、彭州牡丹玩赏之盛况。

北宋多得多。由此可见，牡丹词的创作表面上看来似乎与牡丹玩赏风尚不太同步，却与词体的发展演进同步。

以上仅就牡丹诗词的创作数量作了一些说明，真正值得我们关注的是唐宋牡丹诗词所附载的历史文化内涵。唐宋牡丹诗词从表现的主体来看大致可分为两类：一类立足于牡丹本身，以呈现牡丹之美艳、赞赏牡丹之高贵、描述牡丹玩赏之盛况为主要内容，这类作品中充溢着一种颂美主题，但也有少数作品从反面立论，作翻案文章，带有一定批判性。另一类则以牡丹为某种特定思想、情感、心理、意绪的触媒，是作者在特定情境中创作的，因而主题思想比前一类丰富、深刻得多。尤其是南宋以后的文人士大夫，往往借歌咏牡丹来表达对盛唐、北宋繁华盛世的追忆，抒发极其深沉的亡国之痛、黍离之悲，牡丹亦因之被提升到象征国家命运、民族精神的高度。基于此，本节拟对唐宋牡丹诗词的丰富主题作全面考察和描述。

一、唐宋牡丹诗词中的颂美主题

牡丹首先以美艳奇特的花形花色进入人们的审美视野。由于自初唐武则天以来，为迎合最高统治者的审美趣味，园艺工们往往以培植花形巨大、花色鲜丽的奇特品种为能事，从而使牡丹品种迅速丰富，极大地满足了各阶层欣赏牡丹花卉的文化需求。此外，牡丹玩赏之风首盛于宫廷，次及于士大夫，再流及民间士庶之家，体现了大多数人的审美趣味。尤其是从盛唐起即形成的追求巨丽之美的牡丹审美趣尚，与最高统治者对于繁华盛世治国理想的追求相暗合。一方面，人们叹赏牡丹花之美艳，为看到过一些奇特鲜丽的牡丹品种而津津乐道；另一方面，最高统治者更乐于与文武大臣乃至士庶百姓共同欣赏盛丽绽放的牡丹花，从而展现其与民同乐的姿态。唐宋牡丹诗词中最常出现的颂美主题即缘于此。

唐宋牡丹诗词中的颂美主题包括两个层面：第一是赞花，即描摹牡丹外在形质之美艳、赞美牡丹花品之高贵；第二是颂圣，即通过对于牡丹及牡丹玩赏活动的描绘来歌颂太平盛世，从而达到颂美最高统治者的目的。通观唐宋体现颂美主题的牡丹诗词可以发现，唐人牡丹诗词中以颂美为主题者多属赞花，宋人牡丹诗词中以颂美为主题者则多属颂圣。

（一）赞花：国色朝酣酒，天香夜染衣

"国色朝酣酒，天香夜染衣"是中唐李正封描摹牡丹之美艳的名句。我们今天称牡丹为"国色天香"，就是从这两句诗而来。事实上，自从牡丹进入人们的审美视野之后，对牡丹的描摹与赞美，一直是牡丹诗词的重要主题。

我们先看唐代。在近一百四十首唐人牡丹诗（词）中，旨在描摹和赞美牡丹之美艳与高贵者占绝大多数。在这类作品中，以李白的《清平调》三首最为著名。诗云：

> 云想衣裳花想容，春风拂槛露华浓。若非群玉山头见，会向瑶台月下逢。
> 一枝红艳露凝香，云雨巫山枉断肠。借问汉宫谁得似，可怜飞燕倚新妆。
> 名花倾国两相欢，长得君王带笑看。解释春风无限恨，沉香亭北倚栏干。①

这三首诗前人认为李白别有用意②，其实李白不过极力赞美牡丹之美艳，并借机奉承一下唐玄宗、杨贵妃而已。高力士以"借问汉宫谁得似，可怜飞燕倚新妆"为影射杨贵妃之辞，实属诬陷（按今天的评价标准，则有过誉之嫌，此即景应制之辞，无须求之过深，详参第一章第二节之"李白沉香亭醉赋《清平调》之事的民俗学、文化学意义"）。就艺术性而言，

---

① 参（清）彭定求等编：《全唐诗》卷一六四，中华书局 1960 年版，第 1703 页。以下所引唐诗除特别说明外，均据此本，随文标注卷页，不再单独出注。

② 《松窗杂录》云：开元中，禁中初重木芍药，即今牡丹也。（《开元天宝》花呼木芍药，本记云禁中为牡丹花）得四本，红、紫、浅红、通白者，上因移植于兴庆池东沉香亭前。会花方繁开，上乘月夜召太真妃以步辇从。诏特选梨园弟子中尤者，得乐十六色。李龟年以歌擅一时之名，手捧檀板，押众乐前欲歌之。上曰："赏名花，对妃子，焉用旧乐词为？"遂命龟年持金花笺宣赐翰林学士李白，进《清平调》词三章。白欣承诏旨，犹苦宿醒未解，因援笔赋之。（词略）龟年遽以词进，上命梨园弟子约略调抚丝竹，遂促龟年以歌。太真妃持颇黎七宝杯，酌西凉州葡萄酒，笑领意甚厚。上因调玉笛以倚曲，每曲遍将换，则迟其声以媚之。太真饮罢，饰绣巾重拜上意。龟年常话于五王，独忆以歌得自胜者无出于此，抑亦一时之极致耳。上自是顾李翰林尤异于他学士。会高力士终以脱乌皮六缝为深耻，异日太真妃重吟前词，力士戏曰："始谓妃子怨李白深入骨髓，何拳拳如是？"太真妃因惊曰："何翰林学士能辱人如斯？"力士曰："以飞燕指妃子，是贱之甚矣。"太真颇深然之。上尝欲命李白官，卒为宫中所捍而止。（参《唐五代笔记小说大观》，第 1213 页）

这三首诗有其独到之处。如他把牡丹想象成西王母群玉山头、瑶池当中的仙花，以汉代著名美人赵飞燕来比拟花枝，并把巫山云雨之事与玄宗、杨妃赏牡丹联系了起来，最后将眼前的名花与杨妃相提并论，既很好地表现了牡丹之美艳，又达到了奉承玄宗、杨妃的目的。这三首作品差不多算是现存最早的歌咏牡丹的完整诗篇①，又由于这一事件将唐代著名的诗人、极具传奇色彩的皇帝和备受后人责难的杨贵妃联系起来，因此，无论在文学意义还是在文化史意义上，这三首诗都具有广泛而深远的影响。

李白之后，唐人牡丹诗中对于牡丹外在形质之美艳的描述与赞美连篇累牍。比较著名的诗篇，如中唐刘禹锡《思黯南墅赏牡丹》云"有此倾城好颜色，天教晚发赛诸花"，徐凝《牡丹》云"疑是洛川神女作，千娇万态破朝霞"，以倾城、千娇万态等辞赞美牡丹形质之美。至晚唐，李商隐《牡丹》更是八句八典，极其能事描摹渲染牡丹之富贵娇艳。诗云：

锦帏初卷卫夫人，绣被犹堆越鄂君。垂手乱翻雕玉佩，折腰争舞郁金裙。石家蜡烛何曾剪，荀令香炉可待熏。我是梦中传彩笔，欲书花叶寄朝云。②

对此诗刘学锴、余恕诚《李商隐诗歌集解》评注云：

按，牡丹富贵华艳之花，故前六句咏其色态芳香，均借富贵家艳色比拟，或以富贵家故事作衬。首联谓牡丹如锦帏初卷之卫夫人，明艳照人，如绣被拥裹之越人，绿叶簇拥红花，丰姿娇艳。曰"初卷"、"犹堆"，似是牡丹初放时情态。颔联以贵家舞者翩跹起舞时佩饰翻动、长裙飘扬之轻盈姿态，形容春风吹拂下牡丹枝叶摇曳之动人情态。胡以梅谓所咏为各色大丛牡丹，非单株独本，视"乱翻"、"争舞"语，似可从。腹联以"石家蜡烛"、"荀令香炉"反衬牡丹之光艳与浓香。末联总收，谓我今面对如

① 唐柳宗元《龙城录》云：高皇帝御群臣，赋《宴赏双头牡丹》诗，惟上官昭容一联为绝丽，所谓"势如连璧友，心若臭兰人"者。（参《唐五代笔记小说大观》，第148页）然仅存此一联，他诗莫传。

② 参（唐）李商隐撰，刘学锴、余恕诚集解：《李商隐诗歌集解》，中华书局1998年版，第1548页。

此美艳之牡丹，不禁联想及巫山神女，颇思藉我彩笔，书此花叶，遥寄情思也。此诗既借艳以写花，又似借咏花以寓人。观其屡用贵家姬妾舞伎为比，颇似意中即有如此花之女子，末联更微透有所思念欲寄相思之消息。①

　　这段评注无疑相当精彩，此诗无论是写花还是寓人，都达到了极高的造诣。尤其作者以富贵家艳色为比拟，与唐人视牡丹为"国色天香"富贵气象的审美心理相吻合。

　　除此之外，中唐王建的三首牡丹诗，通篇不外乎对牡丹加以描述和赞美，权德舆《和李中丞慈恩寺清上人院牡丹花歌》，元稹《与杨十二李三早入永寿寺看牡丹》、《西明寺牡丹》，李端《鲜于少府宅木芍药》；晚唐薛能《牡丹四首》之一（异色禀陶甄）、之二（万朵照初筵），韩琮《牡丹二首》（残花何处藏、桃时杏日不争浓），温庭筠《牡丹二首》（轻阴隔翠帏、水漾晴红压叠波），李山甫《牡丹》（邈勒春风不早开），李咸用《远公亭牡丹》（雁门禅客吟春亭），方干《牡丹二首》（借问庭芳早晚栽、不逢盛暑不冲寒），罗隐《牡丹花》（似共东风别有因）、《牡丹》（艳多烟重欲开难），秦韬玉《牡丹》（折妖放艳有谁催），唐彦谦《牡丹》（真宰多情巧思新），郑谷《牡丹》（画堂帘卷张清宴），吴融《僧舍白牡丹二首》（腻若裁云薄缀霜、侯家万朵簇霞丹），韦庄《白牡丹》（闺中莫妒新妆归），王贞白《白牡丹》（谷雨洗纤素），殷文圭《赵侍郎看红白牡丹因寄杨状头赞图》，徐夤《尚书座上赋牡丹花得轻字韵其花自越中移植》、《追和白舍人咏白牡丹》，孙鲂《主人司空后亭牡丹》、《看牡丹二首》之一（莫将红粉比秾华）、《题未开牡丹》、《又题牡丹上主人司空》等，基本上均以赞美牡丹外在形质之美艳为主旨，在艺术表现方面各有可观之处，但主题思想却比较凡庸，不再举例。

　　再看宋代。宋人牡丹诗词数量较多，但以描摹和赞美牡丹之美艳与高贵者仍不在少数。比如宋诗中宋白《牡丹诗十首》，宋庠《魏花千叶》、《姚黄》、《瑶津亭同寀双头牡丹》，宋祁《千叶牡丹》，梅尧臣《白牡丹》、《紫牡丹》，文彦博《近以洛花寄献斋阁蒙赐诗五绝褒借今辄成五篇以答来

---

　　①　参（唐）李商隐撰，刘学锴、余恕诚集解：《李商隐诗歌集解》，中华书局1998年版，第1554页。

觊》，欧阳修《白牡丹》，韩琦《牡丹二首》、《同赏牡丹》、《安正堂观牡丹》、《昼锦堂再赏牡丹》、《狎鸥亭同赏牡丹》，刘敞《牡丹三首》，郑獬《次韵程丞相观牡丹三首》，苏轼《和述古冬日牡丹四首》、《雨中看牡丹三首》，黄裳《牡丹五首》，黄庭坚《效王仲至少监咏姚花用其韵四首》，苏过《次韵伯元咏牡丹二首》其一，宋徽宗《牡丹》以及许多以某个牡丹品种名为诗题的作品，都是以赞美牡丹之美艳与高贵为主题的。又如宋词中，杜安世《玉楼春》（三月牡丹呈艳态）、刘几《花发状元红慢》、元绛《映山红慢》、刘弇《内家娇》等词，都以描摹和赞美牡丹为旨归。试列部分作品如下：

宋白《牡丹诗十首》（录四首）云：

烟容粉态傍歌楼，半似窥人半似羞。把笔乍题先巧笑，凭栏微唤不回头。吹干玉笛香犹在，槌破灵鼍爱未休。更得黄鹂将粉蝶，东西南北说风流。

淡黄容止间深檀，妥媚香红露未干。和泪似嫌春渐老，向人如说夜来寒。妆成有样教天媛，礼绝无心下国兰。针绣笔描俱未是，好风相倚笑边鸾。

锦为行障绣为衾，不杀猩猩色已深。花谱扬名居一品，药栏才见赏千金。谁忘正为褰珠箔，得意惟能挑玉琴。洛水桥南三月里，两无言语各知心。

水精冠叶镂春冰，巧思镌研仿未能。风砑红绡光点血，暖销金镂细含棱。韶容旖旎终无比，晚艳低徊更可憎。戏脱仙衣亲手覆，香身柔软力难胜。（《全宋诗》卷二〇，第289页）

宋庠《姚黄》云：

世外无双种，人间绝品黄。已能金作粉，更自麝供香。脉脉翻霓袖，差差剪鹄裳。露华余几许，遥遗菊丛芳。（《全宋诗》卷一八九，第2174页）

杜安世《玉楼春》云：

三月牡丹呈艳态。壮观人间春世界。鲛绡玉槛作屏帏，淹雅洞中王母队。　　不奈风吹兼日晒。国貌天香无物赛。直须共赏莫轻孤，回首万金何处买。（《全宋词》第 225 页）

刘几《花发状元红慢》云：

三春向暮，万卉成阴，有嘉艳方坼。娇姿嫩质。冠群品，共赏倾城倾国。上苑晴昼暄，千素万红尤奇特。绮筵开，会咏歌才子，压倒元白。

别有芳幽苞小，步障华丝，绮轩油壁。与紫鸳鸯、素蛱蝶。自清旦、往往连夕。巧莺喧翠管，娇燕语雕梁留客。武陵人，念梦役意浓，堪遣情溺。（《全宋词》第 241 页）

这些作品不仅从枝、叶以及花的色、香、态、形等外在形质方面对牡丹进行了细致的描摹，而且不约而同地用"花王"、"绝品"、"奇艳"、"倾城倾国"、"国貌天香"之类的字眼来赞美她，将她列为花中第一品。

这种以赞美牡丹形质之美艳与花品之高贵为基本主题的作品，在唐宋牡丹诗词中占有很大比重。时至今日，牡丹之所以能在众花中占据很高的地位，很大程度上得益于前人对于她的体认、描摹与赞美。

（二）颂圣：好为太平图绝瑞，却愁难下彩笔端

通过赞美牡丹或与牡丹相关的活动，达成对最高统治者的歌颂，这种情况在唐五代偶亦有之，但尚不普遍，且没有这种明确的意识。李白沉香亭醉赋《清平调》三首流露出颂美、谀扬玄宗、杨妃的情感祈向，是即景应制之作的题中应有之义，已如前述。除此之外，刘禹锡《赏牡丹》云："庭前芍药妖无格，池上芙蕖净少情。唯有牡丹真国色，花开时节动京城。"（《全唐诗》卷三六五，第 4119 页）王建《赏牡丹》云："此花名价别，开艳益皇都。香遍苓菱死，红烧蹢躅枯。软光笼细脉，妖色暖鲜肤。满蕊攒黄粉，含棱缕绛苏。好和薰御服，堪画入宫图。晚态愁新妇，残妆望病夫。教人知个数，留客赏斯须。一夜轻风起，千金买亦无。"（《全唐诗》卷二九九，第 3400 页）权德舆《和李中丞慈恩寺清上人院牡丹花歌》云："澹荡韶光三月中，牡丹偏自占春风。时过宝地寻香径，已见新花出故丛。曲水亭西杏园北，浓芳深院红霞色。擢秀全胜珠树林，结根幸在青莲域。艳蕊鲜房次第开，含烟洗露照苍苔。庞眉倚杖禅僧起，轻翅萦枝舞蝶来。独坐南台时共美，闲行古刹情何已。花间一曲奏阳春，应为芬芳比君子。"（《全唐诗》卷三二七，第 3664 页）白居易《牡丹芳》云："牡丹芳，牡丹芳，黄金蕊绽红玉房。千片赤英霞烂烂，百枝绛点灯煌煌。照地初开锦绣段，当风不结兰麝囊。仙人琪树白无色，王母桃花小不香。宿露轻盈泛紫艳，朝阳照耀生红光。红紫二色间深浅，向背万态随低昂。映叶多情隐羞面，卧丛无力含醉妆。低娇笑容疑掩口，凝思怨人如断肠。秾姿贵彩信奇绝，杂卉乱花无比方。石竹金钱何细碎，芙蓉芍药苦寻常。遂使王公与卿士，游花冠盖日相望。庳车软舆贵公主，香衫细马豪家郎。卫公宅静闭东院，西明寺深开北廊。戏蝶双舞看人久，残莺一声春日长。共愁日照芳难驻，仍张帷幕垂阴凉。花开花落二十日，一城之人皆若狂。……"（《全唐诗》卷四二七，第 4703 页）这些作品通过描写长安仕女花开时节游赏牡丹之盛况，间接展现了中唐元和时期社会渐趋稳定繁荣的中兴局面，却并非带有某种明确的歌功颂德的政治祈向，其中白居易《牡丹芳》在歌咏、赞颂之际，甚至还带有一定的讽谏意味。

但是，到了北宋前中期，通过咏赞牡丹及相关游赏活动之繁盛以达成对最高统治者歌功颂德之政治祈向的作品则特别集中。这大致有三种情形：

第一，以北宋宫廷赏花、钓鱼、宴饮、赋诗活动为背景的一批由皇帝及文武大臣唱和创作的《赏花钓鱼诗》，其基本主题就是歌功颂德。如寇准《应制赏花钓鱼》云："龙禁含佳气，銮舆下建章。碧波微荡漾，红萼竞芬芳。玉斝春醪满，金波昼漏长。逢时空窃抃，万宇正欢康。"（《全宋诗》卷八九，第 994 页）夏竦《赏花钓鱼应制》云："上苑乘春启，奇花衤氏新。连房红萼并，合干绿枝匀。剪献尊长乐，分颁宠辅臣。从游过水殿，凝眸近龙津。黼座临雕槛，文竿引翠纶。波香投桂饵，萍暖漾金鳞。湛露芳尊酒，钧天广乐陈。多欢千载遇，何以极严宸。"（《全宋诗》卷一五八，第 1791 页）范仲淹《应制赏花钓鱼》云："万汇嘉亨日，皇心豫宴辰。华林新濯雨，灵沼正涵春。帝幄纷仙蘤，天钩掷锦鳞。洋洋颁睿唱，赓颂浃簪绅。"（《全宋诗》卷一六七，第 1898 页）宋祁《后苑应制赏花钓鱼》云："清籞披兰路，雕舆眷蕙辰。汉池平浴日，温树暗留春。乐石来威凤，恩波上翠鳞。成文传睿唱，赓曲遍华绅。"（《全宋诗》卷二〇七，第 2361 页）王安石《和御制赏花钓鱼二首》其二云："霭霭祥云辇路晴，传呼万岁杂春声。蔽亏玉仗宫花密，映烛金沟御水清。珠蕊受风天下暖，锦鳞吹浪日边明。从容乐饮真荣遇，愿赋嘉鱼颂太平。"（《全宋诗》卷五五五，第6615页）这些作品是在他们陪侍皇帝举行赏花钓鱼宴时的唱和之作，其主题显然是歌功颂德，歌唱太平。

第二，除了这些赏花钓鱼诗之外，其他一些应制之作也是以歌功颂德为主题的。如夏竦《宣赐翠芳亭双头并蒂牡丹仍令赋诗》、《延福宫双头牡丹》、《奉和御制千叶黄牡丹》、《五月同州奏牡丹一枝开三花》，宋庠《玉宸殿并三枝牡丹歌》、《奉诏赋后苑诸殿牡丹》、《清辉殿双头牡丹》、《瑶津亭同寀双头牡丹》，宋祁《应诏内苑牡丹三首》等诗，借对这些宫中牡丹珍品的歌咏来颂美当时的清明政治。试看其中一首，夏竦《宣赐翠芳亭双头并蒂牡丹仍令赋诗》云：

> 华景当凝煦，芳丛忽效奇。红房争并萼，缃叶竞骈枝。彩凤双飞稳，霞冠对舞欹。游蜂时共蕣，零露或交垂。胜赏回金辂，清香透黼帷。两宫昭瑞德，天意岂难知。（《全宋诗》卷一五七，第1789页）

此诗作于宋仁宗天圣年间，其时仁宗尚幼，章献皇太后垂帘听政，"权处分军国事"。二圣并立而政治清明、社会稳定。在这种政治背景下，最高统治者便利用一些祥瑞之事对这种政治局面作解释，因此，双头牡丹成了两宫协谐之象。上举几首诗与夏竦《景灵宫双头牡丹赋》、宋祁《上苑牡丹赋》的创作背景和作品主旨一致，都是借祥瑞之迹为当时的政治局面进行解释和歌颂。

第三，通过对牡丹或牡丹玩赏活动的描述来歌颂太平。这类作品数量也非常多。下面略举数例以明之。

> 去年春夜游花市，今日重来事宛然。列肆千灯争闪烁，长廊万蕊斗鲜妍。交驰翠幰新罗绮，迎献芳樽细管弦。人道洛阳为乐国，醉归恍若梦钧天。（文彦博《游花市示元珍》，《全宋诗》卷二七七，第3534页）
> 洛阳地脉花最宜，牡丹尤为天下奇。我昔所记数十种，于今十年半忘之。开图若见故人面，其间数种昔未窥。客言近岁花特异，往往变出呈新

枝。洛人惊夸立名字，买种不复论家赀。比新较旧难优劣，争先擅价各一时。当时绝品可数者，魏红窈窕姚黄妃。寿安细叶开尚少，朱砂玉版人未知。传闻千叶昔未有，只从左魏名初驰。四十年间花百变，最后最好潜溪绯。……（欧阳修《洛阳牡丹图》，《全宋诗》卷二八三，第 3599 页）

一春颜色与花王，况在庄严北道场。美艳且推三辅冠，嘉名谁较两京强。已攒仙府霞为叶，更夺熏炉麝作香。会得轻寒天意绪，故延芳景助飞觞。（韩琦《赏北禅牡丹》，《全宋诗》卷三二八，第 4055 页）

御柳丝长挂玉栏，不须惆怅百花残。还知三月春虽晚，好从金舆看牡丹。

三月韶妍赏牡丹，更宜疏雨湿栏干。隔帘催唤陪春设，不道新妆粉未干。

牡丹尊贵出群芳，销得宸游奉玉觞。侍宴佳人相与语，姚黄争及御袍黄。

牡丹花品最为尊，内苑栽培特地繁。宫女多情看未足，不离雕槛到黄昏。（张公庠《宫词四首》，《全宋诗》卷五一五，第 6257～6261 页）

公从帝所享钧天，归及三春景物妍。洛鲤烹鲜随玉馔，姚黄开晚待琼筵。身同五福居周分，心似南风助舜弦。花木只堪供暂赏，直须嵩少伴长年。（范纯仁《和文潞公归洛赏花》，《全宋诗》卷六二四，第 7445 页）

宋人牡丹玩赏之盛况，许多宋人笔记小说都有记载，如欧阳修《洛阳牡丹记》云："洛阳之俗，大抵好花。春时城中无贵贱皆插花，虽负担者亦然。花开时，士庶竞为游遨，往往于古寺废宅有池台处，为市井，张幄帘，笙歌之声相闻。最盛于月陂堤、张家园、棠棣坊、长寿寺、东街与郭令公宅，至花落乃罢。"[1] 牡丹玩赏活动（特别是洛阳），在宋人（特别是南渡以后）眼中，正是繁华盛世的重要表征。邵伯温《邵氏闻见录》云："洛中风俗尚名教，虽公卿家不敢事形势，人随贫富自乐，于货利不急也。岁正月梅已花，二月桃李杂花盛开，三月牡丹开。于花盛处作园圃，四方伎艺举集，都人士女载酒争出，择园亭胜地，上下池台间引满歌呼，不复问其主人。抵暮游花市，以筠笼卖花，虽贫者亦戴花饮酒相乐……余去乡

---

[1] （宋）欧阳修：《洛阳牡丹记》，参《笔记小说大观》第五编，第 1689 页。

久矣，政和间过之，当春时，花园花市皆无有，问其故，则曰'花未开，官遣人监护，甫开，尽槛土移之京师，籍园人名姓，岁输花如租税。洛阳故事遂废'。余为之叹息，又追记其盛时如此。"① 上引数诗或直接涉及洛阳牡丹花市（文彦博诗），或对洛阳牡丹之盛进行描述（欧阳修诗），或对日常生活中的牡丹玩赏活动加以表现（范纯仁、韩琦、张公庠诗），大都蕴涵着一种兴奋与惬意，这种心理情感集中体现在强至的《题姚氏三头牡丹》中：

　　姚黄容易洛阳观，吾土姚花洗眼看。一抹胭脂匀作艳，千窠蜀锦合成团。春风应笑香心乱，晓日那伤片影单。好为太平图绝瑞，却愁难下彩笔端。（《全宋诗》卷五九四，第 6996 页）

　　"好为太平图绝瑞，却愁难下彩笔端"，诗人们在玩赏牡丹时，感受到国势之强盛，视美艳富丽的牡丹为国家繁荣昌盛的象征，从而产生了用诗歌、绘画等形式来描绘牡丹、歌颂太平的强烈冲动。② 牡丹之所以成为国家繁荣昌盛的象征，与这种颂圣心理亦有一定联系。

二、唐宋牡丹诗词中的批判主题

　　在绝大多数诗人对牡丹之美艳、高贵、奇特叹赏不已的同时，有一些人对牡丹的价值持怀疑态度，他们或否定甚至嘲讽牡丹的价值，或批判日渐奢靡的牡丹玩赏之风尚；另一些人则借牡丹以咏史，表达他们对历史的反思。概而言之，唐宋牡丹诗词中的批判主题包括三个层面：嘲花、刺俗和咏史。

（一）嘲花：堪笑牡丹如斗大，不成一事又空枝

　　在一些人赞美牡丹的同时，也有一些人对牡丹表示不屑一顾，有的人

---

　　① （宋）邵伯温：《邵氏闻见录》，中华书局 1983 年版，第 186 页。
　　② 北宋前期赏花钓鱼宴上君臣唱和赋咏赏花钓鱼诗及仁宗天圣、明道年间夏竦、宋庠等创作的意在歌颂"两宫修德"、"二圣并立"政治局面的双头牡丹诗，更是纯粹的歌功颂德、鼓吹太平之作。笔者拟另文讨论，此不详述。

甚至从实用的角度对牡丹进行了嘲讽。试看下面几首诗：

近来无奈牡丹何，数十千钱买一颗。今朝始得分明见，也共戎葵不较多。（柳浑《牡丹》，《全唐诗》卷一九六，第 2014 页）

牡丹妖艳乱人心，一国如狂不惜金。曷若东园桃与李，果成无语自成阴。（王睿《牡丹》，《全唐诗》卷五〇五，第 5743 页）

枣花至小能成实，桑叶虽柔解吐丝。堪笑牡丹如斗大，不成一事又空枝。（王曙《咏牡丹》，《全宋诗》题作《诗一首》，卷九六，第 1060 页）

这三位作者一反其他诗人对牡丹大唱赞歌的态度，对牡丹的价值以及牡丹玩赏之风尚进行了质疑。如柳浑认为牡丹与遍地丛生的戎葵差不多，并没有什么好值得特别珍爱的；王睿和王曙则认为牡丹虽能开出"斗大"的花朵，却不结果，不如桃、李、枣、桑那样，有显而易见的实用价值。这类翻案诗无疑是有一定意义的。但若以此立论来否定牡丹的价值，则未免过于武断。

（二）刺俗：一丛深色花，十户中人赋

牡丹玩赏之风在中唐时期趋于兴盛，许多诗人对此进行了描述。比如，天宝名公《白牡丹》云："长安年少惜春残，争认慈恩紫牡丹。"（《全唐诗》卷一二四，第 1232 页）刘禹锡《赏牡丹》云："唯有牡丹真国色，花开时节动京城。"（《全唐诗》卷三六五，第 4119 页）白居易《白牡丹》云："城中看花客，旦暮走营营。"（《全唐诗》卷四三八，第 1868 页）这些作品都对牡丹玩赏之风尚进行了描述，对于我们了解当时的习俗而言是绝好的材料。

牡丹玩赏之风的兴盛，确实为唐宋经济文化生活增色不少。不过富有忧患意识和批判精神的诗人却看到了这种风尚背后潜藏的危机：牡丹玩赏之风盛行所造成的牡丹大量种植局面是否会影响到粮食生产？这种歌舞升平的景象真的能掩盖社会各阶层巨大的不平等吗？于是一些诗人在描述牡丹玩赏之风尚的同时，也对其所造成的负面影响进行了批判。

先看白居易的两首诗：

帝城春欲暮，喧喧车马度。共道牡丹时，相随买花去。贵贱无常价，酬值看花数。灼灼百朵红，戋戋五束素。上张幄幕庇，傍织笆篱护。水洒复泥封，移来色如故。家家习为俗，人人迷不悟。有一田舍翁，偶来买花处。低头独长叹，此叹无人喻。一丛深色花，十户中人赋。(《秦中吟·买花》，《全唐诗》卷四二五，第4676页)

牡丹芳，牡丹芳，黄金蕊绽红玉房。千片赤英霞烂烂，百枝绛点灯煌煌。照地初开锦绣段，当风不结兰麝囊。仙人琪树白无色，王母桃花小不香。宿露轻盈泛紫艳，朝阳照耀生红光。红紫二色间深浅，向背万态随低昂。映叶多情隐羞面，卧丛无力含醉妆。低娇笑容疑掩口，凝思怨人如断肠。秾姿贵彩信奇绝，杂卉乱花无比方。石竹金钱何细碎，芙蓉芍药苦寻常。遂使王公与卿士，游花冠盖日相望。庳车软舆贵公主，香衫细马豪家郎。卫公宅静闭东院，西明寺深开北廊。戏蝶双舞看人久，残莺一声春日长。共愁日照芳难驻，仍张帷幕垂阴凉。花开花落二十日，一城之人皆若狂。三代以还文胜质，人心重华不重实。重华直至牡丹芳，其来有渐非今日。元和天子忧农桑，恤下动天天降祥。去岁嘉禾生九穗，田中寂寞无人至。今年瑞麦分两歧，君心独喜无人知。无人知，可叹息。我愿暂求造化力，减却牡丹妖艳色，少回乡士爱花心，同似吾君忧稼穑。(《牡丹芳》，《全唐诗》卷四二七，第4703页)

在这两首诗中，白居易用较大篇幅描述了当时牡丹玩赏风尚之盛况，包括牡丹之培植与买卖，牡丹玩赏的时间、地点、活动方式等方面信息。不过读完全诗，我们感受最深的，却是作者对于当时社会奢靡之风的批判。如前一首诗，作者描述了富豪们为了买一丛名贵的牡丹花而一掷万金的奢侈行为（"一丛深色花，十户中人赋"）；后一首诗，由于意在讽劝宪宗皇帝重视农业生产，故没有明言牡丹玩赏风尚之非，而是通过希望上天稍减牡丹之妖艳，委婉地指责当时牡丹玩赏风尚的盛行不利于农业生产的发展，对于当时人们"重华不重实"的社会心态进行了批判。

这样的作品在宋代也有不少，试看以下数例：

何事化工情愈重，偏教此卉太妖妍。王孙欲种无余地，颜巷安贫欠买钱。晓槛竞开香世界，夜阑谁结醉因缘。须知村落桑耘处，田叟饥耕妇不眠。(邱濬《仪真太守召看牡丹》，《全宋诗》卷二〇三，第2324页)

老觉欢娱少，愁惊岁月频。能消几日醉，又过一年春。陌上枝枝好，钗头种种新。买归持博笑，贡自可怜人。（赵鼎臣《买花诗》，《全宋诗》卷一三一一，第 14891 页）

草木无情解悦人，徒因见少得名新。剪裁罗绮空争似，研合丹青太逼真。尤物端能耗地力，痴儿竟欲费精神。愿回春色归南亩，变作秋成玉粒匀。（苏过《次韵伯元咏牡丹二首》其二，《全宋诗》卷一三五三，第 15495 页）

他们面对牡丹，所观察到的是社会的不平等（"王孙欲种无余地，颜巷安贫欠买钱"），所想到的是生活在最底层的缺衣少食的贫苦农民（"须知村落桑耘处，田叟饥耕妇不眠"；"买归持博笑，贡自可怜人"），所担忧的是"尤物端能耗地力"，所期望的则是"愿回春色归南亩，变作秋成玉粒匀"。这种批判精神和悯农情怀在我国古代是极为可贵的，李师中在洛阳、苏轼在扬州均曾有罢万花会之举，正是对这种精神的具体实践①。

唐宋时期，随着人们对于牡丹玩赏的要求越来越高，在洛阳等地涌现出一批技艺高超的园艺工，他们能使"牡丹变易千种，红白斗色"②，使

---

①　宋苏轼《东坡志林》卷五云："扬州芍药为天下冠。蔡繁卿为守，始作万花会，用花十余万枝，既残诸园，又吏因缘为奸，民大病之。余始至，问民疾苦，以此为首，遂罢之。万花本洛阳故事，亦必为民害也。"（参《笔记小说大观》第二十二编，第 881 页。张邦基《墨庄漫录》卷九亦有记载）；宋朱弁《曲洧旧闻》卷九云："洛中旧有万花之会，岁率为之，民以为扰。李师中到官，罢之，众颇称焉。"（参《笔记小说大观》第二十八编，第 525 页）

②　唐柳宗元《龙城录》云："洛人宋单父，字仲儒。善吟诗，亦能种艺术。凡牡丹变易千种，红白斗色，人亦不能知其术。上皇召至骊山，植花万本，色样各不同。赐金千余两，内人皆呼为花师。亦幻世之绝艺也。"（参《唐五代笔记小说大观》，第 151 页）

"芍药牡丹变态百种，一丛数品花，一花数品色"①。对于园艺工们的高超技艺，有的人表示赞赏，如朱长文《次韵公权子通唱酬诗四首》其四《牡丹》云："奇姿须赖接花工。"（《全宋诗》卷八四六，第9798页）黄庭坚《和师厚接花》云："妙手从心得，接花如有神。"（《全宋诗》卷一〇〇一，第11467页）。但也有人对这种违反自然规律的技艺进行批判。如梅尧臣《依韵和接花》云："唯是圃人巧，非关元化偏。折条违物理，迁艳得花权。美女嫁寒婿，丑株生极妍。世间多妄合，吾不谓之然。"（《全宋诗》卷二五三，第3046页）游酢《接花》云："色红可使紫，单叶可使千。花小可使大，子小可使繁。天赋有定质，我力能使迁。自矜接花手，可夸造化权。众闻悉惊诧，为我屡叹吁。用智固巧矣，天时可易欤。我欲春采菊，我欲冬赏桃。汝不能栽接，汝巧亦徒劳。雨露草必生，霜雪松不死。有本性必生，亦时雨与之。所遭有变易，是亦时所为。时乎不可违，何物可违时。"（《全宋诗》卷一一四三，第12908页）梅、游氏二诗对于园艺工作的接花技艺进行了讽刺和批判，他们认为这种接花技艺虽然能在一定程度上改变生物生长的自然规律，但最终还是摆脱不了自然规律。

除上述情形外，也有少数诗人借咏牡丹讽谏皇帝爱惜人才。如曾由基《题御爱牡丹》诗云："天香不数姚魏家，玉砌雕栏护绛纱。闻说弓旌遍岩穴，怜才应是胜怜花。"（《全宋诗》卷三〇二九，第36084页）该诗对于最高统治者只爱名花而不爱惜人才进行了批判，有一定的价值。

（三）咏史：莫把倾城比颜色，从来家国为伊亡

借牡丹以咏史在唐人牡丹诗中已经出现，兹举数首以明之：

压径复缘沟，当窗又映楼。终销一国破，不啻万金求。鸾凤戏三岛，

---

① 宋洪迈《夷坚志补》卷一九云：宣和初，京师大兴园圃，蜀道进一接花人曰刘幻，言其术与常人异。徽宗召赴御苑，居数月，中使诣园检校，则花木枝干，十已截去七八。惊诘之，刘所为也。呼而诘责，将加杖。笑曰："官无忧。今十一月矣，少须正月，奇花当盛开。苟不然，甘当极典。"中使入奏。上曰："远方伎艺必有过人者，姑少待之。"至正月十二日，刘白中使，请观花，则已半开，枝萼晶莹，品色迥绝。荼蘼一本五色，芍药牡丹变态百种，一丛数品花，一花数品色，池冰未消而金莲重台繁香芬郁光景縠绚，不可胜述。事闻，诏用上元节张灯花下，召戚里宗王连夕宴赏，叹其人术夺造化。厚赐而遣之。（参《笔记小说大观》第八编，第2675页）

神仙居十洲。应怜萱草淡，却得号忘忧。（李商隐《牡丹》，《全唐诗》卷五三九，第 6173 页）

乱后寄僧居，看花恨有余。香宜闲静立，态似别离初。朵密红相照，栏低画不如。狂风任吹却，最共野人疏。（王驾《次韵和卢先辈避乱寺居看牡丹》，《全唐诗》卷八八五，第 10005 页）

乱前看不足，乱后眼偏明。却得蓬蒿力，遮藏见太平。（郑谷《中台五题·牡丹》，《全唐诗》卷六七四，第 770 页）

前年帝里探春时，寺寺名花我尽知。今日长安已灰烬，忍随南国对芳枝。（王贞白《看天王院牡丹》，《全唐诗》卷八八五，第 10007 页）

艳多烟重欲开难，红蕊当心一抹檀。公子醉归灯下见，美人朝插镜中看。当庭始觉春风贵，带雨方知国色寒。日晚更将何所似，太真无力凭阑干。（罗隐《牡丹》，《全唐诗》卷六六五，第 7532 页）

以上五首作品，除李商隐"终销一国破，不啻万金求"借名花倾国泛咏前代之史之外，其他四首皆咏当代之史。其中王驾、郑谷、王贞白三首，皆将乱前乱后（"乱"当指晚唐黄巢起义）、京城内外之牡丹玩赏作今昔盛衰之对比，突出牡丹玩赏与京城繁盛景况之间的联系，感慨颇为深切；罗隐首次将唐玄宗、杨贵妃沉香亭赏牡丹，李太白醉赋《清平调》之事作为诗歌吟咏的对象，隐含了对唐代盛衰转折的历史反思。这对于南宋牡丹诗主题取向具有开先河的意义。

借牡丹以咏史，并不是唐代牡丹诗的重要主题，但在宋代牡丹诗词中却是非常重要的主题。

在众多花卉中，牡丹最得最高统治者赏爱，许多具有文化史意义的历史事件，由于正史或杂史、笔记小说的记载，得到广泛的流传，因此人们在歌咏牡丹时，很自然地牵入一些与之相关的历史事件，使许多牡丹诗具有咏史诗的性质。

借牡丹以咏史，所咏最多的是唐玄宗与杨贵妃赏牡丹之事。试举数例：

风雨无情落牡丹，翻阶红药满朱栏。明皇幸蜀杨妃死，纵有嫔嫱不喜看。（王禹偁《芍药花开忆牡丹绝句》，《全宋诗》卷六七，第 764 页）

娇娆万态逞殊芳，花品名中占得王。莫把倾城比颜色，从来家国为伊亡。（朱淑真《牡丹》，《全宋诗》卷一五九七，第 17992 页）

开元往事感伤中，遗种犹余一捻红。借问通宵配妃子，何如及早念姚崇。（王十朋《次韵濮十太尉咏知宗牡丹七绝》其三，《全宋诗》卷二〇二六，第 22706 页）

牡丹比得谁颜色，似宫中、太真第一。渔阳鼙鼓边风急，人在沉香亭北。　　买栽池馆多何益，莫虚把、千金抛掷。若教解语倾人国，一个西施也得。（辛弃疾《杏花天·嘲牡丹》，《全宋词》第 2454 页）

当年开元主，得失鉴前迹。图治极焦劳，自谓吾虽瘠。自从嬖在妾，乾坤轻一掷。妖花恐其魂，宜远数百驿。（陈文蔚《和贾元永醉杨妃（牡丹）》，《全宋诗》卷二七一四，第 31918 页）

从来洛花天下最，姚黄魏紫尤奇异。坐令百花失颜色，唤作国香谁是对。十年之前来新安，阅尽妖娆兴欲阑。晚得一枝睡露蝉，分明好似画中看。人世匆匆驹过隙，重游正值春三月。园丁折得数般来，旋买磁瓶谩成列。殷红照日更嫣然，轻素含风玉色鲜。中有杨妃曾一捻，咄哉尤物累天全。我今搴帷问疾苦，皇华那受妖花污。掷置道旁何足惜，亦如佞人吾所恶。顿使心胸和且平，况闻陇麦香气腾。处处一犁春雨足，家家合掌庆丰登。（袁甫《见牡丹呈诸友》，《全宋诗》卷三〇一〇，第 35853 页）

上引诸作皆咏及唐玄宗与杨贵妃赏牡丹之事，主旨都在批评玄宗、杨妃荒淫误国。如王禹偁诗将安史之乱与明皇杨妃醉赏牡丹联系在一起，主旨则是批评玄宗杨妃的荒淫误国；朱淑真诗暗引李白《清平调》"名花倾国两相欢，长得君王带笑看"诗意，也就是咏及唐玄宗、杨贵妃沉香亭醉赏牡丹之事，主旨也是批评二人荒淫误国；王十朋诗咏及唐玄宗、杨贵妃在华清宫玩赏牡丹之事①，批评唐玄宗荒淫误国；辛弃疾词将唐玄宗、杨

---

① 宋刘斧《青琐高议·骊山记》云："帝（明皇）又好花木，诏近郡送花赴骊宫。当时有献牡丹者，谓之杨家红，乃卫尉卿杨勉家花也。其花微红，上甚爱之。命高力士将花上贵妃，贵妃方对妆，妃用手拈花，时匀面手脂在上，遂印于花上。帝见之，问其故，妃以状对。诏其花栽于先春馆。来岁花开，花上复有指红迹。帝赏花惊叹，神异其事，开宴召贵妃，乃名其花为一捻红。"王诗"遗种犹余一捻红"本此。（参《笔记小说大观》第九编，第 3008 页）

贵妃沉香亭赏牡丹之事（在天宝二年）与十多年以后的安史之乱（天宝十四年）嫁接到一起，批评玄宗杨妃荒淫误国之意显而易见。陈文蔚、袁甫诗主旨亦在此。值得注意的是，在这几首诗词中，作者都有意无意地将牡丹与杨妃相提并论，认为她们都是蛊惑唐玄宗的"妖邪"。这种视牡丹为"妖花"的意识，体现了作者对于历史的反思。

有些作品在对牡丹进行描写时，牵合历史人物入诗，使作品具有咏史的意味。如徐积《姚黄》诗云：

黄河南畔伊川北，姚家宅是真花窟。古来多少豪奢儿，埋却千莺万莺骨。中央精粹得之多，西方秀气来相和。天与明光常借日，水官暗脉正通河。春风如酒半酣时，谁教谷雨报花期。司马坂前娇半启，洛阳城内人俱知。姚家门巷车马填，墙头墙下人差肩。花上红绡都蔽日，花傍翠幕恰如烟。玉面儿来争供帐，锦袍郎去斗抛钱。无人不说姚花好，费却春工亦不少。日长风暖绿梢低，坐上金仙困将倒。鞠尘饼剂和香檀，何以贮之承露盘。烂锦脱来嫌太艳，鲜衣染就欲骖鸾。君看此花肌肉丰，一尺余高千万重。妆面深藏青步障，宝冠斜堕碧霞丛。步摇好称钗凤凰，玉环犀佩珠明珰。帝女何缘心好道，阿娇安用金为房。绀窠累栖舒雁雏，沉烟喷出狻猊炉。一种养成余意态，千花瘦尽春肌肤。峨峨一器欹且倾，覆杯难辨钟与觥。染以绞绡求正色，叩之玉挺希宫声。魏家红共千家碧，迭霸花中耸高格。如今俯首甘下风，九十种中为第一。此花莫似武昭仪，出得宫来不画眉。情貌欲为狐媚态，衣裳却是比丘尼。杨妃本是倾国身，脱却红襦号太真。河水欲濡头上髻，马嵬犹着旧时裙。物色一定犹可疑，人心多变宜难知。容易莫评真与欺，貌或如心或非。君不见老庄有深意，万物之中最防伪。（《全宋诗》卷六三四，第7563页）

杨轩《牡丹》诗云：

杨妃歌舞态，西子巧谗魂。利剑砍不断，余妖钟此根。光华日已盛，栏槛岂长存。寄语寻芳者，须知松柏尊。（《全宋诗》卷三七三六，第45051页）

徐积诗先对唐代牡丹玩赏之盛况进行描述，随后牵入武后、杨妃这两个对唐代历史直接产生重大影响的女子，所批判的依然是红颜祸水；杨轩诗引入杨妃、西施，这两个女子在君主荒淫误国的历史事件中，扮演着蛊惑君主的角色，实际上也是借咏牡丹来批判吴王夫差和唐玄宗的荒淫误国。由此可见，在这类借牡丹以咏史的诗中，批判唐玄宗荒淫误国是其主题。

在宋人借牡丹以咏史的作品中，李新《打剥牡丹》比较有新意，诗云：

> 大芽如茧肥，小芽瘦如锥。我今取去无厚薄，不欲气本多支离。绿尖堕地那复数，存者屹立珊瑚枝。姚黄魏紫各王后，肯许沓冗相追随。姬周桃庙曾祖祢，主父强汉疏宗支。昔人立朝恶党盛，败群杂莠何可知。一母宜男竟衰弱，岂有如许宁馨儿。吾惧生蛇为龙祸，又畏百工无一师。故今披剥信老手，如与造化俱无私。明年春归乃翁出，空庭还闭绝代姿。风雨大是遭白眼，酒炙谁复来齐眉。衡门一锁略安分，幽谷待赏几无时。寄根王谢自得地，燕子归来汝莫疑。（《全宋诗》卷一二五五，第 14171 页）

此诗完全摆脱借咏牡丹以批判玄宗、杨妃荒淫误国的俗套，将牡丹栽培过程中的一道工序——打剥牡丹（即将牡丹上多余的枝干去掉，使花可以开得更好），与古人为强干弱枝以便使政权更加稳固以及为铲除朋党奸邪而采取的措施相比拟，从而表达其政治见解，别出心裁。

三、唐宋牡丹诗词中的闲适主题

中唐以后，牡丹玩赏风尚趋于兴盛。牡丹之观赏与栽培成为唐宋文人士大夫日常生活中一种颇具情趣的休闲娱乐活动。在玩赏牡丹的过程中，他们的心理状态是复杂的。他们一方面流连光景，充分感受牡丹带给他们的兴奋、惬意与闲适；另一方面又感到良辰美景难以长驻，因而生出赏花须及时的愿望和对于时光易逝的焦虑。

（一）闲吟闲咏：好是西园无事日，洛阳花酒一齐来

北宋名相张齐贤《答西京留守惠花酒》云："有酒无花头慵举，有花

无酒眼倦开。好是西园无事日，洛阳花酒一齐来。"（《全宋诗》卷四七，第 504 页）北宋时期，牡丹玩赏之风尚趋于极盛，文武大臣的生活比较优裕。张齐贤的这首诗描写了作者政事之暇对酒赏花的优游生活，所流露出的是一种从容闲适的心理状态。事实上，在唐宋（特别是北宋前中期）牡丹诗中，表现这种优游闲适生活与心态的作品非常多。再看数例：

> 径尺千余朵，人间有此花。今朝见颜色，更不向诸家。（刘禹锡《浑侍中宅牡丹》，《全唐诗》卷三六四，第 4104 页）
>
> 今日花前饮，甘心醉数杯。但愁花有语，不为老人开。（刘禹锡《唐郎中宅与诸公同饮酒看牡丹》，《全唐诗》卷三六四，第 4105 页）
>
> 幸自同开俱隐约，何须相倚斗轻盈。陵晨并作新妆面，对客偏含不语情。双燕无机还拂掠，游蜂多思正经营。长年是事皆抛尽，今日栏边暂眼明。（韩愈《戏题牡丹》，《全唐诗》卷三四三，第 3847 页）
>
> 万缘销尽本无心，何事看花恨却深。都是支郎足情调，坠香残蕊亦成吟。（吴融《和僧咏牡丹》，《全唐诗》卷六八五，第 7875 页）

刘禹锡为中唐著名文学家和政治家，晚年居洛，与白居易、令狐楚等诗酒唱酬，所引两首牡丹诗颇流露出晚年对酒赏花的闲适情态。韩愈则是在经历世事坎坷之后，借题咏牡丹表达出抛开烦恼世事，将注意力集中到对牡丹花进行玩赏的一种淡然闲适的精神状态。

> 娧东丛丁娧西丛，为爱丛丛紫间红。愁望作嫔帏晓雾，妖娆浑欲飐春风。香苞半绽丹砂吐，细朵齐开烈焰烘。病老情怀慢相对，满栏应笑白头翁。（李昉《独赏牡丹因而成咏》，《全宋诗》卷一二，第 173 页）
>
> 新花来远喜开封，呼酒看花兴未穷。年少曾为洛阳客，眼明重见魏家红。却思初赴青油幕，自笑今为白发翁。西望无由陪胜赏，但吟佳句想芳丛。（欧阳修《答西京王尚书寄牡丹》，《全宋诗》卷二九四，第 3707 页）
>
> 国艳孤高岂自媒，寒乡加力试栽培。当时尚昧随和贵，今日真逢左魏开。名花已先推洛谱，梦魂唯恐失阳台。花王亲视风骚将，中的方应赏巨杯。（韩琦《同赏牡丹》，《全宋诗》卷三三三，第 4085 页）
>
> 花未全开月未圆，看花候月思依然。明知花月无情物，若使多情更可

怜。（蔡襄《十三日吉祥探花》，《全宋诗》卷三九一，第4818页）

人老簪花不自羞，花应羞上老人头。醉归扶路人应笑，十里珠帘半上钩。（苏轼《吉祥寺赏牡丹》，《全宋诗》卷七九〇，第9152页）

李昉、欧阳修、韩琦、蔡襄、苏轼俱为北宋名臣，相比较刘禹锡、韩愈诗中约略隐含一种对于人生世事的感触而言，他们的这些作品所表现的纯乎是一种闲适优游的心理状态。这种借咏牡丹以表达或流露闲适优游心态的作品，在南宋牡丹诗中也常有发现。如洪迈《牡丹荼蘼各一首呈周宰》云：

珍丛压朝露，无人羞欲敧。春风醉香骨，绰约不自持。谁怜曲肱人，一笑遗秋姿。不言意可了，君醉当勿疑。（《全宋诗》卷二一二二，第23997页）

姜特立《乙卯春自郡归赏牡丹适有故竟回唯魏紫略放二头》云：

梦想看花归意浓，归来底事别花忙。魏家姊妹知人意，先试春风半面妆。（《全宋诗》卷二一三七，第24121页）

范成大《与至先兄游诸园看牡丹三日行遍》云：

拄杖无边处处过，粉围红绕奈春何。阊门昨日看不足，今日娄门花更多。

蜂蝶萧骚草露漫，小家篱落闲荒寒。欲知国色天香句，须是倚栏烧烛看。（《全宋诗》卷二二六一，第25943页）

杨万里《和仲良催看黄才叔南园牡丹》云：

愁雨留花花已阑，作晴犹喜两朝寒。山城春事无多子，可缓黄园探牡丹。（《全宋诗》卷二二七五，第26073页）

南宋牡丹玩赏活动虽不及北宋之盛，但上引诗作对于日常生活中的牡丹玩赏活动进行的大量描写，所表现的也是这样一种优游从容的心态。

（二）赏花须及时：明朝风起应吹尽，夜惜衰红把火看

虽然牡丹玩赏活动能给人带来兴奋与惬意，但这种活动具有很强的时间性和地域性，错过了花期，或者离开了种植地域，也就无从进行。这种情形常常在诗人们心中引起一定的波澜。先看白居易的一首诗，《惜牡丹二首》之一云：

惆怅阶前红牡丹，晚来唯有两枝残。明朝风起应吹尽，夜惜衰红把火看。（《全唐诗》卷四三七，第 4847 页）

这首诗写作者面对残留枝头、即将凋谢的两枝牡丹，想到"明朝风起"之时牡丹必将凋零尽净，不禁心生怜惜，因而欲秉烛夜赏，将牡丹玩赏的过程尽可能拉长。其实，这其中不仅包括惜花之心，还包含作者对于时光流逝、美好时光不再的焦虑与感怆。类似的作品在唐诗中还有一些，比如唐武元衡《闻王仲周所居牡丹花发因戏赠》诗云："闻说庭花发暮春，长安才子看须频。花开花落无人见，借问何人是主人。"（《全唐诗》卷三一七，第 3577 页）温庭筠《夜看牡丹》诗云："高低深浅一阑红，把火殷勤绕露丛。"（《全唐诗》卷五七九，第 6730 页）段成式《牛尊师宅看牡丹》诗云："洞里仙春日更长，翠丛风翦紫霞芳。若为萧史通家客，情愿扛壶入醉乡。"（《全唐诗》卷五八四，第 6768 页）

这种赏花须及时的心态，在宋人那里，更加集中地体现为一种对于时光易逝的焦虑，并转化为及时行乐的具体行动。如余靖《先赏牡丹寄提刑考功》诗云："花期何事早追陪，莺未迁乔燕未来。曲槛为逢春日暖，香苞先逐晓风开。旋邀歌舞同侪乐，却叹光阴急景催。可惜韶妍莫虚掷，余芳留待使车回。"（《全宋诗》卷二二八，第 2673 页）邵雍《对花饮》诗云："人言物外有烟霞，物外烟霞岂足夸。若用校量为乐事，但无忧挠是仙家。百年光景留难住，十日芳菲去莫遮。对酒无花非负酒，对花无酒是亏花。"（《全宋诗》卷三六七，第 4516 页）文同《惜花》诗云："胡蜂采花花气薄，黄鸟啄花花蕊落。林风吹花花片乱，池水浸花花色恶。少年惜花会花意，晴张青帏雨油幕。劝君直须为花饮，明日春归空晚萼。"（《全宋诗》卷四三三，第5313页）陈师道《与寇、赵约丁塘看花，寇以疾不赴，有诗，次其韵》诗云："欲共元刘争着语，不堪姚魏已随风。"（《全宋诗》卷一一九，第12719页）杜安世《贺圣朝》词云："馨香艳冶，吟看醉赏，叹谁能留住。莫辞持烛夜深深，怨等闲风雨。"（《全宋词》第231页）黄裳《宴琼林·牡丹》词云："莫道两都迥出，倩多才、吟看谁好。为我惨有如花面，说良辰欲过。须勤向、雕栏秉烛，更休管、夕阳芳草。算来年、花共人何处，金尊为花倒。"（《全宋词》第490页）叶梦得《雨中花慢·寒食前一日小雨，牡丹已将开，与客置酒坐中戏作》词云："痛饮狂歌，百计强留，风光无奈春归。春去也，应知相赏，未忍相违。"（《全宋词》第1010页）曹组《水龙吟·牡丹》词云："有高情未已，齐烧绛烛，向阑边醉。"（《全宋词》第1042页）曹勋《庆清朝·牡丹》词云："秾姿露叶，临赏须趁韶光。……然绛蜡，共花拼醉，莫靳瑶觞。"（《全宋词》第1576页）曾觌《满庭芳·赏牡丹》词云："人间，春更好，一枝斜插，犹记疏狂。到如今潘鬓，暗点吴霜。乐事直须年少，何妨拚、一饮千觞。"（《全宋词》第1700页）

四、唐宋牡丹诗词的感伤主题（上）——借牡丹抒写身世之感

　　牡丹本以娇艳富贵博得人们的喜爱，牡丹之玩赏在绝大多数情况下总是一种令人心情愉快的休闲娱乐活动。但是，在特定情境下，牡丹却极有可能触发作者内心的巨大波澜。在唐宋牡丹诗词中，有几种特定的主题思想特别值得我们注意。第一，在观照牡丹的过程中感物伤怀，或抒发个性化的人生感慨，或表达对于人类生命之短暂与无常的感伤。第二，文人士大夫在遭受贬谪时借咏牡丹表达强烈的贬谪之感。第三，特别是在宋室南渡以后，人们普遍有一种流落江南的悲慨，南宋的牡丹诗词对这种特定的情感有所表现。第四，当国家遭受巨大挫折，甚而竟至于亡国灭种时，牡丹成为人们追忆繁荣盛世的触媒，被认为是历史兴亡的见证，一次次引发人们深沉痛楚的亡国之痛、黍离之悲。恰恰因为这苦难与兴亡，才使得牡丹与国家命运紧密联系在一起，承载着特定的历史文化内涵，成为我们民族精神的有机组成部分。本节先谈与个体生命关系比较密切的一个层面，即借牡丹以抒写身世之感。

（一）感物伤怀：莫叹朝开还暮落，人生荣辱事皆然

"观物以明理"是古人常用的一种观照外界事物的思想方法，宋人尤甚。它的基本思路就是通过观照外物来反观自身，反思人类自己的活动。人们从牡丹的开与落、盛与衰之中感受到时光的流逝、人生的短暂与无常。这使得许多牡丹诗词带上了浓重的感伤色调。这包括两个层面：其一是通过歌咏牡丹以抒写较具个性化的人生感慨；其二则是通过歌咏牡丹来表达对人类生命过程较普遍的哲理思索。

先看第一类：

残红零落无人赏，雨打风摧花不全。诸处见时犹怅望，况当元九小亭前。（白居易《微之宅残牡丹》，《全唐诗》卷四三七，第4846页）

白花冷澹无人爱，亦占芳名道牡丹。应似东宫白赞善，被人还唤作朝官。（白居易《白牡丹》，《全唐诗》卷四三八，第4868页）

浪笑榴花不及春，先期零落更愁人。玉盘迸泪伤心数，锦瑟惊弦破梦频。万里重阴非旧圃，一年生意属流尘。前溪舞罢君回顾，并觉今朝粉态新。（李商隐《回中牡丹为雨所败二首》其二，《全唐诗》卷五四一，第6251页）

去年岐路遇春残，满院笙歌赏牡丹。今岁杜陵千万朵，却垂衰泪洒栏干。（张舜民《牡丹》，《全宋诗》卷八三八，第9704页）

未说浔阳别泪痕，江边苹芷不胜繁。不知来岁在何处，又对新花忆故园。插帽每惭辉白发，飞香曾伴照清尊。去年今日淮阳道，落絮残红正断魂。（张耒《三月一日马令送花》，《全宋诗》卷一一八五，第13404页）

上引数诗所表达的情感无疑是相当感伤的。如白居易的两首牡丹诗，前一首触景生情，睹物思人，由元稹小亭前经历风雨且无人赏爱即将凋残的牡丹，触发出朋友因现实生活中的"风雨"而不得不远离的怅惘之情，表达的是对因事远贬的元稹的思念之情；后一首以无人赏爱的白牡丹与被冷落屏居东都的自己相提并论，以一种自嘲的口吻来表现自己无可奈何的生存状态。李商隐诗表面上虽然是抒写对为雨所败的牡丹的怜惜，实际上

却是"借回中牡丹为雨所败寄寓身世零落摧残之感"①。张舜民的《牡丹》诗通过今昔赏花心理情态的巨大反差，表达出今昔身世遭际的差异。张耒的诗则表达了一种身世飘零的悲慨。这些在咏牡丹或赏牡丹时所流露出来的情感，大都有具体背景或明确指向，属于借牡丹以抒发带有较强个性化色彩的感伤情绪。

再看第二类：

落尽春红始着花，花时比屋事豪奢。买栽池馆恐无地，看到子孙能几家。门倚长衢攒绣毂，幄笼轻日护香霞。歌钟满座争欢赏，肯信流年鬓有华。（罗邺《牡丹》，《全唐诗》卷六五四，第7506页）

闲来吟绕牡丹丛，花艳人生事略同。半雨半风三月内，多愁多病百年中。开当韶景何妨好，落向僧家即是空。一境别无唯此有，忍教醒坐对支公。（杜荀鹤《中山临上人院观牡丹寄诸从事》，《全唐诗》卷六九二，第7962页）

拥毳对芳丛，由来趣不同。发从今日白，花是去年红。艳色随朝露，馨香逐晚风。何须待零落，然后始知空。（殷益《看牡丹》，《全唐诗》卷七七〇，第8743页）

罗邺、杜荀鹤、殷益均为晚唐人，他们的这几首诗，就感情基调而言，带有较浓的感伤色彩。这种感伤并非基于一时一事，而是基于人类生命易逝的普遍性。如罗诗所言"买栽池馆恐无地，看到子孙能几家"，揭示和表达了人世间繁荣富贵难以长久的哀叹。杜诗所言"花艳人生事略同"则直接由牡丹花开花落的生命过程联想到人生昔盛今衰，抒发了青春难以永在的怅惘。殷诗以自己之年华老去与牡丹之依旧红艳相对比，由牡丹之红艳、馨香随露逐风而零落，从而悟出无论是花还是人，无论是盛时还是衰时，其最终结局都是"空"。这些感伤情绪大都超越了一己之遭际，具有普遍的意义。

这一点宋人的感悟更透彻。试看释智圆的两首诗：

---

① 参（唐）李商隐撰，刘学锴、余恕诚集解：《李商隐诗歌集解》，中华书局1998年版，第278页。

栽培宁暇问耕桑，红白相鲜映画堂。泪湿浓妆含晓露，火燔寒玉照斜阳。黄金剩买心无厌，绮席闲观兴更狂。谁向风前悟零落，百年荣盛事非长。（《牡丹》，《全宋诗》卷一三七，第1544页）

移花来种草堂前，红紫纷绘间淡烟。莫叹朝开还暮落，人生荣辱事皆然。（《栽花》，《全宋诗》卷一四一，第1568页）

智圆从牡丹的盛、衰、荣、谢，悟出人生的短暂无常，朝开暮落无须叹，人生荣辱本如此！这种浓郁的感伤情怀，牢牢控制着多愁善感的宋代文人。比如穆修《希言官舍种花》云：“君看灼灼枝上英，半杂泥尘成落蕊。盛衰不独草木然，人事悠悠尽如此。”（《全宋诗》卷一四五，第1614页）梅尧臣《对花有感》云：“新花朝竟妍，故花色憔悴。明日花更开，新花何以异。”（《全宋诗》卷二三九，第2767页）《韩钦圣问西洛牡丹之盛》云：“人于天地亦一物，固与万类同生死。天意无私任自然，损益推迁宁有彼。彼盛此衰皆一时，岂关覆焘为偏委。”（《全宋诗》卷二四六，第2871页）《禁中鞓红牡丹》云：“一见此花知有感，衰颜不似旧时红。”（《全宋诗》卷二六〇，第3303页）欧阳修《洛阳牡丹图》云：“但应新花日愈好，惟有我老年年衰。”苏轼《留别释迦院牡丹呈赵倅》云：“年年岁岁何穷已，花似今年人老矣。”（《全宋诗》卷七九七，第9231页）戴复古《子渊送牡丹》云：“有酒何孤我，因花赋恼公。可怜秋鬓白，羞见牡丹红。海上盟鸥客，人间失马翁。不知衰病后，禁得几春风。”（《全宋诗》卷二八一五，第33500页）

面对这种感伤与悲哀，人们又能如何呢？也许赵善括的这首《临江玉虚观有牡丹，思后圃亦正开，恨不与集》代我们回答了这个问题，诗云：

绛苞翠幄压朱栏，秀色生香观里看。小圃想须春烂漫，大家应是醉团栾。名缰久纵心无累，利径虽驰兴易阑。但愿对花常酩酊，莫思身外有悲欢。（《全宋诗》卷二五五八，第29681页）

“但愿对花常酩酊，莫思身外有悲欢”，正是悟透了人世间的名缰利锁、悲欢离合，才出此颓唐语、解脱语，借咏牡丹来自我开解内心深处的感伤与悲哀。

（二）贬谪之痛：莫道两京非远别，春明门外即天涯

借咏牡丹以表达强烈的贬谪之感，始于中唐令狐楚与刘禹锡相互唱和而作的两首牡丹诗。此后，中唐元稹、白居易，北宋范仲淹、李纲等人均有此类作品。

我们先看两首分别由令狐楚与刘禹锡所写的牡丹诗：

十年不见小庭花，紫萼临开又别家。上马出门回首望，何时更得到京华。（令狐楚《赴东都别牡丹》，《全唐诗》卷三三四，第3751页）

平章宅里一栏花，临到开时不在家。莫道两京非远别，春明门外即天涯。（刘禹锡《和令狐相公别牡丹》，《全唐诗》卷三六五，第4123页）

这两首诗作于文宗大和三年春，其时令狐楚久遭贬黜，大和二年冬返京，次年三月即出为东都留守、东畿汝都防御使。在自家花园牡丹即将开放之际，令狐楚却不得不再次离家赴任，此情此景，怎不令人悲从中来？因此，令狐楚此诗所流露出来的是一种强烈的遭到贬黜的意识。无独有偶，曾经参与过"永贞革新"，被贬外任达二十四年之久的刘禹锡，大和二年返京。令狐楚的这首诗勾起了刘禹锡内心的无限悲感，遂和诗一章，将令狐楚欲说而不敢明说的强烈的贬谪意识表达了出来。

再看元稹、白居易相互唱和的两首牡丹诗：

晚丛白露夕，衰叶凉风朝。红艳久已歇，碧芳今亦销。幽人坐相对，心事共萧条。（白居易《秋题牡丹丛》，《全唐诗》卷四三二，第4772页）

敝宅艳山卉，别来长叹息。吟君晚丛咏，似见摧颓色。欲识别后容，勤过晚丛侧。（元稹《和乐天秋题牡丹丛》，《全唐诗》卷四〇一，第4489页）

这两首诗作于元和五年秋①，时白居易在京，元稹因事贬居江陵，白居易见元稹宅之牡丹丛而题诗寄元，元随即唱和。牡丹本在暮春时节开

---

① 参（唐）元稹著，杨军笺注：《元稹集编年笺注》，三秦出版社2002年版，第307页。杨氏编年参考了卞孝萱先生的《元稹年谱》。

放，至秋天不仅花已殒，而且叶已落，白氏咏此衰飒之景，当与其心情之伤感有关。元稹因被贬在外，故其答诗有"别来长叹息"之句，除了有与友人不得见面之意外，似亦含有贬谪之感。

严格地说，令狐楚与刘禹锡、元稹与白居易唱和而作的牡丹诗，借咏牡丹以表达贬谪之感，具有一定的偶然性，因为在唐人的观念中，牡丹与首都或中央之间尚未建立起明确的条件反射式的联系。宋人牡丹诗词则不同，经过数百年文化积淀，在宋人观念中，牡丹已成为首都、中央或中原的象征。基于此，宋人牡丹诗词所表达的贬谪之感，便具有一定的普遍性。我们先看吕夷简和范仲淹的两首诗：

异香秾艳压群葩，何事栽培近海涯。开向东风应有恨，凭谁移入五侯家。（吕夷简《西溪看牡丹》，《全宋诗》卷一四六，第 1623 页）

阳和不择地，海角亦逢春。忆得上林色，相看如故人。（范仲淹《西溪见牡丹》，《全宋诗》卷一六六，第 1881 页）

吕、范俱为北宋名臣，他们曾先后至海陵（今泰州）西溪盐场任职。前者在此地任职期间曾种过牡丹，并留下了一首《西溪看牡丹》；后者在天禧年间来此地任职，恰逢牡丹盛开，因而写下了《西溪见牡丹》①。在这两首诗中，我们可以感受到作者对回京任职的向往。如前诗以质询的口吻问牡丹"何事栽培近海涯"，对牡丹生此僻远之地有所憾恨（"开向东风应有恨"），意谓牡丹不当生长在此处，而应该"移入五侯家"；后者虽然语调比较乐观，认为在这里居然也能见到牡丹，是件令人高兴的事，但他所念及的却是"上林色"，流露出对于回京任职的向往。在这两首诗中，触发作者京国之思的正是生长在这僻远小镇上的牡丹。

如果说吕、范的这两首诗所表达的只是一种京国之思，那么接下来的这几首作品所流露的则是一种强烈的去国怀京之感和贬谪意识。

范仲淹《和葛闳寺丞接花歌》云：

---

① 宋王辟之《渑水燕谈录》卷七云："海陵西溪盐场，初，文靖公（吕夷简）尝官于此，手植牡丹一本，有诗刻石。后范文正公亦尝临莅，复题一绝（诗略）。后人以二公诗笔，故题咏极多。而花亦以为人贵重，护以朱栏，不忍采折，岁久茂盛，枝覆数丈，每花开数百朵，为海滨之奇观。"（参《笔记小说大观》第二十八编，第 1014 页）

江城有卒老且贫，憔悴抱关良苦辛。众中忽闻语声好，知是北来京洛人。我试问云何至是，欲语汍澜堕双泪。斯须收泪始能言，生自东都富贵地。家有城南锦绣园，少年止以花为事。黄金用尽无他能，却作琼林园中吏。年年中使先春来，晓宣口敕修花台。奇花异卉百余品，求新换旧争栽培。犹恐君王厌颜色，群芳只是寻常开。幸有神仙接花术，更向都城求绝匹。梁王苑里索妍姿，石氏园中搜淑质。金刀玉尺裁量妙，香膏腻壤弥缝密。回得东皇造化工，五色敷华异平日。一朝宠爱归牡丹，千花相笑妖娆难。窃药常娥新换骨，婵娟不似人间看。道南楼殿五云高，钧天捧上蓬莱岛。国色精明动韶景，天香旖旎飘芳尘。太平天子春游好，金明柳色笼黄宸。四边桃李不胜春，何况花王对玉辰。特奏霓裳羽衣曲，千官献寿罗星翼。兑悦临轩逾数刻，花吏此时方得色。白银红锦满牙床，拜赐帐前生羽惟观风景不忧身，一心岁岁供春职。中途得罪情多故，刻木在前何敢诉。审来江外知几年，骨肉无音雁空度。北人情况异南人，潇洒溪山若无趣。子规啼处血为花，黄梅熟时雨如雾。多愁多恨信伤人，今年不及去年身。目昏耳重精力减，复有乡心难具陈。我闻此语聊悒悒，近曾侍从班中立。朝违日下暮天涯，不学尔曹向隅泣。人生荣辱如浮云，悠悠天地胡能执。贾谊文才动汉家，当时不免来长沙。幽求功业开元盛，亦作流人过梅岭。我无一事逮古人，谪官却得神仙境。自可优优乐名教，曾不恓恓吊形影。接花之技尔则奇，江乡卑湿何能施。吾皇又诏还淳朴，组绣文章皆弃遗。上林将议赐民畋，似昔繁华徒尔为。西都尚有名园处，我欲抽身希白傅。一旦天恩放尔归，相逐栽花洛阳去。（《全宋诗》卷一六五，第1868页）

李纲《志宏以牡丹荼蘼见遗戏呼牡丹为道州长且许时饷荼蘼作二诗以报之》其一云：

我昔驱车游洛阳，正值名圃开花王。嫣然万本斗妍媚，雕栏绰约罗红妆。风枝似响湘浦佩，露苞如浴骊山汤。乍惊照眼国色好，更觉扑鼻春风香。鞓红檀点玉版白，细叶次第舒幽房。玉奴仙指尚余捻，鹤翎坐恐随风翔。就中品格最奇特，共许魏紫并姚黄。千金不惜买一醉，少年浑欲花底狂。归来试作牡丹谱，未服秉笔唯欧阳。自从游宦多感伤，况此远谪闽山旁。谛观世味如嚼蜡，惜花未免犹膏肓。亦知春色到庭户，不见此花如未尝。子于何处得一本，赠我意厚诚难忘。戏言剑浦此为最，聊试呼作道州长。化工雕刻无厚薄，地气培植非其乡。虽云单叶不入品，无那富艳逾群芳。愿言爱惜勿嘲诮，且醉玉斝酬韶光。（《全宋诗》卷一五四六，第17557 页）

李纲《黟歙道中士人献牡丹千叶面有盈尺者为赋此诗》云：

平生爱花被花恼，每见牡丹常绝倒。自从丧乱减风情，两年不识花枝好。迩来谪堕烟雨中，行色日与春光浓。今夕何夕见粲者，颇类寿安千叶红。岂知黟歙深山里，乃有此花端若此。不论玉版与鹤翎，可亚姚黄并魏紫。嫣然见我如感伤，似诉处此非其乡。吾衰多病不解饮，对此叹息空持筋。人言老境花如梦，献此殷勤情已重。蜡封贮瓶可多时，惆怅洛阳今不贡。（《全宋诗》卷一五五五，第 17664 页）

李纲《初见牡丹与诸季申伯小酌》云：

牡丹家中州，尤者西邑洛。姚黄妃魏紫，余品皆落寞。南方瘴疠地，寒暑互参错。浪蕊与浮花，未春先已作。安能萃和气，孕此木芍药。今朝眼忽开，数朵到书阁。郁然兰蕙芬，烂若云霞烁。虽非千叶繁，香色亦不恶。花王苗裔远，气格尚宏廓。群芳类凡禽，累百惭一鹗。把酒共对之，寄意良匪薄。无辞倒金樽，坐使花空落。（《全宋诗》卷一五六八，第17797 页）

上引四诗中，范诗在创作运思和思想内容方面与白居易《琵琶行》极似。诗中的那位江城老卒，实际上就是浔阳江畔因年老色衰而"嫁作商人妇"的琵琶女，作者本人则是遭受贬黜流落浔阳的江州司马白居易。只不过范仲淹并不认为自己与这位接花高手"同是天涯沦落人"，而是"不学尔曹向隅泣"，认为自己一定能重回京师（"一旦天恩放尔归，相逐栽花洛阳去"），体现出作者的乐观精神和追求理想的坚定信念。不过，全诗流露出来的那种强烈的去国怀京之感和贬谪意识还是鲜明可感的。

与范诗相比，李纲的这三首诗具有更深广的思想内涵。李纲为宋代抗金名相，然仅做了八十多天宰相就遭到罢免和贬谪，这三首诗都是其在贬谪地创作的。在第一首诗中，作者先追述了自己早年在京城玩赏牡丹的情形："千金不惜买一醉，少年浑欲花底狂。归来试作牡丹谱，未服秉笔唯欧阳。"接着直接抒发自己内心强烈的贬谪意识："自从游宦多感伤，况此远谪闽山旁。"在第二首诗中，作者追述了自己的贬谪生涯，抒发了自己在贬谪之地见到牡丹时的复杂情感："今夕何夕见粲者，颇类寿安千叶红。岂知黟歙深山里，乃有此花端若此。不论玉版与鹤翎，可亚姚黄并魏紫。"并用拟人和移情的手法描述牡丹的情态："嫣然见我如感伤，似诉处此非其乡。"在这里，作者实际上将自己与生处僻壤的牡丹相比拟，表达自己"所处非其乡"的强烈贬谪感。不仅如此，由于李纲之贬与中原沦陷、宋室南渡同步，因此，作品在抒写强烈贬谪感的同时，更抒发了深沉痛楚的昔盛今衰之感、家国沦丧之恨。

五、唐宋牡丹诗词的感伤主题（下）——借牡丹抒写家国之恨

如果说在中唐、北宋士大夫文人笔下，牡丹常常作为触发作者漂泊之感、贬谪之思的触媒而出现于他们所创作的牡丹诗词中，所传达的主要是一种基于"人生"之坎坷与宦海之浮沉的升沉荣辱之慨，那么，在经历了靖康之变、中原沦丧、国破家亡、宋室南渡的惨痛遭遇之后，牡丹对于南宋文人士大夫所触发的特定思想感情便不再仅仅限于一己之升沉荣辱，而是上升到国家、民族层面，流落江南之感、中原沦丧之耻、国破家亡之恨，成为南宋牡丹诗词的最重要主题。

前面所引述的李纲《黟歙道中士人献牡丹千叶面有盈尺者为赋此诗》仅仅是一个开始。据笔者统计，南宋绝大多数牡丹诗词都表现了极其深重的家国之恨。

（一）流落之恨：可怜国色天香种，竟落田夫野老家

牡丹主产区在中原，北宋时期，牡丹玩赏活动趋于极盛，中心在洛阳、开封、陈州等。在人们的心目中，牡丹已经具有一定的象征意义，即成为国都、中央、中原的象征。当南渡士人流落江南乍睹牡丹之时，一种强烈的漂泊异乡的流落之恨涌上心头。试看下面几首诗：

知君流落在天涯，八节滩头忆旧家。想对东风开病眼，几行和泪洛西花。（周紫芝《王元道剪牡丹见饷二绝》其一，《全宋诗》卷一五二五，第17341页）

乡井凋残屋瓦颓，东风依旧上池台。别来纵值时方乱，春到何曾不花开。骤觉茅檐堆锦绣，未消翠毂走尘埃。勿云去草草无恶，今日遮藏要草莱。（王庭珪《避乱深山蒙兄宝君寄牡丹数枝鲜妍不减平日始觉茅檐顿有春色感叹之余因成拙句》，《全宋诗》卷一四六二，第16785页）

南渡年来两鬓霜，牡丹芍药但他乡。即从江水浮淮水，便上维扬向洛阳。（曾几《曾宏甫见过因问讯鞓红花则已云落矣惊呼之余戏成三首》其三，《全宋诗》卷一六五九，第18584页）

倦游曾向洛阳城，几见芳菲照眼新。载酒屡穿卿相圃，傍花时值绮罗人。十年客路惊华发，回首中原隔战尘。今日寻芳意萧索，山房数朵弄残春。（刘子翚《山寺见牡丹》，《全宋诗》卷一九二〇，第21433页）

洛阳旧谱隔芳园，姚魏寻香作返魂。端为名花肯迁路，定知春色落深村。日中半醉如含恨，雨后幽姿未忍言。上苑分明有余地，野芹何独溯金门。（李石《陪韩守刘村看牡丹》，《全宋诗》卷一九八八，第22304页）

天工不管国香奇，流落民家识者稀。特地邀宾宾不至，国香也是少人知。（袁甫《趣诸友观牡丹》，《全宋诗》卷三〇一一，第35865页）

周紫芝、王庭珪、曾几、刘子翚、李石都是南渡时期的知名诗人，他们曾经历过北宋的繁华，甚至直接参与过当时的牡丹玩赏活动。当他们在南渡过程中和安定下来之后再次见到牡丹时，中原沦陷所导致的宋室南迁与个人流落所引起的感伤情绪，一下子涌上心头，因而写下了这些蕴涵着漂泊之感、流落之恨的沉痛诗句。袁甫虽然较周紫芝等为晚，没有亲历宋室南渡，但身居南宋之末，目睹了赵宋王朝的风雨飘摇和大厦将倾，感受到了另一场更加惨痛的民族悲剧的来临，在他的诗中，曾经何等荣耀，举世皆知、"一城之人皆若狂"的牡丹，竟然流落至民间，几至无人识别。世易时改，盛时不再的感叹，隐然流出。

除此之外，这种战乱时代天涯流落的情怀，在同时期的牡丹词中也有所表现。比如曾觌《定风波·赏牡丹席上走笔》云：

上苑秾芳初雨晴。香风袅袅泛轩槛。犹记洛阳开小宴。娇面。粉光依约认倾城。　流落江南重此会。相对。金蕉蘸甲十分倾。怕见人间春更好。向道。如今老去尚多情。（《全宋词》第 1708 页）

中原沦陷前的赏花小宴尚历历在目，如今却在此江南漂泊的窘境中面对，昔盛今衰之慨、天涯流落之恨油然而生。又如毛开《念奴娇·追和张巨山牡丹词》云：

倚风含露，似轻颦微笑，盈盈脉脉。染素匀红，知费尽，多少东君心力。国艳酣晴，天香融暖，画手争传得。绿窗朱户，晓妆谁见凝寂。独占三月芳菲，千花百卉，算争得春色。欲寄朝云无限意，回首京尘犹隔。舞破霓裳，一枝浑似，醉倚香亭北。旧欢如梦，老怀那更追惜。（《全宋词》第 1764 页）

张孝祥《踏莎行·长沙牡丹极小，戏作此词，并以二枝为伯承、钦夫诸兄一觞之荐》云：

洛下根株，江南栽种。天香国色千金重。花边三阁建康春，风前十里扬州梦。　油壁轻车，青丝短鞚，看花日日催宾从。而今何许定王城，一枝且为邻翁送。（《全宋词》第 2196 页）

曾觌、毛开、张孝祥都是南渡时期知名文人，他们的命运遭际虽不尽相同，但都经历了北宋灭亡、中原沦陷、宋室南渡，对于"中州盛日"牡丹繁盛景象均有深刻记忆。当他们颠沛流离于江南时，触物兴感，发出了流落天涯的慨叹。

其实流落的又何止文人士大夫自己呢？他们所依存的赵宋王朝，不一样流落江南、偏安一隅吗？更令人痛心疾首的是，在经历了一百五十年苟延残喘之后，南宋王朝重蹈覆辙，亡于蒙古铁蹄之下，连偏安一隅都不可得。仇远《北村吴园雨中赏牡丹主人留饮》诗将这种窘迫与悲哀深刻地传达出来。诗云：

不谓村园见此花，娇红数朵眩晴霞。可怜国色天香种，竟落田夫野老家。略具杯盘供笋蕨，已拚杖屦污泥沙。莫愁乳鹿衔春去，自有蓬蒿尽力遮。（《全宋诗》卷三六八一，第44200页）

仇远生活于宋元易代时期，虽然没有亲历过北宋的繁华，但从前辈的诗文作品中得以了解牡丹的历史，了解她的繁华与荣耀。如今，这本属上苑的"国色天香种"，却流落在"田夫野老"之家。这充满象喻意义的描述，怎能不让人悲从中来？流落江南的牡丹与流落江南的士人、偏安江南的宋室，在流落江南这一点上形成了一种令人不胜悲慨的同构关系。

（二）黍离之悲：旧日王侯园圃，今日荆榛狐兔

宋室南渡之后，中原落入金人之手，北宋王朝曾经的繁荣已成为南柯一梦。对于南宋士人而言，若想亲身体验壮观的"洛阳花世界"已不可能。然而在日常生活中，他们偏偏会在不经意间与昔日曾令"一城之人皆若狂"的牡丹相逢，这无疑在"梦绕中原块土"的文人士大夫心头掀起巨大波澜。他们开始追忆往昔繁华，痛惜中原之沦丧，想象昔日的名园在异族统治下早已成为一片废墟，美艳的牡丹为荆榛狐兔所代替。由牡丹所激发出来的深重的亡国之痛和黍离之悲，成为这一时期牡丹诗词最重要的主题。

先列举若干这一时期的牡丹诗：

年来春事不相关，一笑除非醉里拚。未信花枝憎白发，且随月色傍朱栏。他时拜赐犹能记（自注：百官游金明池，馆职赐牡丹），此夜伤心更忍看。姚魏风流浑谩与，坐来双泪落金盘。（张纲《次韵传道夜观牡丹》，《全宋诗》卷一五七七，第17892页）

敢辞深坐懒衣裳，便欲追陪恐病妨。小户常忧劝酒满，短才仍怯和诗忙。牡丹花在逢寒食，群玉山如望洛阳。不是使君寻旧赏，更无人会忆姚黄。（吕本中《郡会赏牡丹分韵得裳字》，《全宋诗》卷一六二四，第18224页）

一自胡尘入汉关，十年伊洛路漫漫。青墩溪畔龙钟客，独立东风看牡丹。（陈与义《牡丹》，《全宋诗》卷一七五七，第19570页）

余芳卷地还春去，谁送洛花供眼青。沉香亭北真一梦，今见宗支亦典刑。

鹤林阆苑两萧瑟，付与大千沙劫灰。尺五城南花溅泪，诗成看镜觉摧颓。

（朱松《牡丹花二首》，《全宋诗》卷一八五八，第 20754 页）

胜业看花暖正繁，玉仙洪福且休论。初筵爱客尊俱尽，落笔成诗水共翻。京洛追游真似梦，风光流转绝无言。武林亦有西池否，安得姚黄奉至尊。（胡寅《真赴宣卿牡丹之集和奇父二首》其一，《全宋诗》卷一八七四，第 20990 页）

花品称王擅京洛，朱朱白白莫齐名。相逢河朔春将暮，半吐檀心若有情。（洪适《次韵村店得牡丹》，《全宋诗》卷二〇〇，第 23457 页）

洛京隔绝花难得，茂苑移将信已通。世事好乖犹献鹊，雕栏不用怨东风。（洪适《蓝宪遣人往吴门移洛花未至而去》，《全宋诗》卷二〇〇，第 23458 页）

天教国色傲春华，不肯争先伍杂花。西洛尘埃长太息，名园今属犬羊家。（洪适《梁子正有诗谢牡丹及聚仙花次其韵》，《全宋诗》卷二〇一，第 23475 页）

沉香亭北无消息，魏国姚家亦寂寥。不见君王殿中见，溪园堂下雨潇潇。（赵彦端《牡丹》，《全宋诗》卷二一〇三，第 23744 页）

两京初驾小羊车，憔悴江湖岁月赊。老去已忘天下事，梦中犹看洛阳花。妖魂艳骨千年在，朱弹金鞭一笑哗。寄语毡裘莫痴绝，祁连还汝旧风沙。（陆游《梦至洛中观牡丹繁丽溢目觉而有赋》，《全宋诗》卷二一八〇，第 24827 页）

洛阳牡丹面径尺，鄜畤牡丹高丈余。世间尤物有如此，恨我总角居东吴。俗人用意苦局促，目所未见辄谓无。周汉故都亦岂远，安得尺箠驱群胡。（自注：山阴距长安三千七百四十里，距洛阳两千八百九十里）（陆游《赏小园牡丹有感》，《全宋诗》卷二二三五，第 25672 页）

佳人绝世堕空谷，破恨解颜春亦来。莫对溪山话京洛，碧云西北涨黄埃。（范成大《次韵朱严州从李徽州乞牡丹三首》其一，《全宋诗》卷二二四七，第 25798 页）

开缄豁豁皱眉舒，一首新诗酒一壶。寒食禁烟春已半，佳人倾国态悬殊。园荒不减游群鹿，才尽应悲短续凫。有墨牡丹君种否，乡邦能借一畦无。

一见春红意已舒，何须幻化入悬壶。含芳镇日香千和，作态临风色万殊。曲槛乍开金缕凤，清池斜照玉为凫。洛阳拟问门园在，王后如今解接无。

（薛季宣《复和仲蟠二首》，《全宋诗》卷二四七〇，第28657页）

看花喜极翻愁人，京洛久矣为胡尘。还知姚魏辈何在，但有欧蔡名不泯。夕阳为我作初霁，佳节过此无多春。更烧银烛饮花下，五陵佳气今方新。（陈傅良《牡丹和潘养大韵》，《全宋诗》卷二五二九，第29239页）

古人曾道四并难，酒量黄花顿觉宽。谁与蔡欧修旧谱，且为姚魏暖春寒。饮狂尚欲簪巾舞，漏尽何妨秉烛看。国色老颜不相称，世间何处有还丹。（刘克庄《司令为牡丹集次坐客韵》，《全宋诗》卷三〇六二，第36526页）

暴骸独柳冤谁雪，蒿葬青山过者悲。甘露殿中空诵赋，沉香亭畔更无诗。

西洛名园堕劫灰，扬州风物更堪哀。纵携买笑千金去，难换能行一朵来。

（刘克庄《记牡丹事二首》，《全宋诗》卷三〇六二，第36527页）

江南牡丹凡有几，德安打头歙为二。金陵旧物间有之，池阳吴郡皆居次。地近京畿种偏好，鄂城栽接不草草。春土筛泥绕画栏，石磴方坛净如扫。当头第一带鞓红，腻紫娇黄别作丛。盘盂擎出最迎日，碧玉万片藏春风。实叶丝丝带缕金，锦斑酒晕间攒心。翻腾栀茜乱朱粉，样各数名分浅深。低树犹高五六尺，花重刚枝反无力。迥出层阴转耐看，始悟年深有真色。晚添细雪来相簇，露醒香魂冷方浴。倚柱黄昏眼倍明，顿觉夜阑须秉烛。洛水芳林应更多，不禁飞雨洗铜驼。酥煎送酒有人在，草没故园无奈何。莫对余春起叹嗟，最难保守是繁华。君看南渡百年内，看到子孙能几家。（周弼《牡丹》，《全宋诗》卷三一四六，第37736页）

蘸蜡封枝剪处新，开奁带露尚精神。洛阳路远风尘暗，肠断无应做谱人。（赵孟坚《谢送牡丹》，《全宋诗》卷三二四一，第38682页）

写来犹是挟春娇，想见当年魏与姚。花外小车看未了，杜鹃声里洛阳桥。（朱继芳《张子中牡丹图》，《全宋诗》卷三二八〇，第39082页）

几年有负倾城艳，惭愧今朝对洛花。忆昔富文同胜集，慨今姚黄属谁家。赏心不作园林想，过眼聊为几席华。回首一年春又了，绿阴芳草接天涯。

殿春名谱压群葩，汲水金铜满贮花。无地栽培娱老境，有风吹送到儿家。娇容粉薄雨含沐，丰脸杯醺日绚华。花卒还荣人莫少，芳辰来往岁无涯。

（卫宗武《巨室遗牡丹有作》，《全宋诗》卷三三一二，第39478页）

不学时妆添酒晕，休将风景对茶前。沉香亭北空回首，目断关河万里天。（胡仲弓《梅坡席上次韵牡丹》，《全宋诗》卷三三三六，第39838页）

草玄亭前老侯芭，赠我鞓红三朵花。一春风雨伤麦麻，天香何事来山家。且劝花王一杯酒，更祝花王千万寿，洛阳名苑今在否，未必开花大如斗。有花可赏不负春，红紫转眼俱成尘。酣歌谁识李翰林，酒楼柳絮愁杀人。（仇远《应平叔送牡丹》，《全宋诗》卷三六七九，第44175页）

在这一时期的牡丹诗中，出现最多的字眼是京洛（或洛阳、洛下、洛浦）、故园（或名园）、胡尘、魏紫姚黄、欧公记蔡公书、荆棘铜驼、沉香亭北。如"一自胡尘入汉关，十年伊洛路漫漫。"①（陈与义）"京洛追游真似梦，风光流转绝无言。"（胡寅）"西洛尘埃长太息，名园今属犬羊家。"（洪适）"沉香亭北无消息，魏国姚家亦寂寥。"（赵彦端）"安得尺箠驱群胡"，"梦中犹看洛阳花"。（陆游）"莫对溪山话京洛，碧云西北涨黄埃。"（范成大）"传闻西洛名千变，排释东风恨万端。"（许及之）"荒凉洛苑芳菲甚"，"园荒不减游群鹿"。（薛季宣）"看花喜极翻愁人，京洛久矣为胡尘。还知姚魏辈何在，但有欧蔡名不泯。"（陈傅良）"旧事与谁谈洛下，倦游聊尔话黔中。"（赵蕃）"谁与蔡欧修旧谱"，"世间何处有还丹"。"甘露殿中空诵赋，沉香亭畔更无诗。""西洛名园堕劫灰，扬州风物更堪哀。"（刘克庄）"洛水芳林应更多，不禁飞雨洗铜驼。酥煎送酒有人

---

① 钱钟书先生《宋诗选注》曾评述此诗思想内涵云："陈与义这首诗的意思在南宋诗词里经常出现，例如陆游《剑南诗稿》卷八二《赏山园牡丹有感》也是看见牡丹花而怀念起洛阳鄜延等地方来，还说：'周汉故都亦岂远，安得尺箠驱群胡！'刘克庄《后村大全集》卷一八七《木兰花慢》、《昭君怨》等咏牡丹词用意略同。"参钱钟书撰：《宋诗选注》，人民文学出版社1989年版，第137页。

在，草没故园无奈何。莫对余春起叹嗟，最难保守是繁华。君看南渡百年内，看到子孙能几家。"（周弼）"洛阳路远风尘暗，肠断无应做谱人。"（赵孟坚）"想见当年魏与姚"，"杜鹃声里洛阳桥"。（朱继芳）"忆昔富文同胜集，慨今姚黄属谁家。"（卫宗武）"沉香亭北空回首，目断关河万里天。"（胡仲弓）"洛阳名苑今在否"，"红紫转眼俱成尘"，"酣歌谁识李翰林，酒楼柳絮愁杀人"。（仇远）这些令人痛心的诗句，所传达的正是一种中原沦丧之后对往昔繁华的追忆、对故土落胡尘的痛惜之情，是一种巨大的亡国之痛，也是一种深沉的黍离之悲。

再看这一时期的三首牡丹词：

维摩病起，兀坐等枯株。清晨里，谁来问，是文殊。遣名姝。夺尽群花色，浴才出，醒初解，千万态，娇无力，困相扶。绝代佳人，不入金张室，却访吾庐。对茶铛禅榻，笑杀此翁臞。珠髻金壶。始消渠。　　忆承平日，繁华事，修成谱，写成图。奇绝甚，欧公记，蔡公书。古来无。一自京华隔，问姚魏、竟何如。多应是，彩云散，劫灰余。野鹿衔将花去，休回首、河洛丘墟。漫伤春吊古，梦绕汉唐都。歌罢欷歔。（刘克庄《六州歌头·客赠牡丹》，《全宋词》第 3308 页）

维摩居士室，晨有鹊，噪檐声。排送者谁与，冶容炫服，宝髻珠璎。疑是毗耶城里，那天魔、变作散花人。姑射神仙雪艳，开元妃子春醒。
郡延第一次西京。姚魏是知名。向欧九记中，思公屏上，描画难成。一自朝陵传夫，赚洛阳、花鸟望升平。感慨桑榆暮景，抶挑草木微情。（刘克《木兰花慢·客赠牡丹》，《全宋词》第 3328 页）

曾看洛阳旧谱，只许姚黄独步。若比广陵花，太亏他。　　旧日王侯园圃，今日荆榛狐兔。君莫说中州，怕花愁。（刘克庄《昭君怨·牡丹》，《全宋词》第 3332 页）

刘克庄是南宋后期辛派词人的重要代表，前面所列三首牡丹词，具有深刻的思想内涵。这三首词无一例外地把牡丹作为触发感情的媒介，由牡丹而想到北宋当年的承平岁月，联想到如今中原故土上的荆榛狐兔，甚至还敏锐地感受到南宋的国势日蹙、大厦将倾。从这些作品中，我们能深切地感受到作者强烈的故国之思、家国之恨和黍离之悲。

　　南宋亡国以后，遗民词人们也创作了一批寄寓深切的故国之思、亡国之痛和黍离之悲的牡丹词。比如陈著的牡丹词云：

　　洛阳地脉，是谁人缩到、海涯天角。绿树成阴芳雾底，得见当年台阁。园杏贵客，海棠姬侍，拥入青油幕。人间那有，风流天上标格。如困如懒如羞，夜来应梦入，西瑶仙宅。为你闲风轻过去，□□不教妨却。娇不能行，笑还无语，惟把香狼籍。花花听取，年年无负春约。（《念奴娇·咏牡丹》，《全宋词》第 3848 页）

　　陈著生于宋宁宗嘉定七年（1214），卒于元大德元年（1297），宋亡时年届花甲，在接下来的近二十年间，他以遗民身份终老。陈氏的这首牡丹词不一定作于宋亡之后，但据词情可知其时距宋亡已为时不远。上片一开篇即入悲愤的咏叹："洛阳地脉，是谁人缩到、海涯天角。"这样的词句，只要稍通文句，便能知晓其中所蕴涵的深悲巨痛。牡丹属于洛阳，洛阳代表着中原，同时也代表着中华民族的历史文化，如今她却被"缩"到了"海涯天角"，"缩"字沉痛无比，"海涯天角"则让人想起临安被元人攻陷之后，陆秀夫等拥立帝昺流亡于东南沿海一带，最后在崖山覆灭的史实。不管这几句是不是寓指此事，却显然具有比较明显的喻义，喻示着汉族政权被外族侵凌以至于流落到天涯海角的惨痛历史。以下各句，摹写牡丹之美艳，似乎全为乐景，但参照首三句，则正所谓以乐景写哀情也。他的另外两首牡丹词分别有"日西斜，烟草凄凄，望断洛阳何处"（《水龙吟·牡丹有感》，《全宋词》第 3860 页）、"世事纷纷无据……漫寻思，承诏沉香亭上，倚阑干处"（《水龙吟》，《全宋词》第 3861 页）等句，皆寓有较强烈的感怆之意。

　　再如下面三首词：

　　雨秀风明，烟柔雾滑，魏家初试娇紫。翠羽低云，檀心晕粉，独冠洛京新谱。沉香醉墨，曾赋与、昭阳仙侣。尘世几经朝暮，花神岂知今古。

　　愁听流莺自语，叹唐宫、草青如许。空有天边皓月，见霓裳舞。更后百年人换，又谁记、今番看花处。流水夕阳，断魂钟鼓。（刘壎《天香·次韵赋牡丹》，《全宋词》第 4218 页）

晓寒慵揭珠帘，牡丹院落花开未。玉栏干畔，柳丝一把，和风半倚。国色微酣，天香乍染，扶春不起。自真妃舞罢，谪仙赋后，繁华梦、如流水。　池馆家家芳事。记当时、买栽无地。争如一朵，幽人独对，水边竹际。把酒花前，剩拚醉了，醒来还醉。怕洛中、春色匆匆，又入杜鹃声里。（王沂孙《水龙吟·牡丹》，《全宋词》第 4244 页）

妒花风恶，吹轻阴涨却，乱红池阁。驻媚景、别有仙葩。遍琼甃小台，翠油疏箔。旧日天香，记曾绕、玉奴弦索。自长安路远，腻紫肥黄，但谱东洛。　天津霁虹似昨。听鹃声度月，春又寥寞。散艳魄、飞入江南，转湖渺山茫，梦境难托。万叠花愁，正困倚、钩阑斜角。待携尊、醉歌醉舞，劝花自乐。（蒋捷《解连环·岳园牡丹》，《全宋词》第 4346 页）

刘壎词寄寓了强烈的昔盛今衰之感和亡国之痛。上片首六句写牡丹之艳丽高贵；"沉香醉墨"二句，用李白沉香亭赋牡丹之事，写昔日繁华；"尘世"二句，谓时移世换，花神不知，语气似嘲似怨。下片正写两宋灭亡事，"叹唐宫、草青如许"，借唐宫之衰飒凄迷喻北宋之沦亡，"更后百年人换，又谁记、今番看花处"，表面上似乎写人事无常，实际上隐指南宋王朝的衰败和覆灭，表达的是词人亡国后的深沉悲慨。王沂孙词寄托了深沉的故国之思。词的前八句写暮春时节牡丹开放时的情景；歇拍"自真妃舞罢"三句，写世易时换，繁华往事如梦幻般水逝云飞，无迹可寻；"池馆家家芳事。记当时、买栽无地"，追想昔日繁华；"争如"六句，借"水边竹际"幽居独处的牡丹，表达自己的甘于寂寞、含茹悲苦；结尾两句落到对于"洛中"的思虑，杜鹃声起，牡丹花谢，此时洛阳应该也春归花落，一片愁寂吧！

与刘、王词相比，蒋捷词具有更深沉的历史反思意识。"岳园"，或即岳飞孙岳珂金陀坊之岳家园。宋董嗣杲《庐山集》有《春步岳园二首》云："暖风晴日艳芳天，独客心情不忍言。何处有花春掠眼，金陀坊里岳家园。""将军墓域在杭州，如此家园入梦游。谁惜再传无嗣续，至今匙钥属官收。"[①] 金陀坊在浙江嘉兴，岳珂在此著《金陀粹编》，其地距杭州不远，疑蒋捷于宋亡后曾漂游其地。由于岳园与抗金名将岳飞有一定渊源，

① （宋）董嗣杲撰：《庐山集》卷五，四库全书本。

牡丹又是象征北宋繁荣昌盛的"洛阳花",蒋捷在此特殊历史背景下独步岳园,看到满园娇艳绽放的牡丹,安能不睹物心惊,悲从中来,感慨万端?此词首三句言晚春节物;"驻媚景"三句切入本题,谓唯有牡丹花在此群芳凋零之际妖艳地绽放;以下入咏史,"旧日天香"两句,遥想当年唐明皇与杨贵妃于沉香亭赏牡丹的盛事,蕴涵着对汉唐盛世的无限追念;"自长安路远",谓唐王朝衰亡之后,西北一带为胡人所侵扰,长安成了遥远的边疆,"腻紫肥黄,但谱东洛",记北宋东都牡丹之盛,而着一"但"字,则意宋朝只能暂保中原,无力恢复西北边地;"散艳魄、飞入江南"者,中原沦陷,宋室南迁,偏安江南之谓也;"转湖渺山茫,梦境难托"者,江南亦蒙胡尘,昔日繁华旧梦已失却任何依赖,一切已灰飞烟灭矣!如此看来,这首短短百余字的牡丹词,竟浓缩了由盛唐至宋亡五百年间盛衰变幻的惨痛历史!

综上所述,唐宋牡丹诗词具有深刻的历史文化内涵,其主题之嬗变,实与唐宋牡丹玩赏之风习相终始,与唐宋文人之生存境遇相生发,特别是与唐宋两朝盛衰兴亡的历史轨迹相表里。牡丹花枝繁艳,然有花无实,故就花而言,玩赏赞誉者有之,批评嘲谑者有之。牡丹尤得帝王后妃赏爱,故沾沾于功名利禄者,为取悦君上,不惜变本加厉,鼓吹不已。如唐朝之花市、北宋之万花会;而关心民瘼者,视其为肇乱之端,每加排抑,并作诗以批判,如白居易、苏轼等。两都作为政治文化中心,与文人士大夫升沉荣辱最相关切,于是多愁善感之士,借京国之牡丹,抒发对京城的留恋和对贬谪生涯的忧畏,故身世之感、贬谪之痛得以借题咏牡丹来抒发,如令狐楚、刘禹锡、范仲淹、李纲等。两京为国家政权的象征,国家存亡系于两京,故南宋以降,中原沦丧,洛阳牡丹遂成民族历史记忆,人们咏及牡丹,无不痛心疾首,感慨万千。至此,牡丹遂成家国沦丧的见证,成为昔日繁荣昌盛的象征!通过对唐宋牡丹诗词及其主题嬗变的全程考察,我们应该认识到,今天人们所认同的牡丹及其象征意义和文化内涵,诸如国色天香、雍容华贵,象征国家富强、繁荣昌盛等,并非一蹴而就的,而是经历数百年民族劫乱和文化变迁之后才逐步凝成的。

第四章

附论及杂考

第一节 《裴给事宅白牡丹》诗作者考辨

《全唐诗》卷一二四裴士淹名下收录有《白牡丹》一首，诗云：

长安年少惜春残，争认慈恩紫牡丹。别有玉盘乘露冷，无人起就月中看。（《全唐诗》卷一二四，第 1232 页）

卷二八〇卢纶名下收录有《裴给事宅白牡丹》一首，云：

长安豪贵惜春残，争玩街西紫牡丹。别有玉盘承露冷，无人起就月中看。（《全唐诗》卷二八〇，第 3188 页）

卷五〇七裴潾名下亦有《白牡丹（一作长安牡丹)》一首，云：

长安豪贵惜春残，争赏先开紫牡丹。别有玉杯承露冷，无人起就月中看。（《全唐诗》卷五〇七，第 5766 页）

这三首诗前两句稍有异文，后两句则几乎完全一样。如果排除一种极端情况，即三人在互不知晓对方诗作的情况下各自为之，那么我们基本上可以断定，这三首诗其实就是一首诗。在《全唐诗》中，误题作者或一诗两见的情况并不罕见，但同一首诗归诸三人名下，却实在有些蹊跷①。

本来，如果这只是一首平凡庸陋之作，那它的作者是谁倒也无足轻重，但是，根据前人的评价和我们的品鉴，这确实是一首相当优秀的作

① 佟培基先生《全唐诗重出误收考》（陕西人民教育出版社 1996 年版，第 88 ~ 89 页）据宋钱易《南部新书》等材料，认为作者应该是裴潾。但据笔者考证，此诗的作者并不是裴潾。

品。它不仅包含丰富的文化信息，而且具有很高的文学品质。就前者而论，这首诗反映了一种时代风尚：唐人喜爱牡丹，每于暮春时节，无不争相玩赏；慈恩寺之紫牡丹，尤为时人所重。就后者而论，此诗以"玉盘承露"比喻月下之白牡丹，既形容了牡丹之"白"，更突显出其高贵雅洁之姿，可谓体物精切。后两句白牡丹之"无人起就月中看"，与前两句之豪贵"争认慈恩紫牡丹"相映衬，体现出两种截然不同的审美趣尚，流露出作者不趋附时尚的孤洁品性，寄意深远，耐人寻味。清人洪亮吉《北江诗话》云"《白牡丹》诗，以唐韦端己'入门惟觉一庭香'及开元明公'别有玉盘承露冷，无人起就月中看'为最"①，诚为知言。既然如此，那么，对于这首诗作者的考辨就显得非常必要和有意义了。

那么，这首诗的作者究竟为谁？是什么原因导致前人在确定此诗作者时产生如此大的分歧？围绕这一疑点，笔者翻阅了一些相关的资料，发现此诗可以肯定不是裴士淹所作，至于是否卢纶或裴潾之作，疑点甚多，也基本上可以否定。最有可能的情况是，这首诗是天宝末某位著名诗人所作，至于这位诗人是谁，据现存史料看，已无从考索。

此诗最早见于晚唐段成式的笔记小说《酉阳杂俎》。其前集卷一九《广动植之四·草篇》云：

> 开元末，裴士淹为郎官，奉使幽冀回，至汾州众香寺，得白牡丹一窠，植于长安私第，天宝中，为都下奇赏。当时名公，有《裴给事宅看牡丹》诗，时寻访未获。一本有诗云："长安年少惜春残，争认慈恩紫牡丹。别有玉盘承露冷，无人起就月中看。"太常博士张乘尝见裴通祭酒说。②

据笔者所知，这是唯一一段本朝人记载此诗来历的文字，而且交代得非常清楚。因此，如果这段记载可靠的话，我们便有充分的理由认定，《全唐诗》将此诗分别置于裴士淹、卢纶、裴潾三人名下的做法是错误的，至少是极不妥当的。

根据笔者考索，这段记载是相当可靠的。

---

① （清）洪亮吉撰：《北江诗话》，人民文学出版社 1983 年版，第 45 页。
② （唐）段成式：《酉阳杂俎》，《唐五代笔记小说大观》，第 701 页。

　　首先，这段文字涉及的时间、地点、人物及其仕履俱与史合。这段文字所涉及的中心人物是裴士淹，具体事件则有其任郎官、出使幽冀、任给事中等。按，《旧唐书》卷九《玄宗本纪·下》云"（天宝）十四载春三月……癸未，遣给事中裴士淹等巡抚河南、河北、淮南等道"①，《新唐书》卷二二三上《李林甫传》云"帝之幸蜀也，给事中裴士淹以辩学得幸"②；韦执谊《翰林院故事》、丁居晦《重修承旨学士壁记》均记有裴士淹开元以后至德以前由给事中充知制诰，后又出为礼部侍郎事③；清徐松《登科记考》卷一〇载有乾元元年"礼部侍郎裴士淹"知贡举④。由以上材料可知，天宝末年裴士淹确曾任给事中。又，清赵钺、劳格撰《唐尚书省郎官石柱题名考》（以下简称《郎考》），对裴士淹生平仕履有翔实的考证。《郎考》卷六"司封员外郎"、卷七"司勋郎中"下有裴士淹题名⑤。唐司封员外郎属吏部，从六品上；司勋郎中属吏部，从五品上。给事中，属门下省，正五品上（据《旧唐书·职官志》）。裴士淹天宝十四年前后已任给事中，则其为郎官，当在开元末年。这正与段成式所记裴士淹开元末为郎官、天宝中任给事中相吻合。又，《新唐书》卷二二五上《安禄山传》云："禄山惧朝廷图己，每使者至，称疾不出，严卫然后见。黜陟使裴士淹行部至范阳，再旬不见，既见而使武士挟引，无复臣礼，士淹宣诏还，不敢言。"⑥《资治通鉴》卷二一七亦有同样的记载⑦。此与段成式所言之"奉使幽冀"合。唯裴氏出使幽冀的时间，不是在开元末，而是在天宝末。这一不合之处，或系讲述者误记，或者裴氏在开元末另有一次出使幽冀之事，不可确考。如此看来，这段文字所记载的中心人物裴士淹的仕履情况与史实基本吻合，则其所记之事，应该是比较可信的。

---

　　① （五代）刘昫等撰：《旧唐书》，中华书局1975年版，第229页。

　　② （宋）欧阳修、宋祁等撰：《新唐书》，中华书局1975年版，第6349页。

　　③ 二书俱收入宋洪遵所辑《翰苑群书》，参清鲍廷博《知不足斋丛书》第十三集第三种。

　　④ （清）徐松：《登科记考》，续修四库全书本第八百二十九册，上海古籍出版社1995年版，第157页。

　　⑤ （清）赵钺、劳格编：《唐尚书省郎官石柱题名考》卷七，续修四库全书本第七百四十七册，上海古籍出版社1995年版，第359页。

　　⑥ （宋）欧阳修、宋祁等撰：《新唐书》，中华书局1975年版，第6416页。

　　⑦ （宋）司马光纂：《资治通鉴》，中华书局1956年版。

其次，据段成式交代，这段文字是从张嵯那儿得来的，而张嵯则是亲耳听国子祭酒裴通讲述的。这个裴通是谁呢？《新唐书·宰相世系表》中共有五个裴通[①]。其中"西眷裴氏"齐壶关令裴谒之之子裴通为齐、梁间人，"洗马裴氏"北周骠骑大将军裴彦之之子裴通为北周、隋间人，非段成式所言之裴通甚明。另，"洗马裴氏"有裴通曾任同州刺史；"南来吴裴氏"裴士淹之子裴通，曾任检校礼部尚书；"东眷裴氏"都官郎中裴孝智之子裴通曾任寿州刺史。据郁贤皓先生考证，"洗马裴氏"之裴通任同州刺史在贞元、元和年间[②]，非任国子祭酒之裴通甚明；"东眷裴氏"之裴通任寿州刺史之时已不可考，是否于文宗朝任国子祭酒尚不得而知。但裴士淹之子裴通在文宗朝曾任国子祭酒，却有确凿的史料记载。按，《新唐书·艺文志》著录有裴通《易书》一百五十卷，其下注云："字又玄，士淹子，文宗访以易义，令进所撰书。"[③]《新唐书·宰相世系表》：（裴士淹之子裴通）通字文玄，检校礼部尚书[④]。"文"字与"又"字形近，"又玄"当即"文玄"。《太平御览》卷六〇九云："唐书曰：文宗时，裴通自祭酒改詹事，因谢，上知通有易学，因访以精义，仍命进所习经本，著易元解并《总论》二十卷，《易御寇》十三卷，《易洗心》二十卷。"[⑤] 这就是说，裴士淹之子裴通在唐文宗时曾任祭酒，恰与段成式所言"太常博士张嵯尝见裴通祭酒说"相吻合，则段成式所言之裴通乃裴士淹的儿子（按，裴士淹开元末为郎官，天宝末任给事中，乾元元年尝知贡举，其时应已年届五十；裴通文宗时任国子祭酒、太子詹事，其时距乾元元年七十余年，似乎相距太远。但我们不能排除这样一种情况，即裴通系裴士淹晚年所生子，且享年颇永。裴通明《易》，著述颇丰，进书之时，或已入耄耋之年；太子詹事之职，亦多以老儒宿学任之，此应皆属晚年之事）。既然这段文字所叙述的事情出自当事人裴士淹的儿子裴通之口，则这段文字更加可信。

这里尚有一个问题，就是裴士淹移植白牡丹以及裴宅白牡丹为都下奇

---

①　（宋）欧阳修、宋祁等撰：《新唐书》，中华书局1975年版，第2179～2244页。

②　郁贤皓著：《唐刺史考》第一册《京畿道·同州》，江苏古籍出版社1987年版。

③　（宋）欧阳修、宋祁等撰：《新唐书》，中华书局1975年版，第1426页。

④　（宋）欧阳修、宋祁等撰：《新唐书》，中华书局1975年版，第2203页。

⑤　（宋）李昉等撰：《太平御览》，中华书局1960年影印本。

赏之事，与裴士淹天宝末奉使幽冀事，在时间上不吻合。但是，无论裴士淹是否以前曾有过出使幽冀的经历，裴士淹移植白牡丹究竟在什么时候，一个基本事实却不能否认，那就是裴宅确有此一窠白牡丹，也确实有人曾围绕裴宅牡丹进行了一次成功的诗歌创作。毕竟故事的讲述者是当事人裴士淹的儿子。

因此，除了在一些细节上存在不太吻合之处外，《酉阳杂俎》中这段文字的记述是非常可靠的。既然如此，我们便基本上可以对这首诗的作者作出推断了。

第一，此诗非裴士淹所作。在段成式的这段记载中，故事的讲述者裴通作为裴士淹的儿子，在讲述这段故事时，只说明此诗出自"当时（天宝中）名公"之手，而没有说是他父亲的作品。倘若此诗确系裴士淹所作，那裴通岂有不知之理？因此我们可以断定这首诗不是裴士淹所作。

第二，这位"当时名公"是谁？诗名很盛的卢纶是否就是这首诗的作者呢？据笔者考察，此诗非卢纶所作。理由如下：①卢纶生于天宝七年（748）（卢纶有诗云："八岁始读书，四方遂有兵"①，所谓"四方遂有兵"，当指安史之乱爆发，四方用兵），天宝末尚为童稚，焉得遽称"当时名公"。②《文苑英华》卷三二一"牡丹"门下录有此诗，题为《裴给事宅白牡丹》，署名卢纶②。然清初席氏琴川书屋刻十卷本《卢户部诗集》未收此诗；《全唐诗稿本》之《卢纶诗集》六卷，其中前五卷为刻本（所录诗歌及编排顺序与琴川书屋本全同，唯合其二卷为一卷），亦不录此诗，第六卷系抄本，录有此诗，而据诗题、附注等可知是从《文苑英华》中辑出的③。按，唐文宗朝，卢纶之子卢简能曾奉文宗之命献上其父诗五百篇④，《新唐书·艺文志》著录有《卢纶诗集》十卷，或即据此编成。明清人所刊刻的《卢纶诗集》纵有散佚，像这样一首优秀的诗作，亡佚的可能性却实在不大。更何况这首诗在晚唐至两宋流传颇广，除《文苑英华》

① （清）彭定求等编：《全唐诗》，中华书局 1960 年版，第 3145 页。

② （宋）李昉等编：《文苑英华》，四库全书本。

③ 《卢纶诗集》，见（清）钱谦益、季振宜辑：《全唐诗稿本》，明清未刊稿汇编第二辑，台北联经出版事业公司 1979 年影印本。

④ 参（五代）刘昫等撰：《旧唐书·卢简辞传》，中华书局 1975 年版，第 4269 页。

外，《南部新书》①、《唐诗纪事》②、《万首唐人绝句》③、《全芳备祖》④ 等均录有此诗，也算得上是唐人名篇了。如果它真是卢纶所作，而且被编入了最早的《卢纶诗集》，那么宋人绝对不会对此诗作者产生如此大的分歧。因此可以推断，这首《裴给事宅白牡丹》并不见录于唐宋传本《卢纶诗集》。值得注意的是，唐宪宗元和年间，令狐楚曾辑有《御览诗》一卷，共收录中唐诗三十家三百余首（内录有卢纶诗三十二首，李益诗三十六首），其中收录了李益的《咏牡丹赠从兄正封》诗一首："紫蕊丛开未到家，却教游客赏繁华。始知年少求名处，满眼空中别有花。"⑤ 这首诗与《裴给事宅白牡丹》相比，虽然各有千秋，但细细品味，后者似乎更优。李益与卢纶生年同为天宝七年（748），在大历、永贞年间均享有很高的诗名，倘若卢纶真作有《裴给事宅白牡丹》诗，令狐楚何以取彼而去此？③更重要的是，卢纶与裴士淹之子裴通生活的年代大致相同（裴通年纪或稍小），唯卢纶享年不永（卒于贞元十四、十五年间，798—799），大约早裴通三十年辞世（文宗时裴通任国子祭酒、太子詹事诸职，则其至晚在大和年间尚在世），段成式卒年在唐懿宗咸通四年（863），较裴通晚约三十年，相距均不甚远；又，卢纶子卢简能献父诗五百篇之事，恰在文宗朝，如果此诗真是卢纶所作，裴通不会不知道，段成式也不会不知道。现在裴通说如是，段成式完全认同裴说，则此诗非卢纶所作亦明矣。

第三，此诗亦非裴潾所作。钱易《南部新书·丁》记载此诗本事云：

长安三月十五日，两街看牡丹，奔走车马。慈恩寺元果院牡丹先于诸牡丹半月升，太真院牡丹后诸牡丹半月开。故裴兵部怜白牡丹特自题于佛殿东颊壁之上。太和中，车驾自夹城出芙蓉园，路幸此寺，见所题书，吟玩久之，因令宫嫔讽念。及暮，归大内，即此诗满六宫矣。其诗曰："长安豪贵惜春残，争赏先开紫牡丹。别有玉杯承露冷，无人起就月中

---

① （宋）钱易撰：《南部新书》，新世纪万有文库本，辽宁教育出版社2000年版。
② （宋）计有功：《唐诗纪事》，中华书局1965年版。
③ （宋）洪迈编：《万首唐人绝句》，文学古籍刊行社1955年明嘉靖刊本影印本。
④ （宋）陈景沂编：《全芳备祖》，农业出版社1982年日藏宋钞本影印本。
⑤ （唐）令狐楚辑：《御览诗》，参傅璇琮编：《唐人选唐诗新编》，陕西人民教育出版社1996年版，第434页。

看。"兵部时任给事。①

《唐诗纪事》卷五二"裴潾"条引录了此段文字，虽稍作删改，但所叙述的事情没有变，唯诸本《南部新书》之"裴兵部"下俱作"怜"字，而《唐诗纪事》均改作"潾"（按，今人王仲镛撰《唐诗纪事校笺》曾全文引录了《南部新书》中的这段文字，亦将此"怜"字引作"潾"字而未加任何说明，不知何据)②，这就对于"裴兵部"下的这个字究竟应该是人名还是诗题的首字造成一定的误会。不过根据钱易的记载，再参之以史事，可知这里的裴兵部确实就是裴潾（《旧唐书》卷一七一《裴潾传》记载裴氏仕履甚详，钱易所言，正与史合)。裴潾为中唐人，生年不详，但卒于文宗开成三年（838）。按照钱易的说法，这件事情发生在裴潾任给事中时。裴潾拜给事中在敬宗宝历初年，大和四年出为汝州刺史，故此诗之作，具体时间应为宝历元年至大和四年间（825—830）的某个暮春时节。裴潾在穆、敬、文宗三朝影响颇大，如元和末谏宪宗服饵事、大和中仿昭明太子编《大和通选》事，皆影响极大。尤其是后者，直接与当朝文人关系密切（裴氏在编纂《大和通选》过程中，以私意作取舍，曾引起当时人们的极大訾议)③。又据钱易所记，裴潾的这首《白牡丹》诗，在大和中为文宗所赏，一天之内而"诗满六宫"，可谓是当时的诗坛盛事。但是，在这样一个有影响力的人物身上所发生的这样一件有影响力的大事，唐人竟无一语提及。不仅如此，几乎在其作此诗的同时，同为朝官的裴士淹之子裴通（裴通任祭酒在文宗时，他对张嵲讲述此事是否与钱易的说法有所关联，即文宗时此诗是否确实曾"诗满六宫"，尚不得而知）却提出了与此截然不同的说法：此诗乃天宝年间某著名诗人所作。这岂不是针锋相对、形同水火吗？为什么唐代本朝人绝口不提裴潾创作这首《白牡丹》诗，并书于太真院（《唐诗纪事》作"太平院"，似为转录之误），然后被文宗偶然发现，从而得以传遍六宫这样一件富有传奇色彩的诗坛盛事呢？因此结论很显然：裴潾不是此诗的作者，宋初的钱易或者是误记或者是有意附

---

① （宋）钱易：《南部新书·丁》，新世纪万有文库本，辽宁教育出版社 2000 年版，第 26 页。

② （宋）计有功撰，王仲镛校笺：《唐诗纪事校笺》，巴蜀书社 1989 年版。

③ （五代）刘昫等撰：《旧唐书》，中华书局 1975 年版，第 4446～4450 页。

会，在其笔记小说中写下了这么一段富于传奇色彩的故事，而南宋计有功在编辑《唐诗纪事》时又以此为本将此诗明确归到裴潾名下，稍后陈景沂编《全芳备祖》亦承此误而认为此诗为裴潾所作（影宋本《全芳备祖》题作"璘"，似抄录之误）。

综上所述，我认为，这首《裴给事宅白牡丹》诗，乃天宝末某位著名诗人所作，至于究竟是谁，现在已无从考索。但是可以肯定，此诗既非裴士淹所作，也不是卢纶、裴潾的作品。《全唐诗》误题此诗为裴士淹作，似乎是编者因编务匆遽，未及细审《酉阳杂俎》中的这段文字；题作卢纶，则是以《文苑英华》为据，而《文苑英华》的编者究竟有何依据，尚不可知，但其疏于考证却是事实；题作裴潾，显然是依据《唐诗纪事》，但从钱易到计有功、陈景沂，讹误相沿，其迹显然。《万首唐人绝句》、《唐诗品汇》①、《古今图书集成》② 将此诗署名为"开元名公"，不失为一种审慎的态度，倘若编者更加仔细一些，注意到此诗实作于天宝年间这一事实，而改题为"天宝名公"，那就称得上无懈可击了。

第二节　莫道两京非远别，春明门外即天涯
——浅谈令狐楚、刘禹锡两首牡丹小诗中的贬谪意识

令狐楚、刘禹锡均为中唐著名政治家和文学家，二人均经历仕途坎坷，而尤以刘禹锡"巴山楚水凄凉地，二十三年弃置身"，一贬二十余年，最能引起人们的浩叹。令狐楚、刘禹锡二人晚年过从甚密，屡有诗酒唱和之事，其中有两首题咏牡丹的小诗《赴东都别牡丹》和《和令狐相公别牡丹》，颇值玩味。与牡丹作别，借别牡丹抒发深沉的贬谪感，这一主题在唐人牡丹诗中是颇为特殊的，故本节将两诗摘出，略作诠释，或可因小见大，从中审度这两位中唐著名政治家、杰出文人的晚年生活和心理状态。二诗如下：

---

① （明）高棅编：《唐诗品汇》卷五五，上海古籍出版社 1988 年版，第 498 页。
② （清）蒋廷锡等编纂：《古今图书集成·草木典》卷二八九，上海文艺出版社 1999 年影印本。

十年不见小庭花，紫萼临开又别家。上马出门回首望，何时更得到京华。（令狐楚《赴东都别牡丹》，《全唐诗》卷三三四，第3751页）

平章宅里一栏花，临到开时不在家。莫道两京非远别，春明门外即天涯。（刘禹锡《和令狐相公别牡丹》，《全唐诗》卷三六五，第4123页）

令狐楚是中唐著名政治家。他五岁能文，唐德宗贞元七年登进士第。宪宗朝累擢知制诰，中书侍郎，同中书门下平章事。和许多中唐宰相一样，令狐楚的政治生涯也充满了起落与悲欢，宪宗元和十四年（819）七月，令狐楚拜相；半年后（元和十五年正月），宪宗崩，令狐楚为山陵使。元和十五年六月，因其属下韦正牧等克扣工人赏钱事发，被政敌抓住把柄，遭到罢免，被贬出京城长安，开始了漫长的外任生涯。这其中，仅在出京十年之后的文宗大和二年（828）冬，朝廷因其政绩颇著，故将其征为户部尚书，回京任职。但这次任职时间极短，次年三月即出为东都留守、东畿汝都防御使。这次短暂的回京任职，旋即离京外任，在令狐楚心里引起了巨大的波澜，前引《赴东都别牡丹》便是在这种背景下创作的。

此诗首句"十年不见小庭花"，言离家之久。令狐楚元和末为相，有宅在长安，宅内有一小小的花园，园内植有牡丹数株。他被罢相后，长年贬居京外，欲见自家后院的牡丹花开放而不得，故有"十年不见"之憾。次句"紫萼临开又别家"，言不及花开，又不得不离家。令狐楚贬外十年，文宗大和二年冬征为户部尚书，从贬所回到阔别多年的家里，本以为可以安安心心地在京城里任职，但不知何故，朝廷很快又让他离京到洛阳任东都留守、东畿汝都防御使，眼看着后院牡丹将开，却不能稍作停留，着一"又"字，流露出几许无奈、几许悲凉。第三句"上马出门回首望"，写作者临别家之际回头凝望即将绽放的牡丹花，流露出对后园牡丹依依不舍之情。最后一句"何时更得到京华"是本诗题旨所在。作者于出门之际匆匆作别"十年不见"的牡丹花，说到底是对于家的眷恋，对于"京华"的眷恋。对于家的眷恋，流露出的是对十年贬外生涯的憾恨；对于"京华"的眷恋，则是对不得留京任职的惆怅与失落。此时作者已是六十四岁的老人，好不容易被召回又匆匆离京别任，失落之感、迁谪之憾一下子涌上心头，因而发出了这一沉痛的叹息。

为什么离京外任这件事会在令狐楚心里引起如此大的波澜呢？这与中

国古代职官制度及相应的仕宦心理密切相关。中国古人重京官，因为京官时时在天子左右，其权力、获得升迁的机会较外任官员既大且多，而最主要的是，只有在京（或在朝），仕宦者才有可能最大限度地发挥其政治才干，实现其"兼济天下"的政治理想。与此相对，当京官被授外任，即使在品佚上并无升降，甚至品佚封赏有所提高，仍然会自认为被天子所斥，摒弃不用。而且事实上，大多数京官外任，都是由于政治斗争的失败，失势而遭贬。这很自然地在仕宦者心中形成如上所述的特定心态。所以令狐楚由户部尚书出为检校兵部尚书、东都留守、东畿汝都防御使，虽然品佚并没有降低，职任也相当重要，但因为是离京别任，因而仍产生了极强烈的心理波澜，涌起的是一种遭到贬黜的感受。

值得注意的是，在令狐楚被征为户部尚书的同一年（828）春天，因参与"永贞革新"，失败遭贬，经历了长达二十四年贬谪生涯的刘禹锡，好不容易回到了首都长安，出任主客郎中。次年三月，令狐楚因故出为东都留守，与令狐楚素相友善的刘禹锡，在读了令狐楚的这首《赴东都别牡丹》后，不禁百感交集，于是和作一首。由于刘禹锡的政治生涯较令狐楚更为坎坷，遭受的打击要大得多，因此，他的这首《和令狐相公别牡丹》感慨更为深沉，发语也更为悲壮、更为深刻。

"平章宅里一栏花，临到开时不在家。"这两句明显是针对令狐楚诗的前两句而来。令狐楚元和末为相，故称其宅院为"平章宅"，"临到开时不在家"似乎是一个简单的事实叙述，但如结合令狐楚诗之"十年"、"临开又别家"，则感慨之深，可与令狐楚诗相提并论。更精彩也更深刻的是后面两句："莫道两京非远别，春明门外即天涯"！令狐楚此次外任，地点在东都洛阳，其距长安确实算不上太远。但是，由于令狐楚心中先有贬谪之感，故其"别牡丹"之作颇含悲怆。针对这一点，刘禹锡进一步加以发挥，将这种贬谪心态发挥到极致：只要是离京外任，出了"春明门"，就是"天涯"！春明门为长安东门，出了这道门，也就是出了长安城；"天涯"本指极远之地，在唐代诗歌意象中，它往往与别离（如"海内存知己，天涯若比邻"，王勃《送杜少府之任蜀川》）、贬谪（"同是天涯沦落人，相逢何必曾相识"，白居易《琵琶行》）等情事联系在一起。这首诗里的"天涯"，正是蕴涵遭受贬谪的意味。因此，这首《和令狐相公别牡丹》不是简单的应酬唱和，而是将个人的生活经历、生命体验融汇进去，将自己心中之块垒倾吐而出，同时将令狐楚欲言又不忍言的贬黜感表达了出来。

值得一提的是，在一百二十余首唐人牡丹诗中，令狐楚的这首《赴东都别牡丹》以及刘禹锡的和作显得相当突出、相当精彩。唐人牡丹诗多以刻画牡丹之外在形态之美艳为主题，如李白应制《清平调》三首，极尽比喻想象之能事刻画了宫中牡丹之美艳可人，就是典型代表。另一些作品则因唐玄宗杨贵妃赏牡丹事，而将安史之乱和国势的衰颓一定程度上归咎于牡丹，如李商隐《牡丹》诗"终销一国破，不啻万金求"之句，王叡《牡丹》诗"牡丹妖艳乱人心，一国如狂不惜金"之句，张蠙《观江南牡丹》诗"近年明主思王道，不许新栽满六宫"之句，言下之意都有视牡丹为"妖花"的味道，虽具有一定的历史反思意识，但远谈不上深刻。与这些作品相比，令狐楚此诗通过与牡丹的"依依惜别"，将自己的人生体验和坎坷经历融汇到这样一个琐细的生活细节之中，显得感慨深沉、思致深刻而富于感染力；刘禹锡的和作虽然下笔较重，用意较直，但思致深刻，感慨亦极为深沉。他们的创作拓展了牡丹诗的主题，均为唐人牡丹诗的杰作。

第三节　抹不去的亡国悲音——略论南宋牡丹词

亡国之痛、黍离之悲，是我国古代文人士大夫在经历世易时改的巨大历史变迁之后所生发的一种特定民族心理。靖康之难，宋室南渡，宋元易代，一系列民族灾难使南宋（包括遗民）词人的心理经受了长久的煎熬。因此，当他们面对那曾经作为这个民族之繁华与荣耀象征的牡丹花时，他们的感受与承平时代截然不同，亡国之痛、黍离之悲成为这一时期牡丹词的重要主题。

一、洛阳牡丹之盛衰，天下治乱之征候

曾几何时，长安的豪贵们在慈恩寺的牡丹花前驻足流连①；曾几何时，北宋的子民在洛阳的万花会上歌吹揭天、痛饮狂欢②。牡丹以其富艳的风姿博得了人们的赏爱，在唐宋（尤其是北宋）人心目中，她的地位相当于国花。但是，历史的发展不可能总是一帆风顺，天下也不可能永远太平。当巨大的历史事变突然发生时，当社会动荡、政事日非乃至最终走向亡国灭种的境地之时，牡丹这簇有着"国色天香"之美誉的富贵花，在人们的眼中又是一种什么样的形象呢？换句话说，人们在乱世乃至亡国之时，面对着牡丹花，会作何感想呢？先看下面几则宋人笔记吧！

洛中风俗尚名教，虽公卿家不敢事形势，人随贫富自乐，于货利不急也。岁正月梅已开，二月桃李杂花盛开，三月牡丹开，于花盛处作园圃，四方伎艺举集，都人士女载酒争出，择园亭胜地，上下池台间引满歌呼，不复问其主人。抵暮游花市，以筠笼卖花，虽贫者亦戴花饮酒相乐……余去乡久矣，政和间过之，当春时，花园花市皆无有，问其故，则曰"花未开，官遣人监护，甫开，尽槛土移之京师，籍园人名姓，岁输花如租税，洛阳故事遂废"。余为之叹息，又追记其盛时如此。③

论曰：洛阳处天下之中，挟殽渑之阻，当秦陇之襟喉，而赵魏之走集，盖四方必争之地也。天下常无事则已，有事则洛阳先受兵。予故尝曰：洛阳之盛衰者，天下治乱之候也。方唐贞观开元之间，公卿贵戚，开馆列第于东都者，号千有余邸。及其乱离，继以五季之酷，其池塘竹树，

①　唐天宝年间诗人所作《裴给事宅白牡丹》诗首二句云："长安豪贵惜春残，争认慈恩紫牡丹。"参《全唐诗》，第 132 页。
②　宋张邦基《墨庄漫录》卷九云："西京牡丹闻于天下。花盛时，太守作万花会，宴集之所，以花为屏帐，至于梁栋柱拱，悉以竹筒贮水，簪花钉挂，举目皆花也。"北宋时洛阳牡丹盛极一时，花开之日，俨然进入狂欢节，这一景象备载于宋人笔记小说，不详引。参《笔记小说大观》第二十二编，第 811 页。
③　（宋）邵伯温：《邵氏闻见录》，中华书局 1983 年版，第 186 页。

兵车蹂践，废而为丘墟；高亭大榭，烟火焚燎，化而为灰烬，与唐共灭而俱亡者，无余处矣。予故尝曰：园圃之废兴，洛阳盛衰之候也。且天下之治乱，候于洛阳之盛衰，而知洛阳之盛衰，候于园圃之废兴而得。则名园记之作，予岂徒然哉。呜呼！公卿大夫，方进于朝，放乎以一己之私自为，而忘天下之治忽，欲退享此乐，得乎？唐之末路是矣！①

洛阳名公卿园林，为天下第一，靖康后，祝融回禄，尽取去矣。予得李格非文叔《洛阳名园记》，读之至流涕。文叔出东坡之门，其文亦可观。如论天下之治乱，候于洛阳之盛衰；洛阳之盛衰，候于园圃之废兴。其知言哉。河南邵博记。②

邵博生活于两宋之际，经历了靖康之变，目睹了中原的沦陷。洛阳作为北宋经济、文化中心，在靖康之难中，这里的花花草草、园亭台榭，无不成了国破家亡的见证。因此，当邵博看到"洛阳故事遂废"之时，不由得感叹歔欷，而"追记其盛时如此"；当他经历了靖康之难，读到李格非的《洛阳名园记》之时，不由得被李格非"天下之治乱，候于洛阳之盛衰；洛阳之盛衰，候于园圃之废兴"之论深深打动，从而感慨万千。在这里，洛阳的牡丹与洛阳名园一样，实际上成了"天下治乱之候"，牡丹因而带上了浓烈的象征色彩，与国家的兴衰存亡联系了起来。

这种带有强烈历史反思意识的心理机制一直延续到南宋覆灭，成为南宋文人士大夫心头永远的痛。黍离之悲、亡国之痛，成为南宋牡丹词的重要主题。

二、南宋前期牡丹词：对往昔繁华的追寻

早在南宋前期，已经有不少词人通过歌咏牡丹来表达黍离之悲，这主

---

① （宋）李格非：《洛阳名园记》，参《笔记小说大观》第十三编，第 2681 ~ 2682 页。

② 宋李格非《洛阳名园记》所附邵博跋语，参《笔记小说大观》第十三编，第 2682 页。

要表现为一种对于往昔繁华的追寻。试看下面几首词：

　　上苑秋芳初雨晴。香风袅袅泛轩槛。犹记洛阳开小宴。娇面。粉光依约认倾城。　　流落江南重此会。相对。金蕉蘸甲十分倾。怕见人间春更好。向道。如今老去尚多情。（曾觌《定风波·赏牡丹席上走笔》，《全宋词》第 1708 页）

　　庭院深深，异香一片来天上。傲春迟放。百卉皆推让。忆昔西都，姚魏声名旺。堪惆怅。醉翁何往。谁与花标榜。（王十朋《点绛唇·异香牡丹》，《全宋词》第 1749 页）

　　倚风含露，似轻颦微笑，盈盈脉脉。染素匀红，知费尽，多少东君心力。国艳酣晴，天香融暖，画手争传得。绿窗朱户，晓妆谁见凝寂。独占三月芳菲，千花百卉，算争得春色。欲寄朝云无限意，回首京尘犹隔。舞破霓裳，一枝浑似，醉倚香亭北。旧欢如梦，老怀那更追惜。（毛开《念奴娇·追和张巨山牡丹词》，《全宋词》第 1764 页）

　　曾觌（1109—1180）、王十朋（1112—1171）、毛开（约 1116—?）三人皆生于北宋末年，而主要活动于南宋前期。他们体验过往昔的繁华岁月，也经历了靖康之难的巨大事变。他们有着一个共同的梦想，那就是希望朝廷有朝一日能收复中原，重建往日的繁华盛世。与此同时，往昔的繁华岁月也时时在他们心中闪现，成为他们创作中经常表现的主题。于是，当曾觌有幸在江南观赏牡丹之时，他首先想到的是承平时代的人们在牡丹开放的时节对花开宴的其乐融融。当王十朋歌咏牡丹之时，姚黄魏紫引领风骚、欧阳修为牡丹修谱这样一些脍炙人口的承平盛事，使未逢其时的词人万分惆怅。当毛开读到张巨山的牡丹词时，更是感慨万千，追和一首，将心头的波澜倾吐出来。词的结尾两句"旧欢如梦，老怀那更追惜"，表达的不只是他一个人的感慨，而是整整一代人的心声。孟元老《东京梦华录》所表达的，不正是这样一种心情吗？

三、南宋中后期牡丹词：昔盛今衰的感怆，恢复无望的悲哀

　　宋金对峙格局的形成，给了南宋小朝廷以喘息的机会。主和派长期控

制朝政，他们一方面打击、压制主战派；一方面百般文饰，竭力营造天下太平的迹象。以至于在元蒙政权迅速崛起，南宋政权岌岌可危之时，许多人依然沉浸于歌舞升平的境地。

然而，当林升写出"暖风熏得游人醉，直把杭州作汴州"的揪心之诗（《题临安邸》），当文及翁高唱"一勺西湖水，渡江来百年歌舞、百年酣醉"的愤怒之词（《贺新郎·西湖》，《全宋词》第3972页），我们却实实在在地感受到那种萦绕在南宋人们心中永远的痛：那便是对于统治者昏庸误国的愤怒斥责，对中原恢复无望的扼腕痛惜！

牡丹是繁荣盛世的象征，也是昔盛今衰的见证。"回首洛阳花世界"（文及翁《贺新郎·西湖》，《全宋词》第3972页），再看一看眼前的风雨飘摇、国是事非，那娇艳富丽的牡丹，岂能不刺痛那些胸怀大志而无法施展才能的志士仁人的心！请看刘克庄的三首牡丹词：

> 维摩病起，兀坐等枯株。清晨里，谁来问，是文殊。遣名姝。夺尽群花色，浴才出，醒初解，千万态，娇无力，困相扶。绝代佳人，不入金张室，却访吾庐。对茶铛禅榻，笑杀此翁癯。珠髻金壶。始消渠。　　忆承平日，繁华事，修成谱，写成图。奇绝甚，欧公记，蔡公书。古来无。一自京华隔，问姚魏、竟何如。多应是，彩云散，劫灰余。野鹿衔将花去，休回首、河洛丘墟。漫伤春吊古，梦绕汉唐都。歌罢欷嘘。（《六州歌头·客赠牡丹》，《全宋词》第3308页）

> 维摩居士室，晨有鹊，噪檐声。排送者谁与，冶容炫服，宝髻珠璎。疑是毗耶城里，那天魔、变作散花人。姑射神仙雪艳，开元妃子春醒。　　郇延第一次西京。姚魏是知名。向欧九记中，思公屏上，描画难成。一自朝陵使去，赚洛阳、花鸟升平。感慨桑榆暮景，抉挑草木微情。（《木兰花慢·客赠牡丹》，《全宋词》第3328页）

> 曾看洛阳旧谱，只许姚黄独步。若比广陵花，太亏他。　　旧日王侯园圃，今日荆榛狐兔。君莫说中州，怕花愁。（《昭君怨·牡丹》，《全宋词》第3332页）

刘克庄（1187—1269）是南宋后期著名词人，他去世后不到十年，南宋便宣告覆灭。在刘克庄的眼中，牡丹是美艳的，她是刚出浴的绝代佳人；她是神圣的，是散花的天女，是汲风饮露的姑射神仙；她是高贵的，是花中之王，拿芍药来比拟她，对她来说简直是一种羞辱。但是，正是这样一簇美艳、神圣、高贵的牡丹，在作者心中勾起的却是无比的沉痛！"承平日，繁华事"，随着中原的沦陷，一去不复返；洛阳的姚黄魏紫们，你们现在是什么样子呢？"多应是，彩云散，劫灰余"；中原故土，汉唐之都，现在又怎么样了呢？是不是早已变成了一片废墟？当年种植过牡丹的"王侯园圃"，如今却榛莽丛生，狐兔出没。这景象是多么令人心痛啊！但是，有谁能收复失去的土地，收复汉唐故都呢？瞧一瞧眼前的政局，哪里还有恢复中原的可能呢？朝陵的使者们，你们看到的中原，还有那"花鸟升平"的景象吗？你们还是不要再提"中州"了，连花儿听到了也会万分愁悴，何况人呢？

四、南宋遗民牡丹词：抒发亡国的深悲巨痛，表达对历史的深沉反思

北宋灭亡的惨痛历史并没有给南宋的统治者们以足够的教训，宋理宗端平元年（1234），统治阶层重蹈覆辙，联蒙灭金，使南宋王朝失去北方屏障，国势日危；四十余年后，元蒙铁蹄进占杭州，南宋王朝宣告覆灭。

宋元易代之际的战争，在导致南宋王朝覆灭的同时，却造就了一批特殊的词人，这就是南宋遗民词人。对于这样一群词人来说，不仅北宋承平时代的繁华之梦早已逝如流水，连仅剩的南宋半壁江山也悉数沦陷，第一次全面陷入亡国灭种的窘境，大批遗民在异族统治下悲愤却又无可奈何地隐忍偷生。在这样的历史氛围中，在这样的生存状态下，牡丹无疑成了勾起他们亡国之痛、故国之思的触媒，成为引发他们反思历史的动因。因此，对于家破国亡的深悲巨痛的抒发，对于残酷历史的深刻反思，成为南宋遗民牡丹词的最重要主题。

陈著（1214—1297）在遗民词人中年辈较长，南宋灭亡时他已是六十多岁的老人。他一共留下了三首牡丹词，每一首都写得那么痛苦、那么深沉。他的《念奴娇·咏牡丹》，开篇便向上苍发问："洛阳地脉，是谁人缩到、海涯天角"！（《全宋词》第3848页）在这样一声令人心酸的追问中，宋王朝在外族侵袭下一步步走向覆灭的困窘局面，形象却又令人心痛地呈

现了出来。随后，南宋王朝连这"海涯天角"也旋即化为虚无，"那料无情光景，到如今、水流云去。残枝剩叶，依依如梦，不堪相觑"！（《水龙吟·牡丹有感》，《全宋词》第 3860 页）"金谷春移，玉华人散，此愁难诉"！（《水龙吟·牡丹有感》之二，《全宋词》第 3860～3861 页）而作为亡宋遗民的词人，也只得"日西斜，烟草凄凄，望断洛阳何处"（《水龙吟·牡丹有感》，《全宋词》第 3860 页），只得"漫寻思，承诏沉香亭上，倚栏干处"（《水龙吟·牡丹有感》之二，《全宋词》第 3860～3861 页）。这是一种多么巨大的痛苦！这是一种多么巨大的悲哀！

蒋捷（1248？—1330？）是遗民词人中年辈较轻的一位，南宋灭亡时他还不到三十岁，亡国前两年，他甚至还中了个末榜进士。这样一个意气风发、"听雨歌楼"的少年，却不得不以遗民的身份度过漫长的后半生。蒋捷只创作了一首牡丹词，但这首牡丹词却以其历史反思的深度和广度而深深打动了千百年之后的人们，视之为遗民牡丹词之冠也毫不为过。词如下：

> 妒花风恶。吹轻阴涨却，乱红池阁。驻媚景、别有仙葩。遍琼甃小台，翠油疏箔。旧日天香，记曾绕、玉奴弦索。自长安路远，腻紫肥黄，但谱东洛。　　天津霁虹似昨。听鹃声度月，春又寥寞。散艳魄飞入江南，转湖渺山茫，梦境难托。万叠花愁，正困倚、钩阑斜角。待携尊、醉歌醉舞，劝花自乐。（《解连环·岳园牡丹》，《全宋词》第 4346 页）

在南宋诸遗民词人中，蒋捷是特立独行的一位，亡国后他很长时间都处于漂泊流离的生存状态。一次偶然的机会，他来到岳园，园中盛开的牡丹一下子激起他心中的波澜，一首优秀的作品就这样产生了。此词首三句言晚春节物：暮春三月，群花凋谢，绿肥红瘦；"驻媚景"三句承上句意而切入本题，谓唯有牡丹花在此群芳凋零之际娇艳地绽放。以下入咏史，"旧日天香"两句，遥想当年唐明皇与杨贵妃于沉香亭赏牡丹的艳事，实即对汉唐盛世的无限追念；"自长安路远"，谓唐王朝衰亡之后，西北一带为胡人所侵扰，长安成了遥远的边疆，"腻紫肥黄，但谱东洛"，记北宋东都牡丹之盛，而着一"但"字，则意宋朝只能暂保中原，无力恢复西北边地可知矣；"散艳魄飞入江南"者，中原沦陷，宋室南迁，偏安江南之谓也；"转湖渺山茫，梦境难托"者，江南亦蒙胡尘，昔日繁华旧梦已失却任何依赖，一切已灰飞烟灭矣！如此看来，这首短短百余字的牡丹词，竟寄寓着一个民族一步步遭侵凌、一步步走向灭亡的惨痛历史！在这里，牡丹成了繁华盛世的象征，成了民族屈辱的见证，她所激起的是一种复杂的情感，是一种深刻的反思！

除陈著、蒋捷外，其他遗民词人在吟咏牡丹时，也集中而鲜明地抒发了这种亡国的深悲巨痛，表达对于历史的深刻反思。比如彭元逊《平韵满江红·牡丹》云："衔尽吴花成鹿苑，人间不恨雨和风。便一枝、流落到人家，清泪红。"（《全宋词》第4191页）刘壎《天香·次韵赋牡丹》云："雨秀风明，烟柔雾滑，魏家初试娇紫。翠羽低云，檀心晕粉，独冠洛京新变。沉香醉墨，曾赋与、昭阳仙侣。尘世几经朝暮，花神岂知今古。

愁听流莺自语，叹唐宫、草青如许。空有天边皓月，见霓裳舞。更后百年人换，又谁记、今番看花处。流水夕阳，断魂钟鼓。"（《全宋词》第4218页）王沂孙《水龙吟·牡丹》云："自真妃舞罢，谪仙赋后，繁华梦、如流水"，"怕洛中、春色匆匆，又入杜鹃声里。"（《全宋词》第4244页）姚云文《木兰花慢·清明后赏牡丹》云："三十六宫春在，人间风雨无情。"（《全宋词》第4273页）其余如杨缵、周密、张炎、刘辰翁、汪元量等人的牡丹词，虽然不如上引诸作那样深刻，但词境皆颇为凄迷，流露出特定时空背景下内心的痛苦与不平静。

由唐而宋，六百年的历史轮转，牡丹的盛衰荣悴，与民族的兴衰存亡恰成同构，她在南宋（尤其是遗民）词人心中激起的波澜和引发的反思，难道不值得千百年之后的炎黄子孙、华夏儿女作深深的思考吗？

第四节　唐宋牡丹绘画[①]

中国古代绘画表现形式丰富多彩，从绘画载体的角度划分，有壁画、

---

① 本节主要依据《宣和画谱》整理。参（宋）无名氏撰：《宣和画谱》，四库全书本。

帛画、卷轴画等，其中，卷轴画最能代表中国古代绘画的民族特点和艺术成就，影响也最大。

早在先唐，牡丹就已入画。据介绍，顾恺之《洛神赋图》中画有当时富豪在洛水之滨观赏牡丹的场景①；北齐画家杨子华也曾将牡丹入画。唐韦绚《刘宾客嘉话录》云：“世谓牡丹近有，盖以前朝文士集中无牡丹歌诗。公尝言杨子华有画牡丹处极分明。子华北齐人，则知牡丹花亦久矣。”②唐宋牡丹玩赏趋于兴盛，流风所及，许多画家亦纷纷以牡丹入画，唐宋盛极一时的花鸟画中，以牡丹为表现对象的作品占相当大的比重，同时也涌现出边鸾、黄筌、徐熙等擅长创作牡丹画的著名画家。兹据《宣和画谱》及相关文献略为叙述。

1. 边鸾

《宣和画谱》卷一五云：

边鸾，长安人，以丹青驰誉于时，尤长于花鸟，得动植生意。德宗时有新罗国进孔雀，善舞，召鸾写之。鸾于贲饰彩翠之外，得婆娑之态度，若应节奏。又作折枝花，亦曲尽其妙。至于蜂蝶，亦如之。大抵精于设色，如良工之无斧凿痕耳。然以技困，卒不获用，转徙于泽潞间，随时施宜，乃画带根五参，亦极工巧。近时米芾论画花者，亦谓鸾画如生，今御府藏三十有三。

按，边鸾为中唐花鸟画名家，其所画牡丹“妙得生意，不失润泽”（董逌《广川画跋》）。《宣和画谱》所存其三十三画目中，有三幅标明为牡丹画，即《牡丹图》、《牡丹白鹇图》、《牡丹孔雀图》。另，边鸾尝创“折技花”画法，促进了唐宋花鸟画的发展。

2. 黄筌

《宣和画谱》卷一六云：

黄筌，字要叔，成都人，以工画早得名于时，十七岁事蜀后主王衍，

---

① 参《中国牡丹全书》，第817页。
② （唐）韦绚：《刘宾客嘉话录》，参《唐五代笔记小说大观》，第800页。

为待诏。至孟昶，加检校少府监，累迁如京副使。后主衍尝诏筌于内殿观吴道元画钟馗，乃谓筌曰："吴道元之画钟馗者，以右手第二指抉鬼之目，不若以拇指为有力也。"令筌改进，筌于是不用道玄之本，别改画以拇指抉鬼之目者进焉。后主怪其不如旨，筌对曰："道元之所画者，眼色意思俱在第二指，今臣所画，眼色意思俱在拇指。"后主悟，乃喜筌所画不妄下笔。筌资诸家之善而兼有之，花竹师滕昌祐，鸟雀师刁光，山水师李昇，鹤师薛稷，龙师孙遇。然其所学，笔意豪赡，脱去格律，过诸公为多，如世称杜子美诗韩退之文，无一字无来处，所以筌画兼有众体之妙，故前无古人，后无来者。……今御府所藏三百四十有九。

按，黄筌为五代花鸟画一大宗，《宣和画谱》赞其"凡山花野草幽禽溪岸江岛钓艇古槎，莫不精绝"。所存三百四十九幅画中，牡丹画凡十六幅，分别为《牡丹鹁鸽图》七幅、《牡丹图》二幅、《山石牡丹图》一幅、《牡丹鹤图》二幅、《牡丹戏猫图》三幅、《太湖石牡丹图》一幅。

3. 黄居宝、黄居寀

《宣和画谱》卷一六云：

黄居宝，字辞玉，成都人，筌之次子，以工画得传家之妙。……今御府所藏四十有一。（其中牡丹图四幅，分别为《牡丹猫雀图》一幅、《牡丹太湖石图》一幅、《牡丹双鹤图》二幅。）

《宣和画谱》卷一七云：

黄居寀，字伯鸾，蜀人也，筌之季子。筌以画得名，居寀遂能世其家，作花竹翎毛，妙得天真，写怪石山景，往往过其父远甚。见者皆争售之唯恐后。故居寀之画，得之者尤富。初事西蜀伪主孟昶为翰林待诏，遂图画墙壁屏幛不可胜纪。既而随伪主归阙下，艺祖知其名，寻赐真命。太宗尤加眷遇，仍委之搜访名画，诠定品目，一时等辈，莫不敛衽。筌、居寀画法，自祖宗以来图画院为一时之标准，较艺者视黄氏体制为优劣去取。自崔白崔慤吴元瑜既出，其格遂大变。今御府所藏三百三十有二幅。（其中牡丹图四十五幅，分别为《牡丹图》三幅、《牡丹雀猫图》二幅、

《牡丹鹦鹉图》一幅、《牡丹竹鹤图》六幅、《牡丹锦鸡图》五幅、《牡丹山鹧图》四幅、《牡丹鹁鸽图》八幅、《牡丹黄莺图》二幅、《牡丹雀鸽图》一幅、《牡丹戏猫图》三幅、《湖石牡丹图》五幅、《牡丹金盆鹧鸪图》二幅、《牡丹太湖石雀图》二幅、《顺风牡丹黄鹂图》一幅。）

4. 滕昌祐

《宣和画谱》卷一六云：

滕昌祐字胜华，本吴郡人也，后游西川，因为蜀人，以文学从事。初不婚宦，志趣高洁，脱略时态。卜筑于幽闲之地，栽花、竹、杞、菊以观植物之荣悴而寓意焉，久而得其形于笔端，遂画花、鸟、蝉、蝶，更工动物，触类而长，盖未尝专于师资也。其后又以画鹅得名，复精于芙蓉茴香，兼为夹纻果实，随类得色，宛有生意也。其为蝉蝶草虫，则谓之点画，为折枝花果，谓之丹青，以此自别云。大抵昌祐乃隐者也，直托此游世耳，所以寿至八十五。然年高，其笔犹强健，意其有得焉。今御府所藏六十有五。（其中牡丹图九幅，分别为《牡丹睡鹅图》二幅、《湖石牡丹图》一幅、《龟鹤牡丹图》四幅、《太平雀牡丹图》一幅、《牡丹图》一幅。）

5. 徐熙

《宣和画谱》卷一七云：

徐熙，金陵人，世为江南显族，所尚高雅，寓兴闲放，画草、木、虫、鱼，妙夺造化，非世之画工形容所能及也。尝徜徉游于园圃间，每遇景辄留，故能传写物态，蔚有生意，至于芽者、甲者、花者、实者与夫濠梁唼喋之态，连昌森束之状，曲尽真宰转转多之妙，而四时之行盖有不言而传者。江南伪主李煜衔壁之初，悉以熙画藏之于内帑，且今之画花者，往往以色晕淡而成，得熙落墨以写其枝叶蕊萼，然后传色，故骨气风神为古今绝笔。议者或以谓黄筌、赵昌为熙之后先，殆未知熙者。盖筌之画则神而不妙，昌之画则妙而不神，兼二者一洗而空之，其为熙与。……今御府所藏二百四十有九。（其中牡丹图四十幅，分别为《牡丹图》十三幅、《牡丹梨花图》一幅、《牡丹杏花图》一幅、《牡丹海棠图》一幅、《牡丹山鹧图》二幅、《牡丹戏猫图》一幅、《牡丹鹁鸽图》二幅、《牡丹游鱼图》二幅、《牡丹湖石图》四幅、《红牡丹图》一幅、《折枝牡丹图》一幅、《写生牡丹图》二幅、《写瑞牡丹图》一幅、《桃夭牡丹图》一幅、《牡丹桃花图》三幅、《风吹牡丹图》二幅、《蜂蝶牡丹图》一幅、《牡丹芍药图》一幅。）

6. 徐崇嗣、徐崇矩
《宣和画谱》卷一七云：

徐崇嗣，熙之孙也，长于草木禽鱼，绰有祖风，如蚕茧之属，皆世所罕画，而崇嗣辄能之。又有坠地果实，亦少能作者，崇嗣亦喜摹写，见其博习耳。然考诸谱，前后所画率皆富贵图，绘如牡丹、海棠、桃竹、蝉、蝶、繁杏、芍药之类为多，所乏者，丘壑也。使其能展拓纵横，何所不至。今御府所藏一百四十有二。（其中牡丹图十幅，分别为《牡丹图》五幅、《牡丹鹁鸽图》一幅、《牡丹鸠子图》一幅、《写生牡丹图》一幅、《荣牡丹图》一幅、《牡丹芍药图》一幅。）

《宣和画谱》卷一七云：

徐崇矩，钟陵人。熙之孙也，崇嗣、崇勋，其季孟焉，尽克有祖之风格，熙画花、竹、禽、鱼、暗里蝶、疏、果之类，极中造化之妙， 时从其学者莫难窥其藩也。崇矩兄弟遂能不坠所学，作士妇盆工，曲眉丰脸，盖写花、蝶之余也。今御府所藏十有四。（其中《牡丹图》四幅。）

7. 赵昌
《宣和画谱》卷一八云：

赵昌字昌之，广汉人，善画花果，名重一时。作折枝极有生意，传色尤造其妙。兼工于草虫，然虽不及花果之为胜，盖晚年自喜，其所得往往深藏而不市，既流落，则复自购以归之，故昌之画世所难得。且画工特取其形耳，若昌之作，则不特取其形似，直与花传神者也。又杂以文禽猫兔，议者以谓非其所长，然妙处正不在是，观者可以略也。今御府所藏一百五十有四。（其中牡丹图十一幅，分别为《牡丹图》六幅、《牡丹锦鸡图》一幅、《牡丹鹁鸽图》一幅、《牡丹猫图》一幅、《牡丹戏猫图》一幅、《写生牡丹图》一幅。）

　　上述诸家中，以黄筌、徐熙牡丹画最擅胜场，其子嗣亦皆能继家学，故《宣和画谱》皆特为表彰。沈括《梦溪笔谈》卷一七亦记其事："国初江南布衣徐熙、伪蜀翰林待诏黄筌，皆以善画著名，尤长于画花竹。蜀平，黄筌并二子居宝、居实（《宣和画谱》作"寀"），弟惟亮，皆隶翰林图画院，擅名一时。其后江南平，徐熙至京师，送图画院，品其画格，诸黄画花，妙在赋色，用笔极新细，殆不见墨迹，但以轻色染成，谓之写生；徐熙以墨笔画之，殊草草，略施丹粉而已，神气迥出，别有生动之意。筌恶其轧己，言其画粗恶，不入格，罢之。熙之子乃效诸黄之格，更不用墨笔，直以彩色图之，谓之没骨。画工与诸黄不相下，筌等不复能瑕疵，遂得齿院品。其气韵皆不及熙远甚。"①
　　除此之外，尚有于锡（《宣和画谱》载其《牡丹双鸡图》、《雪梅双雉图》各一幅）、梅行思（《宣和画谱》载其《牡丹鸡图》一幅）、易元吉（《宣和画谱》载其《牡丹鹁鸽图》、《写瑞牡丹图》各一幅）、崔白（《宣和画谱》载其《牡丹戏猫图》二幅、《湖石风牡丹图》一幅）、宗室赵仲佺（《宣和画谱》载其《写生牡丹图》一幅）、武臣吴元瑜（《宣和画谱》载其《写生牡丹图》一幅）、内臣乐士宣（《宣和画谱》载其《牡丹鹁鸽图》二幅）。
　　以上所列，仅据《宣和画谱》，已见唐宋牡丹绘画之盛。

---

　　① 参（宋）沈括：《梦溪笔谈》卷一七，《笔记小说大观》第十编，第334页。

第五节　唐宋牡丹乐舞

牡丹作为一种花卉，更适合于线条或造型艺术，因而在绘画、雕刻、织染、陶瓷等造型艺术或工艺美术领域广为使用，从而成为唐宋人艺术创作或日常生活中不可分割的组成部分。全社会对牡丹集体崇拜，在诗歌、音乐、舞蹈等艺术领域也同样产生了重要影响。唐宋牡丹诗词或文学的情况已如第三章所述，在音乐、舞蹈领域，以牡丹为表现题材的艺术创作也同样存在。这一点似被历来牡丹文化研究者所忽视。

如前所述，唐宋诗词中有大量歌咏牡丹的诗词作品。这些作品中，有不少（绝大多数为唐、五代、北宋牡丹词）便是配合乐舞歌唱或表演的。比如李白《清平调》三词，即由梨园子弟伴奏，李龟年演唱。除此之外，唐宋时期有不少词调或乐曲，从调名及对应的歌词内容来看，与牡丹或牡丹玩赏活动存在一定的关系。

一、一捻红曲

"一捻红"本牡丹名品，与这一名品相关的乐曲或词调主要有两种，即乐府所谱"一捻红曲"及作为《瑞鹤仙》别称的词牌名《一捻红》。

先看前者。"一捻红"本牡丹名品，因命名过程涉及唐玄宗与杨贵妃情事，有人借此谱写"一捻红曲"。刘斧《青琐高议·骊山记》记之甚详：

大宋张俞，（于骊山下田父言玄宗时事）……帝（明皇）又好花木，诏近郡送花赴骊宫。当时有献牡丹者，谓之杨家红，乃卫尉卿杨勉家花也。其花微红，上甚爱之。命高力士将花上贵妃，贵妃方对妆，妃用手拈花，时匀面手脂在上，遂印于花上。帝见之，问其故，妃以状对。诏其花栽于先春馆。来岁花开，花上复有指红迹。帝赏花惊叹，神异其事，开宴召贵妃，乃名其花为一捻红。后乐府中有一捻红曲，迄今开元钱背有甲痕焉。宫中牡丹最上品者为御衣黄，色若御服。次曰甘草黄，其色重于御衣。次曰建安黄，次皆红紫，各有佳名，终不出三花之上。他日，近侍又贡一尺黄，乃山下民王文仲所接也。花面几一尺，高数寸，只开一朵，鲜艳清香，绛帏笼日，最爱护之。一日，宫妃奏帝云："花已为鹿衔去，逐出宫墙不见。"帝甚惊讶，谓："宫墙甚高，鹿何由入？"为墙下水窦，因雨窦浸，野鹿是以得入也。宫中亦颇疑异，帝深以为不祥。当时有佞人奏云："释氏有鹿衔花，以献金仙。帝园有此花，佛土未有耳。"帝亦私谓侍臣曰："野鹿游宫中非佳兆。"①

　　这则笔记小说详述了唐玄宗与杨贵妃在骊山玩赏牡丹的故事，其中有一品杨家红，因贵妃化妆时拈花，将胭脂印于花上，次年花发而复有指痕，遂将其命名为"一捻红"。又因唐玄宗、杨贵妃皆酷爱音乐歌舞，故小说进一步交代有所谓"后乐府中一捻红曲"。刘斧生活于宋仁宗至哲宗时期，所辑《青琐高议》多录前人或时人所作志怪、传奇、笔记小说。这篇小说中所提及的"一捻红"及"一捻红曲"，虽无正史记载加以印证，且存在因名附会的嫌疑，然从稍后邱濬、吴曾等人的著述可知确实存在"一捻红"这一花品，而乐府也确有可能谱写记明皇杨妃之情事的"一捻红曲"。

　　次看后者。《康熙词谱》"瑞鹤仙"注云：元高拭词注"正宫"。《夷坚志》云："乾道中，吴兴周权知衢州西安县，一日，令术士沈延年邀紫姑神，赋《瑞鹤仙》牡丹词，有'睹娇红一捻'句，因名《一捻红》。"②《夷坚志·丙》卷六"西安紫姑"条云：

　　吴兴周权巽伯，乾道五年知衢州西安县，招郡士沈延年为馆客。沈能邀致紫姑神，每谈未来事，未尝不验。尤善属文，清新敏捷，出人意表。周每余暇必过而观之。……通判方崧宴客，就郡借妓，周适邀仙，因从容求赋一词往侑席，仙乞题，指屏内一捻红牡丹，令咏之。又乞词名及韵，令作《瑞鹤仙》，用"捻"字为韵，意欲因险困之，亦不思而就。其语云：

---

　　① （宋）刘斧：《青琐高议》前集卷六，参《笔记小说大观》第九编，第3008～3014页。

　　② 详参（清）陈廷敬、王奕清等编：《康熙词谱》卷三一，岳麓书社2000年版，第936页。

"睹娇红细捻，是西子当日、留心千叶。西都竞栽接。赏园林台榭，何妨日涉。轻罗慢褶，费多少、阳和调燮。向晓来、露浥芳苞，一点醉红，潮颊双靥，姚黄国艳，魏紫天香，倚风羞怯。云鬟试插，引动狂蜂蝶。况东君开宴，赏心乐事，莫惜献酬频迭。看相将、红药翻阶。尚余侍妾。"既成，文不加点。其它诗文非一，皆可讽玩。

根据上述记载，《一捻红》系《瑞鹤仙》之别称。之所以以《一捻红》为《瑞鹤仙》之别称，乃因紫姑神所作之《瑞鹤仙》所咏牡丹品种为"一捻红"，且词中有"娇红细捻"之句。

以上所录两则笔记小说，分别涉及乐曲《一捻红曲》及词牌《瑞鹤仙》别称《一捻红》，皆与牡丹玩赏及相关传说、故事有密切关系，或据相关情事谱曲，或因咏牡丹而赋予词牌以新的名称。

二、花发状元红慢

北宋神宗朝刘几曾作有一首牡丹词《花发状元红慢》，词云：

三春向暮，万卉成阴，有嘉艳方坼。娇姿嫩质，冠群品，共赏倾城倾国，上苑晴昼暄，千素万红尤奇特。绮筵开，会咏歌才子，压倒元白。

别有芳幽苞小，步障华丝，绮轩油壁。与紫鸳鸯、素蛱蝶，自清旦、往往连夕。巧莺喧翠管，娇燕语雕梁留客。武陵人，念梦役意浓，堪遣情溺。

《康熙词谱》卷三一"花发状元红慢"条注云：

宋叶梦得《避暑录话》："刘几在神宗时，与范蜀公重定大乐，洛阳花品曰状元红，为一时之冠。乐工花日新能为新声，汴妓郜懿以色著，秘监致仕刘伯寿精音律。熙宁中，几携花日新就郜懿家赏花欢咏，乃撰此曲，填词以赠之。"①

《避暑录话》所记载的这则本事清楚交代了这首词及其对应的曲调产生的背景——洛阳花品状元红以及刘几与乐工花日新、汴妓部懿赏花欢咏、撰曲填词。

三、李弥逊《筠溪集》之《十样花》、史浩《鄮峰真隐大曲》之《花舞》

李弥逊《筠溪集》有联章体词《十样花》七首，分咏梅花、杏花、樱桃花、桃花、海棠、牡丹、芍药②。这组词显然是有意识玩赏、吟咏包括牡丹在内的各种花卉。这组词取名《十样花》，也在一定程度上体现出赏花、咏花与乐曲、曲调、音乐之间的关系。

史浩《鄮峰真隐大曲》中有《花舞》，是一组以表现各种花卉为主题的大型舞曲，该大曲既有对舞姿舞容的具体描述，也有对花卉的题咏，兹录前数章如下：

花 舞

两人对厅立，自勾，念：伏以骚赋九章，灵草喻如君子；诗人十咏，奇花命以佳名。因其有香，尊之为客。欲知标格，请观一字之褒；爱藉品题，遂作君英之冠。适当丽景，用集仙姿。玉质轻盈，共庆一时之会。金尊激滟，式均四座之欢。女伴相将，折花入队。

念了，后行吹折花三台。舞，取花瓶。又舞上，对客放瓶。念牡丹花诗：花是牡丹推上首，天家侍宴为宾友。料应雨露久承露，贵客之名从此有。

念了，舞，唱蝶恋花，侍女持酒果上，劝客饮酒。

---

① 转引自（清）陈廷敬、王奕清等编：《康熙词谱》卷三一，岳麓书社2000年版，第952页。

② 参唐圭璋编纂，王仲闻参订，孔凡礼补辑：《全宋词》，中华书局1999年版，第1378页。

贵客之名从此有。多谢风流，飞驭陪尊酒。持此一卮同劝后。愿花长在人长寿。

舞唱了，后行吹三台。舞转，换花瓶。又舞上，次对客放瓶，念瑞香花诗：花是瑞香初擢秀，达人鼻观通庐阜。遂令声价满寰区，嘉客之名从此有。

念了，舞，唱蝶恋花，侍女持酒果上，劝客饮酒。

嘉客之名从此有，多谢风流，飞驭陪尊酒。持此一卮同劝后。愿花长在人长寿。

舞唱了，后行吹三台。舞转，换花瓶。又舞上，次对客放瓶，念丁香花诗：花是丁香花未剖，青枝碧叶藏琼玖。如居翠幄道家妆，素客之名从此有。

念了，舞，唱蝶恋花，侍女持酒果上，劝客饮酒。

素客之名从此有，多谢风流，飞驭陪尊酒。持此一卮同劝后。愿花长在人长寿。

（《全宋词》第 1627 页）

这套舞曲非常形象和详尽地呈现了宋代文人士大夫宴饮活动中饮酒、劝酒、观舞、赏乐的过程和细节。舞曲及舞蹈的设计以花为主题，体现出一定的审美趣尚。

四、剪牡丹、碧牡丹、剪朝霞、花王发、洛阳春等

唐宋词中有一些词调，从调名来看，与牡丹有一定联系，如《剪牡丹》、《碧牡丹》、《剪朝霞》、《花王发》、《洛阳春》等。这些词从现存作品来看，未必直接描写牡丹，如张先《剪牡丹》一首，题云《舟中闻双琵琶》，乃咏琵琶曲；《碧牡丹》一首，题云《晏同叔出姬》，乃赋晏殊遣姬之事，与牡丹完全无涉；另有晏几道、晁补之、陈垓、李致远等四人五首《碧牡丹》无一首咏及牡丹。但是，词牌中有"牡丹"二字，表明该曲调的创制应与牡丹有一定联系。贺铸有《剪朝霞》一首，本名《鹧鸪天》，因题为"牡丹"，词中又有"剪朝霞"之句，所以改题《剪朝霞》，则这个词牌名称与牡丹之玩赏、吟咏有一定联系。《花王发》系唐代乐府曲名，

见于崔令钦《教坊记》。《花王发》这一曲调最初是否与牡丹有关，尚不能确认。但因古代被尊为"花王"的花卉只有牡丹一种，故猜测这支曲子的产生，或许与牡丹有一定联系。《洛阳春》又名《一落索》，首见欧阳修《六一词》，虽非专咏牡丹，但词中语及牡丹花；韦骧一首咏丁香花，陈师道二首亦非专咏牡丹，但语及牡丹。考虑到欧阳修曾撰《洛阳牡丹记》，此调本名《一落索》而改题《洛阳春》，或许与作者即兴因景改题调名有关。

　　由于唐宋乐舞资料大量佚失，单纯从文献考证角度无法逐一列举和证明有多少词调、曲调、大曲或歌舞与牡丹及牡丹玩赏活动有关，但仅就上文所举若干例，即可知唐宋时期确有不少音乐、舞蹈、歌曲等与牡丹关系密切。

唐宋笔记小说牡丹研究资料辑录

唐宋牡丹文化研究资料，除见诸《全唐诗》、《全宋诗》、《全宋词》、《全唐文》、《全宋文》、两唐书、《宋史》、《宋会要辑稿》等常用文史典籍者外，尚有不少资料散见于唐宋笔记小说之中。研究中国牡丹文化具有集大成性质的著作《中国牡丹全书》（《中国牡丹全书》编纂委员会编，科学技术出版社 2002 年版），网罗资料甚富，但较少搜集和使用这些资料。为便于读者进一步了解和研讨唐宋牡丹文化，兹据上海古籍出版社《唐五代笔记小说大观》、台北新兴书局有限公司出版之《笔记小说大观》，对相关牡丹研究资料予以辑录，其中上海古籍版已经出现的条目又见于新兴书局版者，辑录时从略。

附录一　《唐五代笔记小说大观》牡丹研究资料①

《龙城录》（唐柳宗元撰，二则）

1. 高皇帝宴赏牡丹：高皇帝御群臣，赋《宴赏双头牡丹》诗，惟上官昭容一联为绝丽，所谓"势如连璧友，心若臭兰人"者。使夫婉儿稍知义训，亦足为贤妇人，而称量天下，何足道哉？此祸成所以无赦于死也。有文集一百卷行于世。（第 148 页）

2. 宋单父种牡丹：洛人宋单父，字仲儒。善吟诗，亦能种艺术。凡牡丹变易千种，红白斗色，人亦不能知其术。上皇召至骊山，植花万本，色样各不同。赐金千余两，内人皆呼为花师。亦幻世之绝艺也。（第 151 页）

《唐国史补》（唐李肇撰，一则）

京城贵游，尚牡丹三十余年矣。每春暮车马若狂，以不耽玩为耻。执金吾铺官围外寺观种以求利，一本有直数万者。元和末，韩令始至长安，居第有之，遽命斫去曰："吾岂效儿女子耶！"（第 185 页）

---

① 上海古籍出版社 2000 年版，该书搜罗唐五代笔记小说较富，书亦易得，唯尚无电子检索，故辑录于此，谨供参酌使用。

《酉阳杂俎》（唐段成式撰，六则）

1. 牡丹，前史中无说处，惟《谢康乐集》中言"竹间水际多牡丹"。成式检隋朝《种植法》七十卷中，初不记说牡丹，则知隋朝花药中所无也。开元末，裴士淹为郎官，奉使幽冀回，至汾州众香寺，得白牡丹一窠，植于长安私第，天宝中，为都下奇赏。当时名公，有《裴给事宅看牡丹》诗，时寻访未获。一本有诗云："长安年少惜春残，争认慈恩紫牡丹。别有玉盘承露冷，无人起就月中看。"太常博士张乘（别本作"嵊"）尝见裴通祭酒说。又房相有言牡丹之会，（天宝间）瑁不预焉。至德中，马仆射镇太原，又得红、紫二色者，移于城中。元和初犹少，今与戎葵角多少矣。韩愈侍郎有疏从子侄自江淮来，年甚少，韩令学院中伴子弟，子弟悉为凌辱。韩知之，遂为街西假僧院令读书。经旬，寺主纲复诉其狂率，韩遽令归，且责曰："市肆贱类营衣食，尚有一事长处，汝所为如此，竟作何物？"侄拜谢，徐曰："某有一艺，恨叔不知。"因指阶前牡丹曰："叔要此花，青、紫、黄、赤，唯命也。"韩大奇之，遂给所须，试之。乃坚箔曲，尽遮牡丹丛，不令人窥。掘棵四面，深及其根，宽容人坐。唯赍紫矿、轻粉、朱红，旦暮治其根。凡七日，乃填坑，白其叔曰："恨较迟一月。"时冬初也。牡丹本紫，及花发，色白红历绿，每朵有一联诗，字色紫分明，乃是韩出官时诗。一韵曰："云横秦岭家何在？雪拥蓝关马不前"十四字，韩大惊异。侄且辞归江淮，竟不愿仕。兴唐寺有牡丹一窠，元和中，著花一千二百朵。其色有正晕、倒晕、浅红、浅紫、深紫、黄白檀等，独无深红。又有花叶中无抹心者，重台花者，其花面径七八寸。兴善寺素师院，牡丹色绝佳，元和末，一枝花合欢。（第701页）

2. 东都尊贤坊田令宅，中门内有紫牡丹成树，发花千朵。花盛时，每月夜有小人五六，长尺余，游于上。如此七八年，人将掩之，辄失所在。（第720页）

3. 靖善坊大兴善寺……东廊之南素和尚院……长庆初，庭前牡丹一朵合欢。（第752页）

4. 慈恩寺：寺本净觉故伽蓝，因而营建焉……寺中柿树、白牡丹，是法力上人手植。（第765页）

5. （卫公）又言：贞元中牡丹已贵，柳浑善（疑为"尝"）言："近来无奈牡丹何，数十千钱买一颗。今朝始得分明见，也共戎葵校几多。"成式又尝见卫公图中有冯绍正鸡图，当时已画牡丹矣。（第783页）

6. 洛阳鬻花木者言，嵩山深处有碧花玫瑰，而今亡矣。（第783页）

《刘宾客嘉话录》（唐韦绚撰，一则）

世谓牡丹近有，盖以前朝文士集中无牡丹歌诗。公尝言杨子华有画牡丹处极分明。子华北齐人，则知牡丹花亦久矣。（第800页）

《宣室志》（唐张读撰，一则）

陈郡谢翱者，尝举进士，好为七字诗。其先寓居长安升道里，所居庭中多牡丹。一日晚霁，出其居，南行百步，眺望南峰。伫立久之，见一骑自西驰来，绣缋仿佛，近乃双鬟，高髻靓妆，色甚姝丽。至翱所，因驻谓翱曰："郎非见待耶？"翱曰："步此，徒望南山耳。"双鬟笑降，拜曰："愿郎归所居。"翱不测，即回望其居，见青衣三四人偕立其门外，翱益骇异。入门，青衣俱前拜。既入，见堂中设茵毯，张帐帟，锦绣辉映，异香遍室。翱愕然且惧，不敢问。一人前曰："郎何惧？固不为损耳。"顷之，有金车至门。见一美人，年十六七，风貌闲丽，代所未识，降车入门，与翱相见。坐于西轩，谓翱曰："闻此地有名花，故来与君一醉耳。"翱惧稍解。美人即命设馔同食，其器用食物，莫不珍丰，出玉杯，命酒递酌。翱因问曰："女郎何为者？得不为它怪乎？"美人笑不答。固请之，乃曰："君但知非人则已，安用问耶？"夜阑，谓翱曰："某家甚远，今将归，不可久留此矣！闻君善为七言诗，愿见赠。"翱怅然，因命笔赋诗曰："阳台后会杳无期，碧树烟深玉漏迟。半夜香风满庭月，花下竟发楚王诗。"美人览之，泣下数行，曰："某亦尝学为诗，欲答来赠，幸不见诮。"翱喜而请。美人求绛笺，翱视笥中，惟碧笺一幅，因与之。美人题曰："相思无路莫相思，风里花开只片时。惆怅金闺却归处，晓莺肠断绿杨枝。"其笔札甚工，翱嗟赏久之。美人遂顾左右撤帷帟，命烛登车。翱送至门，挥泪而别。未数十步，车舆人物尽亡见矣。翱异其事，因贮美人诗于笥中。明年春，下第东归，至新丰，夕舍逆旅氏。因步月长望，追感前事，又为诗曰："一纸华笺丽碧云，余香犹在墨犹新。空添满目凄凉事，不见三山缥渺人。斜月照衣今夜梦，落花啼雨去年春。红闺更有堪愁处，窗上虫丝镜上尘。"既而朗吟之。忽闻数百步外有车音西来甚急，俄见金车从数骑，视其从者，乃前时双鬟也。惊问之，双鬟遽前告。即驻车，使谓翱曰："通衢中，恨不得一见。"翱请其舍逆旅，固不可。又问所适，答曰："将之弘农。"翱曰："某今亦归洛阳，愿偕往东行，可乎?"曰："吾行甚迫，不可待。"即褰车帘谓翱曰："感君意勤厚，故一面耳。"言竟，呜咽不自胜。翱为之悲泣，因诵以所制之诗。美人曰："不意君之不相忘如是也，幸何厚焉!"又曰："愿更酬此一篇。"翱即以纸笔与之，俄顷而成，曰："惆怅佳期一梦中，武陵春色尽成空。欲知离别偏堪恨，只为音尘两不通。愁态上眉凝浅绿，泪痕侵脸落轻红。双轮暂与王孙驻，明日西驰又向东。"翱谢之。良久别去，才百余步，又无所见。翱虽知为怪，眷然不能忘。乃还洛阳，出二诗，话于友人。不数日，以怨结遂卒。（第1076页）

《尚书故实》（唐李绰撰，一则）

世言牡丹花近有，盖以国朝文士集中无牡丹歌诗。张公尝言杨子华有画牡丹处极分明。子华，北齐人，则知牡丹花亦已久矣。（第1164页）

《松窗杂录》（唐李濬撰，二则）

1. 开元中，禁中初重木芍药，即今牡丹也。（《开元天宝》花呼木芍药，本记云禁中为牡丹花。）得四本，红、紫、浅红、通白者，上因移植于兴庆池东沉香亭前。会花方繁开，上乘月夜召太真妃以步辇从。诏特选梨园弟子中尤者，得乐十六色。李龟年以歌擅一时之名，手捧檀板，押众乐前欲歌之。上曰："赏名花，对妃子，焉用旧乐词为?"遂命龟年持金花笺宣赐翰林学士李白，进《清平调》词三章。白欣承诏旨，犹苦宿醒未解，因援笔赋之。"云想衣裳花想容，春风拂晓（当作"槛"）露华浓。若非群玉山头见，会向瑶台月下逢。""一枝红艳露凝香，云雨巫山枉断肠。借问汉宫谁得似，可怜飞燕倚新妆。""名花倾国两相欢，长得君王带笑看。解释春风无限恨，沉香亭北倚栏干。"龟年遽以词进，上命梨园弟子约略调抚丝竹，遂促龟年以歌。太真妃持颇黎七宝杯，酌西凉州葡萄酒，笑领意甚厚。上因调玉笛以倚曲，每曲遍将换，则迟其声以媚之。太真饮罢，饰绣巾重拜上意。龟年常话于五王，独忆以歌得自胜者无出于此，抑亦一时之极致耳。上自是顾李翰林尤异于他学士。会高力士终以脱乌皮六缝为深耻，异日太真妃重吟前词，力士戏曰："始谓妃子怨李白深入骨髓，何拳拳如是？"太真妃因惊曰："何翰林学士能辱人如斯？"力士曰："以飞燕指妃子，是贱之甚矣。"太真颇深然之。上尝欲命李白官，卒为宫中所捍而止。（第 1213 页）

2. 大和、开成中，有程修己者，以善画得进谒。修己始以孝廉召入籍，故上不甚礼（按，原文失"礼"字，据别本补），以画者流视之。会春暮内殿赏牡丹花，上颇好诗，因问修己曰："今京邑传唱牡丹花诗，谁为首出？"修己对曰："臣尝闻公卿间多吟赏中书舍人李正封诗曰：'天香夜染衣，国色朝酣酒。'"（按，原句当作"国色朝酣酒，天香夜染衣。"）上闻之，嗟赏移时。杨妃方恃恩宠，上笑谓贤妃曰："妆镜台前宜饮以一紫金盏酒，则正封之诗见矣。"（第 1215 页）

《本事诗》（唐孟棨撰，一则）

李相绅镇淮南，张郎中又新罢江南郡，素与李构隙，事在别录。时于荆溪遇风，漂没二子，悲戚之中复惧李之仇己，投长笺自首谢。李深悯之，复书曰："端溪不让之词，遇罔怀怨；荆浦沉沦之祸，鄙实慭然。"既厚遇之，殊不屑意。张感铭致谢，释然如旧交。与张宴饮，必极欢尽醉。张尝为广陵从事，有酒妓，尝好致情，而终不果纳。至是二十年，犹在席，目张悒然，如将涕下。李起更衣，张以指染酒，题词盘上，妓深晓之。李既至，张持杯不乐。李觉之，即命妓歌以送酒。遂唱是词曰："云雨分飞二十年，当时求梦不曾眠。今来头白重相见，还上襄王玳瑁筵。"张醉归，李令妓夕就张郎中。李与杨虔州齐名友善，杨妻李氏即郿相之女，有德无容，杨未尝意，敬待特甚。张尝谓杨曰："我少年成美名，不忧仕矣。唯得美室，平生之望斯足。"杨曰："必求是，但与我同好，必谐君心。"张深信之。既婚，殊不惬心，杨以笏触之曰："君何大痴！"言之数四，张不胜其忿，回应之曰："与君无间，以情告君，君误我如是，何谓痴？"杨历数求名从宦之由，曰："岂不与君皆同邪？"曰："然。""然则我得丑妇，君讵不同我邪？"张色解，问，"君室何如？"曰："特甚。"张大笑，遂如初。张既成家，乃为诗曰："牡丹一朵直千金，将谓从来色最深。今日满阑开似雪，一生辜负看花心。"（第 1242 页）

《云溪友议》（唐范摅撰，二则）

1. 钱塘论：致仕尚书白舍人，初到钱塘，令访牡丹花。独开元寺僧惠澄，近于京师得此花栽，始植于庭，栏圈甚密，他处未之有也。时春景方深，惠澄设油幕以覆其上。牡丹自此东越分而种之也。会徐凝自富春来，未识白公，先题诗曰："此花南地知难种，惭愧僧闲用意栽。海燕解怜频睥睨，胡蜂未识更徘徊。虚生芍药徒劳妒，羞杀玫瑰不敢开。唯有数苞红蕚在，含芳只待舍人来。"白寻到寺看花，乃命徐生同醉而归。……下叙徐凝、张祜较诗艺短长之事。（第1282～1284页）

2. 辞雍氏：崔涯者，吴楚之狂生也，与张祜齐名。每题一诗于倡肆，无不诵之于衢路。誉之，则车马继来；毁之，则杯盘失错。……又嘲李端端："黄昏不语不知行，鼻似烟窗耳似铛。独把象牙梳插鬓，昆仑山上月初生。"端端得此诗，忧心如病……又重赠一绝句粉饰之，于是大贾居豪，竞臻其户。或戏之曰："李家娘子，才出墨池，便登雪岭。何期一日，黑白不均？"红楼以为倡乐，无不畏其嘲谑也。祜、涯久在维扬，天下晏清，篇词纵逸，贵达钦惮，呼吸风生，畅此时之意也。赠诗曰："觅得黄骝被绣鞍，善和坊里取端端。扬州近日浑成差，一朵能行白牡丹。"（第1285页）

《杜阳杂编》（唐苏鹗撰，二则）

1. 穆宗皇帝殿前种千叶牡丹，花始开，香气袭人，一朵千叶，大而且红。上每睹芳盛，叹曰"人间未有"。自是宫中每夜即有黄白蛱蝶万数飞集于花间，辉光照耀，达晓方去。宫人竞以罗巾扑之，无有获者。上令张网于空中，遂得数百，于殿内纵嫔御追捉以为娱乐。迟明视之，则皆金玉也。其状工巧，无以为比。而内人争用绛缕绊其脚，以为首饰。夜则光起妆奁中。其后开宝厨，睹金钱玉屑之内将有化蝶者，宫中方觉焉。（第1385页）

2. 上于内殿前看牡丹，翘足凭栏，忽吟舒元舆《牡丹赋》云："俯者如愁，仰者如语，合者如咽。"吟罢，方省元舆词，不觉叹息良久，泣下沾臆。（第1385页）

《剧谈录》（唐康骈撰，二则）

1. 刘相国宅：通义坊刘相国宅，本文宗朝朔方节度使李进贤旧第。

进贤起自戎旅，而倜傥瑰玮，累居藩翰，富于财宝。虽豪侈奉身，雅好宾客。有中朝宿德，常话在名场日，失意边游，进贤接纳甚至。其后京华相遇，时亦造其门。属牡丹盛开，因以赏花为名，及期而往。厅事备陈饮馔，宴席之间，已非寻常。举杯数巡，复引众宾归内，室宇华丽，楹柱皆设锦绣；列筵甚广，器用悉是黄金。阶前有化数丛，覆以锦幄。妓妾俱服纨绮，执丝簧善歌舞者至多。客之左右，皆有女仆双鬟者二人，所须无不必至，承接之意，常日指使者不如。芳酒绮肴，穷极水陆，至于仆乘供给，靡不丰盈。自午讫于明晨，不睹杯盘狼藉。朝士云：迩后历观豪贵之属，筵席臻此者甚稀。厥后进贤徙居长兴，其宅互为他人所有。咸通中，刘相国罢北京亚尹，复为翰林学士，数岁后，自承旨入相，尚以十千税焉。……（第1479页）

2. 慈恩寺牡丹：京国花卉之晨（应作"盛"），尤以牡丹为上。至于佛宇道观，游览者罕不经历。慈恩浴堂院有花两丛，每开及五六百朵，繁艳芬馥，近少伦比。有僧思振，常话会昌中朝士数人，寻芳遍诣僧室，时东廊院有白花可爱，相与倾酒而坐，因云牡丹之盛，盖亦奇矣。然世之所玩者，但浅红深紫而已，竟未识红之深者。院主老僧微笑曰："安得无之？但诸贤未见尔！"于是从而诘之，经宿不去。云："上人向来之言，当是曾有所睹。必希相引寓目，春游之愿足矣！"僧但云："昔于他处一逢，盖非辇毂所见。"及旦求之不已，僧方露言曰："众君子好尚好此，贫道又安得藏之，今欲同看此花，但未知不泄于人否？"朝士作礼而誓云："终身不复言之。"僧乃自开一房，其间施设幡像，有板壁遮以旧幕。幕下启关而入，至一院，有小堂两间，颇甚华洁，轩庑栏槛皆是柏材。有殷红牡丹一窠，婆娑几及千朵，初旭才照，露华半晞，浓姿半开，炫耀心目。朝士惊赏留恋，及暮而去。僧曰："予保惜栽培近二十年矣，无端语出，使人见之，从今已往，未知何如耳！"信宿，有权要子弟与亲友数人同来入寺，至有花僧院，从容良久，引僧至曲江闲步。将出门，令小仆寄安茶笈，裹以黄帕，于曲江岸藉草而坐。忽有弟子奔走而来，云有数十人入院掘花，禁之不止。僧俯首无言，唯自吁叹。坐中但相盼而笑。既而却归至寺门，见以大畚盛花舁而去。取花者谓僧曰："窃知贵院旧有名花，宅中咸欲一看，不敢预有相告，盖恐难于见舍。适所寄笼子，中有金三十两、蜀茶二斤，以为酬赠。"（第1481页）

《唐摭言》（五代王定保撰，一则）

"宴名"：大相识（主司在具庆）、次相识（主司在偏侍）、小相识（主司有兄弟）、闻喜（敕士宴）、樱桃、月灯、打球、牡丹、看佛牙（每人二千以上。佛牙楼，宝寿、定水、庄严皆有之，宝寿量成佛牙，月水精函子盛。银菩萨捧之，然得一僧跪捧菩萨。多是僧录或首座方得捧之矣）、关宴（此最大宴，亦谓之"离宴"，备述于前矣）。（第 1597 页）

《开元天宝遗事》（五代王仁裕撰，四则）

1. "斗花"：长安王士安（疑"王士安"三字为"士女"），春时斗花，戴插以奇花多者为胜，皆用千金市名花植于庭苑中，以备春时之斗也。（第 1737 页）

2. "裙幄"：长安士女游春野步，遇名花则设席藉草，以红裙递相插挂，以为宴幄，其奢逸如此。（第 1738 页）

3. "百宝栏"：杨国忠初因贵妃专宠，上赐以木芍药数本，植于家，国忠以百宝妆饰栏楯，虽帝宫之内不可及也。（第 1743 页）

4. "四香阁"：国忠又用沉香为阁，檀香为栏，以麝香、乳香筛土和为泥饰壁。每于春时木芍药盛开之际，聚宾友于此阁上赏花焉，禁中沉香之亭远不侔此壮丽也。（第 1743 页）

《中朝故事》（南唐尉迟偓撰，一则）

同州有长春宫，其间园林繁茂，花木无所不有，芳菲长如三春节矣。中书政事堂后有五房，堂候官共十五人，每岁都酿醵钱十五万贯。秋间于坊曲税四区大宅，鳞次相列，取便修装，遍栽花药。至牡丹开日，请四相到其中，并家人亲戚，日迎达官，至暮娱乐，教坊声妓无不来者。恩赐酒食亦无虚日。中官驱高车大马而至，以取金帛优赏，花落而罢。（第 1785 页）

《北梦琐言》（五代孙光宪撰，一则）

放孤寒三人及第（"科松荫花事"附）：咸通中，礼部侍郎高湜知举。榜内孤贫者公乘亿，赋诗三百首，人多书于屋壁。许棠有《洞庭》诗，尤工，诗人谓之"许洞庭"。最奇者有聂夷中，河南中都人，少贫苦，精于古体，有《公子家》诗云："种花于西园，花发青楼道。花下一禾生，去之为恶草。"……盛得三人，见湜之公道也。葆光子尝有同寮，示我调举时诗卷，内一句云："科松为荫花。"因讯之曰："贾浪仙云：'空庭唯有竹，闲地拟栽松。'吾子与贾生，春兰秋菊也。"他日赴达官牡丹宴，栏中有两松对植，立命斧斫之，以其荫花。此侯席上，于愚有得色，默不敢答，亦可知也。（第1813页）

附录二　《笔记小说大观》牡丹研究资料①

《笔记小说大观》第三编

《闲窗括异志》（宋鲁应龙撰，一则）

元丰末，秀州人家屋瓦霜后冰自成花，每瓦一枝，正如画家所为折枝，有大花如牡丹花叶者，细花如萱草海棠者，皆有枝叶，无毫发不具，虽巧笔不能为之，以纸摹之，不异石刻。（第1345页）

《山家清事》（宋林洪撰，一则）

插花法：插梅每旦当刺以汤，插芙蓉当以沸汤闭以叶少顷，插莲当先花而后木，插栀子当削木而捶破，插牡丹、芍药及蜀葵、萱草之类，皆当烧枝则尽开，能依此法，则造化之不及者全矣。（第1403页）

《松漠纪闻》（宋洪皓撰，一则）

渤海国去燕京女真所都皆千五百里……金人虑其难制，频年转戍山东，每徙不过数百家。至辛酉岁，尽驱以行，其人大怨，富室安居逾二百年，往往为园池，植牡丹多至三二百本，有数十干丛生者，皆燕地所无，

① 台北新兴书局有限公司1973—1988年影印本，该丛书共四十五编，每编十册，卷帙浩繁，影印、保存了不少宋版、钞本、稿本，目前尚不能进行电子检索，故所作辑录，均系本人独立手工完成，刊布于此，对于研究中国古代牡丹（花卉）文化者或许不无裨益。

才以十数千，或五千贱贸而去。（第 1432 页）

《枫窗小牍》（宋袁褧撰，一则）

淳化三年冬十月，太平兴国寺牡丹红紫盛开，不逾春月，冠盖云拥，僧舍填骈，有老妓题寺壁云："曾趁东风看几巡，冒霜开唤满城人。残脂剩粉怜犹在，欲向弥陀借小春。"此妓遂复车马盈门。（第 1673 页）

《老学庵笔记》（宋陆游撰，一则）

东坡《牡丹》诗云："一朵妖红翠欲流。"初不晓翠欲流为何语，及游成都，过木行街，有大署市肆曰郭家鲜翠红紫铺，问土人，乃知蜀语鲜翠犹言鲜明也，东坡盖用乡语云。蜀人又谓糊窗为泥窗，花蕊夫人宫词云"红锦泥窗绕四廊"，非曾游蜀亦所不解。（第 1753 页）

《癸辛杂识》（宋周密撰，二则）

1. 赵氏兰泽园：亦近世所葺，颇宏大，其间规为葬地，作大寺，牡丹特盛。未几，寺为有力撤去①。（第 1802 页）

2. 唐舒元舆《牡丹赋》序云："吾子独不见张荆州之为人乎？斯人信丈夫，然吾观其文集之首有《荔枝赋》焉。荔枝信美矣，然而不出一果，所与牡丹何异，但问其所赋之旨何哉！"皮日休《桃花赋》序云："余尝慕宋广平之为相，贞姿劲质，刚态毅状，疑其铁肠与石心，不解吐婉媚辞，然睹其文而有《梅花赋》，清便富艳，得南朝徐庾体，殊不类其为人也。"二序意同。　　　（第 1830 页）

《洛阳名园记》（宋李格非撰，中有涉及牡丹者三则，详参本书第二章第四节所附）

---

① 周密《癸辛杂识》前集有记吴兴山水园池之胜者，亦李格非《洛阳名园记》之俦者，周氏录自倪文节《经鉏堂杂志》。

《笔记小说大观》第四编

《集异志》（唐苏勋集，一则）

武后时，武三思置一妾，绝色。士大夫皆访观之。狄梁公亦往焉。妾逃遁不见。三思搜之，在于壁隙中语曰：我乃花月之妖，天遣我奉君谈笑。梁公，时之正人，我不可以见。盖端人正士，精爽清明，鬼神魑魅，自不敢近。所谓德重而神钦。鬼神之所以近人者，皆由人之精爽自不足尔。（第1166页）

《物类相感志》（宋苏轼撰，四则）

1. 花竹：种牡丹芍药花，日间簪瓶中，晚间置地湿处，以蒲包盖之，可多开三五日。如经雷时，即时零落。（第1623页）

2. 养牡丹芍药栀子，并刮去皮，火烧，以盐擦之，插于瓶中，或用沸汤插之亦开。（第1623页）

3. 牡丹树以海螵蛸针之立死。（第1623页）

4. 牡丹根下放白术，诸般颜色，皆是腰金。（第1624页）

《后山丛谈》（宋陈师道撰，一则）

花之名天下者，洛阳牡丹，广陵芍药耳。红叶而黄腰，号金带围。而无种，有时而出，则城中当有宰相。韩魏公出为守，一出四枝，公自当其一，选客具乐以当之。是时王岐公以高科为倅，王荆公以名士为属，皆在选。而阙其一，莫有当者。数日不决，而花已盛。公命戒客，而私自念今日有过客，不问如何，召使当之。及暮，高水门报陈太博来，亟使召之，乃秀公也。明日酒半折花，歌以插之，其后四公皆为首相。（第1680页）

《春渚纪闻》（宋何薳撰，一则）

瓦缶冰花：宣义郎万延之，钱塘南新人，刘辉榜中乙科释褐。性素刚，不能屈曲州县。中年拂衣而归，徙居余杭。行视苕雪陂泽，可为田者即市之。遇岁运土，田围大成，岁收租入数盈万斛。常语人曰："吾以万为氏，至此足矣。"即营建大第，为终老之计。家蓄一瓦缶。盖初赴铨时，遇都下铜禁甚严，因以十钱市之，以代沃盥之用。时当凝寒，注汤颒面。既覆出出水，而有余小留缶，凝结成冰，视之，桃花一枝也。众人观，异之，以为偶然。明日用之，则又成，开双头牡丹一枝。次日又成寒林，满缶水村竹屋断鸿翘鹭，宛如图画远近景者。自后以自金为护，什袭而藏，遇凝寒时，即预约客张宴以赏之，未尝有一同者。（第1783页）

《清异录》（宋陶谷撰，四则）

1. "百叶仙人"：洛阳大内临芳殿，庄宗所建，牡丹千余本，其名品亦有在人口者，具于后：百叶仙人（浅红）；月宫花（白）；小黄娇（深黄）；雪夫人（白）；粉奴香（白）；蓬莱相公（紫花黄绿）；卯心黄；御衣红；紫龙杯；三云紫；盘紫酥（浅红）；天王子；出样黄；火焰奴（正红）；太平楼阁（千叶黄）。（第1958页）

2. "花经九品九命"：张翊者，世本长安，因乱南来，先主擢置上列，时拜西平昌令卒。翊好学多思致，尝戏造花经，以九品九命升降次第之，时服其公允。

一品九命：兰、牡丹、腊梅、荼䕷、紫风流（睡香异名）。

二品八命：琼花、蕙、岩桂、茉莉、含笑。

三品七命：芍药、莲、檐葡、丁香、碧桃、垂丝海棠、千叶。

四品六命：菊、杏、辛夷、豆蔻、后庭、忘忧、樱桃、林禽、梅。

五品五命：杨花、月红、梨花、千叶李、桃花、石榴。

六品四命：聚八仙、金沙、宝相、紫薇、凌霄、海棠。

十品三命：散水、真珠、粉团、郁李、蔷薇、米囊、木瓜、山茶、迎春、玫瑰、金灯、木笔、金凤、夜合、踯躅、金钱、锦带、石蝉。

八品二命：杜鹃、大清、滴露、刺桐、木兰、鸡冠、锦被堆。

九品一命：芙蓉、牵牛、木槿、葵、胡葵、鼓子、石竹、金莲。（第1960页）

3. "抬举牡丹法"：常以九月取角屑硫磺碾如面，拌细土，挑动花根壅掩，入土一寸，出土三寸，地脉既暖，立春渐有花蕾生如粟粒，既掐去，唯留中心一蕊，气聚故花肥，至开时大如碗面。（第1963页）

4. 玲珑牡丹鲊：吴越有一种玲珑牡丹鲊，以鱼叶联成牡丹状，既熟，出盎中，微红如初开牡丹。（第2040页）

《谈苑》（宋孔平仲撰，四则）

1. 陈尧佐，字希元，修真宗实录，特除知制诰。旧制须召试，惟杨亿与尧佐不试而授。兄尧叟、弟尧咨皆举进士第，一时兄弟贵盛，当世少比。尧佐退居郑圃，尤好诗赋。张士逊判西京，以牡丹及酒遗之。尧佐答曰："有花无酒头慵举，有酒无花眼懒开。正向西园念萧索，洛阳花酒一时来。"（第2089页）

2. 王文康公诗云："枣花至小能成实，桑叶虽柔解吐丝。堪笑牡丹如斗大，不成一事又空枝。"亦重厚者之辞也。（第2090页）

3. 慈圣光献皇后薨，上悲慕甚。有姜识自言神术，可使死者复生。上试其术，数旬不效，乃曰："臣见太皇太后方与仁宗皇帝宴临白玉栏赏牡丹，无意复来人间也。"上知其诞妄，但斥于郴州。蔡承禧进挽词曰："天上玉栏花已折，人间方士术何施。"（第2094页）

4. 赏花钓鱼，三馆唯直馆预坐，校理以下赋诗而退。太宗时，李宗谔为校理，作诗云："戴了宫花赋了诗，不容重见赭黄衣。无聊却出宫门去，还似当年下第时。"上即令赴宴，自是校理而下，皆与会也。（第2100页）

《靖康缃素杂记》（宋黄朝英撰，一则）

"说猫"：《杂俎》云，猫目睛旦暮圆，及午竖敛如綖。其鼻端常冷，唯夏至日暖。沈存中尝论欧阳公曾得一古画牡丹丛，其下有一猫，未知其精粗。丞相吴正肃一见曰："此正午牡丹也。何以明之？其花披哆而色正燥，此日中时花也；猫眼黑睛如线，此正午猫眼也。有带露花则房敛而色泽，猫眼朝暮则睛圆，日渐狭长，正午则如一线耳。"正肃公虽曰善求古人之意，然说猫处往往亦自于段氏云。（第2190页）

《贵耳集》（宋张端义撰，二则）

1. 慈宁殿赏牡丹。时椒房受册，三殿极欢。上洞达音律，自制曲赐名《舞杨花》，停觞命小臣赋词，俾贵人歌以侑，玉卮为寿。左右皆呼万岁。词云："牡丹半坼初经雨，雕槛翠幕。朝阳娇困倚东风，差榭了群芳。洗烟凝露向清晓，步瑶台，月底霓裳，轻笑淡拂宫黄。浅拟飞燕新妆。杨柳啼鸦昼永，正秋千亭馆，风絮池塘。三十六宫，簪艳粉浓香。慈宁玉殿庆

清赏。占东君、谁比花王，早夜万烛荧煌，影里留住年光。"此康伯可乐府所载。（第 2424 页）

2. 寿皇使御前画工写曾海野喜容带牡丹一枝。寿皇命徐本中作赞云："一枝国艳，两鬓东风。"寿皇大喜。（第 2424 页）

《笔记小说大观》第五编

《大业拾遗记》（唐颜师古撰，一则）

大业十二年，炀帝将幸江都。……时洛阳进合蒂迎辇花，云得之嵩山坞中，人不知名，采者异而贡之。会帝驾适至，因以迎辇名之。花外殷紫内，素腻菲芬，粉蕊，心深红，跗争两花，枝干烘翠，类通草，无刺，叶圆长薄，其香气秾氛馥，或惹襟袖，移日不散，嗅之令人不多睡。帝令宝儿持之，号曰司花女。（第 1462 页）

《花九锡》（唐罗虬撰，二则）

1. 附陈仲醇花宠幸：牡丹芍药，乍迎歌扇。（第 1478 页）
2. 附袁中郎花沐浴：浴牡丹芍药，宜靓妆妙女。（第 1478 页）

《牡丹荣辱志》（宋愚叟丘琚①撰，一则）

花卉蕃腴于天地间，莫逾牡丹。其貌正心荏，茎节蒂蕊，耸抑捡旷，有刚克柔克态。远而视之，疑美丈夫女子，俨衣冠当其前也。苟非钟纯淑清粹气，何以标全德于三月内？迂愚叟顺造化意，以荣辱志其事。欲姚之黄为王，魏之红为妃，无所忝冒，何哉？位既尊矣，必授之以九嫔。九嫔佐矣，必隶之以世妇。世妇广矣，必定之以保傅。保傅任矣，则彤管位矣。则命妇立，命妇立则嬖幸愿，嬖幸愿则近属睦，近属睦则疏族亲，疏族亲则外屏严，外屏严则宫闱壮，宫闱壮则丛脞革，丛脞革则君子小人之分达，君子小人之分达则亨泰屯难之兆继，继之则莫大乎善，成之则莫大乎性。本乎中，根本茂矣。善归已，色香厚矣。如是则施之以天道，顺之以地利，节之以人欲。其栽其接，无竭无灭。其生其成，不缩不盈。非独

---

① 按，即邱濬。

为洛阳一时欢赏之胜，将以为天下嗜好之劝也。

姚黄为王：名姚花以为其名者，非可以中色斥万乘之尊。故以王以妃示上下等夷也。

魏红为妃：天子立后以正内治，故《关雎》为风化之治，妃嫔世妇所以辅佐淑德，符家人之卦焉。然后鹊巢、采蘋、采蘩、列夫人职以助诸侯之政。今以魏花为妃，配乎王爵，视崇高富贵一之于内外也。

九嫔：牛黄、细叶寿安、九蕊真珠、鹤翎红、鞓红、潜溪绯、朱砂红、添色红、莲叶九蕊。

世妇：粗叶寿安、甘草黄、一捻红、倒晕檀心、丹州红、一百五、鹿胎、鞍子红、多叶红、献来红。今得其半，别求异种补之。

御妻：玉版白、多叶紫、叶底紫、左紫、添色紫、红连萼、延州红、骆驼红、紫莲萼、苏州花、常州花、润州花、金陵花、钱塘花、越州花、青州花、密州花、和州花。自苏台会稽至历阳郡，好事者众，栽植尤夥，八十一之数，必可备矣。

花师傅：蓂荚、指佞草、莆莲、燕胎芝、荧火芝、五色灵芝、九茎芝、碧莲、瑶花、碧桃。

花彤史：同颖禾、两歧麦、三脊茅、朝日莲、连理禾、薝葡花、长乐花。

花命妇：上品芍药、黄楼子等、粉口、柳浦、茅山冠子、醉美人、红缬子、白缬子、黄丝头、红丝头、蝉花、重叶海棠（出蜀中）、千叶瑞莲。

花嬖幸：中品芍药、长命女花（出蜀中）、素馨、茉莉、豆蔻、虞美人（出蜀中）、丁香、含笑、男真、鸳鸯草（出蜀中）、女真、七宝花、石蝉花（出蜀中）、玉蝉花（出蜀中）。

花近属：琼花、红兰、桂花、娑罗花、棣棠、迎春、黄拒霜、黄鸡冠、忘忧草、金铃菊、荼蘼、山茶、千叶石榴、玉蝴蝶、黄荼蘼（出蜀中）、玉屑。

花疏属：丽春、七宝花（出蜀中）、石瓜花（出蜀中）、石岩、千叶菊、紫菊、添色拒霜（出蜀中）、羞天花、金钱、金凤、山丹、吉贝、木莲花、石竹、单叶菊、滴滴金、红鸡冠、矮鸡冠、黄蜀葵、千叶郁李。

花戚里：旌节、玉盘金盏、鹅毛金凤（出蜀中）、瑞圣、瑞香、御米、都胜、玉簪。

　　花外屏：金沙、红蔷薇、黄蔷薇、玫瑰、密有、刺红、红薇、紫薇、朱槿、白槿、海木瓜、锦带、杜鹃、栀子、紫荆、史君子、凌霄、木兰、百合。

　　花宫闱：诸类桃、诸类李、诸类梨、诸类杏、红梅、早梅、樱桃、山樱、蒲桃、木瓜、桐花、栗花、枣花、木锦、红蕉。

　　花丛脞：红蓼、牵牛、鼓子、芫花、蔓陀罗、金灯、射干、水潢、地锦、地钉、黄踯躅、野蔷薇、荠菜花、夜合、芦花、杨花、金雀儿、菜花。

　　花君子：温风、清露、细雨、暖日、微云、沃壤、永昼、油幕、朱门、甘泉、醇酒、珍馔、新乐、名倡。

　　花小人：狂风、猛雨、赤日、苦寒、蜜蜂、蝴蝶、蝼蚁、蚯蚓、白昼青蝇、黄昏蝙蝠、飞尘、妒芽、蠹、麝香、桑螵蛸。

　　花亨泰：闰三月、五风十雨、主人多喜事、婢能歌乐、妻孥不倦排当、僮仆勤干、子弟蕴藉、正开值生日、欲谢时待解醒、门僧解栽接、借园亭张筵、从贫处移入富家。

　　花屯难：丑妇妒与邻、猥人爱与嫌、盛开值私忌、主人悭鄙、和园卖与屠沽、三月内霜雹、赏处著棋斗茶、筵上持七八、盛开债主临门、箔子遮围、露头跣足对酒、遭权势人乞接头、剪时和花眼、正欢赏恼酒、头戴如厕、听唱辞传家宴、酥煎了下麦饭、凋落后苕帚扫、园吏浇湿烘、落村僧道士院观里。（第1623～1630页）

《花经》（宋张翊撰，　　则）

　　翊好学多思致，世本长安，因乱南来，尝戏造花经，以九品九命升降次第之，时服其公允。

　　一品九命：兰、牡丹、腊梅、荼蘼、紫风流（睡香异名）。

　　二品八命：琼花、蕙、岩桂、茉莉、含笑。

　　三品七命：芍药、莲、蒼莆、丁香、碧桃、垂丝海棠、千叶桃。

　　四品六命：菊、杏、辛夷、豆蔻、后庭、忘忧、樱桃、林檎、梅。

　　五品五命：杨花、月红、梨花、千叶李、桃花、石榴。

　　六品四命：聚八仙、金沙、宝相、紫薇、凌霄、海棠。

　　七品三命：散花、真珠、粉团、郁李、蔷薇、米囊、木瓜、山茶、迎春、玫瑰、金灯、木笔、金凤、夜合、踯躅、金钱、锦带、石蝉。

八品二命：杜鹃、太清、滴露、刺桐、木兰、鸡冠、锦被堆。

九品一命：芙蓉、牵牛、木槿、葵、胡葵、鼓子、石竹、金莲。
（第 1641～1643 页）

《洛阳牡丹记》（宋欧阳修撰，第 1683～1691 页）

《洛阳牡丹记》（宋周师厚撰，第 1737～1746 页）

《天彭牡丹谱》（宋陆游撰，第 1749～1755 页）

以上三书系宋代比较重要和有代表性的牡丹谱，详见第二章第三节所附。

《陈州牡丹记》（宋张邦基撰，二则）

1. 洛阳牡丹之品，见于花谱。然未若陈州之盛且多也。园户植花如种黍粟，动以顷计。政和壬辰春，予侍亲在郡，时园户牛氏家忽开一枝，色如鹅雏而淡，其面一尺三四寸，高尺许，柔葩重叠，约千百叶。其本姚黄也，而于葩英之端有金粉一晕缕之，其心紫蕊，亦金粉缕之。牛氏乃以缕金黄名之，以籧篨作棚屋围幛，复张青帟护之于门首，遣人约止游人，人输千钱，乃得入观。十日间，其家数百千。予亦获见之。郡首闻之，欲剪以进于内府，众园户皆言不可，曰："此花之变易者，不可为常。他时复来索此品，何以应之？"又欲移其根，亦以此为辞，乃已。明年花开，果如旧品矣。此亦草木之妖也。（第 1747 页）

2. 苏长公记东武旧俗，每岁四月大会于南禅、资福两寺，芍药供佛，而今岁最盛，凡七千余朵，皆重跗累萼，繁丽丰硕，中有白花，正圆如覆盂，其下十余叶稍大，承之如盘，姿格瑰异，独出于七千朵之上，云得之于城北苏氏园中，周宰相莒公之别业。此亦异种，与牛氏家牡丹并足传异云。（第 1747～1748 页）

《元氏掖庭记》（元陶宗仪撰，一则）

宫中宴饮不常，名色亦异。碧桃盛开，举杯相赏，曰爱娇之宴；红梅初发，携尊对酌，名曰浇红之宴；海棠谓之暖妆，瑞香谓之拨寒，牡丹谓之惜香。至于落花之饮，名为恋春，催花之设，名为夺秀。其或缯楼幔

阁，清暑回阳，佩兰采莲，则随其所事而名之也。（第 1851 页）

《笔记小说大观》第六编

《四朝闻见录》（宋叶绍翁撰，二则）

1. 卫魁廷尉：卫公泾，字清叔，吴门石浦人，先五世俱第进士，至为廷唱第一人，策中力陈添差赘员之弊，上敕授添差州金幕，公即入札庙堂，以为身自言而自为，可乎？有旨待诏与金幕正，公已赴越任，间会亲友，玩牡丹，谓第一花人尚贵之，吾亦宜自贵重可也。（第 352 页）

2. 吴云螯：四明高似孙，号疏寮，由校中秘书授徽倅，道出金陵，投留守吴公琚以诗曰："四朝渥遇鬓微丝，多少恩荣世少知。长乐花深春侍宴，重华香暖夕论诗。黄金旒满无心爱，古锦囊归有字奇。一笑难陪珠履客，看临古帖对梅枝。"……公为宪圣犹子，以词翰被遇孝宗。宪圣殿洛花盛开，必召诸子侄入侍。孝宗万几之暇，即命中使召公论诗作字而罢，故疏寮额联及之。（第 374 页）

《寓简》（宋沈作喆撰，一则）

予官维扬，春暮纵观芍药，真一时胜赏。蕃釐祠殿之侧，有老圃业花数世矣。一日，以花来献，予售以斗酒，因问之曰："人知赏花耳，吾欲知芍药之根所以赤白有异种邪？"曰："非也，花过之后，每旦迟明而起斫土，取根洗濯而后暴之，时也遇天晴日色猛烈，抵暮，中边皆燥，断而视之，雪如也。傥遇阴云，表里滋润，信宿然后干，色正赤无疑矣。盖得至阳之气，则色白而善补，医家用之以生血而止痛；其受阳气不全者则色赤而善泻，功用不侔，自然之理也。医家未有能知此者。"又云"洗花如洗竹，非用水也，芟取其病根蝼蚁蚯蚓荐食之余耳"，其言甚有理。又云："吾家自高曾世传种花，但栽培及时，无他奇巧。盖以不伤其性，自得天真，故根拔耐久。近时厌常而反古，专尚奇丽，吾为衣食所迫，不能免俗，乃用工力智巧，剪剔移徙，杂以肥沃，药物注灌，花始变而趣时态，十有七八异于常品矣。然不能久远，经数岁辄瘦瘁，纵未朽腐，而花尽力矣。盖先世之所能者，天也；吾之所能者，人也。人竟能胜天者耶。"故吾视花有惭色也。此言又似知道者。（第 607 页）

《铁围山丛谈》（宋蔡絛撰，二则）

1. 洛阳牡丹号冠海内。欧阳文忠公有谱言之备然。吾狂病未得时，尝侍鲁公，入应宣召延福宫赏花内宴，私窃谓海内之至极者也。及靖康初元，鲁公分司河南，吾独从鲁公行。时适春三月矣，略得见洛阳牡丹一二，始知九重之燕赏殆虚设，而文忠公之谱，其殆雅有未究者。因问诸洛阳人，为吾言姚黄、檀心碧蝉，生异花叶，独号花王，虽有其名，亦不时得，率四三岁一开，开或得一两本而已。遇其一，必倾城，其人若狂而走观。彼余花纵盛勿视也。于是姚黄苑囿主人是岁为之一富。吾又见二（疑作"贡"）父言，元丰中神宗尝幸金明池，是日洛阳适进姚黄一朵，花面盈尺有二寸，遂却宫花不御，乃独簪姚黄以归，至今传以为盛事。（第 697 页）

2. 维扬芍药甲天下，其间一花若紫袍而中有黄缘者，名金腰带。金腰带不偶得之维扬，传一开则为世瑞，且簪是花者位必至宰相，盖数数验。昔韩魏公以枢密副使出维扬，一日金腰带忽出四蕊，魏公异之，乃燕平生所期望者，三人与其赏焉。时王丞相禹玉为监郡，王丞相介甫同一人俱在幕下，及将燕而一客以病方谢不敏，及旦日，吕司空晦叔适为过客来，魏公尤喜，因留吕司空，合四人者咸簪金腰带。其后四人果皆辅相矣。或谓过客乃陈丞相秀公，然吾旧闻此，又得是说于吕司空，疑非陈丞相也。是后鲁公守维扬，金腰带一枝又出，则鲁公簪之而鲁公亦位极，未几叔父文正公亦尝守维扬，一旦金腰带又出，而维扬人大喜，贺文正公之重望，亟折以献。然花适开未全也，文正公为之怅然，亦簪而赏之焉。久之，文正公独为枢密使，后加使相检校少保，视宰相恩数。噫！一花之异有曲折与人合，乃若造物戏人乎？（第 697 页）

《碧鸡漫志》（宋王灼撰，三则）

1. 何文缜在馆阁时，饮一贵人家，侍儿惠柔者，解帕子为赠，约牡丹开再集。何甚属意，归作《虞美人》曲，曲中隐其名云："分香帕子揉蓝腻。欲去殷勤惠。重来直待牡丹时，只恐花知，知后故开迟（按，《词综》云'重来约在牡丹时，只恐花枝相妒故开迟'）。别来看尽闲桃李。日日栏干倚。催花无计问东风，梦作一双蝴蝶、绕芳丛。"何书此曲与赵咏道，

自言其张本云。（第 712 页）

2. 何满子，白乐天诗云："世传满子是人名，临就刑时曲始成。一曲四词歌八叠，从头便是断肠声。"自注云："开元中沧州歌者姓名，临刑进此曲以赎死，上竟不免。"……《卢氏杂说》云："甘露事后，文宗便殿观牡丹，诵舒元舆《牡丹赋》，叹息泣下，命乐适情，宫人沈翘翘舞《何满子》词云'浮云蔽白日'，上曰：'汝知书耶！'乃赐金臂环。"……（第 723 页）

3.《清平调》，《松窗录》云：开元中，禁中初重木芍药，得四本，红、紫、浅红、通白繁开，上乘照夜白，太真妃以步辇从，李龟年手捧檀板，押众乐前，将欲歌之。上曰："焉用旧词？"命龟年宣翰林学士李白立进《清平调》三章，白承诏赋词，龟年以进，上命梨园弟子约略调抚丝竹，促龟年歌，太真笑领歌意甚厚……（按，《碧鸡漫志》所引《松窗杂录》，语多舛误）（第 727 页）

《默记》（宋王铚撰，一则）

韩魏公帅定，狄青为总管。一日会客，妓有名白牡丹者，因酒酣劝青酒曰"劝班儿一盏"，讥其面有涅文也。青来日遂笞白牡丹者。（第 842 页）

《耆旧续闻》（宋陈鹄撰，二则）

1. 故事，馆职每洛阳贡花到，例赐百朵并南库法酒，此二者《麟台故事》不载，因并志之。（第 958 页）

2. 前辈论藏书画者多取空名，偶传为钟王顾陆之笔，见者争售，此所谓耳鉴。……欧阳公有《牡丹图》，一猫卧其下，人皆莫知。一日有客见之曰："此必午时牡丹也。猫眼至午，精细而长，至晚则大而圆。"此亦善于鉴画者。（第 980 页）

《桂海虞衡志·志花》（宋范成大撰，一则）

桂林具有诸草、花木、牡丹、芍药、桃、杏之属，但培溉不力，存形似而已。今著其土产独宜者，凡北州所有皆不录。（第 1001 页）

《麈史》（宋王得臣撰，三则）

1. 旧制大宴百官，通籍者人赐两枝，正郎三枝，故有咏外郎迁前行诗云："衣添三匹绢，宴乘一枝花。"熙宁以来皆给四花，郎官六枝，自行官制，若寄禄阶虽未至大夫，而职事为郎中，即宴皆得六花。（第 1015 页）

2. 仁宗嘉祐末，宴群臣，赋赏花钓鱼诗，群臣奉和。丞相韩魏公诗云："轻云阁雨迎天仗，寒色留春送寿杯。"唐罗邺诗云："春排北极迎天驭，日捧南山入寿杯。"（第 1034 页）

3. 洛人凡花不曰花，独牡丹曰花。晋人凡果不曰果，独林檎曰果，荆人橘亦曰果。（第 1048 页）

《南部新书》（宋钱易撰，四则）

1. 太和中程修己以书进见，尝举孝廉，故文皇待之弥厚。会春暮，内殿赏牡丹花，上颇好诗，因问程修己曰："今京邑人传牡丹诗，谁为首出？"对曰："中书舍人李正封诗'国色朝酣酒，天香夜染衣'（按，原文作"天香夜染衣，国色朝酣酒"）。"时杨妃侍，上曰："妆台前宜饮一紫金盏酒，则正封之诗见矣。"（第 1066 页）

2. 白乐天之母因看花坠井，后有排摈者，以赏花新井之作左迁。穆皇常题柱曰："此人一生争得水吃。"（第 1066 页）

3. 岁三月望日，宰相过东省看牡丹，两省官赴宴，亦屈保傅属卿而已。（第 1079 页）

4. 长安三月十五日，两街看牡丹，奔走车马。慈恩寺元果院牡丹先于诸牡丹半月开，太真院牡丹后诸牡丹半月开。故裴兵部怜白牡丹诗自题于佛殿东颊甗壁之上。太和中，车驾自夹城出芙蓉园，路幸此寺，见所题书，吟玩久之，因令宫嫔讽念。及暮，归大内，即此诗满六宫矣。其诗曰："长安豪贵惜春残，争赏先开紫牡丹。别有玉杯承露冷，无人起就月中看。"兵部时任给事。（第 1084 页）

《诚斋挥麈录》（宋杨万里撰，一则）

李和文《遗事》又云，其家书画最富，有……黄筌《雨中牡丹》……皆冠世之宝。（第 1256 页）

《涑水纪闻》（宋司马光撰，一则）

张寿安曰……又曰，彭内翰乘，往在三馆时，尝与钓鱼宴。故事，天

子未得鱼，臣虽先得鱼，不敢举竿。是时，上已得鱼，左右以红丝网承
之，侍坐者毕贺。川乘同列有得鱼者，欲举之，左右止之曰："侍中未得
鱼，学士未可举也。"侍中者，曹郓公利用也。乘固已怪之。顷之，宰辅
有得鱼者，左右以白网承之。及利用得鱼，复用红网，利用亦不止之。乘
出谓人曰："曹公权位如此，不以逼近自嫌，而安于僭礼，难以久矣。"未
几而败。（第 1359 页）

《蜀梼杌》（宋张唐英撰，一则）

后蜀广政五年……三月，宴后苑，赏瑞牡丹，其花双开者十，黄者
三，白者三，红白相间者四。从官皆赋诗。（第 1491 页）

《北窗炙輠录》（宋施彦执撰，一则）

余杭万氏有水盆，徒一寻常瓦盆耳。然冬月以水沃之，皆成花。所谓
花者，非若今之茶花之类然才形似之也。跗萼檀蕊，皆成真花。或时为梅
花，或时为菊，或时为桃李，以至芍药牡丹诸名花。花皆交出之，以水沃
之后，随其所变，看成何花，初不可定其色目也。万氏岁必一宴客观水盆
花，人亦携酒就观焉。政和间天下既奏祥瑞，而徽宗复喜玩好物，故天下
异宝辐辏，颇皆得爵赏。万氏以为吾之盆天下至异，使吾盆往，当出贡献
上，蒙爵赏最厚。遂进之。及盆入，乃不复成花矣。几获罪。呜呼……
（第 1746 页）

《袖中锦》（宋太平老人撰，二则）

1. 天下第一：监书内酒、端砚、洛阳花、建州茶、蜀锦、定磁、浙
漆、吴纸、晋铜、西马、东绢、契丹革、夏国剑、高丽秘色、兴化军子
鱼、福州荔眼、温州挂、临江黄雀、江阴县河豚、金山咸豉、简寂观苦
笋、东华门把酢、京兵、福建出秀才、大江以南士大夫、江西湖外长老、
京师妇人，皆为天下第一，他处虽效之终不及。（第 1802 页）

2. 四妖：世有四妖，宫殿高侈，谓之土木之妖；珠玑锦绣，谓之服饰
之妖；洛中牡丹维扬芍药，谓之花妖；妇人美色能文翰，谓之人妖。（第
1804 页）

《木笔杂抄》（宋阙名撰，一则）

水心与篑窗论文至夜半曰，四十年前曾与吕丈说。吕丈，东莱也，因问篑窗："某文如何？"时案上置牡丹数瓶，篑窗曰："譬如此牡丹花，他人只一种，先生能数十百种。盖极文章之变者。"水心曰："此安敢当，但譬之人家觞客，或虽镏金银器照座，然不免出于假借；自家罗列磁缶瓦杯，然却是自家物色。水心盖谓不蹈袭前人耳。"（第1812页）

《格物谈薮》（宋苏轼撰，五则）

1. 牡丹得钟乳而茂。（第1958页）

2. 栽牡丹花，根下安白敛末辟虫，穴中点硫磺杀虫，乌贼鱼骨针其叶，必枯。（第1959页）

3. 牡丹根下放白术，诸般颜色，皆是腰金。（第1959页）

4. 牡丹、芍药、栀子并刮去皮，火烧，以盐擦，插花瓶中，加水养之。（第1960页）

5. 牡丹、芍药、戎葵、萱草，养当烧枝。（第1961页）

《辨误录》（宋吴曾撰，一则）

王立之《诗话》载宾护（按，据前人考证，《尚书故实》作者当为李绰）《尚书故实》云：牡丹盖近有，国朝文士集中无牡丹诗。云，尝言杨子华有画牡丹处极分明，子华，北齐人，则知牡丹花已久矣。予观文忠公所为《花品序》云，牡丹初不载文字，自则天以后始盛，然未闻有以名者。如沈、宋、元、白，皆善咏花，当时有一花之异，必形篇什，而寂无传焉。惟刘梦得有诗，但云"一丛千朵"，不云其美且异也。然余犹以此说为非，"惟有牡丹真国色，花开时节动京城"，岂不云美也。白乐天诗"人人散后君须记，归到江南无此花"，又唐人诗云，"国色朝酣酒，天香夜染衣"，岂得谓无人形于篇什？以上立之说。余按，崔豹《古今注》云：芍药有二种，有草芍药，有木芍药。木者花大而色深，俗呼为牡丹。又，《安期生服炼注》（"注"当为"法"字之误）："芍药二种，一者金芍药，二者木芍药。救病用金芍药，色白，多脂肉。木芍药，色紫，瘦，多味苦。以此知由汉以来，以牡丹为木芍药耳。故温庭筠诗云："山峰明媚木苟药，野田叫噪官虾蟆。"温犹袭旧名。则知前此非不载牡丹也，乃知名宁显晦，更文所致。人抵牡丹佳者，自青延川以来，前辈多因此以得名。（按，此则又载吴曾《能改斋漫录》，颇有异文，盖此书传刻多有讹误。）（第2038页）

《赏心乐事》（宋张鉴撰，一则）

三月：生朝家宴；曲水流觞；花院月夕；花院杨柳；寒食郊游；碧宇观筍；满霜亭北棠棣；斗春堂牡丹苟药；芳草亭观草；艳香馆林檎；宜雨亭千叶海棠；宜雨亭北黄蔷薇；花院紫牡丹；花院煮酒；现乐堂大花；经寮斗茶；瀛峦胜处山花。（第2370页）

《筠轩清闲录》（明董其昌撰，一则）

叙唐宋锦绣：贞观开元间装褙书画皆用紫龙凤细绫为表，绿纹文绫为里。南唐则标以回鸾墨锦，签以潢纸。宋之锦标则有刻丝作楼阁者，刻丝作龙水者，刻丝作百花攒龙者，刻丝作龙凤者、紫宝阶地者、紫大花者、五色簟文者、紫小滴珠方胜鸾鹊者、青绿簟文者、紫鸾鹊者、紫白花龙者、紫龟纹者、紫珠焰者、紫曲水者、紫汤荷花者、红霞云鸾者、黄霞云鸾者、青楼阁者、青天落花者、紫滴珠龙团者、青樱桃者、皂方团白花者……倒仙牡丹者、白蛇龟纹者、黄地碧牡丹方胜者……（第3066页）

《笔记小说大观》第八编

《翰林志》（唐李肇撰，一则）

……虚廊曲壁多画怪石松鹤，北厅之西南小楼，王涯率人为之，院内古槐、松、玉蕊、药树、苇子、木瓜、菴罗、峏山、桃、杏、李、樱桃、紫蔷薇、辛夷、蒲萄、冬青、玫瑰、凌霄、牡丹、山丹、苟药、石竹、紫花、芜菁、青菊、商陆、蜀葵、萱草、紫苑，诸学士至者，杂植其间，殆至繁溢。元和十二年，肇自监察御史入，明年四月改左补阙，依职守中书舍人。张仲素，祠部郎中、知制诰，段文昌改司勋员外，杜元颖司门员外郎，沈传师在焉。是时睿宗文武皇帝裂海岱十二州为三道之岁，时以居翰苑，皆谓凌玉清，溯紫霄，岂止于登瀛州哉，亦曰玉署、玉堂焉。（第

181～182 页）

《国老谈苑》（宋王君玉撰，一则）

李宗谔以京秩带馆职，不预赏花钓鱼宴故事，赋诗"戴了宫花赋了诗，不容重见赭黄衣。无憀独出金门去，恰似当年不第归。"大宗览之，大喜，特诏预宴，即日改官。（第277页）

《淳熙玉堂杂记》（宋周必大撰，一则）

翰苑岁进春端贴子如大内，多及时事。太上则咏游幸之类。（必大）尝自德寿宫后垣趋传法寺，望见一楼巍然，朝士云："太上名之曰聚远而自题其额，仍大书东坡'赖有高楼能聚远，一时收拾与闲人'之诗于屏间。"又灵隐寺冷泉亭，临安绝景，去城既远，难于频幸，乃即宫中凿大池续竹筒数里引西湖水注之，其上叠石为山，象飞来峰，宛然天成。（必大）作端午贴子云"聚远楼头面面风，冷泉亭下水溶溶。人间炎热何由到，真是瑶台第一重"，盖谓此也。前后颇闻禁籞大略并记于下。宫中分四地，分随时游览。东地分香远（梅堂）、清深（竹堂）、月台梅坡松菊三径（菊、芙蓉、竹）……文杏馆静乐（牡丹）……（第295～296页）

《香谱》（宋洪刍撰，二则）

1. 沉香亭：《李白后集》序：开元中，禁中初重木芍药，即今牡丹也，得四本，红、紫、浅红、通白者。上因移植于兴庆池东沉香亭前。（第520页）

2. 四香阁：《天宝遗事》云：杨国忠尝用沉香为阁，檀香为栏楯，以麝香、乳香、筛土和为泥，饰阁壁，每于春时木芍药盛开之际，聚宾于此阁上赏花焉。禁中沉香之亭逮不侔此壮丽者也。（第523页）

《孙公谈圃》（宋孙君孚撰，一则）

滕达道、钱醇老、孙莘老、孙巨源治平初同在馆中，花时人各历数京师花最盛处。滕曰："不足道。"约旬休日率同舍游。三人者如其言。达道前行，出封丘门，入一小巷中。行数步，至一门，陋甚；又数步，至大门，特壮丽。造厅下马，主人戴道帽、衣紫、半臂，徐步而出。达道素识之，因曰："今日风埃。"主人曰："此中不觉，诸公宜往小厅。"至则杂花盛开，雕栏画楯，楼观甚丽，水陆毕陈，皆京师所未尝见。主人云："此未足佳。"顾旨开后堂门，坐上已闻乐声矣。时在谅暗中，莘老辞之，众遂去。莘老尝语人："平生看花，只此一处。"（第 568 页）

《文正王公遗事》（宋王素撰，一则）

上于后苑曲燕，步于槛中，自剪牡丹两朵，召公亲戴。有中贵人白公，言此花昨日上选赐相公，已于别丛择下花，请相公躬进。公乃取花，因酌酒一卮同献。上大喜，引满，以杯示公，从臣皆荣公。（第 861 页）

《鼠璞》（宋戴埴撰，一则）

探花郎：《摭言》载唐进士赐燕曲江，置团司，年最少为探花郎。本朝胡旦榜冯振为探花，太宗赐诗曰："二三千客里成事，七十四人中少年。"《蔡宽夫诗话》亦言期集择少年为探花，是杏园赏花之会，合少年者探之，本非贵重之称。今以称鼎魁，不知何义。《东轩笔录》谓期集选年少三人为探花，使赋诗。熙宁余中为状元，乞罢宴席探花，以厚风俗，从之，恐因此讹为第三人。（第 997 页）

《夷坚志·甲》（宋洪迈撰，一则）

花果异：绍兴二十一年四月，池州建德县定林寺桑树生李、栗树生桃，极甘美异常。鄱阳石门民张二公仆家竹篱上生重台牡丹一枝，甚大……（第 1378 页）

《夷坚志·丙》（宋洪迈撰，一则）

青城老泽：青城县外八十里老人村，土人谓之老泽，《东坡集》中所载不食盐酪年过百岁者，盖此也。平时无人至其处。关寿卿与同志七八人以春暮作意往游，未到二十里，日势薄晚，鸟鸣猿悲，境界凄厉，同行相顾，尘埃之念如扫。策杖徐进，久之，山月稍出，花香扑鼻，谛视之，满山皆牡丹也。几二更，乃得一民家，老人犹未睡，见客至，欣然延入，布苇席而坐。诸客谢曰："中夜为不速之客，庖仆尚远，无所得食，愿从翁赊一餐，明当偿直。"翁曰："幸不以粝食见鄙，敢论直乎？"少倾，设麦饭一钵，菜羹一盆，当席间环，以碗挹客共食，翁独据榻正中坐。俄爇一物如小儿状，置于前，众莫敢下箸，独寿卿擘食少许。翁曰："吾储此味六十年，规以待老。今遇重客，不敢爱，而皆不顾，何也？"取而尽食之，曰："此松根下人参也。"明日导往旁舍，亦皆喜，争延饮馔曰："兹地无税租，吾斫山为陇，仅可播种以赡伏腊。县吏不到门，或经年无人迹，诸贤何为肯临之？"留三日，始送出山。凡在彼所见数百人，其少者亦龙眉白发，略无小儿女曹。后不暇再往。（第 1885 页）

《夷坚志·丙》（宋洪迈撰，一则）

鱼肉道人：黄元道本成都小家子，生于大观，丁亥，得风搐病，两手挛缩，不可展，膝上挂颐，面掣向后，又瘖不能啼。父母欲其死，置于室一隅，饥冻交切，然竟不死。独祖母怜之，时时灌以粥饮。活至七岁，遇道人过门，从其母求施物。母愧谢曰："家贫，安得有余力？"道人曰："然则与我一儿亦可。"母以病者告，曰："得此足矣。"……曰："汝试观吾受用处。"引手扪石壁，划然洞开，相与入其中，其上正平，光采如镜。其下清泉巧石，奇花异卉，从横布列，两池相对。谓黄曰："汝留此为我治花圃。东池水可供饮，西池以灌溉，勿误也。"遂先出，闭壁门。黄奉所教，地方七八丈，而无所不有。牡丹五色，花皆径尺。室中常明，不能辨昼夜。居之甚久，花叶常如春。一日，野人启门入，曰："汝果能留意于此，真可教汝。"……（第 2037~2040 页）

《夷坚志补》（宋洪迈撰，二则）

1. 刘幻接花：宣和初，京师大兴园圃，蜀道进一接花人曰刘幻，言其术与常人异。徽宗召赴御苑，居数月，中使诣园检校，则花木枝干，十已截去七八。惊诘之，刘所为也。呼而诘责，将加杖。笑曰："官无忧。今十一月矣，少须正月，奇花当盛开。苟不然，甘当极典。"中使入奏。上曰："远方伎艺必有过人者，姑少待之。"至正月十二日，刘白中使，请观花，则已半开，枝萼晶莹，品色迥绝。荼蘼一本五色，芍药、牡丹变态百种，一丛数品花，一花数品色，池冰未消而金莲重台繁香芬郁，光景粲绚，不可胜述。事闻，诏用上元节张灯花下，召戚里宗王连夕宴赏，叹其人术夺造化。厚赐而遣之。（第 2675 页）

2. 猪嘴道人：洛阳李巘，少年豪迈，以财雄一乡。赏薄游阡陌间，遇心惬目适，虽买一笑，掷钱百万不靳。宣和间某太守自南郡解印还洛，家富，声乐列屋，宠姬最姝秀天丽，西都人家伎妾以百数，名倡丁人莫能出其右。尝以暮春游名园，玩赏牡丹，偕侣相携穿花径，巘望见，兀兀如痴，寄目不暂瞬。姬亦窥其容状，口虽笑叱而心颇慕之。两人遥相注意，俱不能出言，恨恨而去。明日又邂逅于别圃。度无由得狎，方寸愦乱，摇摇若风中悬旌。思得暂促膝成须臾欢，罄百计不就。时有猪嘴道人者，售异术于廛市，能颠倒四时生物，人莫能识，巘独厚遇。忽造门求醉，巘欣然接纳……（第 2677 页）

《司马温公诗话》（宋司马光撰，一则）

刘子仪与夏英公同在翰林。子仪素为先达，章献临朝时，子仪主文，在贡院，闻英公为枢密副使，意颇不平，作堠子诗云："空呈厚貌临官道，大有人从捷径过。"先朝春月多召两府、两制、三馆于后苑赏花、钓鱼、赋诗，自赵元昊背诞，西陲用兵，废缺甚久。嘉祐末，仁宗始复修故事，群臣和御制诗。是日微阴寒，韩魏公时为首相，诗卒章云："轻云阁雨迎天仗，寒色留春入寿杯。二十年前曾侍宴，台司今日喜重陪。"时内侍都知任守忠以滑稽侍上，从容言曰："朝琦讥陛下。"上愕然，问其故，守忠曰："讥陛下游宴太频。"上为之笑。（第 3035 页）

《笔记小说大观》第九编

《五色线》（宋佚名撰，三则）

1. 酥煎牡丹：《洛阳贵重录》：蜀时兵部戴卿李昊蕴藉，每将花数枝遗亲友，反以金凤笺成韵诗以致之，得者莫不宝爱。又以兴平酥同赠，且曰："俟花凋谢，以酥煎食之，无弃秾华也。"其风流贵重如此。（第 1011～1012 页）

2. 染花：韩愈外生幼而落崖，云水不归。元和中忽归，衣服弊甚。愈舍于书院，暇日问其所长，曰："能染花，红者可碧，或一朵具五色。"遂于后堂前染白牡丹一丛，云，必作金棱碧色，内有金含棱红间晕。自斫其根，买药涂之，无何，潜去。明年，花开如其说，每一萼花中稍书云："云横秦岭家何在，雪拥蓝关马不前。"是岁，上迎佛骨，愈直谏忤旨，贬为潮州刺史，至商山，泥滑雪深，忽见是生拜劳问曰："师在此山，不得远去。"问其师，即洪崖先生，东园公方使柔金水玉作九华丹，候火精微，难于暂舍，挥泪别去，入林如飞。（第1049页）

3. 花师：《龙城录》：洛人宋单父善吟诗，亦能种艺术，凡牡丹变易千种，红白间色。上皇召至骊山，植花万本，色样各不同。赐金千余两，内人呼之为花师。亦幻世之绝艺也。（第1067页）

《青琐高议》（宋刘斧撰，五则）

1. 《骊山记》：

大宋张俞，（于骊山下田父言玄宗时事）……帝（明皇）又好花木，诏近郡送花赴骊宫。当时有献牡丹者，谓之杨家红，乃卫尉卿杨勉家花也。其花微红，上甚爱之。命高力士将花上贵妃，贵妃方对妆，妃用手拈花，时匀面手脂在上，遂印于花上。帝见之，问其故，妃以状对。诏其花栽于先春馆。来岁花开，花上复有指红迹。帝赏花惊叹，神异其事，开宴召贵妃，乃名其花为一捻红。后乐府中有一捻红曲，迄今开元钱背有甲痕焉。宫中牡丹最上品者为御衣黄，色若御服。次曰甘草黄，其色重于御衣。次曰建安黄，次皆红紫，各有佳名，终不出三花之上。他日，近侍又贡一尺黄，乃山下民王文仲所接也。花面几一尺，高数寸，只开一朵，鲜艳清香，绛帱笼日，最爱护之。一日，宫妃奏帝云："花已为鹿衔去，逐出宫墙不见。"帝甚惊讶，谓："宫墙甚高，鹿何由入？"为墙下水窦，因雨窦浸，野鹿是以得入也。宫中亦颇疑异，帝深以为不祥。当时有佞人奏云："释氏有鹿衔花，以献金仙。帝园有此花，佛土未有耳。"帝亦私谓侍臣曰："野鹿游宫中非佳兆。"（翁笑曰："殊不知禄山游深宫，此其应也。"以下即叙安禄山与杨贵妃宫相乱之事。）（第3008~3014页）

2. 《温泉记》：

西蜀张俞再过骊山，留题二绝云："金玉楼台插碧空，笙歌递响入天风。当时国色并春色，尽在君王顾盼中。""玉帝楼前锁碧霞，终年培养牡丹芽。不防野鹿逾垣入，衔出宫中第一花。"（以下即写张俞因作此二诗而魂赴仙境与杨贵妃相会之事，虽怪诞而饶有趣味。）（第3014~3017页）

3. 《韩湘子》（湘子作诗谶文公）：

韩湘，字清夫，唐韩文公之侄也，幼养于文公门下。文公诸子皆力学，惟湘落魄不羁，见书则掷，对酒则醉，醉则高歌。公呼而教之曰："汝岂不知吾生孤苦，无田园可归。自从发志磨激，得官田入金闱书殿，家粗丰足，今且观书，是吾不忘初也。汝堂堂七尺之躯，未尝读一行书，久远何以立身，不思之甚也！"湘笑曰："湘之所学，非公所知。"公曰："是有异闻乎？可陈之也。"湘曰："亦微解作诗。"公曰："汝作言志诗来。"湘执笔略不构思而就曰：

青山云水窟，此地是吾家。后夜流琼液，凌晨散绛霞。琴弹碧玉调，炉养白朱砂。宝鼎存金虎，丹田养白鸦。一壶藏世界，三尺斩妖邪。解造逡巡酒，能开顷刻花。有人能学我，同共看仙葩。

公见诗诘之曰："汝虚言也，安为用哉？"湘曰："此皆尘外事，非虚言也。公必欲验，指诗中一句，试为成之。"公曰："子安能夺造化开花乎？"湘曰："此事甚易。"公适开宴，湘预末坐，取土聚于盆，用笼覆之。巡酌间，湘曰："花已开矣。"举笼见岩花二朵，类世之牡丹，差大而艳美，叶干翠软，合座惊异，公细视之，花朵上有小金字，分明可辨。其诗曰："云横秦岭家何在，雪拥蓝关马不前。"（以下叙韩愈贬潮州及韩湘送别、韩愈赋诗事，此处从略。）

4.《隋炀帝海山记》：

帝自素死，益无惮。乃辟地周二百里为西苑，役民力常百万。内为十六院，聚土石为山，凿为五湖四海，诏天下境内所有鸟兽草木，驿至京师。

……

易州进二十相牡丹：赭红、赭木、鞓红、坯红、浅红、飞来红、袁家红、起（当作"赵"）州红、醉妃红、起台红、云红、天外黄、一拂黄、软条黄、冠子黄、延安黄、先春红、颤风娇。（第3090～3093页）

5.《张浩》（叙张浩牡丹花下与李氏结婚事，文长不录，详参第3161～3163页。）

《东京梦华录》（宋孟元老撰，二则）

1. "驾幸琼林苑"：驾方幸琼林苑，在顺天门大街面北，与金明池相对。大门牙道皆古松怪柏，两旁有石榴园、樱桃园之类，各有亭榭，多是酒家所占。苑之东南隅，政和间创筑华觩冈，高数丈。上有横观层楼，金碧相射；下有锦石缠道，宝砌池塘，柳锁虹桥，花萦凤舸。其花皆素馨、茉莉、山丹、瑞香、含笑、射香等闽、广、二浙所进南花，有月池、梅亭、牡丹之类，诸亭不可悉数。（第 3316 页）

2. 是月季春，万花烂漫，牡丹、芍药，棣棠、木香，种种上市，卖花者以马头竹篮铺排，歌叫之声清奇可听。晴帘静院，晓幕高楼，宿酒未醒，好梦初觉，闻之莫不新愁易感，幽恨悬生。最一时之佳况。诸军出郊合教阵队。（第 3330 页）

《藏一话腴》（宋陈郁撰，三则）

1. 昔鲁共王余画先贤于屋壁以自警，凡视听言动目击道存，毋敢一毫妄想。知此意则知金盆浴鸽、孔雀牡丹张陈满室者，胸中之尘不可万斛量也。（第 4195 页）

2. 李华《吊古战场文》本于庾信《哀江南赋》，韩愈《送穷文》本于扬雄《逐贫赋》，李白《大鹏赋》本于司马相如《大人赋》，而相如《大人赋》又本于屈原之《远游》，皮日休《桃花赋》殆出于舒元舆《牡丹赋》，若柳宗元之《乞巧文》、刘禹锡之《问大钧》，则同时而暗合者也。（第 4239 页）

3. 《金城记》黎常举云：欲令梅聘海棠，柹子臣樱桃，以芥嫁笋，但恨时不同耳。若牡丹荼蘼杨梅枇杷，尽可以为友。为此说者如或有用，吾知其必善铨量人物也。洪盘洲海棠诗云："雨濯吴妆腻，风催蜀锦裁。自嫌生较晚，不得聘寒梅。"正用前语。（第 4244 页）

《笔记小说大观》第十编

《尚书故实》（唐李绰撰，一则）

世言牡丹花近有，盖以国朝文士集中无牡丹歌诗。张公尝言"杨子华有画牡丹处极分明"。子华北齐人，则知牡丹花亦已久矣。（第 98 页）

《云仙杂记》（后唐冯贽撰，四则）

1. 洛阳岁节：洛阳人家，正旦造丝鸡葛燕粉荔枝，正月十五日造火蛾

儿、食玉粱膏，寒食装万花舆、煮杨花粥，端午术根艾酒、以花丝楼阁插
髻、赠遗辟瘟扇，乞巧使蜘蛛结万字、造明星酒、裹同心脍，重儿迎凉脯
羊肝饼、佩癭木符，冬至煎饧彩珠、戴一阳巾，除夜铜刀刻门、埋小儿
砚、点水盆灯，腊日造脂花馂（金门岁节）。（第113～114页）

2. 梅聘海棠橙子臣樱桃：黎举常云："欲令梅聘海棠、橙子臣樱桃及
以芥嫁笋，但恨时不同耳。"然牡丹、荼蘼、杨梅、枇杷幸为执友（金城
记）。（第126页）

3. 坐间牡丹花：宋旻语常带华藻，李孺安曰："时方三月，坐间生无
数牡丹花矣。"（邺郡名录）（第143页）

4. 百宝栏：上赐国忠木芍药，国忠百宝为栏。（开元遗事）（第151页）

《梦溪笔谈》（宋沈括撰，四则）

1. 藏书画者，多取空名，偶传为钟王顾陆之笔，见者争售。此所谓耳
鉴。又有观画而以手摸之，相传以为色不隐指者，为佳画，又在耳鉴之
下，谓之揣骨听声。欧阳公尝得一古画，牡丹丛下有一猫，未知其精粗。
丞相正肃吴公与欧公姻家，一见曰："此正午牡丹也。"何以明之？其花披
哆而色燥，此日中时花也；猫眼黑睛如线，此正午猫眼也。有带露花则房
敛而色泽，猫眼早暮则睛圆，日渐中狭长，正午则如一线耳。此亦善求古
人笔意也。（第329页）

2. 国初江南布衣徐熙、伪蜀翰林待诏黄筌，皆以善画著名，尤长于画
花竹。蜀平，黄筌并二子居宝、居实（《宣和画谱》作"寀"），弟惟亮，
皆隶翰林图画院，擅名一时。其后江南平，徐熙至京师，送图画院，品其
画格，诸黄画花，妙在赋色，用笔极新细，殆不见墨迹，但以轻色染成，
谓之写生；徐熙以墨笔画之，殊草草，略施丹粉而已，神气迥出，别有生
动之意。筌恶其轧已，言其画粗恶，不入格，罢之。熙之子乃效诸黄之
格，更不用墨笔，直以彩色图之，谓之没骨。画工与诸黄不相下，筌等不
复能瑕疵，遂得齿院品。其气韵皆不及熙远甚。（第334页）

3. 宋次道《春明退朝录》言：天圣中，青州盛冬浓霜，屋瓦皆成百花
之状。此事五代时已尝有之。予亦自两见如此。庆历中，京师集禧观渠水
中冰纹皆成花果林木。元丰末，予到秀州，人家屋瓦上冰亦成花，每瓦一
枝，正如画家所为折枝。有大花如牡丹、芍药者，细花如海棠、萱草辈

者，皆有枝叶，无毫发不具，气象生动，虽巧笔不能为之。以纸搨之，无异石刻。（第377页）

4. 韩魏公庆历中以资政殿学士帅淮南。一日，后园中有芍药一杆分四歧，歧各一花，上下红，中间黄蕊间之。当时扬州芍药，未有此一品。今谓之金缠腰者是也。公异之，开一会，欲招四客以赏之，以应四花之瑞。时王岐公为大理寺评事通判，王荆公为大理寺评事签判，皆召之。尚少一客，以判钤辖诸司使，忘其名，官最长，遂取以充数。明日早，衙钤辖者，申状暴泄不至，尚少一客。命取过客。历求一朝官足之。过客中无朝官，唯有陈秀公，时为大理寺丞，遂命同会。至中筵，剪四花，四客各簪一枝，甚为盛集。后三十年间，四人皆为宰相。（第461页）

《茅亭客话》（宋黄休复撰，一则）

瑞牡丹：大中祥符辛亥春，知益州枢密直学士任公中正张筵赏花于大慈精舍，时有州民王氏献一合欢牡丹，任公即图之。时士庶观者阗咽竟日。且西蜀自李唐之后，未有此花，凡图画者，唯名洛州花。考诸旧说，谓之木芍药。牡丹之号，盖出于天宝初。按《酉阳杂俎》云，隋朝文士集中无牡丹歌诗，又隋朝《种植法》七十卷，亦无牡丹者。至伪蜀王氏，自京洛及梁洋间移植，广开池沼，创立台榭，奇异花木，怪石修竹，无所不有。署其园曰宣华，其公相勋臣，竞起第宅，穷极奢丽。时元舅徐延琼新创一宅，雕峻奢壮，花木毕有，唯无牡丹。或闻秦州董城村僧院有红牡丹一树，遂赂金帛，令取之。掘土方丈，盛以木匣，历三千里至蜀，植于新宅。（花开日，少主临幸，叹其屋宇华丽，壮侔宫苑，遂命笔书孟字于柱上，俗谓孟为不堪。明年后唐吊伐，孟知祥自太原驰赴蜀，即知其先兆矣乎。）伪通王宗裕，亦于北门清远江东创一亭，台榭池塘骈植花竹，泉石萦绕，流杯九曲，为当时之甲也。唯牡丹花初开一朵，王与诸亲属携妓乐张宴赏其初开者，花已为一女妓所折。王怒，欲诛之，其妻谏曰："此妓善琵琶，可令于阶前执乐就赏。"王怒稍解，其难得也如此。至孟氏于宣华苑广加栽植，名之曰牡丹花，外有丽春，与黎州所有者，小不同尔。（第545页）

《笔记小说大观》第十三编

《庚溪诗话》（宋陈岩肖撰，一则）

太宗皇帝既辅艺祖创业垂统，暨登宝位，尤留意于斯文。……吕端参知政事，上一日宴后苑钓鱼，赐之诗断句曰："欲饵金钩殊未达，磻溪须问钓鱼人。"端赓以进曰："愚臣钩直难堪用，宜问濠梁结网人。"既而端遂拜相。君臣会遇，形于赓咏，此与唐虞赓载事虽异而意同也。（第 821~822 页）

《齐东野语》（宋周密撰，三则）

1. 张镃功甫，号约斋，循忠烈王诸孙，能诗，一时名士大夫，莫不交游。其园池声妓服玩之丽甲天下。尝于南湖园作驾霄亭于四古松间，以巨铁絚悬之半空而羁之松身。当风月清夜，与客梯登之，飘摇云表，真有挟飞仙溯紫清之意。工简卿侍郎尝赴其牡丹会云：众宾既集，坐一虚堂，寂无所有。俄问左右云："香已发未？"答云："已发。"命卷帘，则异香自内出，郁然满坐，群妓以酒肴丝竹，次第而至。别有名姬十辈，皆衣白，凡首饰衣领皆牡丹。首带照殿红一枝，执板奏歌侑觞，歌罢乐作，乃退。复垂帘谈论自如。良久香起，复卷帘如前，别十姬易服与花而出。大抵簪白花则衣紫，紫花则衣鹅黄，黄花则衣红，如是十杯，衣与花凡十易。所讴者皆前辈牡丹名词。酒竟，歌者、乐者无虑数百十人。列行送客，烛光香雾，歌吹杂作，客皆恍然如仙游也。功甫于诛韩有力，赏不满意，又欲以故智去史，事泄，谪象台而殂。（第 2146 页）

2. 梅花为天下神奇，而诗人尤所酷好。……约斋名镃，字功父，循王诸孙，有吏才，能诗，一时所交皆名辈，予尝得其园中亭榭名及一岁游适之目，名"赏心乐事"者，已载之《武林旧事》矣，今止书其赏牡丹及此二则云。（第 2266 页）

3. 马塍艺花如艺粟，橐驼之技名天下，非时之品，真足以侔造化通仙灵。凡花之早放者名曰堂花，其法以纸饰密室，凿地作坎，緪竹置花，其上粪土，以牛溲、硫黄尽培溉之法，然后置沸汤于坎中，少候汤气薰蒸，则扇之以微风，盎然盛春融淑之气，经宿则花放矣。若牡丹、梅、桃之类无不然，独桂花则反是，盖桂必凉而后放。（《笔记小说大观》本缺此条，据四库全书本《齐东野语》卷一六辑补。）

《唐语林》（宋王谠撰，三则）

1. 尚书白舍人初到钱塘，令访牡丹，独开元寺僧惠澄近于京得此花，始栽植于庭，栏围甚密，他亦未知有也。时春景方深，惠澄设油幕覆其上，牡丹自东越分而种之也。会稽徐凝自富春来，未识白公，先题诗曰："此花南地知谁种，惭愧僧门用意栽。海燕解怜频睥睨，胡蜂未识更徘徊。虚生芍药徒劳妒，羞杀玫瑰不敢开。唯有数苞红萼在，含芳只待舍人来。"白寻到寺看花，乃命徐生同醉而归。（第 2479 页）

2. 太和九年，仇士良诛王涯、郑注。上或登临游幸，虽百戏列于前，未尝少悦。往往瞪目独语，左右不敢进问。题诗云："辇路生春草，上林花发时。凭高何限意，无复侍臣知。"更于殿内看牡丹，翘足凭栏，诵舒元舆《牡丹赋》云："俯者如愁，仰者如悦。开者如语，合者如咽。"久之，方省元舆词，不觉叹息泣下。时有宫人沈阿翘，为上舞《河满子词》，声态宛转。赐以金臂环，乃问其从来，阿翘曰："妾本吴元济女，元济败，因入宫。"（第 2514 页）

3. 京师贵牡丹，佛宇道观多游览者。慈恩浴室院有花两丛，每开及五六百朵。僧思振说，会昌中朝士数人同游僧舍，时东廊院有白花可爱，皆叹云："世之所见者，但浅深紫而已，竟未见深红者。"老僧笑曰："安得无之，但诸贤未见尔。"众于是访之，经宿不去，僧方言曰："诸君好尚如此，贫道安得藏之？但未知不漏于人否？"众皆许之，僧乃自开一房，其间施设幡像，有板壁遮以幕后，于幕下启关。至一院，小堂甚华洁，柏木为轩庑栏槛，有殷红牡丹一丛，婆娑数百朵，初日照辉，朝露半晞，众共嗟赏，及暮而去。僧曰："予栽培二十年，偶出语示人，自今未知能存否。"后有数少年诣僧，邀至曲江看花，藉草而坐，弟子奔走，报有数十人入院掘花，不可禁。坐中相视而笑。及归至寺，见以大畚盛之而去。少年徐谓僧曰："知有名花，宅中咸欲一看，不敢预请，盖恐难舍，已留金三十两、蜀茶三斤以为报矣。"（第 2617 页）

《笔记小说大观》 第｜五编

《河南邵氏闻见前录》（即《邵氏闻见录》，宋邵伯温撰，四则）

1. 仁宗朝，王安石为知制诰。一日，赏花钓鱼宴，内侍各以金碟盛钓饵药置几上，安石食之尽。明日，帝谓宰辅曰："王安石，诈人也，使误食钓饵一粒，则止矣，食之尽，不情也。"帝不乐之。后安石自著《日录》，厌薄祖宗，于仁宗尤甚。每谓汉武帝，其心薄仁宗也。故一时大臣富弼、韩琦、文彦博皆为其诋毁云。（按，以中华书局整理版《邵氏闻见录》相校，颇有异文。）（第135页）

2. 洛城之南，东午桥距长夏门五里，蔡君谟为记。盖自唐已来，为游观之地。裴晋公绿野庄，今为文定张公别墅；白乐天白莲庄，今为少师任公别墅。池台故基犹在。二庄虽隔城，高槐古柳，高下相连接。午桥西南二十里分洛堰司洛水，正南十八里龙门堰引伊水，以大石为杠，互受二水。洛水一支，自后载门入城，分诸园复合一渠。由天门街北天津引龙一桥之南，东至罗门。伊水一支正北入城，又一支东南入城，皆北行，分诸园复合一渠。由长夏门以东以北至罗门，皆入于漕河，所以洛中公卿庶士园宅多有水竹花木之胜。元丰初，开清汴，禁伊洛水入城，诸园为废，花木皆枯死。故都形势遂减。四年，文潞公留守，以漕河故道淹塞，复引伊洛水入城。入漕河，至偃师与伊洛汇，以通漕运，隶白波辇运司，诏可之。自是由洛舟行河至京师，公私便之，洛城园圃复盛。公作亭河上，榜曰漕河新亭。元祐间，公还政归第，以几杖樽俎临是亭，士女从公游洛焉。（第337~339页）

3. 张唐英者，天觉丞相兄也。丞相少受学于唐英。唐英有史才，尝作《宋名臣传》、《蜀梼杌》，行于代。熙宁元年春，以前御史服除还京朝，过洛，府尹同僚属出赏花，皆不见，唐英题诗传舍云："先帝昭陵土未干，又闻永厚葬衣冠。小臣有泪皆成血，忍向东风看牡丹。"尹闻之，遽遣书为礼，却而不受。盖仁宗山陵初成，英宗厌代，赖唐英还朝，不得归台，不然，河南尹者不免矣。（第504页）

4. 洛中风俗尚名教，虽公卿家不敢事形势，人随贪富自乐，于货利不急也。岁正月梅已开，二月桃李杂花盛，三月牡丹开。于花盛处作园圃，四方伎艺举集，都人士女，载酒争出，择园亭胜地，上下池台间，引满歌呼，不复问其主人。抵暮，游花市，以筠笼卖花，虽贫者亦戴花饮酒相乐，故王平甫诗曰："风暄翠幕春沽酒，露湿筠笼夜卖花。"姚黄初出邙山后白司马坡下姚氏酒肆水地，诸寺间有之，岁不过十数枝，府中多取以进。次曰魏花，出五代魏仁浦枢密园池中岛上，初出时，园吏得钱，以小舟载游人往过，他处未有也。自余花品甚多，天圣间钱文僖公留守时，欧阳公作花谱，才四十余品；至元祐间，韩玉汝丞相留守，命留台张子坚续之，已百余品矣。姚黄自称绿叶中出微黄花，至千叶魏花，微红，叶少减。此二品皆以姓得名，特出诸花之上，故洛人以姚黄为花王，魏花为妃云。余去乡久矣，政和间为过之，当春时花园花市皆无有，问其故，则曰花未开，官遣人监护，甫开，尽槛土移之京师，籍园人名姓，岁输花如租税，洛阳故事遂废。余为之叹。又追记其盛时如此。（第 532~536 页）

《河南邵氏闻见后录》（即《邵氏闻见后录》，宋邵博撰，三则）

1. 嘉祐六年三月，仁皇帝幸后苑，如宰执、侍从、台谏、馆阁以下赏花、钓鱼。中饬，上赋诗："晴旭晖晖花尽开，氤氲花气好风来。游丝罥絮萦行仗，堕蕊飘香入酒杯。鱼跃纹波时泼剌，鹦流深树久徘徊。青春朝野方无事，故许欢游近侍陪。"宰相韩琦、枢密曾公亮、参政张昇、孙抃、副枢欧阳修、陈旭以下皆和，帝独称赏韩琦"轻阴阁雨迎天步，寒色留春送寿杯"之句。时翰林学士承旨宋祁久疾在告，明日和诗来上，帝览之已怅然，不数日祁薨，益加震悼云。（第 995~996 页）

2. 《洛阳名园记》（第 1172~1197 页）（李格非撰，详记洛中园囿，言及牡丹者甚多，邵氏全文收录，本书第二章已辑录整理，此处从略。）

3. 画花，赵昌意在似，徐熙意不在似。非高于画者，不能以似不似第其远近。盖意不在似者，太史公之于文，杜少陵之于诗也。独长安中隐王正叔以予为知者。蜀人重孙知微画笔，东坡独曰："工匠手耳"，其识高矣。宣和中，遣大黄门就西都，多出金帛易古画本，求售者如市。独于郭宣猷家取吴生画一剪手指甲内人去。其韵胜出东坡所赋周员外画背面欠伸内人尚数等。予少年时尝因以作《续丽人行》云。（第 1230 页）

《挥麈前录》（宋王明清撰，一则）

《和文遗事》又云：其家书画最富，有……黄筌《雨中牡丹》……皆

冠世之宝。（第 1345～1346 页）

《挥麈后录》（宋王明清撰，一则）

朱新仲少仕江宁，在王彦昭幕中，有代彦昭《春日留客致语》云：寒食止数日间，才晴又雨；牡丹盖十数种，欲坼又芳。皆鲁公贴与牡丹谱中全语也。彦昭好令人歌柳三变乐府新声，又尝作乐语曰："正好欢娱歌叶树，数声啼鸟，不妨沉醉，拚画堂、一枕春醒。"又皆柳词中语。（第 1886 页）

《续墨客挥犀》（宋彭乘撰，二则）

1. 接百花：百花皆可接。有人能于茄根上接牡丹，则夏花而色紫；接桃枝于梅上，则色类桃而冬花。又于李上接梅，则香似梅而春花；投莲的于靛瓮中，经年植之，则花碧；用栀子水渍之，则花黄。元祐中，畿县民家池中生碧莲数朵，盖用此术。（第 2515 页）

2. 牡丹：牡丹记云，牡丹初不载文字，惟以药见《本草》。然花中不为高品。谢灵运惟说永嘉竹间水际多牡丹，沈、宋、元、白之流，皆善咏花，当时一花之异必形于篇什，至于牡丹，则弃而不传。昔人但云延、清、越等州是其出处，亦不言洛中之盛。今洛阳牡丹遂为天下第一。（第 2526 页）

《近事会元》（宋李上交撰，一则）

木芍药：唐《松窗杂录》云，开元禁中初重木芍药，即牡丹也。盖禁中呼之耳。（第 2686 页）

《笔记小说大观》第十六编

《贾氏谈录》（宋张洎撰，一则）

李德裕平泉庄，台榭百余所，天下奇花异草、珍松怪石、靡不毕具。自制《平泉花木记》，今悉已绝矣。唯雁枝桧、珠子柏、莲房、玉蕊等犹有存者。怪石为洛阳有力者取去，石上皆刻"有道"二字。（第 216 页）

《张氏可书》（宋张知甫撰，二则）

1. 颍昌府阳翟县有富民孟三郎，元祐间至洛中，饮水山涧，见一妇人甚丽，孟往追之，则失所在。因穷极幽远，得牡丹一品，红色，洒金，其叶千叠，遂移至洛阳。文潞公爱之，目之曰"涧仙红"。（第 223 ~ 224 页）

2. 刘平叔在京口，幕客献赵昌《牡丹图》，乃孟蜀宫中物也。平叔怒曰："速持去，我平生不爱牡丹，况是单叶。"时人无不为笑。（第 230 页）

《东斋记事》（宋范镇撰，二则）

1. 赏花钓鱼会赋诗，往往有宿构者。天圣中，永兴军进山水石，适置会，命赋山水石。其间多荒恶者。盖出其不意耳。中坐优人入戏，各执笔若吟咏状，其一人忽仆于界石上，众扶掖起之。既起，曰："数日来作一首赏花钓鱼诗，准备应制，却被这石头擦倒。"左右皆大笑。翌日降出其诗，令中书铨定，秘阁校理韩羲最为鄙恶，落职与外任。（第 272 页）

2. 赏花钓鱼宴，旧制三馆、直馆预坐，校理而下赋诗而退。[孔文（应作"平"）仲《谈苑》亦录此事。赋诗而退下云，太宗时，李宗诗为校理，作诗云："戴了宫花赋了诗，不容重见赭黄衣。无聊却出宫门去，还似当年不第时。"上即令赴宴。自是校理而下皆与会也。此处文义未了，当有脱落。]（第 273 页）

《笔记小说大观》第十七编

《麟台故事》（宋程俱撰，三则）

1. 大中祥符九年三月，加王钦若检校太师，又加兵部郎中直使馆张复祠部员外郎，直集贤院祁旰阶勋，赐度支员外郎直集贤院钱易太常博士，秘阁校理慎镛绯鱼，皆预校道藏故也。是日曲宴赏花于后苑，上作五言诗，从臣咸赋，因射于太清楼下。（第 104 ~ 105 页）

2. 淳化初，诏自今游宴，宣召直馆（按，《南宋馆阁录》载此事在淳化元年二月），其集贤秘阁校理并令预会。先是帝宴近臣于后苑，三馆学士悉预。李宗谔任集贤校理，阁门吏第令直馆赴会，宗谔献诗述其事，故有是诏。议者以为直馆、修撰、校理之职，名数虽异，职务略同，阁门拒校理不得预宴，盖吏失之也。又请令京官得乘马入禁门，并为故事。宗谔诗云："戴了宫花赋了诗，不容重见赭黄衣。无聊独出金门去，恰似当年下第归。"（第 168 页）

3. 仁宗每著歌诗，间令辅臣、宗室、两制、馆阁官属继和。天圣四年四月乙卯，内出后苑《双头牡丹芍药花图》以示辅臣，仍令馆阁官为诗赋以献。（第 176 页）

《笔记小说大观》第十八编

《陶朱新录》（宋马纯撰，一则）

扬州参议厅舍，其中堂每日暮有碧牡丹出地中，视之如水影，以足蹙之，蓬蓬然散如金尘而灭，前后政往往见之。其宇起于兵火后，疑地中有埋没金宝，但未有人决意发之尔。（第 306 页）

《笔记小说大观》第十九编

《记事珠》（唐冯赞撰，一则）

惜花御史：穆宗每宫中花开，则以重顶帐蒙蔽栏槛，置惜春御史掌之。（第 372 页）

《分门古今类事》（宋无名氏撰，三则）

1. 天后知命：唐武三思已封王，后欲立之。晚岁获一妓曰绮娘，有出世色。三思宠以专房，情意大惑。欲咤于人，乃置酒会，公卿莫不毕至。惟狄梁公托疾不往。酒行，命绮娘佐酒，清歌艳舞，妙冠一时。魏元忠有诗曰："倾国精神掌上身，回风惊雪上香裀。须臾舞彻霓裳曲，唤却高堂满座人。"拾遗苏焜和之曰："紫府开樽召众宾，更令妖艳舞红裙。曲终独向筵前立，满眼春光射主人。"三思大喜，惟恨梁公不至，谓其客曰："何薄我哉。吾欲致之死地易若反掌。"客乃告公曰："公为社稷计，何不外柔顺以接之，而欲为凶小所图乎？"公然之。异日三思复开宴，众客未至，公先往谢三思曰："向以薄命，恨不得见丽人。今日先至，愿一见之。"三思喜笑，令人召绮娘。小仆曰："不见矣。"三命三返，皆曰杳不可见。三思色变，自入求之，至于小阁中，闻有异香，俯耳而听之，乃绮娘，其声细如婴儿，而分明可辨。三思大惊曰："何至此也？"绮娘曰："我非人也，乃天上花月之妖，帝遣我来奉笑言，亦欲荡公之心尔。天方眷李氏，他姓不可当，愿公无异志，则永保富贵，不然，武氏无遗。狄公，时之正人，我不敢见，安李氏者，必狄也。"遂寂不闻耗。三思出，曰："绮娘异疾不可见。"是日，三思曲意迎接梁公。会罢，密以此事闻天后。后知天命已定，不可强求，不久迎庐陵王回阙矣。（出《甘泽谣》）（第947页）

2. 韩湘开花：韩湘，昌黎文公犹子也。文公尝勉之学，湘曰："湘之所学，非公所知。"乃为诗以见志，有"解造逡巡酒，能开顷刻花"之句。公曰："子安能夺造化乎？"湘曰："此甚易。"乃聚土以盆覆之，良久乃曰："花发矣。"举盆，乃碧花二朵。公环而观之，有金字诗一联"云横秦岭家何在，雪拥蓝关马不前"。公不晓其意，湘曰："他日乃验。"乃告去。未几，公以谏佛骨谪潮州。一日，途中遇雪，有一人冒雪而来，乃湘也。曰："公忆花上之句乎？"正今日事。公询之，乃蓝田耳。公嗟叹曰："吾与汝足此诗。"云："一封朝奏九重天，夕贬潮阳路八千。本为圣明除敝事，岂将衰朽继残年。云横秦岭家何在，雪拥蓝关马不前。知汝远来深有意，好收吾骨瘴江边。"（出《青琐高议》，略有异文）（第1024页）

3. 延琼孟字：徐延琼，伪蜀王衍之舅也，于兴义门造宅，宅内有二十余院，皆雕墙峻宇，高台深池，奇花异木，丛桂小山，三川珍物，无不毕集。秦川董城一村院有红牡丹一株，所植年代深远，使人取之，掘土方丈，盛以木柜，自秦川至成都数千里，历大小曼天、隘狭险绝之路方致焉。乃植于新第，因请少主临幸。少主叹基创之大，侔于宫禁，遂戏取笔于柱上大书一孟字，时俗谓孟为不佳也。明年孟氏入成都，据其第，忽睹楹间有绛纱笼，迫而视之，乃一孟字。孟曰："吉祥，吾无易此居矣。"孟之有蜀，盖先兆也。（出《成都集记》）（第1371页）

《苹洲可谈》（宋朱彧撰，一则）

陈州芍药花殊胜，近岁进花，自陈三百里，一日一夜驰至都下，其法初剪花时用蜜渍蒲黄蘸其疮，微曝之，俟花嫣，乃入筒中，取时刈去所封蒲黄，布湿地上，一两时顷，絣绳以花倒悬之，真如新采者。（第1667页）

《新编醉翁谈录》（宋金盈之撰，三则）

1. 曲江之宴：曲江池本秦世出隑州，开元中疏凿，遂为胜境。其南有紫云楼、芙蓉苑；其西有杏园、慈恩寺。花卉环周，烟水明媚，都人游玩，盛于中和上巳之节，彩幄翠帱，匝于堤岸；鲜车健马，驾肩击毂。上巳即锡臣僚，京兆府大陈筵席，长安万年两县以雄盛相较，锦绣埒坊，无所不施。百辟会于山亭，恩赐太常及教坊声乐。池中备采舟数只，唯宰相、三使、北省官与翰林学士登焉。每岁倾动皇州，以为盛观。入夏则菰蒲葱菁，柳阴四合，碧水红蕖，湛然可爱。好事者赏花辰玩清景，联骑携觞，亹亹不绝。（第 2166 页）

2. 三月：上巳。……西京多重此日，京城合郡不以朝贵士庶为闲，每于此月，当牡丹盛开之际，各出其花于门首及廊庑间，名曰斗花会。富贵之家设宴以赏，恣倾城往来游玩。都人是日盛饰子女，车马填街，珠翠溢目，一春游赏，无出于此。旧俗，相传慈恩院有花两丛，开花五六百朵，繁艳芬馥，近少伦比。有僧思振，甚宝爱之。一日，朝士数人寻芳至慈恩院。时东廊小轩有白牡丹可爱，相与倾酒而坐。因谓思振曰："牡丹之盛美亦奇矣。然世之所玩者，但浅红深紫而已，竟未识红之深者。"思振微笑曰："安得无，但诸贤未之见尔。"于是从而诘之，思振曰："昔于他处一见，盖非辇毂所有。"坚求之不已，僧曰："众君子好尚如此，老僧此实有之，今欲同看此花，但未知不泄于人否？"朝士作礼为誓云："终身不复言之。"思振乃开一房，其间设幡像，有板壁，遮以旧幕。幕下，启关而入，至一院，有小堂两间，华洁潇洒，轩庑阑楹，妆饰华丽，有殷红牡丹一丛，婆娑开花异常，春阳才照，露华乍晞，浓姿半开，炫耀心目。朝士爱赏留恋，及暮乃去。思振曰："老僧保惜培护近二十年矣，谨无出语使人知之。"经数日，甫及斗花会之辰，有权要子弟数人，同到寺，至有花之房，从容良久，引思振至曲江闲步。将出，令小仆寄安茶笈，裹以黄帕，遂往曲江岸，籍草举杯。次忽有小师奔走而来，云有数十人入院掘花，禁之不止。思振俯首无言，唯自吁叹。坐中权要子弟相顾而笑，却同僧归院，至寺门，见以大畚盛花，舁抬而去。取花者徐谓僧曰："窃闻贵院有此名花，宅中咸欲一看，不敢预有相敢，盖恐难于见舍。适寄茶笈中有金三十两，蜀茶二斤以谢。是年斗花之会，独批此花为东京第一。"（按，此条抄录自唐康骈《剧谈录》，不可误以为宋代之事。）（第 2177～2180 页）

3. 金玉屑化为胡蝶：穆宗殿前种千叶牡丹，花始开，香气袭人，一朵千叶，大而且红。上每视必嘉叹曰："人间未有。"后宫禁中遇夜常有黄白蛱蝶计万数飞集于花间，辉光照耀，达曙方去。宫人竞以罗巾扑之，无有获者。上令张网于空中，遂得数百于殿内，纵嫔御追捉以为娱，迟明视之，则皆金玉片也。其状工巧无以为比，而内人争用绛缕绊其脚，以为首饰，夜则光起妆奁中。其后开宝厨，睹金屑玉屑将有化蝶者，宫中方觉焉。（第 2194 页）

《笔记小说大观》第二十编

《岁时广记》（宋陈元靓撰，十则）

1. "花信风"：《东皋杂录》：江南自初春至初夏五日一番风候，谓之花信风。梅花风最先，楝花风最后，凡二十四番，以为寒绝也。后唐人诗云："楝花开后风光好，梅子黄时雨意浓。"徐师川诗云："一百五日寒食雨，二十四番花信风。"又，古诗云："早禾秧雨初晴后，苦楝花风吹最长。"（第 2082 页）

2. "移春槛"：《开元遗事》，杨国忠子弟春时移名花异木植槛中，下设轮脚，挽以彩绳，所至自随，号移春槛。（第 2089 页）

3. "挂裙幄"：唐《辇下岁时记》：长安士女游春野步，是名花则设席藉草，以红裙插挂以为宴幄，其奢侈如此。（第 2091 页）

4. "驻马饮"：《天宝遗事》，长安侠士每春日结朋约党，各置矮马，饰以锦鞯，并辔于花树下往来，使仆从执酒杯而从之，遇好花则驻马而饮。（第 2092 页）

5. "斗奇花"：《天宝遗事》，长安王士安（疑作"士女"）春时斗花，戴插以奇花多者为胜，皆用千金市名花植于庭中以备春时之斗。（第 2093 页）

6. "探花使"：《秦中岁时记》，进士杏花苑初会谓之探花宴，以少俊二人为探花使，遍游名园，若他人先折得名花，则二使皆有罚。（第 2095 页）

7. "括花香"：唐《玉尘录》：穆宗每宫中花香则以重顶帐蒙蔽，槛外置惜春御史掌之，号曰"括香"。（第 2096 页）

8. "装花舆"：《金门岁节》：寒食装万花舆，煮杨花粥。（第 2519 页）

9. "看花局"：释仲休《花品序》：每岁禁烟前后，迟日融和，花既劳矣，人亦乐矣，于是置酒馔，命乐工，以待宾。赏花者不问亲疏，谓之看花局。故里谚云："弹琴种花，陪酒陪歌。"（第 2522 页）

10.“游郊外”：《东京梦华录》：京师清明之日，四野如市，芳树之下，园圃之内，罗列杯盘，互相酬劝。都城之歌儿舞女，遍满亭台，抵暮而归。各携枣锢炊饼、黄胖掉刀、名花异味、山亭戏具、鸭卵鸡雏，谓之“门外土仪”，轿子即以杨柳杂花装簇顶上，四垂遮映，自此三日，皆出城上坟。（第2569页）

《笔记小说大观》第二十一编

《猗觉寮杂记》（宋朱翌撰，一则）

郑谷《海棠》诗云：“浓丽正宜新著雨，娇娆全在欲开时。”百花惟海棠未开时最可观，雨中尤佳。东坡云“雨中有泪益凄怆”，亦此意也。五代诗格卑弱，体物命意，亦有工夫，卒章云“浣花溪上堪惆怅，子美无心为发扬。”故王介甫《梅》云“少陵为尔牵诗兴，可是无心赋海棠”，用此也。穿凿者乃云子美之母小名海棠，故子美不作海棠诗，不知出何典记。世间花卉多矣，偶不及之耳，若撰一说以文之，则不胜其说矣。如牡丹、芍药、荼蘼之类，子美亦未尝有诗，何独于海棠便为有所避耶？退之于李花，赋之甚工，又将为何说耶？（第802页）

《闻见近录》（宋王巩撰，六则）

1. 李柬之李受，自侍从请归老，先公时在经筵，因而奏曰：“柬之等尚可陈力，而亟请老，近年士大夫贪冒爵禄，年逾礼经而不知止者多矣，望陛下稍加恩数，以励风俗。”已而诏就资善堂，合经筵官赐饯，内山珍果名花，巨觥酌劝，时人荣之，比之二疏。（第904页）

2. 故事，季春，上池赐生花，而自上至从臣皆簪花而归。绍圣二年上元，幸集禧观，始出宫花赐从驾臣僚各数十枝，时人荣之。（第909页）

3. 张文懿既致政，而安健如少年，一日，西京看花回，道帽道服，乘马张盖，以女乐从入郑门。监门官不之识也，且禁其张盖。以门籍请书其职位。文懿以小诗大书其纸，末云“门吏不须相怪问，三曾身到凤池来”。监门官即以诗进。仁宗请中使赐以酒饩。……（第909页）

4. 寇忠愍知永兴军，于其诞日，排设如圣节仪。晚衣黄道服，簪花走马，承受且奏寇准有叛心。真宗惊，手出奏示执政曰：“寇准乃反耶？”文

正熟视笑曰："寇准许大年纪，尚骁耳，可札与寇准知。"上意亦解。（第910页）

5. 太祖一日幸后苑，观牡丹。召宫嫔，将置酒，得幸者以疾辞。再召，复不至。上乃亲折一枝过其舍，而簪于髻上。上还，辄取花掷于地。上顾之曰："我艰勤得天下，乃欲以一妇人败之耶？"即引佩刀，截其腕而去。（第915页）

6. 金城夫人得幸太祖，颇恃宠。一日宴射后苑，上酌巨觥，以劝太宗。太宗固辞。上复劝之，太宗顾庭下，曰："金城夫人亲折此花来，乃饮。"上遂命之。太宗引射而杀之，即再拜而泣，抱太祖足曰："陛下方得天下，宜为社稷自重。"而上饮射如故。（第915页）

《梦梁录》（宋吴自牧撰，五则）

1. 清明节：清明交三月节，前两日谓之寒食。京师人从冬至后数起，至一百五日，便是此日。家家以柳条插于门上，名曰明眼。凡官民不论大小家子女未冠笄者，以此日上头。寒食第三日即清明节。每岁禁中命小内侍于阁门用榆木钻火，先进者赐金碗、绢三匹。宣赐臣僚巨烛，正所谓钻燧改火者，即此时也。禁中前五日发宫人车马，往绍兴攒宫朝陵。宗室南班，亦分遣诸陵行朝享礼。向者从人官给紫衫白绢三角儿青行缠，今亦遵例支给。至日，亦有车马诣赤山诸攒，并诸宫妃王子坟堂行享祀礼。官员士庶俱出郊省坟，以尽思时之敬。车马往来繁盛，填塞都门。宴于郊者，则就名园芳圃奇花异木之处；宴于湖者，则彩舟画舫，款款撑驾，随处行乐。此日又有龙舟可观，都人不论贫富，倾城而出。笙歌鼎沸，鼓吹喧天，虽东京金明池，未必如此之佳。殢酒贪欢，不觉日晚。红霞映水，月挂柳梢，歌韵清圆，乐声嘹亮，此时尚犹未绝。男跨雕鞍，女乘花轿，次第入城。又使僮仆挑着木鱼、龙船、花篮、闹竿等物归家以馈亲朋邻里。杭城风俗，侈靡相尚，大抵如此。（第952页）

2. 暮春：是月春光将暮，百花尽开，如牡丹、芍药、棣棠、木香、荼蘼、蔷薇、金纱、玉绣球、小牡丹、海棠、锦李、徘徊、月季、粉团、杜鹃、宝相、千叶绯桃、香梅、紫笑、长春、紫荆、金雀儿、笑靥、香兰、水仙、映山红等花，种种奇绝。卖花者以马头竹篮盛之，歌叫于市。买者纷然。当此之时，雕梁燕语，绮槛莺啼，静院明轩，溶溶泄泄，对景行

乐，未易以一言尽也。（第 956 页）

3. 德寿宫：德寿宫在望仙桥……四有古梅，扁曰"冷香"。牡丹馆扁曰"文杏"，又名"静乐"。海棠大楼子扁曰"浣溪"。（第 1017 页）

4. 府治：临安府治，在流福坊桥右，州桥左首。……东厅侧曰常直司，曰点检所，曰安抚司，曰竹山阁，曰都钱激赏公使三库。库后有轩，扁曰竹林，轩之后堂，扁曰爱民承化讲易三堂，堂后曰牡丹亭。（第 1041 页）

5. 花之品：牡丹有数种色样。又一本冬月开花，诗云："一朵娇红翠欲流，春光回报雪霜羞。"韩文公咏牡丹诗"幸自同开俱隐约，何须相倚斗轻盈。凌晨并作新妆面，对客偏含不语情。双燕无机还拂掠，游蜂多思正经营。长年是事都抛尽，今日栏边眼暂明"。石曼卿诗"独步性兼吴苑艳，浑身天与汉宫春"。又李山甫诗"邀勒春风不早开，众芳飘后上楼台。数苞鲜艳火中出，一片异香天上来。晓露精神妖欲动，暮烟情态恨成堆。知君已解相轻薄，斜倚栏干首重回"。又"嫚黄妖紫间轻红，欲雨初晴早景中。静女不言还爱日，彩云无定只随风。炉烟坐觉沉檀薄，妆面行看粉黛空。此别又须经岁月，酒阑把烛绕芳丛"。有一种秋开牡丹，城山诗咏云："白帝工夫缕彩霞，宜将颜色弄韶华。酒黏织女秋衣薄，风动姮娥宝髻斜。霜露莫摧今日蕊，轮蹄多看异时花。阴阳多苦栽培地，不趁春风有几家。"（第 1144～1145 页）

《广卓异记》（宋乐史撰，一则）

"上苑花应诏发"：右按唐书，则天天授二年腊月，卿相耻辅女君，欲谋弑则天，诈称花发，请幸上苑。许之。寻疑有异图，乃遣使宣诏曰："明朝游上苑，火急报春知。花须连夜发，莫待晓风吹。"于是凌晨名化端草布苑而开，群臣咸服其异焉。（第 1247 页）

《归田录》（宋欧阳修撰，一则）

真宗朝，岁岁赏花钓鱼，群臣应制。尝一岁临池久之，而御钓不食。时丁晋公（谓）应制诗云："莺惊凤辇穿花去，鱼畏龙颜上钓迟。"真宗称赏，群臣皆自以为不及也。（第 1653 页）

《墨客挥犀》（宋彭乘撰，二则）

1. 藏书画者多取空名，偶传为钟王顾陆之笔，见者争售，此所谓耳鉴。又有观画而以手摸之，相传以为色不印指者为佳画，此又在耳鉴之下，谓之揣骨听声。欧阳公尝得一古画牡丹丛，其下有一猫，永叔未知其精妙。丞相正肃吴公与欧公家相近，一见曰："此正午牡丹也。何以明之？其花披哆而色燥，此日中时花也；猫眼黑睛如线，此正午猫眼也。有带露花则房敛而色泽，猫眼早暮则睛圆，正午则如一线耳。"此亦善求古人之意也。（第 1713 页）

2. 扬州芍药，名著天下郡国，最其盛处。仁宗朝，韩魏公以副枢出镇维扬。初夏芍药盛开，忽于丛中得黄缘棱者四朵，土人呼为金腰带，云数十年间，或有一二朵，不常见也。魏公开宴，召二人者同赏。时王禹玉作监郡，王荆公为幕官，陈秀公初校尉卫寺丞为过客。其后四人者皆相继登台辅，盖花瑞也。（第 1714 页）

《夷坚志》（宋洪迈撰，二则）

1. 瓦上冰花：《笔谈》及《夷坚丙志》皆有冰花事，今亦间见之。济南吕援彦能，居秀州西门之内，淳熙初除知和州，来见其厅侧元实瓦数百，为雪所压，迨雪消冰渐，皆结成楼台栏槛、车马人物、并蒂芙蓉、重台牡丹、长春萱草、万岁藤之类，妙华精巧，经日不消。彦能令其子述卿施墨塌印十余本，以为传玩。（第 2081 页）

2. 西安紫姑：吴兴周权巽伯，乾道五年知衢州西安县，招郡士沈延年为馆客。邀至紫姑神，每谈未来事，未尝不验。尤善属文，清新敏捷，出人意表。……通判方籥宴客，就郡借妓，周适邀仙，因从容求赋一词往侑席。仙乞题，指屏内"一捻红"牡丹，令咏之。又乞词名及韵，令作《瑞鹤仙》用"捻"字为韵，意欲因险困之，亦不思而就。其语云："睹娇红细捻，是西子当日、留心千叶。西都竞栽接。赏园林台榭。何妨日涉。轻罗慢褶。费多少、阳和调燮。向晓来、露浥芳苞，一点醉红，潮颊双靥。姚黄国艳，魏紫天香，倚风羞怯。云鬟试插，引动狂蜂蝶。况东君开宴，赏心乐事，莫惜献酬频叠。看相将、红药翻阶。尚余侍妾。"既成，文不加点，其它诗文非一，皆可讽玩。周以绍熙甲寅为福建安抚参议官。大儿倅贰福州，得其说如此。（按，原文个别字词有讹误，据别本改。）（第 2106 页）

《朝野类要》（宋赵升撰，　则）

探花，选年最少者二人，于赐闻喜宴日，先到琼林苑折花迎状元，吟诗。此唐制，久废。今人或谓第二名为探花者，非也。（第2782页）

《青箱杂记》（宋吴处厚撰，三则）

1. 公（李昉）有第在京城北，家法尤严，凡子孙在京守官者，俸钱皆不得私用，与饶阳庄课，并输宅库，月均给之，故孤遗房分，皆获沾济，世所难及也。有子宗谔，仕至翰林学士，篇什笔札，两皆精妙。太宗朝，尝以京官带馆职，赴内宴。阁门拒之。宗谔献诗曰："戴了宫花赋了诗，不容重睹赭黄衣。无聊独出金门去，恰似当年下第归。"盖宗谔尝举进士，御试下第，故诗因及之，太宗即时宣召赴坐。后遂为例，虽选人带职，亦预内宴，自宗谔始也。（第2869页）

2. 丞相刘公沆，庐陵人，少以气义，尝赋牡丹诗云："三月内方有，百花中更无。"述怀诗云："虎生三日便窥牛，猎食宁能掉尾求。若不去登黄阁贵，便须来伴赤松游。"……览者皆知公有宰相器矣。未几，参大政，遂正鼎席。（第2915页）

3. 白居易赋性旷远，其诗曰"无事日月长，不羁天地阔"，此旷达者之词也。孟郊赋性褊隘，其诗曰"出门即有碍，谁谓天地宽"，此褊隘之词也。然则天地又何尝碍郊？孟郊自碍耳。王文康公赋性质实重厚，作诗曰"枣花至小能成实，桑叶惟（当作"虽"）柔解吐丝。堪笑牡丹如斗大，不成一事只空枝"，此亦质实重厚之词也。（第2917页）

《清波杂志》（宋周煇撰，四则）

1. 琼花，海内无二本。唐人谓玉蕊花，乃比其色。许慎说文："琼乃赤玉"，与花色不类。煇家海陵。海陵昔隶维扬，亦视为乡里。自幼游戏无双亭，未见甚奇异处。不识者或认为聚八仙，特以名品素高尚尔。后土祠，前后地土膏腴，尤宜芍药，岁新日茂。及春开，敷腴盛大，纤丽富艳，遂与洛阳牡丹，并驱角胜。孔毅父尝谱三十有三种，续之者才十余种。夫岂能备，固宜有所增益。钱思公尹洛，一日幕客旅见于双桂楼下，见小屏细书九十余种，皆牡丹名也。洛花久沦敌境，扬花在今日，尤当贵

重。（第 3076 页）

2. 红药而黄腰，号金带围。初无种，有时而出，则城中当有宰相。韩魏公为守，一出四枝，公自当其一，选客具乐以赏之。时王岐公为倅，王荆公为属，皆在席。缺其一，莫有当之者。会报过客陈太博入门，亟召之，乃秀公也。酒半折花，歌以插之。四公复皆为首相。后山陈师道云。辉尝询于扬之故老，皆云初不识所谓金带围者，岂花与人物亦相为荣悴乎？（第 3077 页）

3. 宣和间，钧天乐部焦德者，以谐谑被遇，时借以讽谏。一日从幸禁苑，指花竹草木以询其名。德曰："皆芭蕉也。"上诘之，乃曰："禁苑花竹皆取于四方，在途之远，巴至上林，则已焦矣。"上大笑。亦犹锹浇焦烧，四时之戏，掘以锹，水以浇，既而焦，焦而烧也。其后毁艮岳，任百姓取花木以充薪，亦其谶也。（第 3118 页）

4. 绍兴庚辰，在江东，得蜀人黄大舆《梅苑》四百余阕，辉续有百余阕。复谓昔人谱竹及牡丹芍药之属，皆有成咏，何独于梅阙之。乃采撷晋宋暨国朝骚人才士，凡为梅赋者，第而录之，成三十卷，谋于东州王锡老："词以苑名矣，诗以史目可乎？"王曰："近时安定王德麟诗云，'自古无人作花史，官梅须向纪中书'，盖已命之矣。"（第 3166 页）

《清波别志》（宋周辉撰，一则）

元符初，后苑修造所言，内中殿宇修造，用金箔一十六万余片。祐陵曰："用金箔以饰土木，糜坏不可复收，甚无谓也。其请支金箔内臣，令内侍省按治。"又一日，与辅臣言及放生云："天地大德曰'生'。"后苑故事，有钓鱼荷包会，比令罢之。且云平生未尝食蛤蟹之属，且因书印版放生文，近士大夫渐知以杀生为戒。当嗣服之初，崇俭好生，见于日用者如此，尔后有以丰亨豫大之说，蛊荡上意，及命巨珰五辈，分地展治宫禁，土木华侈，糜费金宝，何可数计？其暴殄天物，亦岂蛤蟹之比？祐陵天纵游艺，素精测验，常置乙巳占，在测日，占天象以自儆戒。晚年谓近习曰"我运行极不佳，且睹时事之变"，竟不克自反，奸臣蒙蔽之罪，可胜诛哉？（第 3196 页）

《笔记小说大观》第二十二编

《中吴纪闻》（宋龚明之撰，二则）

1. 《花客诗》：张敏叔尝以牡丹为贵客，梅为清客，菊为寿客，瑞香为佳客，丁香为素客，兰为幽客，莲为净客，荼蘼为雅客，桂为仙客，蔷薇为野客，茉莉为远客，芍药为近客。各赋一诗，吴中至今传播。（第309页）

2. 朱氏盛衰：朱冲微时以买卖为业，后其家稍温，易为药肆，生理日益进。以行不检，两受徒刑。既拥多赀，遂交结权要，然亦能以济人为心。每遇春夏之交，即出钱米药物，募医官数人，巡门问贫者之疾，从而赒之。又多买弊衣，择市姬之善缝纫者成衲衣数百，当大雪寒，尽以给冻者，诣延寿堂，病僧日为供饮食药饵，病愈则已。其子因赂中贵人，以花石得幸，时时进奉不绝，谓之花纲。凡林园亭馆，以至坟墓间所有一花一木之奇怪者，悉用黄纸封识，不问其家，径取之。有在仕途者，稍拂其意，则以违上命文致其罪，浙人畏之如虎。花纲经从之地，巡尉护送，遇桥梁则撤以过舟，虽以数千缗为之者，亦毁之不恤。初，江淮发运司于真扬楚淮有转般仓，纲运兵各据地分，不相交越。勔既进花石，遂废。粮运由此不继，禁卫至于乏食，朝廷亦不之问也。勔之宠日盛，父子俱建节钺，即居地创双节堂，又得徽庙御容，置之一殿中，监司郡守必就此朝朔望。勔尝预内宴，徽宗亲握其臂与语，勔遂以黄帛缠之，与人揖，此臂竟不举。弟姝数人皆结姻于帝族，因缘得至显官者甚众。盘门内有园极广，植牡丹数千本，花时以绘彩为幕帟带覆其上，每花标以名，以金为标榜，如是者里所。园夫畦子，艺精种植及能叠石为山者，朝释负担，暮纡金紫，如是者不可以数计。圃之中又有水阁，作九曲路入之，春时，纵妇女游赏，有迷其路者。朱设酒食招邀，或遗以簪珥之属，人皆恶其丑行。一日勔败，检估其家赀，有黄发勾者，素与勔不协，既被旨，黎明造其室，家人妇女尽驱之出，虽闾巷小民之家，无敢容纳。不数日已虚其圃，所谓牡丹者，皆析为薪，每一扁榜以三钱计其直。勔死，又窜其家于海岛，前日之受诰身者尽剥之。当时有谑词云："做园子得数载，栽培得那花木，就中堪爱。时将介保义酬劳，反做了今日殃害。诏书下来索金带，这官诰看看毁坏。放牙笏，便担屎担，却依旧种菜。"又云："叠假山，得保义。

幞头上，带着百般村气。做模样，偏得人憎，又识甚条制。今日伏惟安置，官诰又来索气。不如更叠个盆山，卖八文十二。"初，勔之进花石也，聚于京师艮岳之上，以移根日远，为风日所残，植之未久即槁瘁。时时欲一易之，故花纲旁午于道。一日内宴，诨人因以讽之，有持梅花而出者，诨人指以问其徒曰："此何物也？"应之曰："芭蕉。"有持松柏桧而出者，复设问，亦以芭蕉答之。如是者数四。遂批其颊曰："此某花，此某木，何为俱谓之芭蕉？"应之曰："我但见巴巴地讨来都焦了。"天颜亦为之少破。太学生邓肃有进花石诗，大寓规谏之意，至今传于世。（第351～352页）

《过庭录》（宋范公偁撰，三则）

1. 洛阳朱敦复，字无悔，并弟希真，以才豪称。有学老子者，曰刘跛子，颇有异行，时至洛阳看花。一日告人曰："吾某日当死。"至期果然。与之善者，遂葬于故长寿宫南，托无悔铭其墓者。跛子刘姓河东乡，山老其名野夫字。丰髯大腹右扶拐，不知年寿及平生。王侯士庶有敬问，怒骂掣走或僵死。洛阳十年为花至，政和辛卯以酒终。南宫道旁冢三尺，无孔铁椎今已矣。刘公有一仆，曰尚志，随刘四十年，刘常以畜生呼之。及刘死，人恐其有所得，士夫竞叩之，尚志但告曰："所得者，但吃畜生四十年矣。"无悔因作一词曰：尚志服事跛神仙，辛勤了，万千般。一朝身死入黄泉，至诚地，哭皇天。旁人苦叩玄言，不免得，告诸贤，禁法蝎儿不曾传，吃畜生，四十年。（第542页）

2. 曾肇，字子开，守亳，秩满，丐祠归江南。一词别诸僚旧云："岁晚凤山阴，看尽楚天冰雪。不待牡丹时候，又使人轻别。如今归去老江南，扁舟载风月。不似画梁双燕，有重来时节。"（第572页）

3. 温公独乐园林，赋诗述美者甚众。李夷行炳大有见山台诗云："（按，缺上句）纷纷红紫簇虚檐。山光不肯饶春色，故向花间出数尖。盖台侧尽栽花卉也。"（第575页）

《冷斋夜话》（宋释惠洪撰，三则）

1. 宋太祖将问罪江南，李后主用谋臣计欲拒王师。法眼禅师观牡丹于大内，因作偈讽之曰："拥毳对芳丛，由来趣不同。发从今日白，花似去年红。艳曳随朝露，馨香逐晚风。何须待零落，然后始知空。"然后主不

省，王师旋渡江。（第 588 页）

2. 前辈作花诗，多用美女比其状，如曰"若教解语亦倾国，任是无情亦动人"，诚然哉。山谷作荼蘼诗曰："露湿何郎试汤饼，日烘荀令炷炉香。"乃用美丈夫比之。特若出类，而吾叔渊材作海棠诗，又不然，曰"雨过温汤浴妃子，露浓汤饼试何郎"，意尤工也。（第 602 页）

3. 刘跛子，青州人，拄一杖，每岁必一至洛中，住花馆范家园，春尽，即还京师。为人谈谑有味，范家子弟多狎戏之。有范老见之，即与之二十四金，曰："跛子吃碗羹。"于是以诗谢伯仲曰："大范见时二十四，小范见时吃碗羹。人生四海皆兄弟，酒肉林中过一生。"初，张丞相召自荆湖，跛子与客饮市桥，客闻车马过，甚都，起观之。跛子挽其衣，使且饮，作诗曰："迁客湖湘召赴京，车蹄迎迓一何荣。争如与子市桥饮，且免人间宠辱惊。"陈莹中甚爱之，作长短句赠之，其略曰"槁木形骸，浮云身世。一年两到京华。又还乘兴，闲看洛阳花。说甚姚黄魏紫，春归后，终委泥沙。忘言处，花开花谢，都不似我生涯"云云。予政和改元，见于兴国寺，以诗戏之曰："相逢一拐大梁间，妙语时时见一班。我欲从公蓬岛去，烂云堆里看青山。"予姻家许中复大夫宜人，萧参政概之孙女云："我十许岁时，见刘跛子来觅酒吃，笑语终日而去。"计其寿，百四十五许，尝馆于京师新门张婆店三十年，日坐相国寺东廊，邸中人无有识者。（第 625 页）

《墨庄漫录》（宋张邦基撰，十则）

1. 洛中花工，宣和中，以药壅培于白牡丹，如玉千叶、一百五、玉楼春等根下，次年，花作浅碧色，号欧家碧。岁贡禁府，价在姚黄上，尝赐近臣，外臣所未识也。（第 704 页）

2. 康节邵先生尧夫在洛中，尝与司马温公论易数，推园中牡丹云，某日某时当毁。是日温公命数客以观，日向午，花方秾盛，客颇疑之。斯须两马相踢，冲衔断辔，自外突入，驰骤栏上，花果毁焉。尝言天下不可传此者，司马君实、章子厚尔。而君实不肯学，子厚不可学也。临终，焚其书不传，只以《皇极经世》行于世。（第 706 页）

3. 西京进花，自李迪相国始。（第 745 页）

4. 平江自朱勔用事，花木之奇异者，尽移供禁御，下至墟墓间，珍木亦遭发凿，山林所余，惟合抱成围，或臃肿樗散者，乃保天年。建炎己酉冬洎庚戌春，安抚使周望留姑苏，诸将之兵，斧斤日往，樵斫俱尽。栋梁之材，折而为薪，莫敢谁何。诸山皆童矣，亦草木一时之厄也。（第 750 页）

5. 故事，西京每岁贡牡丹花，例以一百枝及南库酒赐馆职。韩子苍去国后，尝有诗云："忆将南库官供酒，共赏西京敕赐花。白发思春醒复醉，岂知流落到天涯。"（第 778 页）

6. 晁无咎和李秬双头牡丹有云："二乔新获吴宫怯，双隗初临晋帐羞。月底故应相伴语，风前各是一般愁。"政和间，汴都平康之盛，而李师师、崔念月二妓名著一时。晁冲之叔用每会饮，多召侑席，其后十许年，再来京师，二人尚在，而声名溢于中国。李生者，门弟尤峻。叔用追往昔，成二诗以示江子之。其一云："少年使酒来京华，纵步曾游小小家。看舞霓裳羽衣曲，听歌玉树后庭花。门侵杨柳垂珠箔，窗对樱桃卷碧纱。生客半惊随逝水，吾人星散落天涯。"其二云："春风踏月过章华，青鸟双邀阿母家。系马柳低当户叶，迎入桃出隔墙花。鬓深钗暖云侵脸，臂薄衫寒玉照纱。莫作一生惆怅事，怜州不在海西涯。"靖康中，李生与同辈赵元奴及筑球吹笛袁绹武震辈，例籍其家。李生流落浙中，士大夫犹邀之以听其歌，然憔悴无复向来之态矣。（第 799 页）

7. 西京牡丹闻于天下。花盛时，太守作万花会，宴集之所，以花为屏帐，至于梁栋柱拱，悉以竹筒贮水，簪花钉挂，举目皆花也。扬州产芍药，其妙者不减于姚黄魏紫，蔡元长知淮扬日，亦效洛阳，亦作万花会。其后岁岁循习而为，人颇病之。元祐七年，东坡来知扬州，正遇花时，吏白旧例，公判罢之，人皆鼓舞欣悦，作书报王定国云："花会，检旧案，用花千万朵，吏缘为奸，乃扬州大害，已罢之矣。虽杀风景，免造业也。"公为政之惠利于民，率皆类此，民到于今称之。（第 811 页）

8. 徐遹子，闽人，博学尚气，累举不捷，久困场屋。崇宁二年，为特奏名魁。时已老矣，赴闻喜，赐宴于橘林苑。归骑过平康狭邪之所，同年所簪花，多为群娼所求，惟遹至其寓，花乃独存。因戏题一绝云："白马青衫老得官，橘林宴罢酒肠宽。平康过尽无人问，留得宫花醒后看。"后仕至朝官，知广德军，谢事而归。（第 815 页）

9. 洛阳牡丹之品，见于花谱，然未若陈州之盛且多也。园户植花如种黍粟，动以顷计。政和壬辰春，予侍亲在郡，时园户牛氏家，忽开一枝，色如鹅雏而淡，其面一尺三四寸许，高尺许，柔葩重叠，约千百叶。其本姚黄也，而于葩英之端，有金粉，晕缕之，其心紫蕊，亦金粉缕之，牛氏乃以缕金黄名之，以篷篠作棚屋围幬，复张青帟护之，于门首遣人约止游人，人输千钱，乃得入观。十日间，其家数百千。予亦获见之。郡守闻之，欲剪以进于内府，众园户皆言不可，曰："此花之变易者，不可为常，他时复来索此品，何应之？"又欲移其根，亦以此为辞，乃已。明年花开，果如旧品矣。此亦草木之妖也。（第819页）

10. 宋次道《春明退朝录》云：王侍郎子融，言天圣中归其乡里青州时，滕给事涉为守，盛冬浓霜，屋瓦皆成百花之状，以纸摹之，其家尚余数幅。政和丙申岁，先君为真州教官，时朝廷颁雅乐，下方州，仪真学中建大学库屋，积新瓦于地，一夕霜后皆成花纹，极有奇巧者，折枝桃、梨、牡丹、海棠、寒芦、水藻，种种可玩，如善画者所作。詹度安世为太守，讽学中图绘以瑞为言，欲谀于朝，先君不从，乃已。（第833页）

《东坡志林》（宋苏轼撰，二则）

1. 扬州芍药为天下冠。蔡繁卿为守，始作万花会，用花十余万枝，既残诸园，又吏因缘为奸，民大病之。余始至，问民疾苦，以此为首，遂罢之。万花本洛阳故事，亦必为民害也。会当有罢之者。钱惟演为留守，始置驿贡洛花，识者鄙之。此宫妾爱君之意也。蔡君谟始加法造小团茶贡之，富彦国叹曰："君谟乃为此耶！"近者余安道、孙献策榷饶州陶器，自监榷得提举，死焉。偶读《太平广记》"贞元五年，李白子伯禽，为嘉兴乍浦下场杂盐官，侮慢庙神以死"，以此知不肖子代不乏人也。（第881页）

2. 吕稚卿言芍药不及牡丹者，以重耳。戴芍药一枝，比牡丹三四，花间犹当着数品，盖有其地而无其花，譬如荔子之与温柑也耶。（第922页）

《侯鲭录》（宋赵令畤撰，二则）

1. 《辩传奇莺莺事》录有元微之《莺莺诗》云："殷红浅碧旧衣裳，取次梳头暗淡妆。夜合带烟笼晓月，牡丹经雨泣残阳。依稀似笑还非笑，仿佛闻香不是香。频动横波嗔不语，等闲教见小儿郎。"……又，《赠双文》有"最似红牡丹，雨来春欲暮"之句。（第1019~1020页）

2. 詹玠，南方人，有《咏梅诗》云"只有雪争白，更无花似香"，全似裴说诗格。《说棋诗》云：“人心无算处，国手有输时。”又《牡丹诗》云：“未尝贫处见，不似地中生。”又尝有云：“入山不避虎，当路却防人。”格虽不高，真入理之言。（第 1058 页）

《五总志》（宋吴坰撰，一则）

同华人气不相下，华里中有诗嘲同曰：“世间多少不平事，却被同州看华山。”又云：“三春不识桃李面，四月无莺但老鸭。”张芸叟出守是州，取里语以己语足成二绝云：“世间多少不平事，却被同州看华山。我到左逢今几月，何尝见得华山颜。”“三春不识桃李面，四月无莺但老鸭。谁料浮休痴处士，下车先见牡丹花。”又为跋，其略曰：华人嘲同，亦已甚矣。余至是，适多风霾，未识仙掌面目，而庭中牡丹盛开，与诗语异矣。岂世间事反覆颠倒皆如是耶？遂为廉访掎奏之，谓语涉讥讪，寻降秩罢郡。（第 1316 页）

《志雅堂杂钞》（宋周密撰，二则）

1. 三月二十八日，至困学斋，观郝清臣字，清甫所留四卷……又自出索靖章草月仪一短卷，下有希世藏小玺及关右永兴军节度使印，盖韩氏物。一锦牡丹表首，俨如着色画成，盖宣和法锦也。（第 1333 页）

2. 正月收灯夜，张齐卿偕尤曾五官人□西牙人者来，携至画二十八轴，内有……黄筌《牡丹》。（第 1392 页）

《云麓漫钞》（宋赵彦卫撰，一则）

世目状元第二人为榜眼，第三人为探花郎。《秦中岁时记》云：期集谢恩了，从此便著被袋篚子骡等，仍于曲江点检从物，无得有缺，缺即罚钱。便于亭子小宴，招小科头同（乐），至暮而散。次即杏园初宴，谓之探花宴，便差定先辈二人少俊者，为两街探花使，若他人折得花卉先开牡丹芍药来者，即各有罚。（第 1535 页）

《笔记小说大观》第二十四编

《建炎以来系年要录》（宋李心传撰，二则）

1. 壬寅，左奉议郎沈长卿追两官，勒停除名，送化州。左从政郎芮晔，勒停除名，送武冈军，并编管。右通直郎新淮南路转运司干办公事陈祖安特放罢。长卿旧尝与李光《启》，言和议之非，秦桧已恶之，至是与晔同赋《牡丹诗》，晔诗有"今作尘埃奔走人"之句，为邻舍人所告，以为讥议，送大理寺。祖安尝见二人诗，亦当追证，而签书枢密院事郑仲熊营救，祖安故得脱免。狱具，长卿坐上光诗启有嘲讪语，晔坐尝与长卿同作诗，更不告官，又，晔任仁和县尉，侥望朝廷除授清职，心怀怨望，故作，与长卿有此等语，祖安见之，亦不陈首，乃有是命。（第3257页）

2. 壬申，上谓宰执曰："去冬皇太后微有腰腿之疾，不曾出殿门，昨入侍慈宁，因言近日清明，牡丹已开，皇太后忻然步至花所，朕喜甚，因留赏牡丹，皇后以下皆醉，至晚回殿，上犹喜见天颜。"张纲曰："陛下孝德所感，诚可庆也。"（第3421页）

《笔记小说大观》第二十五编

第一至二册收录陶宗仪《说郛》一百卷，其中语及唐宋牡丹者近百则，大多已在其他唐宋笔记小说出现，故此处不予重复辑录。

《笔记小说大观》第二十七编

《太平广记》（宋李昉纂，七则）

1. 韩愈外甥：唐吏部侍郎韩愈外甥，忘其名姓，幼而落拓，不读书，好饮酒，弱冠往洛下省骨肉，乃慕云水不归，仅二十年杳绝音信。元和中，忽归长安，知识阗茸，衣服滓敝，行止乖角。吏部以久不相见，容而恕之。一见之后，令于学院中与诸表话论。不近诗书，殊若土偶，唯与小臧赌博，或厩中醉卧三日五日，或出宿于外，吏部惧其犯禁陷法，时或勖之。暇日偶见，问其所长，云善卓钱锅子，试令为之，植一铁条，尺余，百步内，卓三百六十钱，一一穿之无差失者。书亦旋有词句，以资笑乐。又于五十步内双钩草天下太平字，点画极工。又能于炉中累三十斤炭，支三日火，火势常炽，日满乃消。吏部甚奇之，问其修道，则玄机清话，该博真理，神仙中事，无不详究。因说小伎，云能染花，红者可染碧，或一朵具五色，皆可致之。是年秋，与吏部后堂前染白牡丹一丛，云："来春必作含棱碧色，内合有金，含棱红间晕者，四面各合有一朵五色者。"自斫其根，下置药而后栽培之，俟春为验。无何，潜去，不知所之。是岁，上迎佛骨于凤翔，御楼观之，一城之人，忘业废食。吏部上表直谏，忤旨，出为潮州刺史。至商山，泥滑雪深，颇怀郁郁。忽见是甥，迎马首而立拜，起劳问，扶灯接鹮，意甚殷勤。至翌日，雪霁，送至邓州，乃白吏部曰："某师在此，不得远去。"将入玄扈倚帝峰矣。吏部惊异其言，问其师，即洪崖先生也。东园公方使柔金水玉作九华丹，火候精微，难于暂舍。吏部加敬曰："神仙可致乎，至道可求乎？"曰："得之在心，失之亦心。校功铨善，黜陟之严，仿王禁也。"某他日复当起居，请从此逝。吏部为五十六字诗以别之曰："一封朝奏九重天，夕贬潮阳路八千。本为圣朝除弊事，岂将衰朽惜残年。云横秦岭家何在，雪拥蓝关马不前。知汝远来应有意，好收吾骨瘴江边。"与诗讫，挥涕而别，行入林谷，其速如飞。明年春，牡丹花开数朵，花色一如其说，但每一叶花中有楷书十四字曰"云横秦岭家何处，雪拥蓝关马不前"，书势精能，人工所不及，非神仙得道，立见先知，何以及于此也？或云其后吏部复见之，亦得其月华度世之道，而迹未显尔。（出《仙传拾遗》）（第343～345页）

2. 伪蜀主舅：伪蜀主之舅，累世富盛，于兴义门造宅，宅内有二十余院，皆雕墙峻宇，高台深池，奇花异卉，丛桂小山，山川珍物，无所不有。秦州董城村院有红牡丹一株，所植年代深远，使人取之，掘土方丈，盛以木柜，自秦州至成都三千余里，历九折七盘、望云九井、大小漫天、隘狭悬险之路方致焉。乃植于新第，因请少主临幸。少主叹其基构华丽，侔于宫室。遂戏命笔，于柱上大书一"孟"字，时俗谓孟为不堪故也。明年蜀破，孟氏入成都，据其第，忽睹楹间有绛纱笼，迫而视之，乃一"孟"字。孟曰：吉祥也，吾无易此居。孟之有蜀，盖先兆也。（出《王氏见闻》）（第964～965页）

3. 唐白居易初为杭州刺史，令访牡丹花，独开元寺僧惠澄近于京师得之，始植于庭，栏门甚密，他处未之有也。时春景方深，惠澄设油幕覆其上，牡丹自此东越分而种之也。云惊疑自畜春米，木知日，先题诗曰："此花南地知难种，惭愧僧闲用意栽。海燕解怜频睥睨，胡蜂未识更徘徊。虚生芍药徒劳妒，羞杀玫瑰不敢开。唯有数苞红蕚在，含芳只待舍人来。"白寻到寺看花，乃命徐同醉而归。（第 1420 页）

4. 开元中，禁中初重木芍药，即今牡丹也，得四本，红、紫、浅红、通白者，上因移植于兴庆池东沉香亭前。会花方繁开，上乘照夜白，太真妃以步辇从，诏特选梨园弟子中尤者，得乐十六部。李龟年以歌擅一时之名，手捧檀板押众乐前，将歌之。上曰："赏名花，对妃子，焉用旧乐词为？"遂命龟年持金花笺宣赐李白立进《清平调》辞三章。白欣然承旨，犹苦宿醒未解。因援笔赋之，辞曰："云想衣裳花想容，春风拂晓露华浓。若非群玉山头见，会向瑶台月下逢。　一枝红艳露凝香，云雨巫山枉断肠。借问汉宫谁得似，可怜飞燕倚新妆。　名花倾国两相欢，长得君王带笑看。解释春风无限恨，沉香亭北倚栏杆。"龟年遽以辞进，上命梨园弟子约略调抚丝竹，遂促龟年以歌，太真妃持玻璃七宝盏，酌西凉州蒲桃酒，笑领歌意甚厚。上因调玉笛以倚曲。每曲遍将换，则迟其声以媚之。太真饮罢，敛绣巾重拜上。龟年常语于五王，独忆以歌得自胜者，无出于此，抑亦一时之极致耳。（按，《太平广记》所引，与他本略有异文。）（第 1467 页）

5. 上（唐穆宗）于殿前种千叶牡丹，及花始开，香气袭人，一朵千叶，大而且红。上每睹芳盛，叹人间未有。自是，宫中每夜即有黄白蝴蝶万数，飞集于花间，辉光照耀，达曙方去。宫人竟以罗巾扑之，无有不获者。上令张网于宫中，遂得数百，于殿内纵嫔御追捉以为娱乐，迟明视之，则皆金玉也。其状工巧，无以为比，而内人争用丝缕绊其脚，以为首饰，夜则光起于妆奁中。其后开宝厨，视金屑玉屑，藏内将有化为蝶者，宫中方觉焉出。（出《杜阳杂编》）（第 1653 页）

6. 杨虞卿：唐郎中张又新与虔州杨虞卿齐名友善，杨妻李氏即郦相女，有德无容，杨未尝介意，敬待特甚。张尝语杨曰："我年少成美名，不忧仕矣，唯得美室，平生之望斯足。"杨曰："必求是，但与我同好，定谐君心。"张深信之。既婚，殊不惬心。杨秉笏触之曰："君何太痴，言之数四。"张不胜其忿，回应之曰："与君无间，以情告君，君误我如是，何为痴?"杨于是历数求名从宦之由,曰:"岂不与君皆同邪!"曰:"然则我得丑妇,君讵不同邪。"张色解,问君室何如我,曰:"特甚。"张大笑,遂如初。张既成家,乃为诗曰:"牡丹一朵值千金,将谓从来色最深。今日满栏开似雪,一生辜负看花心。"(出《本事诗》)(第1824页)

7. 张濬伶人:唐宰相张濬,尝与朝士于万寿寺阅牡丹而饮,俄有雨降,抵暮不息,群公饮酣未阑,左右伶人,皆御前供奉第一部者,恃宠肆狂,无所畏惮。其间一辈曰张隐,忽跃出,扬声引词曰:"位乖燮理致伤残,四面墙匡不忍看。正是花时堪下泪,相公何必更追欢。"告讫遂去,阖席愕然,相眄失色,一时俱散。张但惭恨而已。(出《南楚新闻》)(第1887页)

《太平广记》卷四〇九辑录唐代笔记小说中关于牡丹的记载,与前所辑多有重复,此不重录。

《笔记小说大观》第二十八编

《睽车志》(宋郭象撰,一则)

沈蒙老博士,初为太学率履斋生,晨起盥洗已,盆水尚温,忽变牡丹花状,枝叶扶疏,蕊萼相承,宛然如画。次年同舍登科者十余人。(第252~253页)

《东轩笔录》(宋魏泰撰,三则)

1. 钱文僖公惟演,生贵家,而文雅乐善出天性。晚年以使相留守西京,时通判谢绛、掌书记尹洙、留府推官欧阳修,皆一时文士,游宴吟咏,未尝不同。洛下多水竹奇花,凡园囿之盛,无不到者。有郭延卿者,居水南,少与张文定公、吕文穆公游,累举不第,以文行称于乡间。张、吕相继作相,更荐之,得职官。然延卿亦未尝出仕,葺幽亭艺花,足迹不及城市。至是年八十余矣。一日,文僖率僚属往游,去其居一里外,即屏骑从,腰舆张盖而访之,不以告名氏。洛下士族多,过客众,延卿未始出,盖莫知其何人也,但欣然相接,道服对谈而已。数公疏爽闿朗,天下之选。延卿笑曰:"陋居罕有过从,而平日所接之人,亦无若数君者。老夫甚惬,愿少留对花小酌也。"于是以陶尊果蔌而进,文僖爱其野逸,为引满不辞。既而吏报申牌，府史牙兵列庭中。延卿徐曰："公等何官，而从吏之多也。"尹洙指而告曰："留守相公也。"延卿笑曰："不图相国顾野人。"遂相与大笑。又曰："尚能饮否。"文僖欣然从之，又数杯。延客之礼数杯盘无少加于前，而谈笑自若。日入辞去。延卿送之门，顾曰："老病不能造谢，希勿讶也。"文僖登车，茫然自失，翊日，语僚属曰："此真隐者也，彼视富贵为何等物耶！"叹息累日不止。（第 322～323 页）

2. 进士及第后，例期集一月，其醵罚钱奏宴局什物，皆请同年分掌。又选最年少者二人为探花，使赋诗，世谓之探花郎。自唐以来，榜榜有之。熙宁中，吴人余中为状元，首乞罢期集，废宴席探花，以厚风俗。执政从之。既而擢中为国子监直讲，以为斯人真可厚风俗矣。未已坐受举人贿赂而升名第事，下御史府，至荷校参对，狱具，停废。熙宁执政者，力欲致风俗之厚，士人多为不情之事以希合，故中以探花为败风俗，而身抵赇墨之罪，此不情之甚者也。（第 352 页）

3. 慈圣光献皇后薨，上悲慕甚，有姜识者，自言神术可伸死者复生。上命试其术，置坛于外苑，凡数旬无效，乃曰："臣见太皇后方与仁宗宴，临白玉栏干赏牡丹，无意复来人间也。"上知诞妄，亦不深罪，止斥郴州。蔡承禧进挽词曰："天上玉栏花已拆，人间方士术何施。"盖谓此也。（第 399 页）

《曲洧旧闻》（宋朱弁撰，二则）

1. 欧公作花品，目所经见者，才二十四种。后于钱思公屏上，得牡丹凡九十余种。然思公花品无闻于世。宋次道《河南志》于欧公花品后又增二十余名。张峋撰谱三卷，凡一百一十九品，皆叙其颜色容状，及所以得名之因；又访于老圃，得种接养护之法，各载于图后，最为详备。韩玉汝为序之而传于世。大观政和以来，花之变态，又在峋所谱之外者。而时无人谱而图之。其中姚黄，尤惊人眼目，花头面广一尺，其芬香比旧特异，禁中号一尺黄。予在南平城，作谢范祖平朝散惠花诗云："平生所爱曾莫倦，天遣花王慰吾愿。姚黄三月开洛阳，曾观一尺春风面"，盖记此事也。祖平字准夫，忠文公之诸孙也，以雄倅致仕，居许下，被俘。惠予花时，年六十一岁矣。（第 477 页）

2. 洛中旧有万花之会，岁率为之，民以为扰。李师中到官，罢之，众颇称焉。然善结中官，为富韩公所恶。新法初行，师中希司农意指，多取宽剩，令韩公与富民均出钱，亦为士论所鄙。师中字君锡，开封人也。（第525页）

《武林旧事》（宋周密撰，八则）

1. 庆寿册宝：寿皇圣孝冠绝古今，承颜两宫，以天下养，一时盛事，莫大于庆寿之典。今摭其大略于此。……自皇帝以至群臣禁卫吏卒往来，皆簪花。后三日，百官拜表称贺于文德殿，四方万姓，不远千里，快睹盛事，都民垂白之老，喜极，有至泣下者。杨诚斋诗云："长乐宫前望翠华，玉皇来贺太皇家。青天白日仍飞雪，错认东风转柳花。春色何须羯鼓催，君王元日领春回。牡丹芍药蔷薇朵，都向千官帽上开"……（第672页）

2. 赏花：禁中赏花非一，先期后苑及修内司分任排办。凡诸苑亭榭花木，妆点一新，锦帘绡幕，飞梭绣球，以至裀褥设放，器玩盆奩，珍禽异物，各务奇丽。又命小珰内司列肆关扑，珠翠冠朵，篦环绣段，画领花扇，官窑定器，孩儿戏具，闹竿龙船等物，及有买卖果木酒食饼饵蔬茹之类，莫不备具。悉效西湖景物。起自梅堂赏梅，芳春堂赏杏花，桃源观桃，粲锦堂金林檎，照妆亭海棠，兰亭修禊，至于钟美堂赏大花，为极盛。堂前三面，皆以花石为台；三层各植名品，标以象牌，覆以碧幕；台后分植玉绣球数百枝，俨如镂玉屏；堂内左右，各列三层，雕花彩槛，护以彩色牡丹。画衣间列碾玉水晶金壶，及大食玻璃官窑等瓶，各簪奇品，如姚、魏、御衣黄、照殿红之类，几千朵。别以银箔间贴大斛，分种数千百奩，分列四面。至于梁栋窗户间，亦以湘筒贮花，麟次簇插，何翅万朵。堂中设牡丹红锦地裀。自殿中妃嫔以至内官，各赐翠叶牡丹，分枝铺翠牡丹，御书扇画，龙涎金盒之类有差。下至伶官乐部应奉等人，亦沾恩赐，谓之随花赏。或天颜悦怿，谢恩赐予，多至数次。至春暮，则稽古堂、会瀛堂赏琼花，静侣亭紫笑，净香亭采兰挑笋，则春事已在绿阴芳草间矣。大抵内宴赏，初坐、再坐、插食、盘架者，谓之排当，否则但谓之进酒。（第721~722页）

3. 故都宫殿：

堂：钟美（牡丹）（第739页）

亭：德寿宫静乐（牡丹）（第752页）

4. 乾道三年三月初十日，南内遣阁长至德寿宫，奏知连日天气甚好，欲……二日间恭邀车驾幸聚景园同看花……次至静乐堂看牡丹，进酒三盏，太后邀太皇官家同到刘婉容位奉华堂听摘阮奏。（第 851～852 页）

5. 淳熙六年三月十五日，车驾过宫。恭请太上太后幸聚景园……遂至锦壁赏大花。三面漫坡牡丹约千余丛，各有牙牌金字，上张大样碧油绢幕，又别剪好色样一千朵，安顿花架，并是水晶玻璃天青汝窑金瓶。就中间沉香卓儿一只，安顿白玉碾花商尊，约高二尺，径二尺三寸，独插照殿红十五枝，进酒三杯，应随驾官入内官，并赐两面翠叶滴金牡丹一枝，翠叶牡丹沉香柄金彩御书扇各一把。是日，知阁张抡进《壶中天慢》云："洞天深处，赏娇红轻玉。高张云幕，国艳天香相竞秀。琼苑风光如昨。露洗妖妍，风传馥郁，云雨巫山约。春浓如酒，五云台榭楼阁。圣代道洽功成，一尘不动，四境无鸣柝。屡有丰年，天助顺基，业增隆山岳。两世明君，千秋万岁，永享升平乐。东皇呈瑞，更无一片花落。"（第 857～858 页）

6. 绍兴二十一年十月，高宗幸清河郡王第，供进御筵，节次如后：书画……徐熙牡丹。（第 899 页）

7. 张约斋赏心乐事。三月：斗春堂赏牡丹芍药；花院赏紫牡丹；现乐堂赏大花。（第 917 页）

8. 约斋桂隐百课：南湖：斗春堂：芍药牡丹。（第 924 页）

《渑水燕谈录》（宋王辟之撰，七则）

1. 西都北寺应天禅院，乃太祖诞圣之地。国初为传舍，真宗幸洛阳，顾瞻遗迹，徘徊感怆，乃命建为僧舍，功成赐院额，奉安神御，命知制诰刘筠志之。仁宗初又建别殿，分二位塑太宗真宗圣像，丞相王钦若为之记。后园植牡丹万本，皆洛中尤品。庆历末，仁宗御篆神御三殿碑。艺祖曰兴先，太宗曰帝华，真宗曰昭孝，今为忌日行香地，去留府甚远。故诗曰"正梦寐中行十里"，此之谓也。（第 939 页）

2. 晁文元公迥在翰林，以文章德行为仁宗所优异，帝以君子长者称之。天禧初，因草诏得对，命坐赐茶。既退已昏夕，真宗顾左右取烛与学士，中使就御前取烛执以前，导之出门，传付从吏。后曲燕宜春殿，出牡丹百余盘，千叶者才十余朵，所赐止亲王宰臣。真宗顾文元及钱文僖各赐一朵。又常侍宴，赐禁中名花。故事，唯亲王宰臣即中使为插花，余皆自戴。上忽顾公，令内侍为戴花，观者荣之。其孙端禀尝为余言。（第940页）

3. 杨文公初为光禄丞，太宗颇爱其才。一日后苑赏花，宴词臣。公不得预，以诗贻诸馆阁曰："闻戴宫花满鬓红，上林丝管侍重瞳。蓬莱咫尺无因到，始信仙凡迥不同。"诸公不敢匿，以诗进呈。上诘有司所以不召，左右以未贴职，例不得预。即命直集贤院免谢，令预晚宴，时以为荣。（第1012页）

4. 海陵西溪盐场，初，文靖公（吕夷简）尝官于此，手植牡丹一本，有诗刻石。后范文正公亦尝临莅，复题一绝："阳和不择地，海角亦逢春。忆得上林色，相看如故人。"后人以二公诗笔，故题咏极多。而花亦为人贵重，护以朱栏，不忍采折，岁久茂盛，枝覆数丈，每花开数百朵，为海滨之奇观。（第1014页）

5. 青州布衣张在，少能文，尤精于诗。奇蹇不遇，老死场屋。尝题兴龙寺老柏院诗云"南邻北舍牡丹开，年少寻芳日几回。惟有君家老柏树，春风来似不曾来"，大为人传诵。文潞公皇祐中镇青，诣老柏树访在所题，字已漫灭，公惜其不传，为大字书于西东廊之壁。后三十余年，当元丰癸亥，东平毕仲甫将叔见公于洛下，公诵其诗，嘱毕往观，毕至青，访其故处，壁已圮毁，不可得。为刻于天宫石柱，又刊其故所题之处。（第1015页）

6. 洛阳至京师六驿，旧未尝进花。李文定公留守，始以花进，岁差府校一人，乘驿马昼夜驰至京师。所进止姚黄魏紫三四朵，用菜叶实笼中，籍覆上下，使马不动摇，亦所以御日气。又以蜡封花蒂。可数日不落，至今岁贡不绝。（第1023页）

7. 洛阳牡丹，岁久虫蠹，则花开稍小。园户以硫黄簪其穴，虫死复盛大。其园户相妒，则以乌贼鱼骨刺花树枝皮中，花必死。盖牡丹忌此鱼耳。（第1029页）

《吹剑录外集》（宋俞文豹撰，一则）

子云《太玄》，张揆、温公为注解。莹中谓知历之理，元城谓于数深，惟老泉非之。后周卫元嵩作《元包》，唐苏源明为之传，李江为之注，时谓是阴阳者流。温公《潜虚》，行状、墓志不载。康节经世书、先天、易，欲授二程，答以无工夫。莹中目为考数书。余谓五书皆本于《易》，则经纬用之，理学性学，无施不可。康节讳人言其为数学，温公种牡丹，先生曰"其日午时马践死"。至日，厥马绝缰奔赴定，此非数学而何？（第1256页）

《野客丛书》（宋王懋撰，二则）

1. 唐人言牡丹：欧公谓牡丹初不载文字，自则天已后始盛。唐人如沈宋元白之流，皆善咏花，寂无传焉。唯刘梦得有《咏鱼朝恩宅牡丹》一诗，初不言其异。苕溪渔隐引刘梦得、元微之、白乐天数诗，以证欧公之误。且引开元时牡丹事，以证欧公所谓则天以后始盛为信然。近时《容斋随笔》亦引元白数诗，以证欧公之误，且谓元白未尝无诗，唐人未尝不重此花。容斋盖未见渔隐所言故尔。仆尝取《唐六十家诗集》观之，其为牡丹作者几半，仆不暇缕数，且以《刘禹锡集》观之，有数篇，《浑侍中宅看牡丹》、《唐郎中宅看牡丹》、《自赏牡丹》，皆有作，岂得谓惟有一篇？欧公不应如是鲁莽。得非或者假欧公之说乎？二公引元白数诗，以证欧公之误，要未广也。《龙城录》载高宗宴群臣，赏双头牡丹，舒元舆序谓"西河精舍有牡丹，天后命移植焉，由是京国日盛"。则知牡丹在唐已见于高宗之时，又不可引开元事为证也。阅李绰《尚书故实》，言北齐杨子华画牡丹，《谢康乐集》，言水际竹间多牡丹，陆农师作《埤雅》，拾欧公之说，亦谓牡丹不载文字，自则天已后始盛，如沈宋元白之流，寂无篇什，唯刘梦得一篇，亦不深考耳。（第1530页）

2. 陈胡二公评诗：东坡云："诗人有写物之工。""桑之未落，其叶沃若"，他物不可当此。林和靖梅诗"疏影横斜水清浅，暗香浮动月黄昏"，决非桃杏诗；皮日休白莲诗"无情有恨何人见，月冷风清欲堕时"，决非红莲诗。仆观陈辅之诗话，谓和靖诗近野蔷薇，《渔隐丛话》谓皮日休诗移作白牡丹，尤更亲切。二说似不深究诗人写物之意。"疏影横斜水清浅"，野蔷薇安得有此潇洒标致？而牡丹开时，正风和日暖，又安得有月冷风清之气象邪？陈标蜀葵诗曰"能共牡丹争几许"、柳浑牡丹诗曰"也共戎葵较几多"，辅之渔隐所见，正与二公一同。（第1746页）

《画墁集》（宋张舜民撰，二则）

1. 题仲芮家藏四画：右宗室仲芮，以名画数种示予，且俾予为书。子何足以知之，姑发而观焉。其一大李将军《桃源图》，其二南唐李主《雪鹊

雪雀》，其三钟隐《鹤》，其四徐熙《牡丹桃花》。富哉，一时之奇工美迹也。（第2315页）

2. 题姚氏家藏画：今日姚熙州出众画，唯老子一帧，敢为奇古，晋人笔也。……其次徐熙花。今之画花者多矣，苟取一花并张之，形色皆奇，所谓婢封夫人。

《笔记小说大观》第二十九编

《西溪丛语》（宋姚宽撰，四则）

1. 昔张敏叔有十客图，忘其名。予长兄伯声尝得三十客：牡丹为贵客，梅为清客，兰为幽客，桃为妖客，杏为艳客，莲为溪客，木犀为岩客，海棠为蜀客，踯躅为山客，梨为淡客，瑞香为闺客，菊为寿客，木芙蓉为醉客，荼蘼为才客，腊梅为寒客，琼花为仙客，素馨为韵客，丁香为情客，葵为忠客，含笑为佞客，杨花为狂客，玫瑰为刺客，月季为痴客，木槿为时客，安石榴为村客，鼓子花为田客，棣棠为俗客，曼陀罗为恶客，孤灯为穷客，棠梨为鬼客。（第236页）

2. 罗隐《牡丹》诗云："可怜韩令功成后，虚负秾华过此生。"据白廷翰、唐蒙求韩令牡丹注云：元和中，京师贵游尚牡丹，一本直数万，韩滉私第有之，遽命斫去，曰："岂效儿女邪！"（第257页）

3. 青龙寺老柏院有布衣张在题一绝于院壁："南邻北舍牡丹开，年少寻芳去又回。惟有君家老柏树，春风来似不曾来。"元祐中，州学教授毕仲愈题跋，刻石于平岚亭上。（第260页）

4. 蒋防作《霍小玉传》，书大历中李益事。有一豪士，衣轻黄衫，挟朱筋弹，李至，霍遂死，乃三月牡丹时也。老杜有《少年行》二首，一云："巢燕引雏浑去尽，江花结子已无多。黄衫年少宜来数，不见堂前东逝波。"考，作诗时大历间，甫政在蜀，是时想有好事者传去，作此诗尔。（第277页）

《鹤林玉露》（宋罗大经撰，二则）

1. 洛阳人谓牡丹为花，成都人谓海棠为花，尊贵之也。亦如称欧阳公、司马公之类，不复指其名字称号。然必品格超绝，始可当此，不然则

进而君公、退而尔汝者多矣。（第 318 页）

2. 书曰："若作和羹，尔惟盐梅。"诗曰："摽有梅，其实十分。"又曰："终南何有，有条有梅。"毛氏曰："梅，枏也。"陆玑曰："似杏而实酸。"盖但取其实与材而已，未尝及其花也。至六朝时，乃略有咏之者。及唐而吟咏滋多，至宋朝则诗与歌词，连篇累牍，推为群芳之首，至恨骚集众香草，而不应遗梅。余观三百五篇，如桃、李、芍药、棠棣、兰之类，无不歌咏，如梅之清香玉色，迥出桃李之上，岂独取其材与实而遗其花哉？或者古之梅花，其色香之奇，未必如后世，亦未可知也。盖天地之气，腾降变易，不常其所，而物亦随之。故或昔有而今无，或昔无而今有；或昔庸凡而今瑰异，或昔瑰异而今庸凡；要皆难以一定言。且如古人之祭，焫萧酌郁鬯，取其香也，而今之萧与郁金，何尝有香？盖《离骚》已指萧艾为恶草矣。又如牡丹，自唐以前未有闻，至武后时，樵夫采山乃得之。国色天香，高掩群花，于是舒元舆为之赋，李太白为之诗，固已奇矣。至宋朝，紫黄丹白，标目尤盛。至于近时，则翻腾百种，愈出愈奇。又如荔枝，明皇时谓"一骑红尘妃子笑"者，谓泸戎产也，故杜子美有"忆向泸戎摘荔枝"之句。是时闽品绝未有闻，至今则闽品奇妙香味皆可仆视泸戎，蔡君谟作谱，品已多，而自后奇名异品，又有出于君谟所谱之外者。他如木犀、山樊、素馨、茉莉，其香之清婉，皆不出兰芷下，而自唐以前，墨客椠人，曾未有一话及之者，何也？（第 356 页）

《懒真子》（宋马永卿撰，一则）

富郑公留守西京日，因府园牡丹盛开，召文潞公、司马端明、楚建中、刘凡、邵先生同会。是时牡丹一栏，凡数百本，坐客曰："此花有数乎？且请先生筮之。"既毕，曰："凡若干朵。"使人数之，如先生言。又问："此花几时开尽，请再筮之。"先生再三揲蓍，坐客固已疑之。先生沉吟良久，曰："此花命尽午时。"坐客皆不答。温公神色尤不佳，但仰视屋。郑公因曰："来日食后，可会于此，以验先生之言。"坐客曰："诺。"次日食罢，花尚无恙，洎烹茶之际，忽然群马厩中逸出，与坐客马相蹄啮，奔出花丛中，既定，花尽毁折矣。于是洛中愈伏先生之言。先生家有传易堂，有《皇极经世集》行于世。然先生自得之妙，世不可传矣。闻之于司马文季朴。（第 576 页）

《容斋随笔》（宋洪迈撰，二则）

1. 唐重牡丹：欧阳公牡丹释名云，牡丹初不载文字，唐人如沈宋元白之流，皆善咏花，当时有一花之异者，彼必形于篇什，而寂无传焉。唯刘梦得有《咏鱼朝恩宅牡丹》诗，但云一丛千朵而已，亦不云其美且异也。予按，《白公集》有《白牡丹》一篇十四韵，又《秦中吟》十篇，内《买花》一章，凡百言，云"共道牡丹时，相随买花去，一丛深色花，十户中人赋"。而讽论乐府有《牡丹芳》一篇，三百四十七字，绝道花之妖艳，至有"遂使王公与卿士，游花冠盖日相望。……花开花落二十日，一城之人皆若狂"之语。又《寄微之百韵》诗云"唐昌玉蕊会，崇敬牡丹期"。注，崇敬寺牡丹花多，与微之有期。又《惜牡丹》诗云"明朝风起应吹尽，夜惜衰红把火看"。《醉归盩厔》诗云，"数日非关王事系，牡丹花尽始归来"。元微之有《入永寿寺看牡丹》诗八韵、《和乐天秋题牡丹丛》二韵、《酬胡三咏牡丹》一绝，又有五言二绝句。许浑亦有诗云，"近来无奈牡丹何，数十千钱买一窠"，然则元白未尝无诗，唐人未尝不重此花也。（第657页）

2. 舒元舆文：舒元舆，唐中叶文士也。今其遗文所存者才二十四篇，既以甘露之祸死，文宗因观牡丹，摘其赋中杰句曰："向者如迓，背者如诀，坼者如语，含者如咽，俯者如怨，仰者如悦"，为之泣下。予最爱其《玉筯篆志》论李斯李阳冰之书，其词曰："斯去千年，冰生唐时。冰复去矣，后来者谁。后千年有人，谁能待之？后千年无人，篆止于斯？呜呼！主人为吾宝之。"此铭有不可名言之妙，而世或鲜知之。（第820页）

《能改斋漫录》（宋吴曾撰，十二则）

1. 飞燕在昭阳：西汉赵飞燕既立为皇后，后宠少衰而娣（别本作"女弟"）绝幸，为昭仪，居昭阳，盖《飞燕本传》云尔。唐李太白宫词云："宫中谁第一，飞燕在昭阳。"夫昭阳，昭仪所居也，非谓飞燕耳。其后见唐王叡（当作"李濬"）《松窗录》云：禁中呼木芍药为牡丹，命李白为新辞，有"汉宫谁第一，飞燕倚新妆"之语。乃知昭阳之本，世所传者误也。然此一联，据《杨妃外传》，高力士摘之以谮李白。（第1977页）

2. 汉以牡丹为木芍药：王立之《诗话》载宾护（当为"李绰"）《尚

书故实》云，牡丹盖近有，国朝文士集中无牡丹诗云，尝言杨子华有画牡丹处极分明。子华北齐人，则知牡丹花已久矣。（按，吴曾转引，文字多误）予观义忠公所为《花品序》云，牡丹初不载文字，自则天以后始盛，然未闻有以名者。如沈、宋、元、白，皆善咏花，当时有一花之异，必形于篇什，而寂无传焉。惟刘梦得有诗，但云一丛千朵，亦不云其美且异也。然予犹以此说为非。"惟有牡丹真国色，花开时节动京城"，岂不云美也。白乐天诗："人人散后君须记，归到江南无此花。"又唐人诗云："国色朝酣酒，天香夜染衣。"岂得为无人形于篇什。以上立之说。余按，崔豹《古今注》云："芍药有二种，有草芍药，有木芍药。木者花大而色深，俗呼为牡丹。"又《安期生服炼法》："芍药二种，一者金芍药，一者木芍药。救病金芍药，色白，多脂肉；木芍药，色紫，瘦，多味苦。"以此知由汉以来，以牡丹为木芍药耳。故温庭筠诗云"山寺明媚木芍药，野马叫噪官虾蟆"，温犹袭旧名。则知前此非不载牡丹也，乃知名字显晦更变所致。大抵牡丹佳者，自有丹延州来，前辈多以因此得名。（第 2053 页）

3. 蜀葵诗：刘禹锡《嘉话》载陈标《蜀葵》诗"能共牡丹争几许，得人憎外只缘多"；《杂俎》载贞元中牡丹已多，柳浑诗"近来无奈牡丹何，数十千钱买一窠。今朝始得分明见，也共戎葵较几多"，二诗意相似。（第 2084 页）

4. 玉盘承露：唐裴潾《题青龙寺白牡丹》绝句云："长安豪贵惜春残，争赏新开紫牡丹。别有玉盘承露冷，无人起就月中看。"按《庐山记》："山有三石梁，广不盈尺，俯瞻无底，吴猛将弟子过此梁，见老翁坐桂树下，以玉盘承甘露与猛。"（第 2170 页）

5. 陈公辅黄鲁直诗：《王直方诗话》记陈公辅《题湖阴先生壁》云："身似旧时王谢燕，一年一度到君家。"荆公见而笑曰："戏君为寻常百姓耳。"古诗云："旧时王谢堂前燕，飞入寻常百姓家。"然以予观之，山谷有诗《答直方送并蒂牡丹》云："不如王谢堂前燕，曾见新装并倚栏。"若以荆公之言为然，则直方未免为山谷之戏，政苦不自觉尔。（第 2215 页）

6. 杨少师李西台书：观音院有牡丹，相传唐武后植者，西台有诗，亦亲书云："微动风枝生丽态，半开擅口露浓香。秦时避世宫娥老，旧日颜容今日妆。花谱名将第一论，洛中最是此花繁。不当更道木芍药，枝上恐伤妃子魂。"西台诗，洛人甚重之。（第 2266 页）

7. 鼓子花开也喜欢：王元之谪齐安郡，民物荒凉，殊无佳况。营妓有不佳者，公作诗曰："忆昔西都看牡丹，稍无颜色便心阑。而今寂寞山城里，鼓子花开亦喜欢。"唐《抒情集》记朝士在外地观野花，追思京师旧游诗云："曾过街西看牡丹，牡丹未谢即心阑。如今变作村田眼，鼓子花开也喜欢。"盖王刊定此诗耳。（第 2276 页）

8. 钱思公《寄晏元献牡丹》绝句：元献晏公为丞相时，作新第于城南。时思公镇西洛，晏求牡丹于思公。公以绝句并花寄晏云："名花封殖在秋期，翠石丹萱幸可依。华馆落成和气动，便随桃李共芳菲。"（第 2277 页）

9. 御赐戴花：真宗东封，命枢密使陈公尧叟为东京留守，马公知节为大内都巡检使。驾未行，宣入后院亭中，赐宴，出宫人为侍，真宗与二公皆戴牡丹而行。续有旨，令陈尽去戴者，召近御座，上亲取头上一朵，为陈簪之。陈跪受拜舞谢。宴罢，二公出，风吹陈花一叶坠地，陈急呼从者拾来，此乃官家所赐，不可弃，置怀袖中。马乃戏曰："今日之宴，本为大内都巡检使。"陈云："若为大内都巡检使，上何不亲为太尉戴花也？"二公各大笑。寇莱公为参政，侍宴，上赐异花，曰："寇准年少，正是戴花吃酒时也"，众人皆以为荣云。（第 2340～2341 页）

10. 牡丹谱：欧阳文忠公初官洛阳，遂谱牡丹。其后赵郡李述（按，据《直斋书录解题》，当作"李英"），著《庆历花品》，以叙吴中之盛，凡四十二品。

大红品：真正红、红鞍子、端正好、樱粟红、艳春红、日增红、透枝红、乾红、小真红、满栏红、光叶红、繁红、郁红、丽春红、出檀红、茜红、倚栏红、早春红、木红、露匀红、等二红、湿红、小湿红、淡口红、石榴红。

淡花品：红粉淡、端正淡、富烂淡、黄白淡、白粉淡、小粉淡、胭脂淡、黄粉淡、玲珑淡、轻粉淡、天粉淡、泮红淡、日增淡、添枝淡、坯红淡、猩血红、烟红冠子。（第 2407～2408 页）

11. 芍药谱：孔常甫初官维扬，以维扬芍药甲天下，因取其名以叙云：扬州芍药名于天下，非特以多为夸也。其敷腴盛大而纤丽巧密，皆他州之所不及。至于名品相压，争妍斗奇，故者未厌，而新者已盛。州人相与惊异，交口称说。传于四方，名益以远，价益以重。遂与洛阳牡丹，俱贵于时。四方之人，皆赍携金帛，市种以归者多矣。吾见其一岁而小变，三岁而

大变，卒与常花无异。由此，芍药之美，益专于扬州焉。……（第2409页）

12. 牡丹荣辱志。（《能改斋漫录》收录该书全文，因前文已有辑录，此处从略）（第2412～2419页）

《笔记小说大观》第三十编

《皇朝类苑七十八卷》（又题《皇宋事实类苑》，宋江少虞撰，十则）

1. 晁迥：大中祥符、天禧之间，暮春之月，阁门传宣布告令赴池苑游宴之会，法从。既集，俄而阴云兴，密雨降，有诏罢后苑之游，上赐宴饮。上御承明殿，面北而坐，预侍者翼列如仪。既而执事之臣捧金盘，进名花，有牡丹重台千房者，并诸奇花，首置御座前，余皆散布诸臣雕俎之上。内臣先供奉至尊戴御花，以及亲贤、宰执亦如之，次诸臣皆自戴焉。上忽乃眷西顾宣言曰："与学士戴花。"俄有中使数人遽至，与迥及一二同僚戴之，观者无不竦动也。前代加宠词臣，有以宝装方丈赐食于前，则尝闻之矣。岂谓亲承日月之照，待以王公之礼，何幸会之深欤！（第247页）

2. 请修时政记：梁修撰周翰，一岁后苑燕，凡从臣各探韵赋诗，梁得春字曰"百花将尽牡丹拆，十雨初晴太液春"，上特称之。为史馆修撰，上疏："自今崇德、长春二殿皇帝之言，侍臣论列之事，望令中书修为时政记。"其枢密院涉机密，亦令本院编修，至月终送史馆。其余百司，凡于对拜除授沿革之事，悉条报本院，仍令舍人分直。皆从之。（第677页）

3. 藏书之府（第二十六条）：嘉祐七年三月复讲之后，虽罢宴，岁命中使赐牡丹法酒于阁下，秘省所藏书画岁一暴之，自五月一日始至八月毕。（第793页）

4. 应天院建圣像殿：西都北市应天禅院，乃太祖诞圣之地，国初为传舍。真宗幸洛阳，顾瞻遗迹，徘徊感怆，乃命建为僧舍，功成赐额，奉安御容，命知制诰刘筠为之记。仁宗初，又建别殿，分二位塑太宗、真宗圣像，丞相王钦若为之记。后园植牡丹万本，皆洛中尤品。庆历末，仁宗御篆神御三殿牌，艺祖曰兴先，太祖曰帝华，真宗曰昭孝。今为忌日行香之地，去留府甚远，故诗有"正梦寐中行十里"，谓此也。（第821页）

5. 范文正公（第一条）：海陵西溪盐场，初，吕文靖公尝官于此，手植牡丹，有诗刻。其后范文正公亦尝临莅，复题一绝云："阳和不择地，海角亦逢春。忆得上林色，相看如故人。"后人以二公诗笔，故题咏极多，而花亦为人贵重，护以朱栏，不忍折，岁久盛茂，枝复数丈，每春花开数百朵，为海滨之奇观。（第853页）

6. 张在：青州布衣张在，少能文，尤精于诗。奇蹇不偶，老死场屋。《题龙兴寺老柏院》诗云"南邻北舍牡丹开，年少寻芳去又回。唯有君家老柏树，春风恰似不曾来"，大为人所传诵。故御史中丞范讽补之，喜论诗，尤爱此篇，诵于文潞公。公皇佑中镇青，诣老柏院，访在所题，字已漫灭。公惜其不传，为大字书于西庑之壁。后三十余年，当元丰癸亥，东平毕仲甫将叔见公于洛下，公颂在诗，嘱毕往观，毕至青，访其故处，壁已圮毁，不复可得，为刻于天宫柱石，又刊其故所题处。（第855页）

7. 丞相刘公沆，庐陵人，少以义气自许，尝咏牡丹诗云："三月内方有，百花中更无"……览者皆知公有宰相器矣。未几，参大政，遂正鼎席。（第1155页）

8. 千叶牡丹：李司空昉，淳化中，家园牡丹，一岁中有千叶者五苞，特为繁艳。李公致酒张乐召宾客以赏之，自是再岁内，长幼凡五丧，盖地反物之验。（第1169页）

9. 吴正肃：藏书画者，多取空名。偶传为钟王顾陆之笔，见者争售，此所谓耳鉴。又有观画而以手摸之，相传以为色不隐指者为佳画，此又在耳鉴之下，谓之揣骨听声。欧阳公尝得一古画，牡丹丛下有一猫，未知其精粗。丞相正肃吴公与欧公姻家，一见曰："此正午牡丹也。何以明之？其花披哆而色燥，此日中时花也。猫眼黑睛如线，此正午猫眼也。有带露花则房敛而色泽，猫眼早暮则睛圆，日高渐狭长，正午则如一线耳。"此亦善求古人之意也。（第1254页）

10. 乌鱼骨毒牡丹：洛阳牡丹，岁久虫蠹则花开稍小。园户以硫黄簪其穴，虫死，花复盛大。其园户相妒，则以乌鱼骨刺花树皮中，花必死，盖牡丹忌乌鱼耳。（第1462页）

《容斋笔记》（宋谢采伯撰，一则）

仁宗朝，王安石知制诰，赏花钓鱼，内侍各以金楪盛钓饵置几上，安石食之尽。明日，帝谓辅臣曰："王安石，诈人也。"老苏云："王安石乃卢杞王衍合为一人，天下将被其祸。"后安石参政，御史中丞吕晦叔云：

"安石外示朴野，中藏巧诈，骄蹇慢上，阴贼害物，大奸得路，群阴汇进，则贤者渐去，乱由是生。误天下苍生者，必斯人也。"（第5958页）

《笔记小说大观》第三十一编第一至六册收录宋曾慥纂《类说》，该书汇集唐宋笔记而成，其中所录涉及牡丹条目约四十条，皆已见前所辑录，此不复赘述。

《笔记小说大观》第三十五编

《苕溪渔隐丛话前集》（宋胡仔撰，九则）

1.《雪浪斋日记》云："玉溪生《牡丹》诗'锦帐佳人'，乃《越绝书》中事。"（第148页）

2.《西清诗话》云："长沙徐仲雅《宫词》曰：'内人晓起怯春寒，轻揭珠帘看牡丹。一把柳丝收不尽，和风搭在玉栏干。'其富贵潇洒可爱。"苕溪渔隐曰："余尝作《春寒绝句》云'小院春寒闭寂寥，杏花枝上雨潇潇。午窗归梦无人唤，银叶龙涎香渐销'，聊效其体也。"（第179页）

3.《陈辅之诗话》云："唐人牡丹诗云：'红开西子妆楼晓，翠揭麻姑水殿春。'若改春作秋，全是莲花诗。林和靖《梅花诗》云：'疏影横斜水清浅，暗香浮动月黄昏'，近似野蔷薇也。"（第189页）

4. 苕溪渔隐曰：欧公《花品序》云："牡丹初不载文字，自则天已后始盛。如沈宋元白之流，皆喜咏花，当时有一花之异，彼必形于篇什，而寂无传焉。惟刘梦得有《咏鱼朝恩宅牡丹》，但云'一丛千朵'而已。"余谓欧公此言非是。观刘梦得、元微之、白乐天三人，其以牡丹形于篇什者甚众，乌得谓之寂无传焉。刘梦得乃是《咏浑侍中牡丹》，非咏鱼朝恩宅者，此亦欧公误记耳。其诗云："径尺千余朵，人间有此花。今朝见颜色，更不向诸家。"又《赏牡丹》诗云："庭前芍药妖无格，池上芙蕖净少情。唯有牡丹真国色，花开时节动京城。"又云："有此倾城好颜色，天教晚发赛诸花。"其诗若是，非独但云"一丛千朵"而已。元微之《看牡丹》古诗云："蝶舞香暂飘，蜂牵蕊难正。笼处彩云合，露湛红珠莹。"又《西明寺绝句》云："花向琉璃地上生，光风眩转紫云英。自从天女盘中见，直至今朝眼更明。"若白乐天，凡有此诗数十首。其《牡丹花》（按，

"花"当作"芳")长篇云："千片赤英霞烂烂，百枝绛艳灯煌煌。照地初开锦绣段，当风不结麝脐囊。映叶多情隐羞面，卧丛无力含醉妆。"又《看浑家牡丹戏赠李二十》云："香胜烧兰红胜霞，城中最数令公家。人人散后君须看，归到江南无此花。"又《买花诗》云："灼灼百朵花，戋戋五束素。"又云："一丛深色花，十户中人赋。"则当时此花之贵，断可知矣。《花品序》又云："牡丹自则天已后始盛。"欧公此言信然。余今因以开元时牡丹二事验之，盖开元正是则天已后也。其一事即《李翰林集》后序云……（以下大段记《松窗杂录》所载李白沉香亭醉赋牡丹事，文长，从略）其一事即《松窗杂录》云："明皇内殿赏牡丹，问侍臣曰：'牡丹诗谁为首'，奏云：李正封诗曰'国色朝酣酒，天香夜染衣。'帝谓妃子曰：'妆台前饮一紫金盏酒，则正封之诗可见矣'。"（按，此则系误记，《松窗杂录》所载乃文宗、杨妃赏牡丹之事，非明皇与杨贵妃之事）余尝谓二李之诗，词格骚雅，真可压倒元白。欧公亦遗之而不言，独称刘梦得有此诗，殊不可晓也。《花品序》又云："予居府中时，尝谒思公，见一小屏立坐后，细书字满其上，思公指之曰：'欲作花品，此是牡丹名，凡九十余种。'然予所经见，而今人多称者，才三十许。不知思公何从而得之多也。"思公即钱惟演，东坡云："惟演为西都留守，始置驿贡洛花，识者鄙之。"此宫妾爱君之意也。故于《荔支叹》亦云："洛阳相君忠孝家，可怜亦进姚黄花。"盖为思公惜之也。（第206～208页）

5.《西清诗话》云："欧公《谢人寄牡丹诗》'迩来不觉三十年，岁月才如熟羊胛'，用史载海东有国曰骨利乾，地近扶桑国，人初夜煮羊胛，方熟而日已出，言其疾也。"（第208页）

6. 苕溪渔隐曰："裴璘《咏白牡丹诗》云：'长安豪贵惜春残，争赏先开紫牡丹。别有玉杯承露冷，无人起就月中看。'时称绝唱。以余观之，语句凡近，不若胡武平《咏白牡丹诗》云：'璧堂月冷难成寐，翠幄风多不奈寒。'其语意清胜，过裴璘远矣。如皮日休《咏白莲诗》云：'无情有恨何人见，月冷风清欲堕时。'若移作《咏白牡丹诗》，有何不可，弥更亲切耳。"（第220页）

7. 杭州一僧寺内秋日开牡丹花数朵，陈襄作约绝句，某（苏轼）和云："一朵妖红翠欲流，春光回照雪霜羞。化工只欲呈新巧，不放闲花得少休。"此诗讥当时执政，以化工比执政，以闲花比小民，言执政但欲出

新意擘画，令小民不得暂闲也。（第301页）

8.《冷斋夜话》云："太祖将问罪江南，李后主用谋臣，欲拒王师。法眼禅师观牡丹于大山，作偈讽之云：'拥毳对芳丛，由来趣不同。发从今日白，花是去年红。艳冶随朝露，馨香逐晚风。何须待零落，然后始知空。'后主不悟，王师旋渡江。"（第395页）

9.《后山诗话》云："杭妓胡楚、靓靓，皆有诗名。胡云：'不见当时丁令威，年来处处是相思。若将此恨同芳草，却恐青青有尽时。'张子野老于杭，多为官妓作词，而不及靓靓，献诗云：'天与碧芳十样葩，独分颜色不堪夸。牡丹芍药人题遍，自分身如鼓子花。'子野于是为作词也。"（第418页）

《苕溪渔隐丛话后集》（宋胡仔撰，十则）

1.《复斋漫录》云："前汉赵飞燕既立为皇后，宠少衰，女弟绝幸，为昭仪，居昭阳。盖《飞燕本传》云尔。太白《宫词》云：'宫中谁第一，飞燕在昭阳。'夫昭阳，昭仪所居也，非谓飞燕耳。后见唐王濬《松窗录》（按，当为"李濬《松窗杂录》"）云：禁中呼木芍药为牡丹，命太白为新词，有'借问汉宫谁得似，可怜飞燕倚新妆'，乃知昭阳之语，世所传者误也。"（第26页）

2.《艺苑雌黄》云："退之有示侄孙湘诗……"（按，以下叙韩湘幻花之事，前已辑录，此不复赘述。）（第68页）

3.《元城先生语录》云：先生尝曰："贤主言笑謦欬，足以移风俗。"庆历中，广州有死番商没官珍珠，有司贱估其值，十分才及一分。群官分买之，为本路监司按劾，计赃以珍珠赴京师具案。既上，仁宗阅之，且命取所估珠，上与后宫同阅，爱其珠。是时，张贵妃在侧，有欲得之色，上依所估值，出禁中钱买之以赐。时因同列有求于上，有司被旨和市，缘此珠价腾涌，上颇知之。一日于内殿赏牡丹，贵妃最后至，以所赐珍珠为首饰，欲夸同辈。上望见，以袖掩面曰："满头白纷纷，更没些忌讳。"贵妃惭赧，遽起易之，上乃大悦。令人各簪牡丹一朵，自是禁中不带珍珠，珠价大减。（第133页）

4.《吕氏童蒙训》云：康节先居卫州共城，后居洛阳。有商州太守赵郎中者，康节与之有旧，常往从之。章惇子厚作令商州，赵厚遇之。一日，赵请康节与章同会，章以豪俊自许，论议纵横，不知尊康节也。语次因及洛中牡丹之盛。赵守因谓章曰："先生洛阳人也，知花为甚详。"康节因言："洛人以见根拨而知花高下者，知花之上也。见枝叶而知高下者，知花之次也。见蓓蕾而知高下者，知花之下也。如公所说，乃知花之下也。"章默然惭服。（第160页）

5. 六一居士云："牡丹，花之绝，而无甘实，荔枝，果之绝，而非名花。昔乐天有感于二物矣，是孰尸其赋予邪。然斯二者，惟一不兼万物之美，故各得极其精。此于造化不可知，而推之至理，宜如此也。余少游洛阳，花之盛处也，因为牡丹作记。君谟，闽人也，故能识荔枝而谱之。因念昔人尝有感于二物，而二人者适各得其一之详，故聊书其所以然，而附君谟谱之末焉。"（第170页）

6. 《艺苑雌黄》云：罗隐《牡丹诗》云："自从韩令功成后，辜负秾华过一春。"余考之，唐元和中，韩弘罢宣武节制，始至长安，私第有花，命斫去，曰："吾岂效儿女辈耶？"当时为牡丹包羞之不暇，故隐有"辜负秾华"之语。（第170页）

7. 《复斋漫录》云：东坡《雨中明庆赏牡丹》云："霏霏雨雾作清妍，烁烁明灯照欲燃。明日春阴花未老，故应未忍着酥煎。"又云："千花与百草，共尽无妍鄙。未忍污泥沙，牛酥煎落蕊。"孟蜀时，兵部尚书李昊每将牡丹花数枝分遗朋友，以牛酥同赠，且曰："俟花凋谢，即以酥煎食之，无弃秾艳。"其风流贵重如此。（第171页）

8. 东坡云：扬州芍药为天下冠，蔡繁卿为守，始作万花会，用花十余万株，既残诸园，又吏因缘为奸，民大病之。余始至，问民疾苦，以此为首，遂罢之。花本洛阳故事，亦必为民害也，会当有罢之者。钱惟演为留守，始置驿贡洛阳花，识者鄙之。此宫妾爱君之意也。故《次韵林子中春日见寄诗》云"为报年来杀风景，连江梦雨不知春"，以此也。（第171页）

9. 《复斋漫录》云：《王直方诗话》记陈辅《题湖阴先生壁诗》云："身似旧时王谢燕，一年一度到君家。"荆公见而笑曰："此戏君为寻常百姓耳。"然余观山谷有诗《答直方送并蒂牡丹》云："不如王谢堂前燕，曾见新妆并倚栏。"若以荆公之言，则直方未免为山谷所戏，正苦不自觉耳。（第291页）

10. 《许彦周诗话》云：唐高宗宴群臣赏双头牡丹诗，上官昭容一联

15.（五代）刘昫等撰：《旧唐书》，北京：中华书局1975年版。

16.（宋）徐铉著：《骑省集》，四库全书本。

17.（宋）李昉等编：《文苑英华》，北京：中华书局1966年版。

18.（宋）李昉等撰：《太平御览》，上海：上海古籍出版社2008年版。

19.（宋）李昉等编：《太平广记》，上海：上海古籍出版社1990年版。

20.（宋）薛居正等撰：《旧五代史》，北京：中华书局1976年版。

21.（宋）范仲淹撰：《范文正公文集》，四库全书本。

22.（宋）欧阳修、宋祁等撰：《新唐书》，北京：中华书局1975年版。

23.（宋）欧阳修撰：《新五代史》，北京：中华书局1974年版。

24.（宋）欧阳修撰：《欧阳修全集》，北京：中国书店1986年版。

25.（宋）欧阳修撰：《欧阳文忠公文集》，四库全书本。

26.（宋）司马光纂：《资治通鉴》，北京：中华书局1956年版。

27.（宋）钱易撰：《南部新书》，新世纪万有文库本，沈阳：辽宁教育出版社2000年版。

28.（宋）苏轼撰，孔凡礼点校：《苏轼文集》，北京：中华书局1986年版。

29.（宋）苏轼撰，（清）王文诰辑注，孔凡礼点校：《苏轼诗集》，北京：中华书局1982年版。

30.（宋）李纲撰：《梁溪全集》，四库全书本。

31.（宋）邵伯温撰：《邵氏闻见录》，北京：中华书局1983年版。

32.（宋）苏籀撰：《双溪集》，四库全书本。

33.（宋）洪迈编：《万首唐人绝句》，上海：文学古籍刊行社1955年明嘉靖刊本影印本。

34.（宋）李焘撰：《续资治通鉴长编》，北京：中华书局1995年版。

35.（宋）朱熹集注：《诗经》，上海：上海古籍出版社1987年版。

36.（宋）范成大撰：《吴郡志》，四库全书本。

37.（宋）刘克庄撰：《后村先生大全集》，四库全书本。

38.（宋）陈振孙撰：《直斋书录解题》，上海：上海古籍出版社1987

年版。

39.（宋）郑樵撰：《通志》，北京：中华书局 1987 年版。

40.（宋）陈景沂编：《全芳备祖》，北京：农业出版社 1982 年日藏宋钞本影印本。

41.（宋）计有功撰，王仲镛校笺：《唐诗纪事校笺》，成都：巴蜀书社 1989 年版。

42.（宋）无名氏撰：《宣和画谱》，四库全书本。

43.（宋）董嗣杲撰：《庐山集》，四库全书本。

44.（元）脱脱等撰：《宋史》，北京：中华书局 1985 年版。

45.（明）陈邦瞻著：《宋史纪事本末》，北京：中华书局 1977 年版。

46.（明）高棅编：《唐诗品汇》，上海：上海古籍出版社 1988 年版。

47.（明）薛凤翔著：《牡丹史》，合肥：安徽人民出版社 1983 年版。

48.（明）缪希雍疏：《神农本草经疏》，四库全书本。

49.（清）彭定求等编：《全唐诗》，北京：中华书局 1960 年版。

50.（清）董诰等编：《全唐文》，上海：上海古籍出版社 1990 年版。

51.（清）陈廷敬、王奕清等编：《康熙词谱》，长沙：岳麓书社 2000 年版。

52.（清）徐松辑：《宋会要辑稿》，北京：中华书局 1957 年版。

53.（清）徐松辑：《宋会要辑稿》，续修四库全书本，上海：上海古籍出版社 2002 年版。

54.（清）陈廷敬等纂：《御定佩文斋咏物诗选》，四库全书本。

55.（清）永瑢等撰：《四库全书总目提要》，北京：中华书局 1965 年版。

56.（清）章学诚著，叶瑛校注：《文史通义校注》，北京：中华书局 1994 年版。

57.（清）蒋廷锡等编纂：《古今图书集成·草木典》，上海：上海文艺出版社 1999 年影印本。

58.（清）洪亮吉撰：《北江诗话》，北京：人民文学出版社 1983 年版。

59.（清）阮元校刻：《十三经注疏》，北京：中华书局 1980 年版。

60.（清）严可均辑：《全上古三代秦汉三国六朝文》，北京：中华书局 1958 年版。

61. （清）陈元龙编：《历代赋汇》，南京：凤凰出版社 2004 年影印本。

62. （清）俞琰编：《咏物诗选》，成都：成都古籍书店 1987 年版。

63. （清）王念孙编纂：《广雅疏证》，南京：江苏古籍出版社 2000 年版。

64. （清）赵钺、劳格编：《唐尚书省郎官石柱题名考》，续修四库全书本，上海：上海古籍出版社 2002 年版。

65. 陈寅恪著：《元白诗笺证稿》，北京：生活·读书·新知三联书店 2001 年版。

66. 岑仲勉著：《隋唐史》，石家庄：河北教育出版社 2000 年版。

67. 钱钟书撰：《宋诗选注》，北京：人民文学出版社 1989 年版。

68. 唐圭璋编纂，王仲闻参订，孔凡礼补辑：《全宋词》，北京：中华书局 1999 年版。

69. 徐复主编：《广雅诂林》，南京：江苏古籍出版社 1998 年版。

70. 逯钦立编：《先秦汉魏南北朝诗》，北京：中华书局 1983 年版。

71. 霍松林主编：《辞赋大辞典》，南京：江苏古籍出版社 1996 年版。

72. 曾昭岷、曹济平、王兆鹏、刘尊明编：《全唐五代词》，北京：中华书局 1999 年版。

73. 傅璇琮著：《李德裕年谱》，石家庄：河北教育出版社 2001 年版。

74. 傅璇琮编：《唐人选唐诗新编》，西安：陕西人民教育出版社 1996 年版。

75. 郁贤皓著：《唐刺史考》，南京：江苏古籍出版社 1987 年版。

76. 佟培基编：《全唐诗重出误收考》，西安：陕西人民教育出版社 1996 年版。

77. 孙叔平著：《中国哲学史稿》，上海：上海人民出版社 1981 年版。

78. 曾枣庄、刘琳主编：《全宋文》，成都：巴蜀书社 1989—1993 年版。

79. 陈尚君辑校：《全唐诗补编》，北京：中华书局 1992 年版。

80. 程杰著：《宋代咏梅文学研究》，合肥：安徽文艺出版社 2002 年版。

81. 程杰著：《中国梅花审美文化研究》，成都：巴蜀书社 2008 年版。

82. 俞香顺著：《中国荷花审美文化研究》，成都：巴蜀书社 2005 年版。

83. 辛德勇著：《隋唐两京丛考》，西安：三秦出版社 1991 年版。

84. 李冷文、曹法舜、董寅生选注：《牡丹古诗选》，郑州：河南人民出版社 1985 年版。

85. 北京大学古典文献研究所编：《全宋诗》，北京：北京大学出版社 1991—1998 年版。

86. 上海古籍出版社编：《唐五代笔记小说大观》，上海：上海古籍出版社 2000 年版。

87. 《笔记小说大观》，台北：台北新兴书局有限公司 1973—1988 年影印本。

88. 洛阳市地方志编纂委员会编：《洛阳市志·牡丹志》，郑州：中州古籍出版社 1998 年版。

89. 《中国牡丹全书》编纂委员会编：《中国牡丹全书》，北京：中国科学技术出版社 2002 年版。

后 记

  本书是我在博士后出站报告的基础上整理而成的。2001 年 6 月，我从南京大学中文系博士毕业，旋至南京师范大学文学院，在钟振振教授指导下从事博士后研究工作。我的博士后出站报告选题为"唐宋牡丹文化与牡丹文学"。这一选题一方面是对博士论文《宋代咏物词研究》的自然延伸，盖博士论文重在梳理宋代咏物词艺术发展演进轨迹，对于具体各类咏物之作，则无暇作系而深入的文化观照，而后者乃是咏物词研究不容忽略的组成部分；另一方面则颇受程杰教授梅花文化研究的启示。程杰教授十几年来致力于梅花文化之研究，彼时刚整理出版专著《宋代咏梅文学研究》，发表相关论文数十篇，并积极参与"国花"评选的讨论。而我，在撰写博士论文时，对梅词和牡丹词做过比较细致的研读，对于程教授的研究深表认同。与此同时，前人时贤对于牡丹诗词及牡丹文化的讨论，较之程杰教授的梅花文化研究，显得不够深入系统。基于此，遂动念对历代牡丹文化和牡丹文学作一番清理。

  在广泛搜罗和仔细阅读大量相关文献资料之后，我对中国古代牡丹文化逐渐形成了比较清晰的认识：在中华民族思想文化体系中，牡丹这种花卉被赋予了极其丰富和深刻的历史文化内涵，而唐宋时期，则是这种历史文化内涵乃至民族精神得以凝成的关键时期。具体而言，唐宋六百年盛衰兴亡的历史与唐宋牡丹审美玩赏活动及其文化心理，以及唐宋牡丹文学，三者之间存在着明显的同步、互动关系（这种同步、互动关系，相较于梅、荷、菊等其他著名花卉，表现得尤为突出）。牡丹之所以在初盛唐之际成为"花中新贵"，与初盛唐时期王朝鼎盛的局面（特别是武则天对牡丹由轻贱而赏爱的经历以及盛唐宫廷纵赏享乐之风）不无关联；牡丹玩赏之风的漫衍，与安史之乱后中唐宫廷文化向士庶、市井的传播、扩散密切相关；唐宋时期，牡丹栽培、玩赏的中心由长安转移至洛阳乃至江南，恰与唐宋六百年政治、经济、文化中心的转移同步。而所谓风尚的漫衍、中心的迁移，莫不与朝廷盛衰兴亡息息相关。唐宋时期的牡丹文学（特别是牡丹诗词），从主题到风格以及所体现的文人士大夫的主体精神，也与此基本同步。更值得注意的是，今天我们通常所说牡丹可作为国家、民族繁荣昌盛的象征，这种特定的文化指向和象征意蕴，不是在国家、民族的鼎盛、太平时期（如开元天宝、真仁之世）凝成的，而是在国家、民族趋于衰弱乃至亡国灭种的特定历史时期（如北宋灭亡、中原沦陷，特别是南宋政权一步步走向衰败直至灭亡），在南宋文人士大夫对于北宋、中原乃至盛唐的集体回忆中逐渐凝成的。这大约应了一句俗语："失去的才是最宝贵的！"于是在南宋文人士大夫的笔下，在他们的牡丹诗词中，我们看到了太多对于中原，对于北宋，乃至对于盛唐，对于长安，对于洛阳，对于曾经拥有的繁荣富庶的过去岁月的追忆；以及对于南宋政权一步步走向衰弱而终至于沦亡的惨痛历史的深刻反思！下面两首牡丹词可为明证：

曾看洛阳旧谱，只许姚黄独步。若比广陵花，太亏他。　　旧日王侯园圃，今日荆榛狐兔。君莫说中州，怕花愁。（刘克庄《昭君怨·牡丹》，《全宋词》第 3332 页）

妒花风恶，吹轻阴涨却，乱红池阁。驻媚景，别有仙葩。遍琼甃小台，翠油疏箔。旧日天香，记曾绕玉奴弦索。自长安路远，腻紫肥黄，但谱东洛。天津霁虹似昨。听鹃声度月，春又寥寞。散艳魄飞入江南，转湖渺山茫，梦境难托。万叠花愁，正困倚，勾栏斜角。待携尊、醉歌醉舞，劝花自乐。（蒋捷《解连环·岳园牡丹》，《全宋词》第 4346 页）

我的博士后出站报告大体在上述思路指导下撰写完毕，2003 年 6 月提交报告，顺利出站。此后，因忙于教学、科研及其他方面的原因，这一课题就暂时放了下来。2009 年，广东省"211 工程"三期重点学科建设项目——广东外语外贸大学"人文学中心建设——比较文化视野的文学诵化研究"项目启动并征集子课题，我忐忑地提交了申请。项目负责人栾栋教授一向关心青年人的成长，审读之后，欣然同意立项，我遂从电脑中调出旧稿，经过认真修改、补充和完善之后，整理成这部书稿。本书得以出版，与栾教授的推动和支持分不开，因此在成书之际，对栾教授表示衷心的感谢！

南京师范大学程杰教授对本书的选题有直接启发，在我离开南京后，曾多次联系并鼓励我完成本课题。暨南大学出版社总编辑史小军教授十年前与我在"烟台笔会"上相识，其时我刚开始本课题的构思；十年后，小军教授作为丛书策划人，大力推动本书的出版。多年来小军教授待我如兄长，本书由他策划出版，不能不说是一种缘份！责任编辑郑晓玲女士非常精细地审订了书稿，并提出了很多宝贵意见，在此一并表示感谢！

莫砺锋教授、钟振振教授、刘尊明教授、王兆鹏教授分别是我博士、博士后、硕士和本科阶段的导师。多年来他们十分关注我的成长，在我发展比较顺利的时候，他们给予我善意的提醒；在我面临困境与惶惑时，他们则多有开释和帮助。能遇到这样一批良师，既是我的幸运，也使我感到压力。幸运的是有疑时可随时向他们请益，压力则是担心我拿出来的东西是否会有辱师门。因此在本书付梓之际，我除了对他们心存难以言传的感激之外，另有一份忐忑与不安。

本书的写作跨越了十个年头。其间我调整了一次工作单位，探索并尝试了若干研究方向。工作单位的调整，对我而言，实在不是件值得欣慰的事，想起前辈所言"板凳要坐十年冷"，我深感汗颜。然情势使然，不得不尔。相比较而言，探索并尝试新的研究方向，带给我的乐趣和启示似乎更多一些。一般来讲，做学问如果能一竿子插到底，成就专门之学，固然值得称许，但在没有占据上佳选题和先发优势的情况下，摸索、碰壁、再摸索的问学过程，未尝不是丰富知识、拓展视野的较好途径。十年间我除了整理出版博士论文前半部（《宋代咏物词史论》，商务印书馆 2005 年版）以外，尝试思考和专题探讨过唐宋牡丹文化与牡丹文学、稼轩词、清真词、乐府补题、宋代上梁文、中国古代文体学、中国古代咏物文学与观物思想等课题，陆续撰写、发表了一些相关的论文。这些成果现在看起来仍显得有点零散，但它们体现了我不懈求索的轨迹，虽未臻上品，仍敝帚自珍。本书的定稿，算是对其中一个方向的小结。

最后，我要将此书献给我的妻子索元元和女儿甜甜！没有妻子的支持和奉献，我不可能完成本书的写作。女儿虽然不到五岁，却已对书本表现出特别浓厚的兴趣，在我忙于校对书稿时，她居然能咯咯地笑着翻看《父与子》、《不一样的卡梅拉》等篇幅较长、情节较复杂的图画书，看完后还能绘声绘色地讲上一通。过几天就是她的生日了，这本小书正可作为一份特别的生日礼物送给她。

路成文

2011 年 8 月 28 日

于广州白云山麓